이 책을 친구 데이브 스미스에게 바칩니다.

그가 옹골지게 가꾸는 농장에서,

들이닥치는 멧돼지들은 인과응보를 알게 되지만,

미국삼나무는 사는 동안

베여 나갈 일이 없다는 걸 알고 고이고이 자라납니다.

문명을 지키는

마지막 성벽 위에서

일러두기

- 본문에 작은 글씨로 적은 것은 모두 옮긴이가 우리 독자들을 위해 단 뜻풀이이다.
- 1에이커는 0.4헥타르, 4047제곱미터, 1224평 정도 되는 넓이이다. 다만, 한국을 비롯한 동아
시아의 농업은 긴 역사 속에서 좁은 땅에 노동력과 퇴비를 쏟아부어 단위 면적당 생산력을 최
대로 끌어올리는 방식으로 이루어져 왔다. 영미권과 넓이로 단순하게 견주는 것은 마땅하지
않다고 보아, 에이커를 우리 독자들에게 익숙한 단위로 변환하지 않고, 본문에 그대로 두었
다. 나머지 단위는 필요할 경우, 원문의 정확성을 크게 해치지 않는 범위 안에서, 우리 독자들
이 흔히 쓰는 단위로 변환했다.
- 이 책에 나오는 농사에 관한 낱말들은 대부분 1970년 8월 29일 농촌진흥청이 공포한 〈한글 전
용 농사 용어집〉에 기대어 교열했다. 이 자료는 국가기록원에서 확인할 수 있다.
- 동식물 이름은 생명자원정보서비스를 가장 먼저 확인했다. 등재되지 않은 것은, 국어사전, 영
어사전 차례로 확인을 거쳤고, 여러 이름이 통용되는 종은 더 널리 쓰이는 이름을 이 책에 쓰
고자 했다.

문명을 지키는 마지막 성벽 위에서

거침없이 자연으로 나아간 한 농부의 아름답고 경쾌한 여정

진 록스던 글

이수영 **옮김**

샨티씨앗

고집스러운 반골 농부로

변명은 그만하련다. 반골이 본성이고 운명이라면
어쩌겠는가. 출구로 들어가서 입구로 나오는 게 사명이라면
어쩔 수 없지 않은가. 나는 전문가들을 무시하고 별을 보고
씨를 뿌렸고, 주문과 노래를 외며 땅을 갈았다. 그리고 가장
훌륭한 도움말에도 아랑곳없이, 내가 아는 대로 거두었다.
분명히 행운과 하늘의 은총 덕이었다. 내가 장례식에서
그렇게 자주 웃다가 들켰다면, 그건 죽은 이가 이미 떠나가서
돌아올 준비를 하고 있다는 걸 알기 때문이었다. 어찌 웃지
않겠는가? 결혼식에서 내가 이를 뿌득뿌득 간 것은, 신랑이
이제 사내다움이 약해지고 그건 쉽게 되살아나지 않으리라는
걸 알기 때문이었다. "춤춰요."라고 사람들이 청할 때 나는
꼿꼿이 서 있었고, 사람들이 입을 다물고 왕국의 문 앞에 줄
서 있을 때, 나는 춤을 추었다. "기도합시다."라고 남들이 말할
때, 나는 세상의 밝음에 나를 가리고 웃었다. 그리고 떠들썩한
잔치에 몰래 따분함을 들여다 놓고 고아처럼 기도했다.
사람들이 "나는 구세주가 살아 계심을 안다."고 말할 때, 나는
"그는 죽었소."라고 말해 주었다. 그리고 그들이 "하느님은

죽었소."라고 말할 때, "하느님은 날마다 켄터키강에서

낚시를 하신다오, 나는 종종 보지요."라고 대답했다.

사람들이 기부를 해 달라고 할 때 나는 싫다고 했고,

그들이 필요한 것보다 더 많이 모았을 때 줄 수 있을 만큼

내주었다. 사람들이 함께하자고 할 때 나는 거절하고

홀로 가서 그들이 청한 것보다 많은 일을 했다. 사람들은

"그러면 국제반골동맹을 결성하시지."라고 말했고,

나는 "자넨 평화에 반대하는 사람들은 다 죽였나?"라고

대꾸했다. 어쩌겠는가. 사람들을 거스르면서, 그리고

사람들의 질문에 모른다고 대답하면서, 나는 그 뒤섞임

속에 무척 조화로운 울림이 스며드는 걸 듣곤 한다. 그것은

진리에 이르는 하나뿐인 길도 가장 쉬운 길도 아니다.

그것은 어느 한 길이다.

웬델 베리Wendell Berry

《농사 : 길잡이 책Farming : A Hand Book》에서

고마운 이들에게

먼저 데이브 스미스에게 고마움을 전하며, 이 책을 그에게 바친다. 데이브는 스미스 앤드 호큰의 공동 설립자로 이 책을 쓰라며 돈을 지원하고 쉼 없이 나를 북돋아 준 이다. 미국 기업이 규모를 키우면서 타락한다고 여기는 이들은 데이브를 내가 아는 만큼 잘 알 필요가 있다.

다음으로 특히 고마운 이는 첼시 그린 출판사의 편집자 짐 슐레이이다. 어휴. 그이의 능력과 헌신 덕분에 엄청나게 짜증 난 적이 여러 번이었다. 대개 그가 옳고 내가 틀렸기 때문이다. 이 원고가 여러분에게 쉬이 읽힌다면, 그 공은 지치지 않고 애쓴 짐에게 온전히 돌아가야 한다. 사실 모든 장에 그의 손길이 구석구석 닿아 있으니, 나는 작가들의 버릇과도 같은 인사치레를 버리고, 혹시라도 오류가 남아 있다면 그건 모두 짐 탓이라 하겠다. 농담이다.

반골 농부가 뜻한 바를 이루려면, 틀림없이 반골 아내와 가족, 그리고 꽤 반골다운 친척과 지인 무리가 있게 마련이다. 구태여 한 사람 한 사람 밝히지 않아도 아는, 나에게 큰 도움을 주는 이들이다. 이 가운데 누구에게든 다 갚지 못할 만큼 도움을 받았다.

친구이자 대학교수인 캐미야르 엔샤이언과 데이비드 오어에게 각별한 고마움을 전한다. 내가 농업계의 반골이듯 이들 또한 학계의 반골로서, 큰 용기를 내어, 자신의 경력에 문제 될까 저어하지 않고, 대학 체제의 문제점을 짚는다. 내가 밀고 나아갈 수 있도록 큰 힘을 준 참된 스승들이다. 대학에서 가르치는 이들이 두 사람 같기만 하다면, 대학은 다시 분별을 찾을 것이다.

차례

여기 성벽에 남아

　열두 살 때 어느 날이 또렷하게 떠오른다. 아버지와 함께 다니며 곰보버섯을 땄다. 나는 신이 나서 아버지에게 떠들어 댔다. 사냥총 한 자루를 들고 개와 함께 자연 속에 들어가 살기로 마음먹었다고. 산허리 맑은 냇가에 오두막을 짓고, 날이면 날마다 송어 구이랑 버섯 튀김이랑 히커리너트 파이를 먹으며 행복하게 살 거라고. 나는 생존 기술을 한껏 갈고닦아 누구보다 자연이 높이 치는 사람이 될 거라고. 아인슈타인이나 얼간이 학교 선생님들이 상상조차 못하는 것들을 알게 될 거라고.

　아버지가 맞장구칠 거라고 생각했던 건, 아버지가 쓸쓸한 숲과 강기슭으로 영영 떠나와 땅을 일구는 이였기 때문이다. 아버지는 눈살을 찌푸리다시피 하고서 차분히 말문을 열었다. 참으로 우러난다기보다는 말해야 할 책임이 있다고 여기는 것을 꺼내는 듯한 목소리였다. 아버지는 세상 속으로 나아가서 세상에 무언가 이바지하는 일을 생각해 보라고 했다.

　불행하게도 나는 아버지의 도움말대로 살려고 했고, 나한테 더 나은 길이 무엇인지 열두 살 때 이미 알았다는 걸 마흔두 살이 되어서야 깨달았다. 그날 말했던 그 남다른 자유를 찾아 곳곳을 헤맨 끝에 나는 어린 시절에 살던 고향, 그러니까 내 시작이 이루어진 곳으로 돌아왔고, 자유를 찾았다. 그 길에서 배운 것은 자신의 마음을 따르라는 것이었다. 처세술을 가르치는 조언들이란 하나같이 그른 것이 많다. 어떤 상황에서든 들어맞는 참된 도움말이 하나 있다면, 늘 요리사를 사귀어 두라는 것이다.

얼마 동안 나는 미국 사람들이 자립하고자 하는 바람을 잃었다고 생각했다. 자립을 이루었는가를 가늠하는 잣대는 얼마나 많은 먹을거리와 입을거리, 지낼 곳과 만족을, 스스로 일굴 수 있느냐이다. 얼마나 많이 사들일 수 있느냐가 아니다. 이런 자유가 캐묻는 것은 삶의 의미이지 콜레스테롤의 의미가 아니다. 이 자유는 '먹고사는 일에 문제가 될' 거라는 두려움 없이 자신이 생각하는 바를 숨김없이 말할 수 있게 한다. 그런 두려움 탓에 도시에서 잘나가는 많은 지인들이 입을 닫고 살며 언론의 자유를 돈과 맞바꾸지 않는가. 어느 한 사람도 자신이 믿는 바를 떳떳하게 말하지 않는다. 힘없는 나라들에 '선의의' 폭격을 퍼붓는 클린턴 대통령도 부시 전 대통령만큼이나 제정신이 아니라고, 그렇다면 투표란 대놓고 저지르는 테러 행위를 승인하는 짓이 아니냐고 말이다.

그러다가 내가 꿈꾸던 것보다 훨씬 더 자립하여 살고 있는 사람들 이야기를 듣게 되었다. 제도라는 위대한 신의 보살핌으로부터 작정하고 스스로 멀어진 이들이다. 거룩한 공적 기반의 축복을 벗어나서야 제 형편에 맞는 땅을 찾을 수 있었기 때문이다. 심지어 그런 전선에 뛰어들 처지도 못 되어서 빈민가를 에덴동산으로 바꾸고 있는 이들도 있었다. 내가 알게 된 음악 교수 한 사람은 말을 부리며 농사를 지었고, 교수직을 물러나서는 말이 끄는 현대식 기계를 손수 만들었다. 한 과학자는 퇴비로 탈바꿈된 하수 찌꺼기 덕분에 채소가 병에 걸리지 않는다는 사실을 알아냈다. 식구들과 함께 외딴 시골에서 농사를 짓는 어떤 이는 버려지는 나무로 아름답고도 쓸모 있는 물건을 만들어 100만 달러를 버는 사업을 시작했는데, 희귀병 탓에 조화로운 근육의 움직임을 하루하루 잃어 가는 처지였다. 베트남 이민자 한 사람은 연못을 뒤덮듯 떠 있는 개구리밥으로 폐수를 정화하는 방법을 생각해 냈고, 나중에는 개구리밥으로 영양 많은 단백질 보조 식품을 만들었다. 한 록 가수는 1000에이커짜리 농장을 사들여 자연 상태로 되돌려 놓았다. 이제 그 땅은 농장이던 때보다 먹을거리를 더 많이 길러 낸다.

퓰리처상을 받은 언론인은 하던 일을 때려치우고 유기 농산물을 길러 팔기 시작했다. 이름난 만화가 한 사람은 직원 50명이 일하는 큰 건물 배수 시설을 고쳐서, 여기서 나오는 똥오줌으로 외래 식물을 기르고 물고기와 홍합을 키우며 맑은 물을 자연으로 내보낸다. 어느 도급업 자는 다 쓴 타이어, 흙, 맥주 캔으로 집을 짓고 오로지 해에서만 에너 지를 얻는다.

멧비둘기 소리가 다시 땅에 울려 퍼질 수 있다고^{아가서 2장 12절에서 비롯}^{된 표현이다.}, 지난날 우리 농장이 있던 터에서 어슬렁거리던 와이언도트 족과 모히칸족 노인들은 말했으리라. 창조의 에너지가 새로 몰려와, 지구가 지속 가능한 쪽으로 나아가 스스로를 구할 수 있도록 움직여 간다. 돈 많은 정치 후원자들이나 케케묵은 제도권 허풍쟁이들 누가 이를 막을 수 있을까.

우리는 앞장서서 새로운 갈래의 종교 자유와 경제 자유를 좇는 개 척자다. 중앙에 집중된 권력이 낳게 마련인 악을 멀리한다. 우리의 하 느님은 대성당 안에 머물지 않고 밭에서 우리와 함께 괭이질하며 걸 으신다. 때로 하느님은 파랑새 둥지를 들여다보고 찌르레기와 참새가 분탕질을 쳐 놓은 걸 살피시는데, 나는 남의 둥지를 빼앗는 도둑떼를 왜 만들어 냈냐며 하느님을 몰아붙인다. 하느님은 빙그레 웃으며, 어 리석은 과학자들이 찌르레기와 참새를 미국에 들여온 것이지 하느님 이 그런 게 아니라고 일깨우신다.

우리는 경제 기관을 신중하게 대한다. 은행의 대리석 벽 안에 든 종이돈에 기대지 않고, 해와 흙과 땀에, 그리고 땀을 더욱 보람되게 만들어 주는 연장에 투자한다.

나는 우리를 성벽의 사람들이라 여긴다. 시대를 통틀어 우리는 지구의 변두리에 진을 쳐 왔다. 관습에 얽매인 겁 많은 동포들과, 중세 지도에 "용과 들짐승이 들끓는다."고 기록된 알려지지 않은 땅, 그 사이에 놓인 완충지대에 말이다. 우리의 운명이란, 한쪽으로는 용이 내뿜는 불길을 맞으며, 주류 문화가 삐그덕대며 허물어지는 중에 자기도취를 깨뜨린다며 되레 우리더러 야단하는 걸 견디는 것이다. 그러시든가.

히커리너트 파이 맛이 기가 막히다.

1   즐겁고 수월하게 일하기

우리 모두는 다시 돌아가 흙을 괭이질하고…… 손도끼로 들보를 다듬거나, 나무껍질을 벗겨 장대를 만들거나, 벌집을 떼어 낼 것이다. 다시는 거기서 멀어지지 않으리라. 여태까지 살아온 삶은 거기서 벗어나겠다는 허상이었다. …… 그런 생각을 떨치라. …… 그런 노동은 늘 거기 있을 것이니.

게리 스나이더Gary Snyder, 《참된 노동 : 인터뷰와 대담 1964-1979, The Real Work, Interviews and Talks 1964-1979》

조지 삼촌이 즐겨 말하길, 게으른 농부는 모름지기 가장 튼튼한 울타리를 친다고 했다. 그래야 몇 해 동안 다시 그 일을 하지 않아도 되니까 말이다. 자립 농사를 제대로 짓는 길을 삼촌만의 방식으로 표현한 것이었다. 몸 쓰는 일을 줄이는 게 정말 중요한데, 돈이 많이 드는 기계로 말고 솜씨를 부려 줄일 수 있는 만큼 줄여야 한다. 그래야 나머지 고된 일을 훨씬 즐겁게 할 수 있다. 이 가르침을 더욱 새겨들어야 할 사람은 우리처럼 농사를 지으면서 또 다른 일을 하며 먹고사는 이들이다.

　몸을 써서 알뜰하게 일하는 데 필요한 태도와 기술 목록은 괭이자루만큼이나 길다. 그래도 우리 외할아버지 헨리 롤의 이야기 한 토막이면 알차게 정리될 듯하다. 할아버지는 써레에 걸어 놓아 흔들거리는 의자에 앉은 채, 재미있다는 듯 싱긋 웃으며 말을 몰았다. 무게가 실린 써레가 땅을 더 잘 고르는지라 그렇게 앉아 있는 거라 했다. 힘겨운 일을 즐겁게 하는 데 가장 필요한 재주가 기계 다루는 솜씨인데, 외할아버지 롤이 바로 그걸 보여 주었다. 친할아버지도 마찬가지였다. 할아버지는 어릿간barn 앞 풀이 난 널찍한 마당 한가운데에 말뚝 하나를 박고, 밧줄 한끝을 거기 걸었다. 다른 끝은 풀밭 가장자리에 있는 풀 깎는 기계에 묶었다. 아닌 게 아니라 기계가 혼자 움직이면 밧줄이 말뚝에 감겨들면서 점점 좁게 원을 그리며 풀을 깎았다. 그동안 할아버지는 그늘에 앉아 껄껄 웃으며 발효 사과술을 들이켰다.

기계를 다루는 솜씨만큼이나 중요한 것이 내가 능숙함이라 일컫는 것이다. 훌륭한 운동선수는 능숙하다. 다시 말해 놀랍도록 재빠르고, 몸의 여러 기관과 근육을 조화롭게 쓸 줄 안다. 근육의 힘을 적절한 순간, 적절한 자리에, 가장 효과적으로 쓰는 법을 알아채는 감각을 타고났다. 우리 사회는 야구방망이와 골프채, 테니스 라켓을 멋지게 휘두르는 능력을 과학이니 예술이니 하며 치켜세운다. 그 같은 관심과 명예 한 쪼가리만이라도 괭이, 도끼, 삽, 쇠스랑에 내어 줘 보라. 우리는 화석연료를 먹어 치우는 기계의 도움을 받지 않고도 사람이 얼마나 많은 일을 해낼 수 있는지 놀랄 것이다. 더 나아가 농사일에 어두운 글쟁이들이 이를 두고 "등골이 휘는" 일이라고 겁을 주려는 생각조차 안 할 것이다. 등골이 휘는 걸로 따지면 미들 라인백커middle linebacker, 미식축구에서 수비선의 뒤쪽 중앙에 있는 선수. 달려오는 상대 팀의 공격을 막는다. 보다 더한 게 있겠는가? 산업화 이전에는 문명이 겨루는 자리를 마련해 이런 일들을 우러렀다. 몸으로 하는 일을 무척이나 즐겁게 만드는 방식이다. 농부 노블 굿맨은 내 어린 시절 우상 가운데 한 사람이었는데, 오하이오의 뛰어난 소프트볼 투수이자 1937년 우리 주 옥수수 따기 시합 우승자였다.

고된 일이 어떤 거라고 싸잡아 말하기 어려운 까닭은 사람마다 고되다고 여기는 정도가 다르기 때문이다. 어린 내게 영향을 미친 농부가 또 있다. 헨리 빌스는 벨기에에서 건너온 농부로, 20세기 초에 엄청난 어려움을 숱하게 겪으면서도 농사의 길을 닦아 뜻한 바를 이루었다. 그는 손괭이로 하루에 4에이커, 한 철에 60에이커나 되는 사탕무밭 풀을 뽑고 솎아 내는 일을 대수롭지 않게 여겼다. 다른 농부들은 일이 너무 많다고 여겼을 것이다. 하지만 헨리는 생각이 달랐다. 그는 혼자 힘으로 일했고 그 덕분에 모든 게 달라졌다. "할아버지는 앞을 내다보았죠." 그이의 손자 헨리는 말한다. "할아버지가 기꺼이 땀 흘려 일한 까닭은, 그 보람이 되돌아오리라 믿고 있었던 겁니다." 아무렴 그렇고말고. 1940년대 어느 해에 그는 손괭이로 가꾼 사탕무로 1만 5천 달러를 벌었다. 당시로서는 꽤 큰돈이라 단번에 빚을 싹 갚아 버렸다. 요즘은 농사로 그렇게 돈을 벌 수 없다. 어리석게도 우리가 괭이를 우습게 여기고 그 존재를 까맣게 잊은 탓이다.

헨리는 어려운 때를 거듭 겪으면서도 농사에서 도망치지 않았다. 문학계의 햄린 갈런드Hamlin Garland, 1860~1940, 미국의 소설가이자 시인으로, 고되게 일하는 중서부 농부를 글에 담았다. 무리가 농부를 깔보고 헐뜯는 책을 줄줄이 써서 '등골이 휘는 노역'과 경제적인 실패를 그려 낸 것과는 다르다. 헨리가 농사에 관한 책을 썼다면, 박한 땅을 사들이고 거기서 쫄딱 망한 뒤에도 삶이 무척 재미있고 보람찼다고 말했을 것이다. 먼저 자신이 저지른 실수를 털어놓고 기름진 땅에서 다시 시작해서 꿈에 그리던 것보다 더 많은 것을 일구었다고. 물론 헨리는 책을 쓰다니 이야말로 참을 수 없이 괴로운 일로 여겼겠지만. 그 집 아들들은 아버지와 맞서지 않았다. 햄린 갈런드와 그 비슷한 소설가들 표현대로라면 그는 아들들에게 고된 일을 떠맡겼는데도 말이다. 아들들 또한 모두 농부로서 많은 것을 이뤘다. 사랑이 미치는 곳에서, 일은 거의 놀이이다.

우리 부모님이 열심히 농사를 지은 건 그래야 했기 때문이지만, 두 분은 일에 놀이를 뒤섞는 데에 기막힌 재주가 있었다. 이른 겨울 옥수수 베어묶개binder, 바인더가 쓰러뜨린 옥수숫대에서 옥수수자루를 따내는 일은 따분한 잡일이었어도, 옥수수 그루터기만 남은 빈 땅을 걸으며 화살촉오하이오 들판에서는 고대 원주민들의 유물이 많이 발견된다.을 찾아다니는 건 신나는 일이었다. 화살촉을 찾으며 어머니는 읽고 있는 책이나 얼마 전 본 최신 영화 얘기를 끊임없이 풀어냈다. 때로는 어머니와 아버지가 종교 문제로 입씨름을 하시곤 했는데 그건 훨씬 더 재미났다.

우리 부모님이나 아내의 부모님 모두 부지런히 일하는 걸 한껏 추어올린다. 진짜 마력馬力으로 살던 시대가 기술이 발전한 지금 이 시대보다 훨씬 재미나고 압박감은 한결 덜했다고 입을 모은다. 짚단을 묶어 쌓거나 곡식을 거둘 때처럼 몸 쓰는 일이 끝도 없이 이어질 때, 농부는 일손을 살 수 있었다고 했다. 아니면 이웃끼리 품앗이로 일을 거들었다. "젊은이들은 겨울날 저녁이면 집집이 옮겨 다니면서 어릿간에 쌓아 둔 옥수숫단에서 옥수수를 뗐다고 하더구나." 아버지는 할아버지에게 들었던 말을 들려주곤 했다. "그때는 개량 옥수수가 나오기 전이라 빨간 옥수수가 많을 때였는데, 껍질을 벗기다가 빨간 옥수수가 나오는 사람은 사랑하는 사람에게 입을 맞추곤 했대."

이런 얘기가 나오면 아내의 어머니 헬렌 다운스도 지난날을 돌이켰다. "우리가 조그만 마차를 뿌듯하게 여기는 마음은 요즘 젊은이들이 승용차를 자랑하는 것 못지않았지. 게다가 우리는 죽을 때까지 빚을 진 채 드림셈으로 갚을 일도 없었잖아. 마차 안에서 주고받는 유혹도 꽤나 즐거웠고 말이야. 마차는 말이 알아서 끌고 갔어." 잠깐 말을 멈추고 빙그레 웃고는 한마디 더 한다. "시내에 갈 때면 먹을거리를 싣고 가서 팔았어. 식품점은 늘 우리한테 외상을 깔았지."

사실 농사가 가장 힘들 때 몸뚱이는 고되다. 하지만 식당을 운영하거나, 시카고 상품거래소에서 흥정을 붙이거나, 올림픽을 준비하는 훈련보다 더 고되지는 않다. 그런데 우리 문명은 이렇듯 압박감에 시달리는 직업들을 추켜세우면서 농사는 고역이라는 이미지를 꼭 붙들고 있는데, 모든 증거는 그 반대를 가리킨다. 처남 모리슨 다운스는 곧잘 말한다. "농사일을 그만두고 도시로 떠난 건 주말에 좀 쉬려는 마음이었거든. 지금 나는 주말에도 일하는데 제기랄, 농부들은 죄다 낚시를 가더라고."

농사일이 실제로 얼마나 짜릿한 것인지를 느낄 수 있을 만큼 생물학적 세계인 농업을 제대로 아는 이가 거의 없다는 건 정말 부끄러운 일이다. 생태 감수성이 뛰어난 농부를 200마력짜리 트랙터를 모는 사람에 견주는 일은, 프랑스 요리사를 패스트푸드점에서 햄버거를 내놓는 사람에 견주는 일과 매한가지이다. 프랑스 요리사의 일에는 예술적·과학적·정신적 만족이 스며든다. 하지만 패스트푸드 햄버거를 내놓는 일은 오로지 째깍째깍 정확한 시간을 맞추는 것만이 중요하다. 마지못해 밭에 들어선 쟁기잡이에게 땅이란 부수어야 할 흙덩이가 널린 지겨운 풍경이다. 생태를 소중하게 여기는 농부에게 모든 흙덩이는 놀랍도록 색다르고 열대지방처럼 화려한 빛깔의 미생물들이 들어 있는, 바로 생명 그 자체이다.

그렇지만 32에이커에 농사를 짓는 우리 같은 소농조차 일거리는 꽤 많다. 그 일을 즐거이 하는 건 하나의 소명이라고 나는 생각한다. 모든 이가 그런 일을 즐겁게 할 수 있는 건 아니다. 하지만 많은 이들이 불만스레 살아가는 건, 얼마 동안은 나도 그랬지만, 까닭이 있다. 자신이 무언가를 길러 내는 사람, 다시 말해 농부로 타고났다는 걸 모르기 때문이다. 그런 이들이 때로 절충안으로 텃밭 농부가 되는데, 그도 괜찮다.

이 소명은 육체노동을, 적어도 건강을 위해 천천히 달리는 운동보다는 훨씬 즐겁고 재미나게 만든다. 그런데 여기에는 어떤 특징들이 있다. 천천히 익혀 갈 수도 있지만, 내 생각에는 대개 타고나는 것 같다.

첫 번째는 집을 사랑하는 마음이다. 자립 농사에 참된 사명감을 지닌 이들은 바로 곁에 있는 것들에 깊이 빠져든다. 그래서 온 세상을 돌아다니며 진리나 아름다움, 즐거움 따위를 구하고 싶은 생각이 들지 않는다. 위대한 박물학자 앙리 파브르는 뒤뜰을 살아 있는 평생 실험실로 탈바꿈시켜 곤충을 연구했다. 그처럼 참된 농부는 자신의 땅과 마을을 끊임없는 발견의 화수분으로, 작은 우주로 바라본다. 엄청나게 큰 협곡과 열대우림, 환상적인 도시의 불빛, 지금은 뚜렷하게 길이 난 황무지, 문명들이 일어섰다 사라진 역사 모두가 자신의 마을과 이웃에서 되풀이되는 걸 안다. 바깥 세계가 자기 삶 속에 어떻게 스미는지 더 잘 알고 싶다면, 책이나 라디오, 텔레비전, 전화, 컴퓨터로 '나들이' 할 수 있다. 거기서 우리는 사람들은 어딜 가나 똑같고, 마을 사람들을 사귀고 드나드는 곳을 늘려 갈 때 인정을 나눌 수 있다는 것을 배운다. 하다못해 어리석은 언행을 견디는 법이라도. 오하이오의 시골집에 앉아 집에서 만든 소갈비와 사과파이를 먹으면, 화려한 파리에서 샤토브리앙과 크렘브륄레를 먹는 것이 부럽지 않다. 더 정확히 말하면, 우리는 오하이오의 시골집에서 샤토브리앙과 크렘브륄레를 먹을 수 있다. 이런 감수성을 지닌 농부는 농사일을 짐스럽게 여기는 마음가짐에서 벗어날 수 있다. 큰 도심 어딘가에 있는 멋지고 화려한 어떤 것을 놓치고 있는 게 아니라는 걸 알기 때문이다.

그리고 여기 우리 이웃에 떠도는 흥미진진한 이야기들은 소설 뺨친다. 내가 무람없이 드나드는 거의 모든 농장이나 이웃집에서 들을 수 있는 이야기다.

가까운 작은 시골 묘지에 임신한 여인의 묘가 있다. 상대 남자는 약혼남이 아니라 그 여인의 아버지가 부리던 일꾼이었다. 남편이 될 남자는 약혼녀를 버렸고 여인은 스스로 목숨을 끊었다. 목수가 관을 짜는 동안 남자는 여인을 누일 관에 침을 뱉었다. 그건 모두 아주 오래전에 일어난 일들이지만, 아직도 해마다 5월이면 누군가 묘지에 꽃 한다발을 두고 간다. 누가 그러는지는 아는 이가 없지만.

묘지 바로 북쪽은 바우어네 형제가 우리 증조할아버지를 거의 죽도록 패고 땅에 쓰러뜨린 채로 내버려 두었다는 이야기가 전해 내려오는 곳이다. 증조할아버지가 독일에서 이민 온 농부이고, 무엇보다 가톨릭 신자라는 반감 때문이었다. 때리는 모습이 내다보이는 집에 살던 가족이 증조할아버지를 보살펴 살려 놓았다. 그 집안 후손인 홀린스헤드 가족이 아직 거기 산다. 증조할아버지는 이들에게 언젠가 바우어 농장을 손에 넣겠다고 말했고, 진짜 그렇게 했다.

바로 그 옆집은 서른 해 넘게 어릿간 지붕 위로 바람 자루가 산들바람 속에 잔물결처럼 펄럭였다. 하지만 그 언저리에는 지난날에도 오늘날에도 공항이 없다. 무슨 소리냐고? 월터와 베러나이스 케일 부부는 거기서 젖농삿집을 오랫동안 꾸렸다. 그 집 아들 존은 늘 조종사가 되고 싶어 했고, 마침내 해군 조종사가 되어 한국전쟁에 참전했다. 월

터는 어릿간 뒤쪽 들판에 풀을 짧게 깎아 기다랗게 길을 냈다. 존이
전장에서 돌아와 농장을 이어받을 때, 편하게 비행 연습을 이어 가도
록 활주로를 닦은 것이다. 하지만 존은 전쟁터에서 비행기가 격추되
는 바람에 전사했다. 몇 달 뒤 부모가 여전히 슬픔에 빠져 있을 때였
다. 된바람이 농장에 불어닥쳤고 곧이어 한 청년이 현관에 나타나 싱
긋 웃었다. "좀 전에 비행기를 댁의 땅에 착륙시켰습니다." 그가 말했
다. "된바람을 맞아 내려야만 했는데, 저 활주로가 없었다면 어떻게 되
었을지 모르겠습니다." 그 청년은 빌 다이비니아크, 〈세인트루이스 디
스패치St. Louis Dispatch〉의 사진기자였다. 그는 활주로에 얽힌 이야기를
듣고 깊이 감동했고, 해마다 농장을 찾아와 잃어버린 아들을 대신해
효자 노릇을 했다. 하지만 이제 월터는 세상을 떠났고 베러나이스는
요양원에서 산다. 다이비니아크는 농장이 팔릴 때까지, 어릿간 꼭대
기에 바람 자루를 달아 펄럭이게 했다. 그와 케일 부부가 기적이 일어
난 거라고 믿는 사건을 기념하듯이. 그리고 어떤 잣대로든 그것은 기
적이었다.

내가 어디서 더 깊이 세상을 겪을 수 있겠는가? 펜실베이니아의 앤
드루 와이어스Andrew Wyeth와 그 집에 이웃한 쿠어너 농장이 떠오른다.
벌써 여러 차례 쓴 이야기지만, 이 책 뒷부분에서 실례를 들어 조금 더
이야기하려 한다. 와이어스는 쿠어너 농장에서 수많은 그림을 그렸
고, 그 가운데 그의 이름을 한껏 드높인 작품들도 많다. 이 책의 표지 그림

이 와이어스의 작품이다. 그는 이 소박하고 수수해 보이는 조그만 땅에서 자신이 그릴 수 있는 모든 걸 그려 냈을까? 결코 그렇지 않다. 칼 주니어 쿠어너Karl J. Kuerner는 쿠어너 농장에서 태어나 거기서 자랐고, 자기네 시골집 풍경을 꾸준히 그리는 화가로 이름난 사람이다. (영문판 이 책 《The Contrary Farmer》의 표지 그림이 이이의 작품이다.) 그가 얼마 전에 이런 이야기를 들려줬다. 시골과 시골 사람들의 예술적 가능성을 두고 이야기를 주고받던 가운데, 와이어스는 이렇게 말했다고 한다. "칼, 우리는 아직 이 빙산의 끄트머리도 건드리지 못했다네."

이렇듯 시골 풍경에서 남다른 아름다움과 드라마를 보는 능력을 지닌 이들이 참된 농부이다. 힘들고 고된 나날 속에서조차 일은 그 덕분에 비록 즐겁지는 않더라도 견딜 만한 것이 된다. 조각보처럼 단정하게 나뉜 농지와 텃밭은 언제나 땅 주인의 눈을 즐겁게 한다. 흐르는 땀방울 때문에 흐릿하게 보인다 해도 그렇다. 해가 떠올라 지는 동안 풍경의 빛깔이 쉼 없이 변한다. 해질녘에 밀밭은 잔물결이 이는 붉은 호수처럼 바뀐다. 나무둥치는 아침에 밤색이다가 놀랍게도 어느 신비로운 저녁, 특히 겨울날 저물어 가는 햇살에 잠기면 오렌지빛으로 바뀐다. 이윽고 달빛 아래에서 밑동이 칠흑 빛깔이 되어 흰 눈 속에 도드라진다. 그 모습을 보면, 찬 공기를 맡아도 아무렇지 않았던 숨이 그만 멎을 것 같다.

반골 농부들은 자신을 한계 끝까지 밀어붙이고 싶은 고집스러운 마음으로 힘든 일을 즐기기도 한다. 덥고 지치고 먼지를 뒤집어쓰면서도 내가 즐거이 말린 꼴을 쌓는 건, 저녁에 싹 씻고 현관에 앉아 레모네이드를, 특히 진을 살짝 섞어 마시는 기분이 아주 그만이기 때문이다.

이렇듯 마음먹기에 따라 농사일을 즐겁게 할 수 있다. 더 나아가, 쓸모 있는 기술과 방법으로 일을 수월하게 하는 길이 있다. 첫 번째 원칙은 자연이 대신 해 주는 일은 하지 않는 것이다. 새로이 강조하지만, 돌려 먹이는 꼴밭에서 사시사철 가축을 놓아먹이는 일이 으뜸가는 본보기이다. 이에 관해서는 뒤에 더 말하겠다. 풀을 죄다 말려 어릿간으로 나르느니, 젖소가 적어도 초겨울까지 알아서 풀을 뜯어 먹도록 하는 게 낫지 않은가?

하지만 자연이 대신 일하게 하는 원리는 훨씬 복잡하다. 시대를 앞선 스웨덴 과학자 스테핀 델린Stefin Delin은 몇 해 전에 "생물학적 과정은 산업 질서보다 훨씬 효율적인 광대한 질서다."라고 말했다. 말하자면 자연의 다양성이 힘든 농사일을 덜어 줄 터인데, 그러려면 더 큰 기계가 아니라 생태를 잘 알아야 한다는 것을 제대로 설명하기까지는 시간이 걸린다는 얘기다. 앞으로 더 많은 지식을 탐구하고 새로운 낱말을 만들어 나가야 할 것이다. 매혹적이지만 아직은 가물거리는 원리를 이해하고 싶다면, 나와 함께 우리 작은 농장을 마음속으로 거닐어 보자. 우리 농장의 으뜸 목표가 생물학적 다양성이기 때문이다. 우리 농장에는 사람 무리를 비롯해 양·닭·젖소·꿀벌·돼지 무리가 살고 있다. 내가 더 해맑았던 시절에는 타고 다니는 말도 있었다. 옥수수, 귀리, 밀, 과일나무, 풀, 콩, 산열매 나무, 텃밭 채소, 그리고 농장에서 기르는 모든 것이 우리 모두를 길러 주고 우리 또한 이들을 길러 주는 한 식구이다. 이들은 야생의 먹이사슬과 적대적인 조화를 이루고 있다. 그리고 얼마나 다양한지 하나하나 다 꼽을 수가 없는 짐승과 벌레와 식물이 있다. 조그만 우리 농장에서 나는 새 130종, 미국너구리를 사냥하러 나온 사냥개들 빼고 들짐승 40종, 50종이 넘는 들꽃, 45종이 넘는 나무, 셀 수 없이 많은 아름다운 나비, 나방, 거미, 딱정벌레 따위와 수억 포기에 이르는 풀을 발견한다.

그런 다양성이 일을 덜어 주는 데 어떤 노릇을 할까? 보나마나 되레 일이 늘어난다는 소리 같지 않은가? 그렇지 않다. 한 예로, 우리 농장은 화학농사를 짓는 들판으로 둘러싸여 있는데, 거기서는 캐나다엉겅퀴가 몹시 해로운 풀이다. 엉겅퀴 갓털이 우리 밭에도 날아오고, 때로는 씨앗이 뿌리를 내린다. 전문적으로 캐나다엉겅퀴를 뿌리 뽑는 방법은 알맞은 제초제를 뿌리는 것이다. 일을 해서 번 돈으로 제초제를 사고 뿌리는 노동을 해야 한다는 얘기다. 하지만 제초제가 그 땅에서 엉겅퀴를 그다지 잘 못 막는 게 흔히 보인다. 반면 우리는 제초제를 쓰지 않는데도 캐나다엉겅퀴가 골칫거리가 안 된다. 제초제를 안 뿌리는 까닭은 거미줄처럼 얽힌 우리 농장의 다양한 생태와 관계가 있다. 무엇보다 캐나다엉겅퀴는 갈아엎은 흙을 좋아해서 마치 초기 기독교 신자들처럼 불어난다. 엉겅퀴 모가지를 쳐 내면 쳐 낼수록 더 퍼진다. 하지만 우리 농장은 대부분, 끝내 혹은 오래도록 사라지지 않을 두터운 떼로 덮여 있다. 엉겅퀴 씨앗이 쉬이 자리를 잡지 못하니 땅을 돌보기 쉽다. 둘째, 우리 양들은 따끔따끔할 텐데도 엉겅퀴가 풀밭에 자라나면 냠냠 뜯어 먹어 풀이 무성해질 틈이 없다. 또 노린재와 아직 뭔지 모르는 다른 벌레가 엉겅퀴 잎을 갉아 먹어서 병이 드는 바람에 더 자라나지 못한다. 더 흥미로운 건, 떼를 뚫고 자라나는 엉겅퀴도 있는데 더러 병이 들어 꼭대기가 하얗게 변해 꽃을 피우기도 전에 죽고 만다는 것이다. 한두 번 풀을 베는 건 어쨌거나 내가 해야 하는 일인데, 그것만으로도 캐나다엉겅퀴는 말끔히 관리된다. 따로 더 할 일은 하나도 없다.

나는 농장에 사는 종이 더욱 다양할수록 그 생명들이 어느 한 종이 눈에 띄게 번성하지 않도록 서로 더 잘 조절한다고 믿는다. 이렇게 다양성이 늘게 되면 그저 '균형'이라는 열매에 머물지 않는다. 다양성이 커진다는 건 나한테는 생물학적 활력이 커진다는 뜻이다. 이 덕분에 거둘 수 있는 먹을거리 양은 늘어나지만 사람이 하는 일 양이나 사들여야 하는 농사 물품은 늘어나지 않는다는 뜻이다. 토끼풀은 흙 속의 뿌리혹박테리아와 힘을 합쳐 공기 중의 질소를 끌어들여 쓸모 있게 바꾸어 쓴다. 뒤이어 자라는 식물들에게도 질소를 보태 주니 내가 따로 일하거나 돈을 쓰지 않아도 된다. 공장은 엄청난 돈을 퍼부어 공기에서 질소를 뽑아내고, 또 사회는 그렇게 만들어진 질산염으로 화약을 만드는 방향으로 나아갈 뿐, 땅을 기름지게 만드는 건 뒷전이다.

우리 땅 32에이커 가운데 10에이커는 주농장에서 1.6킬로미터쯤 떨어져 있다. 여기는 사람의 손길이 닿지 않은 오래된 숲으로, 불도저가 밀어내기 전에 우리가 사들였다. 우리는 그 숲에서 중요한 수확물을 거둔다. 겨울을 따뜻하게 나게 해 주는 땔감, 건축 자재로 쓸 목재, 그리고 우리 아들이 목공업에 쓸 나무 말이다. 우리는 그 나무를 땔감과 목재로 바꾸는 일을 해야 하지만, 그걸 만들어 내는 일은 모두 자연이 한다. 자연이 목재를 만들어 내는 것에 댈 때 사람이 철강을 생산하는 게 과연 에너지 효율이 더 클까?

우리 집터를 둘러싼 땅 20에이커는 여섯 부분으로 나뉜다. 길을 따라 이어진 2에이커에는 채소 텃밭과 과수원과 목공실이 있다. 그다음에 나오는 5에이커 남짓한 작은 숲에 집과 어릿간이 둥지를 틀고 있다. 겨울에 차가운 서풍이 불어올 때 나무가 바람막이처럼 어릿간을 지켜 주어서, 어릿간 둘레는 눈보라가 심한 날에도 무척 잠잠하다. 그 덕분에 겨울에 가축을 보살피기가 어렵지 않다. 나무가 바람을 막아 준다는 건 겨울에 집에 땔감이 덜 든다는 뜻이기도 하다.

이 숲 너머 12에이커쯤 되는 들판이 있다. 울타리로 나누어 영구 방목지, 임시 방목지, 곡식밭으로 쓴다. 쓸 만한 크기로 갈라 놓은 꼴밭 한 곳에는 땅을 파서 연못을 만들었다. 굳이 거기까지 물을 길어 나르는 일을 하지 않고도 꼴밭 돌려 먹이기^{순환 방목}를 할 수 있다. 여기서 더 가면, 뒤쪽으로 나무가 서 있는 2에이커짜리 풀밭이 나오는데 거기 냇물이 흘러간다. 이처럼 우리 농장은 오하이오 중북부에서 꾸릴 수 있는 온갖 농사터를 갖추고 뭇 생명을 보듬는 땅이다. 텃밭, 잔디밭, 과수원, 숲, 꼴밭, 곡식밭, 시냇물, 연못, 습지까지 있다. 이렇듯 땅과 거기서 나는 먹을거리가 두루 모자람 없이 잘 난다는 건, 말 그대로 우리가 사슴, 미국너구리, 토끼, 청설모, 마멋, 다람쥐, 거위, 오리, 코요테, 그리고 겨울마다 어릿간에 두는 곡물 수확기에 보금자리를 트는 주머니쥐에 둘러싸여 산다는 뜻이다. 우리는 마음만 먹으면 한 해 내내 먹을 고기를 야생에 가까운 환경에서 쉽게 얻을 수 있고, 반려동물을 기르지 않아도 된다. 에이커당 큰 동이로 두 동이 남짓한 마멋 고기가 꾸준히 나오는 건 생태 농업이 주는 덤이다. 어린 마멋 고기는 맛이 형편없지도 않다.

이 뭇 생명은 서로 영향을 미치면서 혼자서는 할 수 없는 일들을 해낸다. 예를 들어 젖소 똥은 지렁이들을 불러 모아 유기물을 맘껏 먹인다. 어린나무들은 해가 지날수록 작은 숲에서 살금살금 풀밭으로 뻗어 들어와 젖소에게 그늘이 되어 준다. 젖소 똥—지렁이—나무로 이어지는 환경 덕분에 멧도요가 농장에 찾아온다. 멧도요가 먹으러 오는 지렁이는 나무 그늘이 지고 젖소 발굽에 파헤쳐진 축축한 흙과 젖소 똥 밑에 있다. 이런 일들이 모여 맛있는 버섯이 바퀴처럼 둥글게 줄지어 자라나는 것은 우연이 아니다. 짐승 똥이 서서히 분해되어 흙으로 되돌아가 땅을 기름지게 하는 것 또한 우연이 아니다. 우리는 그저 감탄하며 바라보고 버섯을 따기만 하면 된다.

때로 다른 생명체들이 삯일꾼처럼 우리를 위해 일한다. 꿀벌은 가루받이를 해서 작물을 키우고 우리에게 꿀까지 준다. 내가 아는 농부들은 아직도 돼지와 소가 직접 사료용 옥수수를 거두게 한다. 마이크 라이컬츠라는 이름난 아이오와 농부는 자기 집 돼지들이 옥수숫대를 넘어뜨려 옥수수자루를 먹는다고 한다. "정말 볼만하지요."라고 말하며 싱긋 웃는다. "돼지가 옥수숫대에 다가가서 대에 붙어 있는 옥수수를 올려다봅니다. 그리고 주둥이 옆쪽으로 옥수숫대를 힘껏 후려치는 거예요, 쾅! 옥수숫대가 쓰러지죠. 누가 영상 좀 찍어 놓으면 좋겠어요."

우리 양은 울타리 둘레로 난 풀을 뜯어 먹는다. 덕분에 풀 벨 일이 크게 줄어든다. 그리고 양이 죽는 일이 생기면 곧 대머리수리들이 파란 하늘에서부터 내려와 앉아서는 죽은 양을 뜯어 먹는다. 여태 우리 농장에서 본 가장 메스껍고 아귀다툼 같은 광경이지만, 바로 그러한 까닭에 눈을 뗄 수가 없다. 중요한 건, 대머리수리 잣대로 볼 때 대머리수리는 이로운 활동을 하는 것이고, 내 잣대로 보아도 그렇다는 것이다. 죽은 양을 파묻는 일을 덜어 주기 때문이다.

우리는 철저하게 잘 관리되는 집약 농경지에서 사는 것처럼 보이지만, 한 주 한 주 보낼 때마다 어떤 특별한 또는 뜻밖의 자잘한 사건이 펼쳐지며 일이 가벼워지고 즐거워지기까지 한다. 바랜 듯한 초록빛 북미긴꼬리산누에나방이 현관 불빛 속에 팔락거리고, 버섯갓이 작은 모랫더미처럼 보이고, 또 다른 버섯갓은 남자의 음경을 빼닮았고, 개미가 진딧물의 단물을 빨아먹고, 돌을 깔아 놓은 우리 집 들머릿길 한가운데에 물떼새가 둥지를 튼다. 우리가 포포나무를 심고 세 해 뒤, 그것만 먹는 멋진 얼룩말호랑나비가 살포시 트랙터에 내려앉았다.

자연이 대신 일하게끔 하는 법을 익히면 텃밭 농사와 뜰을 가꾸는 데에도 이롭다. 많은 이들이 필요보다 곱절 더 자주 잔디를 깎아서 잔디를 망치고, 얼마 가지 않아 잔디밭이 너무 넓어서 잘 돌볼 수가 없다고 툴툴거린다.

조경사들의 가지치기 규칙, 또 조림사들의 어린 넓은잎나무 솎아 내기 규칙이 하라는 일들은, 한두 해만 진득하게 기다리면 그늘이 자연스레 알아서 해결하는 일이다. 열심히 거름을 모으고 뒤집으면서 텃밭 농부는 즐거움을 느끼고 흙에 양분을 보태 줄 수 있다. 하지만 거기에 드는 많은 에너지를 아낄 수도 있다. 떨어지고 잘린 잎과 풀이 흙을 덮은 채로 썩어서 퇴비가 되도록 두는 것이다. 그대로, 충분히 시간을 두고.

일을 덜어 주는 첫 번째 중요한 요인이 다양성이라면, 두 번째는 때를 잘 맞추는 것이다. 예를 들어, 잡초가 번지지 않도록 하기 위해서는 아직 어려서 매기 쉬운 때를 놓치지 않는 게 중요하다. 풀이 5센티미터까지 커 버리면 풀 잡기가 어려운 일이 된다.

때를 잘 맞추는 방법이 또 있다. 씹을 수 있는 양보다 많이 베어 물지 말라는 속담이 가르치는 대로다. 풋내기 텃밭 농부들은 대개 들뜬 마음에 지나치게 넓은 텃밭에 온갖 것을 잔뜩 심어 놓지만 제대로 보살필 시간이 모자라다. 프랑스에서는 뛰어난 텃밭 농부들이 9제곱미터에서 내가 지금 그 세 곱짜리 땅에서 거두는 것보다 많이 거두어들인다. 물과 흙의 양분, 노동력을 더 좁은 땅에 집중시키기 때문이다. 그리고 내가 땅 30에이커에 쏟는 시간은 대농이 일꾼 몇을 부리며 1000에이커에 쏟는 시간과 똑같지만 내가 들이는 비용은 훨씬 적다. 치러야 할 품값이 0원이고 우리 농기구는 훨씬 싸기 때문이다. 하지만 에이커당 소출은 훨씬 많다. 내가 온갖 기술과 시간을 쏟아붓는 땅은 비교적 좁은 면적이다. 이 경제적인 실리를 제대로 챙기려면 농사짓는 면적이 20에이커 밑이어야 한다.

"미국에서 우리는 농장 규모가 클수록 늘 효율도 크다는 게 사실인 듯 말해 왔다."고 플로리다대학교의 휴 포피노Hugh Popenoe는 꼬집었다. "하지만 그건 50에이커짜리 농장을 5천 에이커짜리 농장에 댈 때이다. 우리는 2·3·4에이커는 한 번도 이야기하지 않았다. 농장이 3에이커에 못 미칠 때, 수확량은 눈에 띄게 늘기 시작한다."

농장이 얼마나 작든, 일의 무게를 줄이는 길은 따로 있다. 많은 일을 한꺼번에 해 나갈 때, 한 해에 걸쳐 고루 나누어 어느 한철에 일이 죄다 몰리지 않게끔 하는 것이다. 우리 농장에서 일을 나누어 부담을 더는 방법을 잠깐 소개한다.

1월에는 별다른 일이 거의 없다. 날마다 되풀이되는 고만고만한 집 안일을 한다. 가축을 먹이고, 깨끗한 짚으로 깃을 갈아 주고, 거실 난로에 땔나무를 넣는다. 남아도는 시간에 책을 읽고, 텔레비전을 보고, 결코 실행에 옮기지 않을 거창한 계획을 짠다.

2월에 눈이 녹으면, 나무 베기 철이 시작된다. 찬바람이 서쪽에서 불어오면 숲 동쪽에서 나무를 베고, 찬바람이 동쪽에서 불어오면 숲 서쪽에서 나무를 벤다. 겨울 숲은 바람만 피하면 여름 숲보다 훨씬 상 쾌하다. 2월 말, 우리는 몇 그루 단풍나무에서 수액을 받아 졸인다.

3월에는 양털을 깎고 고기용 수퇘지 두 마리를 잡는다. 돼지 잡는 일은 나로서는 끔찍한 일이지만, 식구와 친구들이 손을 거드는 데다 가 딱 두 마리만 잡으니 일은 가볍다. 겨울잠을 자고 있는 밀밭과 가끔 은 꼴밭에도 토끼풀 씨앗을 뿌린다. 나무 베기는 이어진다. 3월이면 몇십 미터라도 새 울타리를 치고, 원래 있는 울타리에서 손보아야 할 곳을 손본다. 새 울타리를 치는 건 손이 많이 잡히는 일이지만, 제 노 릇을 못하는 낡은 울타리로 양이나 소를 가두는 것보다야 가뿐한 일 이다.

4월에는 양이 새끼를 낳는다. 초순이나 중순에 양을 풀밭으로 내보낸다. 월말이 가까워지면서 흙이 충분히 마르면 옥수수 그루터기만 남은 들판을 원판 쟁기로 갈고 귀리를 심는다. 꼴밭으로 가서 우엉이 있으면 괭이로 캐낸다. 양털이 우엉 열매에 돋은 가시에 엉킬 수 있기 때문이다.

5월에는 할 일이 산더미인데 일을 아무리 고루 나눈대도 그렇다. 가장 먼저 텃밭 채소와 옥수수를 심고, 뒤이어 7월까지 잘 돌보며 풀에 뒤덮히는 일이 없도록 한다. 아스파라거스가 무성해진다. 하지만 이제 막 따뜻해지고 벌레도 없는 나날 속에서 옷을 훌훌 벗고 싱그러운 햇빛을 받으며 산뜻한 봄기운을 누릴 짬은 언제나 있다. 새를 관찰하는 일은 일광욕에 잘 어울린다. 특히 눈 밝은 새침데기 새가 오는지 잘 살펴본다. 천사의 날개 같은 옷을 멋들어지게 차려입고 팔락팔락 날아다닌다. 보통은 그 지저귀는 소리로 알아챌 수 있다. 귀에 거슬리게 쯧쯧쯧 할 테니.

6월에는 말린 꼴을 마련하는데, 이게 가장 힘든 일이다. 하지만 나중에 다룰 텐데, 내가 말린 꼴 만드는 시간과 힘을 크게 줄이는 비결이 '기술적 영리함'이라는 걸 여러분은 알게 될 것이다. 또한 부지런히 김을 매는 중에도 낚시를 간다. 농장 연못에 사는 물고기는 6월에 가장 잘 잡힌다. 양봉 통마다 벌통을 덧붙인다. 그리고 배가 터지도록 딸기를 먹는다.

7월은 엄청나게 일이 많은 달 가운데 세 번째이자 마지막 달이지만,

그래도 소프트볼 게임은 한 차례도 빠지지 않는다. 이달에는 병아리일 때 사서 두 달쯤 키운 어린 닭을 잡는다. 말린 꼴로 쓸 풀을 두벌 베는 때가 이때이고, 밀과 귀리를 거두어 짚을 어릿간에 쌓아 둔다. 겨울에 짐승들 깃으로 써야 하기 때문이다. 양과 소가 꼴밭을 옮겨 다니며 풀을 뜯도록 하고, 비우고 간 꼴밭은 트랙터와 풀 베는 기계로 싹 정리한다. 양에게 생긴 기생충을 잡기도 한다. 나무딸기와 산딸기도 딴다. 나는 연못에서 헤엄을 치며, 눈을 꼭 감고 리비에라 해안에 와 있다고 상상한다. 리비에라가 어디에 있는 것이든 간에.

8월에는 농장이 한가해지는 시간이지만, 부엌에 들여놓는 먹을거리는 가장 많을 때이다. 토마토, 단옥수수, 껍질콩, 고추, 복숭아, 자두 같은 것들은 모두 통조림으로 만들거나 얼려서 겨울 먹을거리를 마련한다. 우리는 거둔 작물을 죄 한 번에 얼리거나 통조림을 만드는 법석을 떨지 않고, 조금씩 여러 번에 나누어 갈무리한다. 그래야 일이 고되지 않다. 또한 이달에는 대체로 어릿간에서 똥거름을 내다가 두벌 풀을 벤 꼴밭에 흩뿌린다.

옥수수는 9월부터 거두기 시작한다. 자루를 떼어 낸 단옥수숫대를 양과 젖소에게 먹이고, 꼴밭 풀이 다 말랐다면, 푸른 옥수수도 얼마 베어 먹인다. 옥수수가 다 익으면 옥수숫대에서 옥수수를 따기 시작하고, 때로는 자루가 달린 그대로 옥수숫대를 베어 다발로 세워 둔다. 월말이 가까워지면 마른 귀리 그루터기를 원판 쟁기로 갈아엎고 밀을 심는다.

10월에는 옥수수를 다 딴 뒤에, 맨 위에 올려 둔 벌통에서 먹을 꿀을 뜬다. 히커리너트와 호두를 거두고 사과 착즙기를 돌린다. 우리는 사과 사이다apple cider, 사과를 향신료와 함께 끓인 뒤 걸러서 마시는 마실거리, 사과 식초, 사과 소스 따위로 사과로 만들 수 있는 모든 걸 만든다. 그러고도 양과 젖소를 돌보느라 해야 할 일거리가 가득이다.

11월에 가장 중요한 농장 일은 마른풀거리를 베어 낸 땅을 가는 일이다. 숲에서 통나무를 베어 목재로 다듬기도 한다. 땔감을 마련하는 일도 시작하고, 붉은빛이 감도는 야생 포도덩굴로 화관을 만들며 다가올 연휴를 준비한다. 어린 양을 팔고, 송아지를 잡고, 숫양 한 마리를 암양 무리에 넣는다.

12월, 날씨가 좋은 날이라면 나무를 다듬는다. 목공소에서는 열띤 작업이 이루어지고, 우리는 크리스마스 선물을 만드느라 바쁘다. 다른 날에는 멀리 있는 친구들에게 편지를 써 보내고, 땔나무가 타는 따뜻한 난롯가에서 꾸벅꾸벅 졸기도 한다.

하루하루 되풀이되는 흐름이 있는데, 집짐승을 보살피는 일이라면 특히 그렇다. 저녁에는 반드시 먹이와 물을 주고, 알을 꺼내고, 송아지에게 젖을 먹이지 않는 젖소의 젖을 짠다. 하지만 날마다 시간을 들여 똑같은 일을 해 주어야 하는 가축이란 양 마흔 마리 안팎, 젖소 한 마리와 송아지, 수퇘지 두 마리, 닭 서른 마리여서 하루 한 시간 남짓이면 된다. 여름에는 모두 풀밭에 나가 있으니 시간을 들일 일이 거의 없다. 이제는 웬만큼 일이 손에 익은 데다가 빨리 해내는 법을 알게 된 터라 가축 수가 곱절로 불어나도 일하는 시간은 얼마 안 늘 것이다.

주말 동안 집을 비우려면 우리는 가축이 풀밭에서 지내는 철을 고르거나, 이틀을 지낼 만큼 넉넉하게 안에 먹이를 둔다. 다른 자립 농부들한테 미리 얘기해서 꼭 해야 할 집안일을 부탁하고 느닷없는 사태에 대비한 뒤라면 이틀 넘게 집을 비울 수 있다.

농장에서 몸을 쓰며 하는 일이 시간이 갈수록 더 중요해지고 있는데, 이런 점을 더 생각해 보아야 한다. 오늘날 사회가 잃어 가는 지식은, 어떤 일을 직접 몸으로 하는 방법이다. 나는 '진보'라거나 '앞섰다'라는 말을, 사람이 통제할 수 없는 기술로 돌아가는 나라에 쓸 수 있는 것인지 모르겠다. 지역사회가 중앙 권력에 기대어 먹을거리와 옷과 집을 해결할수록 점점 더 그 권력의 노예가 된다. 오늘날 평범한 미국 농부가 시간을 더 많이 들이는 일은 옥수수를 심을 때보다 지역 농업 안정보전국에 가서 보조금을 두고 언성을 높일 때이다.

오하이오주립대학교의 젊은 농업공학자 제이 도시Jay Dorsey를 참 좋아하는데, 이이는 동료 학자들에게 보낸 글에서 실제로 쓸모 있는 농업 지식이 사라지는 것을 안타까워한다. 그의 말을 조금 들어 보자.

오늘날 우리 농업은 기술에 크게 기대면서, 농부의 경영 기술과 능력을 망쳐 왔다. 더 많이 통제하려고 수를 쓰면서, 농부들은 기술이 발전하는 것과 상관없이 모든 농법에서 지켜야 할 기본 농사 원리와는 멀어지고 있다. 이를테면 다양한 농작물을 심어 안정성을 확보하고, 일을 되도록 빨리 해치우기보다는 때를 잘 맞추어 땅을 갈고 작물을 심어 풀과 벌레를 막고, 돌려짓기를 해서 공짜 질소를 얻고 흙을 기름지게 하며 잡초와 해충을 막는 일들 말이다. 농부들이 농사짓는 방법에 관해 실제 지식에 가까운 '감'을 상당히 잃은 까닭은 오늘날 기술이 그 지식을 하찮은 것으로 만들어 버렸기 때문이다. 그래서 농부들은 지난날과는 달리 자기 농장이나 흙을 '알지' 못한다. 어떤 의미에서는, 불리한 환경 조건에 적응할 수 있는 유연성을 잃은 것이다. 농부는, 그리고 다른 직업인들 또한 지난날 장인으로 여겨졌으나 날이 갈수록 기능공에 지나지 않는다.

한 예로, 손으로 젖소의 젖을 짜는 방법을 아는 전문가다운 농부는 이제 거의 없다. 감히 말하자면, 젖소 다섯 마리를 한 줄로 세워 놓고 젖을 짤 만큼 솜씨 있는 농부는 하나도 없다. 우리 어머니든 나든 아버지가 들일을 하느라 바쁠 때면 익히 한 일인데 말이다. 더 심각한 건, 오늘날 평범한 젖소는 유전자가 조작되어 착유기에나 맞는 변형 젖꼭지를 지닌 것이다. 젖꼭지가 너무 작아서 손으로는 젖을 짤 수가 없다.
농부가 실제 지식에 어두워질 때, 사회 전체에 얼마나 큰 해를 끼칠지 생각해 보자. 정말 많은 사람들이 먹을거리를 기르고 옷을 지어 입고 삶터를 마련할 길을 알지 못하고, 집을 짓거나 지붕을 고칠 줄 아는 이는 더욱 드물다. 이른바 훈련받은 기술자들뿐 아니라 누구도 고장난 전자제어식 승용차를 손볼 줄 모른다. 기술자는 자동차를 고치는 게 아니라 그저 낡은 부품을 새 부품으로 갈아 끼워 자동차가 다시 굴러가게 만들 뿐이다.

하지만 우리가 마주하고 있는 딜레마를 가장 잘 설명하려면 아무래도 실제 사례가 좋겠다. 어느 젊고 많이 배운 여성을 하나 아는데, 마음씨도 고운 사람이다. 지난해에 텃밭을 가꾸려고 마음먹고 감자를 잔뜩 심었다. 감자는 무럭무럭 자라났다. 그러던 어느 날, 그이 말대로라면 알 수 없는 까닭으로 감자가 싹 죽었다. 그는 감자 한 알도 열리지 않았다고 실망한 듯 친구들에게 말했다. 시들어 버린 밭을 살피는데 흙에서 툭 튀어나온 것에 발이 걸렸다. 발밑에 뭐지? 아니 야구공만큼 큰 감자가 아닌가. 오호라. 그는 흙을 파 보았다. 세상에, 온통 감자 천지네!

2

들판과 숲의 경제학

농장은 사람과 같아서, 소득이 얼마나 많든 낭비가 심하면 남는 게 없다.

카토Cato, 《농업에 대하여On Agriculture》,
기원전 200년 무렵

돈을 꾸는 이는 대부분 낭비가 심한 사람이다. 모든 악한 일은 대개 빌린 돈으로 자행된다. 모든 불의한 전쟁이 길어지는 것도 마찬가지다.

존 러스킨John Ruskin,
《야생 올리브 화관The Crown of wild Olives》,
1866년

소농으로 자립해서 잘 살아가고자 한다면, 오늘날 원가를 계산하는 방식에 관해 배운 모든 걸 말끔히 잊는 게 좋다. 훌륭한 경영 방식을 무시하라는 게 아니다. 다른 관점으로 이를 바라볼 필요가 있다는 말이다. 한마디로 산업 경제학이 아니라 전원 경제학의 관점이다. 오늘날 전원 경제학자는 대학, 정부, 기업 어디에도 없는 것으로 안다. 미주리대학교에서 은퇴한 학자, 해럴드 브라이마이어Harold Breimeyer가 거의 그럴 뻔했다. 그는 경제 및 정치 제도가 대규모 기업농에 이바지한다고 꼬집는다. 언젠가 그가 한 말에는 걱정이 담겨 있었다. "우리 경제 정책이 일부러 작은 농장을 쓸어버리려는 뜻을 갖고 있는 게 아닌지 가끔 의문스럽지요." 이어 이렇게 말했다.

　역사를 살펴볼 때 대농으로 나아가는 추세는 저절로 바뀌지 않습니다. 고대 로마는 작은 농장에서 대농장 농업 체제로 변화했고 이 흐름은 뒤바뀌지 않았어요. 역사에서 소규모 '자영농'이 시작되는 때는 새로운 나라들이 나타나는 때이고, 밀려나는 때는 땅의 가치가 올라가는 때죠. 논리가 뚜렷해 보일 수도, 역설로 보일 수도 있는 이야기지만, 자영농을 가장 잘 이어 가는 곳은, 정확히 자본주의

적인 뜻에서 그다지 이윤이 나지 않는 곳입니다. 농사를 지어 자급

할 수 있는 수준을 넘어 잉여, 곧 남아도는 것이 생길 때 그 땅은 탐

스러워집니다. 탐내는 이가 많아질수록 그 땅을 손에 넣는 이들은

그걸 차지할 만큼 척척 돈을 내거나 힘을 지닌 이들이고요. 이런 추

세를 뒤바꿀 정책이 실행되지 않는다면, 머지않아 경종이 울리며

어떤 일이 벌어졌는지 알려 줄 겁니다. 그때는 이미 너무 늦어 할 수

있는 일이 없겠지요. 계약에 따른 통합이든, 기업이 만들어지든, 아

니면 어느 정도 반쯤 봉건적인 질서를 통해서든, 우리가 곧장 나아

간 곳은 집중된 농업 구조일 겁니다. 소농은 뿌리가 뽑히겠지요.

스콧 니어링Scott Nearing은 이름난 자급농이지만 본래 경제학자였다.
그는 자신이 '가격—이윤' 경제학이라 이름한 것과 전원 경제학 사이
의 차이를 이해했다. 《스콧 니어링 자서전The Making of a Radical》실천문학
사, 2000을 보면 단풍나무 시럽 사업을 두고 이렇게 썼다. "우리는 돈을
벌려고 한 것이 아니었다. 그것은 우리 마음대로 할 수 있는 놀이였다.
대신 우리는 스스로에게 물었다. '최소한 현금을 얼마나 지녀야 앞으
로 열두 달을 버틸 수 있을까?' 계획과 목표 둘 다 헤아려 그 액수를 정
하면, 우리는 그만큼 내다 팔 작물을 길러 그 돈과 여윳돈까지 얼마쯤
마련했다. 그러면 다음 회계연도까지 시럽 만드는 일을 멈췄다." 그리
고 이어서 설명한다. "우리는 시장과 임금노동에서 되도록 벗어나고

자 했다. 가격—이윤 경제는 노동력과 현금을 맞바꾸는 걸 전제로 한다. 현금 일부를 세금으로 내서 체제의 구성원이 되고, 나머지 돈은 시장에서 음식, 옷, 여러 기기, 상품 따위를 사는 데 쓴다. 개인이 이런 공식을 받아들인다면 노동시장과 상품 시장, 그리고 국가의 뜻대로 움직이게 된다."

내가 20세기에 전원 경제학을 가장 훌륭하게 표현했다고 생각하는 건 1940년에 나온 《땅을 바라보라Look to the Land》이다. 영국 사람 노스번 경Lord Northbourne이 영국에 관해 쓴 책인데, 마치 다음 주에 나올 책처럼 읽힌다. 전체 흐름이 매우 짜임새 있게 얽혀 있어 한 토막만 골라내기 어렵지만 그래도 옮겨 본다.

도시 및 산업 이론과 가치가 더욱 참다운 시골 이론과 가치를 몰아내 왔다. 그래서 주로 남은 건 시골살이와 텃밭 농사에 대한 정서적 애착뿐이다. 시골살이의 낭만이란 참으로 지나간 시대가 남긴 시적인 유물일 뿐, 돈벌이가 안 되니 별 쓸모가 없는 것인가? 아니면 그 낭만은 우리가 꼭 붙들고 지켜 나가야 하는 어떤 것인가? 농사란 그저 해야만 하는 고된 일이니, 기계화해서 사람들을 최소한으로만 고용하고, 표준화하여 나날이 더 큰 단위로 경영하며, 원가계산으로만 판단해야 하는 것인가? 아니면 농사를 모든 사람에게 실제 이야기로 만들고, 모든 이의 삶에 가까운 것으로 만들고, 또 그 안에서 개인의 관심과 더 나아가 시적인 공상이 기계적 효율성보다 더 많은 부분을 차지하는 어떤 것으로 만드는 것이, 나라 전체의 쇠퇴를 막는 하나뿐인 대안인 것인가?

노스번 경은 스스로의 물음에 분명히 그렇다고 답한다. 나는 이 물음이 우리 문명의 생존 그 한가운데를 꿰뚫는 것이라 믿는다.

기계를 쓰면 들인 노력보다 많은 것을 거둘 수 있지만, 삶이 거기에 희생될 수 있다. 기계를 써서 효율을 높이는 것은 물질주의의 이상이지만, 영혼에 기대고 영혼이 바로잡아 주지 않는다면, 영혼을 사로잡아 무너뜨릴 수 있다. 기계류에서와 달리 삶에서는, 영혼과 관계된 것들이 물질적인 것보다 훨씬 현실에 가깝다. 종교, 시, 그리고 모든 예술이 여기에 포함된다. 이들을 원동력으로 삼는 문명만이 삶을 값어치 있게 만들 수 있다. 농사가 무엇보다 앞서 관계를 맺는 것은 삶이므로, 농사에서 물질적인 면이 영혼이나 문화적인 면과 맞서게 된다면, 후자에 힘이 실려야 한다. 그렇지 않으면 삶에서 가장 중요한 것을 잃게 될 것이다. …… 만약 두 쪽이 서로 맞붙는다면, 농사가 펴드는 쪽은 종교, 시, 그리고 예술이어야지 기업 쪽이어서는 안 된다.

산업 경제 바깥을 겪어 보지 않고 짐작하기란 거의 불가능하다. 우리들 정신과 생활양식 안에 산업 경제의 교의가 새겨져 있다는 걸 깨닫지 못하기 때문이다. 스무 해 동안 기독교 집안에서 자란 독실한 기독교 신자가 다른 종교를 치우침 없이 헤아릴 수 있겠는가. 예를 들어, 내가 자본주의와 사회주의가 다르다기보다는 실제로 서로 닮았다고 한다면, 많은 이들이, 누구보다 경제학자들이 얼추 다 들고 일어나 반박할 것이다. 우리가 배워 온 바로는 둘은 완전히 맞서는 것이기 때문이다. 하지만 둘 다 산업혁명이 부추긴 화폐제도를 똑같이 기본으로 받아들인다.

1. 종잇조각이나 금속조각으로 실제 재화를 대신한다.

2. 이 종잇조각이나 금속조각에 붙는 이자를 '성장'에 꼭 필요한 것으로 받아들인다. 하지만 400년 전 농경 사회에서는 돈에 붙는 모든 이자를 비싸고 부도덕하게 여겼다는 걸 되새겨 보라.

3. 이자율을 바꾸는 게 당국의 권한이니, 비싼 이자가 얼마인지는 제멋대로인 당국 마음대로 바뀐다.

4. 정부나 은행이 마음대로 쥐락펴락하는 신용 제도가 점점 커져야 그 구린 데를 감출 수 있다. 자본주의와 사회주의 모두 한마디로 돈을 사용하여 중앙에 집중시킨 힘으로 사회를 주물럭거린다. 둘이 다른 점은 오로지 누가 중앙 권력이냐이다. 사회주의가 원하는 중앙 권력은 공공 부문이고, 자본주의는 민간 부문이다.

자립 농부들은 사회가 요즘 너무도 천진난만하게 받아들이는 자본주의/사회주의 경제 안에서 살며 일할 수밖에 없다. 하지만 농장에서 뜻한 바를 이루고자 한다면, 우리는 그런 경제와 되도록 멀어져야 한다. 이를 위해 가장 중요한 건 돈을 빌리는 걸 최대한 삼가거나, 아예 빌리지 않는 것이다. 되도록 이미 벌어 놓은 자본과, 근육을 비롯한 비현금 자산만으로 일해야 한다. 농업처럼 자연과 직접 얽힌 일을 할 때 이 말이 특히 잘 들어맞는다. 자연과 빌린 돈 사이에는 양립할 수 없는 부분이 있다. 빚이 지나치게 많으면 반드시 농장을 잃는다. 농장을 남에게 넘기지 않더라도, 얼른 돈을 벌어 이자를 내려고 몹쓸 방식으로 농사를 짓기도 한다. 제때제때 갚을 수 있는 만큼 빌렸다면 빌린 돈 자체가 문제는 아니다. 갚을 돈, 다시 말해 이자가 불어나는 속도는 생물이 자라는 속도에 견줄 바가 아닌 게 문제다. 옥수수자루가 이자에 관해 뭘 알겠는가. 옥수수는 늘 자라던 대로 자라지만 이자율은 6퍼센트도 15퍼센트도 될 수 있다. 현금을 뭉텅이로 빌려 새 트랙터를 샀다고 해서 날씨가 상냥하게 웃어 주지도 않을 것이다. 빌린 돈을 갚으라고 어김없이 돌아오는 날짜는 가뭄과 큰물, 바람과 우박을 아랑곳하지 않는다.

　자연과 생물의 원리로는 빚이 늘어나는 걸 잴 길이 없다. 사실 예나 지금이나 농부들이 돈을 꾸는 이자율은 농사로 거두는 순수익보다 그다지 낮지 않고 때로는 더 높다. 옛날 서부 개척자가 그랬듯, 오늘날 농부는 봄에 은행에서 돈을 꾸어다가 가을에 갚고 나면 남은 돈으로 식구들 크리스마스 선물 한두 개쯤 겨우 살 수 있다.

요새는 8퍼센트 남짓한 이율로 돈을 빌릴 수 있다지만, 농사를 지어 그보다 훨씬 순수익을 내기란 어렵다. 그러니 어떻게 해서든 농사에 보조금을 주어야만 은행과 예금주들이 빚을 잔뜩 진 농부들 탓에 함께 파산하는 일이 없다. 누구나 먹어야 사니까 농업은 전체 경제의 밑바탕이고, 정부는 결국 모든 이에게 보조금을 주는 것이다. 그렇게 하는 길은 적자 지출뿐이다. 그래서 오늘날 국채 이자는 시한폭탄처럼 하루에 5억 달러가 넘는 돈을 먹어 치운다.

그렇다면 땅도 돈도 없이 앞으로 자립 농부가 되려는 이는, 돈을 빌리지 않고 어떻게 농장주가 될 수 있을까?

답은 작게 시작하는 데 있다. 1993년에 미국 중서부의 농장 하나는 크기가 적어도 몇백 에이커이고, 에이커당 땅값은 1500달러쯤이다. 우리처럼 작은 농장은 엄두가 안 나는 넓이다. 한 경제학자가 수업 시간에 학생들에게 했다는 이야기를 들은 적이 있다. 오늘날 미국에서 곡식 농사로 돈을 벌겠다면 적어도 1500에이커를 "생존 가능한 단위"로 삼고 시작해야 한다는 것이다. 하지만 처음부터 그런 조건에서 농사를 시작하면 소득 가운데 한 뭉텅이가 빚 갚는 데로 사라진다. 그런 엄청난 규모라면 반드시 부채도 어마어마할 테니까 말이다. 은행가들이 농업대학 신탁 이사회에 흔하게들 참여하는 게 놀라운 일이겠는가? 그런 전제를 다 쓸모없게 만드는 것이 바로 전원 경제학의 관점이다. 1이나 2에이커짜리 작은 농장은 값어치가 높은 작물 농사로 모든 소농이 바라는 소득을 낼 수 있다. 잡지 〈새로운 농장New Farm〉 1990년 7/8월 호를 보면, 버클리에 있는 코나 카이 농장은 그해 0.5에이커에 샐러드 농사를 지어 23만 8천 달러를 벌었다. 또한 전통적인 농사와 축산 방식이더라도 살뜰히 100에이커를 돌보면 남부럽지 않은 살림을 일굴 수 있다는 걸, 아미시 사람들은 거듭 증명한다.

산업사회에서 농사지으며 사는 데 필요한 두 번째 가르침은 적어도 시작할 때만이라도 생계 전체를 농장에서 나온 것으로 꾸리려 하지 말라는 것이다. 거의 모든 선조들처럼, 개척 시대에도 그랬던 것처럼 하는 것이다. 땅값을 치르는 돈은 농장 소득에 직접 기대지 않는 일로 번다. 19세기에서 20세기 초 미국 향토사를 들춰 보기만 해도 거의 모든 농부가 땅을 사들인 돈을 온갖 방법으로 일해서 갚았다는 걸 알 수 있다. 교사, 대장장이, 목수, 날품팔이까지.

오늘날 더 슬기로운 길은 농사와 또 다른 직업을 평생, 함께 꾸준히 해 나가는 것이다. 이른바 주류 농부들 거의 모두가 이렇게 해 왔지만, 기업농이 이를 널리 알리지 않으려 했을 뿐이다. 그러니 조그만 농장을 꾸리는 자립 농부야말로 왜 이러지 않아야겠는가? 영국의 농부이자 법정 변호사로 국회의원도 지낸 리처드 바디Richard Body라는 이가 있다. 그가 영국 현실에서 내린 결론은, 흥미롭게도 우리 몇몇 반골 농부가 오래전부터 미국의 현실로 내다본 것과 똑같다. 새롭고 더 작은 농장들이 수없이 늘어 더는 버틸 수 없는 지금 상황을 몰아낼 테고, 농장을 꾸려 가는 이들 대부분이 다른 일도 하며 살아갈 거라는 예측이다. 이러한 결론은 크게 두 가지 이유 때문이다. 첫째, 이 새로운 농부들은 돈을 벌려는 대농들보다 땅을 구하기가 쉬운데, 그 까닭은 아래에 적어 두었다. 둘째, 자립 농부는 자신이 살고자 하는 어떤 시골에서든 전자 기기 덕분에 다른 직업을 가질 수 있다. 바디는 영국에 관해 다음과 같이 쓴다.

> 얼마나 많은 이가 시골로 갈지는 잘 모르겠다. 한 200만 명쯤이라고 가정해 보자. 분명히 꽤 그럴듯한 예상치이다. 그 가운데 얼마나 많은 이들이 도시의 가치를 떨쳐 내고 시골의 삶에 빠져들 것인지 또한 짐작밖에 도리가 없다. 자본이 있는 건 고사하고, 200에이커짜리 농장을 인수할 마음이 있는 이조차 몇 안 될지 모르지만, 열에 하나는 어떤 식으로든 농사에 손을 댈 거라고 짐작할 만하다. 그러면 20만 명인데, 오늘날 농사짓고 있는 사람 수와 똑같다. …… 많은 이가 자기 먹을거리를 길러 내는 데 만족하겠지만, 내가 예상하는 20만 명은 부업으로 진지하게 농사를 지을 것이다. 그리고 오늘날 농부들이 그렇듯, 자급자족을 목표로 하지 않고 시장에서 더 벌어들이고자 할 것이다.

《땅의 미래A Future for the Land》, 필립 컨포드Philip Conford 엮음,

그린 북스Green Books, 1992

또 다른 일을 하면 돈을 빌리지 않거나 가장 적게 빌릴 수 있다. 이웃들과 나한테 쓸 만했던 방법을 소개해 본다.

특히 농사는 돈을 빌려 짓지 말라. 돈을 빌린다면 반드시 두 마리 토끼를 잡도록 한다. 직업이 있고 저축 관념이 있다면, 예를 들어 돈을 빌려 시골집을 사고 일을 해서 번 돈으로 갚아 나갈 수 있다. 이렇게든 저렇게든 집값을 갚아 나가게 될 것이다. 자립 농부가 되려는 이는 땅이 딸린 집을 고르는 게 좋다. 시골 마을에는 값이 꽤 괜찮으면서 1이나 2에이커가 딸린 집들이 있다. 농사를 처음 시작하기에 넉넉한 넓이이다. 대개, 20에서 50에이커쯤 되는 땅이 딸린 소박한 시골집은, 4분의 1에이커짜리 터에 들어선 여느 도시 변두리 집보다 싸다. 우리는 처음에 집도 어릿간도 없이 휑하던 땅 22에이커를 1만 4천 달러에 샀다. 내가 일하고 있던 도시에서는 집 지을 땅을 1에이커만 샀다고 해도 1만 달러는 내야 했을 것이다. 어떤 면에서 나는 집터를 살 돈으로 농장을 산 것인데, 어떤 경우라도 집터는 사야 했다.

아는 젊은이 하나는 앞으로 조그맣게 농사를 짓겠다며 마을에 있는 쌍둥이 주택을 4만 5천 달러에 샀다. 똑같은 집을 도시에서 산다면 10만 달러가 들었을 것이다. 그이와 아내가 한쪽 집에 살고 나머지 한쪽

은 세를 주었다. 들어오는 셋돈으로 주택 대출금을 대부분 갚아 나간다. 또한 집을 손수 말끔히 다듬고 있다. 도시 변두리에서 10만 달러짜리 집을 산 뒤 대출금을 갚아 나가는 기간의 3분의 1이면 그 돈을 다 갚을 수 있다. 그러면서도 다달이 저축하는 돈을 야금야금 빼 쓰지 않아도 된다. 10년 뒤에는 쌍둥이 주택 두 쪽 모두 세를 주거나, 그 집을 팔아 작은 농장을 마련하는 밑천으로 삼을 수 있다.

나는 돈을 빌리지 않고 '공동 구매'로 10에이커를 더 샀다. 가까운 곳에 있는 90에이커짜리 농장이 몇 해 전에 매물로 나왔을 때, 자립 농부 넷이 나누어 함께 사들였다. 저마다 10에서 30에이커를 살 여유는 있었지만 통째로 다 살 수 있는 사람은 아무도 없었던 것이다.

얼마 전 다른 자립 농부 두 사람은 둘 사이에 놓인 60에이커를 30에이커씩 나눠 샀다. 서로 그만큼은 여유가 있어서 큰돈을 빌리지 않았다. 더 중요하게, 두 사람은 입찰에서 현금성 곡식 농사를 짓는 대농들을 물리칠 수 있었다. 대농은 순전히 돈벌이용 농지가 필요한지라 에이커당 비용을 잣대로 입찰가를 판단하는데, 자립 농부들은 이보다 더 높은 가격을 책정할 수 있기 때문이다. 이윤을 내기 위해 현금성 곡식 농사를 짓는 이들은, 두 자립 농부에게 땅을 훨씬 값어치 있게 만들어 주는 요소들이 중요하지 않다. 사는 곳으로서의 값어치, 쉬는 곳으로서의 값어치, 농사짓는 땅으로서의 값어치, 또 내다 팔 꽃과 나무, 채소를 길러 내는 텃밭으로서의 값어치 말이다.

함께 땅을 마련하는 또 다른 형태는 공동 소유다. 서너 가정이 100에이커쯤 되는 농장을 함께 사들여, 서로 갈라서 가지지 않고 모두 함께 일하며 먹고사는 것이다. 하지만 사람 사이에 문제가 생길 수 있다. 오래전에 착한 두 사람이 식구들과 함께 휴가를 보낼 곳으로 쓰려고 숲과 연못이 있는 땅 4에이커를 함께 샀다. 둘이 사이가 나빠지는 바람에 땅을 나누고 싶어졌다. 하지만 연못은 하나인데 주인 둘이 어떻게 나누겠는가? 그렇다, 바로 그렇게 했다. 연못 한가운데에 밧줄을 쳐서 한 집안이 이쪽을, 다른 집안이 저쪽을 썼다. 다행히 시간이 가며 갈등이 풀렸지만.

작은 농장들은 대개 처음에 모아 둔 돈으로 빈 땅을 산다. 2나 3에이커, 어쩌면 5에이커, 아니면 40에이커를. 그리고 느릿느릿, 남는 시간에 그 땅에 집과 어릿간을 짓는다. 스콧과 헬렌 니어링Helen Nearing 부부처럼 그 땅에서 난 돌과 목재로 짓는 것이다. 그러니 그들이 '빌린' 것은 자신의 노동과 시간, 원자재일 뿐 돈은 아니다.

몇몇 농부는 돈을 빌리는 바람에 맞닥뜨린 경제 문제에서 벗어나려고 농장 일부를 판다. 그리고 좀 더 작은 땅에 시간을 쏟은 끝에 농사를 더 잘 지을 수 있고 소득도 전과 비슷하게 나온다는 걸 새삼 알게 된다. 그리고 은행에 이자를 낼 때보다 벌이도 꾸준하다. 얼마 전 우리 농장에 들른 켄 웨스트는 자기 이야기를 예로 들어도 좋다고 허락해 주었다. 켄은 북부 몬태나에서 400에이커에 곡식 농사를 짓다가 파산

했다. 농사 규모를 100에이커로 줄여 빚에서 빠져나왔고, 오트밀에 들어가는 유기농 귀리를 기르기 시작했으며 기르던 라마도 작은 규모로 계속 치고 있다. 맞다. 라마다. 그이 말로는 얼마 전에 한 마리를 판 값이 2만 달러가 넘는다고 한다.

다음 다섯 가지 방법 말고도 저마다 알맞은 방법을 생각해 내고, 또 소박하게 살기만 한다면 분명히 뜻한 바를 이룰 수 있다. 선뜻 인정하는 이는 거의 없는 듯하지만, 오늘날이 그 어느 때보다도 돈을 절약하기가 더 쉽다. 무언가를 사지 않으면, 물가가 오를수록 더 많이 아끼는 셈이 되기 때문이다. 우리 대부분은 더 아낄 수 있는데도, 실제로는 사치품인 '필수품'에 돈을 써야 한다고 생각한다.

7 필요 없는 온갖 기기를 사들이지 말라. 손발을 멀쩡히 쓸 수 있는 사람이 꼭 차고 문 자동 여닫이 장치를 사야 할까? 관절염이 있어 두 손을 쓰기 힘든 게 아니라면 얼음 분쇄기는 필요 없다. 우리 집에도 하나 있지만 먹통이나 다름없다. 얼음을 더 쉽게 깨려면 천 주머니에 조각 얼음을 넣고 도끼날 옆면으로 부수면 된다. 가랑잎 청소기도 사실 한심하다. 지난주에 공공 기관 잔디밭에서 세 사람이 일하는 걸 보았다. 저마다 송풍기를 하나씩 들고 스물댓 개 되는 가랑잎에 바람을 불어 한 무더기로 만들려고 애쓰고 있었다. 캠코더라도 있으면 하나 찍어 둘 뻔했지만……. 아무튼 가랑잎 청소기도 필요 없는 싸구려 장식품이다. 파산 직전인 사람일수록 집에

주방 기기가 많고, 외식을 더 자주 한다. 필요 없는 옷은 사지 않는다. 말쑥한 정장 한 벌 값은 요새 800에서 1000달러이다. 1000달러면 땅을 1에이커는 살 수 있고, 제대로 농사지으면 그걸로만 먹고살 수도 있다. 아름다운 원단을 고집하는 이들이 내 청바지를 비웃은들 어떠랴. 죽을 때 1000달러짜리 정장 입고 가라지.

특히 신중해야 하는 것이 자동차 구입인데, 집을 사는 것 다음으로 목돈이 들어가기 때문이다. 돈을 빌려서 새 자동차를 사면 자동차에 실제 들어가는 돈이 적어도 곱절은 된다. 드림셈에 붙는 이자 탓이다. 가장 싼 새 차를 샀다 해도 지닌 돈 가운데 해마다 2000달러에서 3000달러라는 돈이 유지비로 들어간다. 은행 돈을 빌려서 산다면 해마다 4000달러에서 6000달러가 차 밑에 들어간다. 평생 자동차 드림셈을 갚는 이들은 이자로만 10만 달러를 쓴다. 그러지 않았다면 돈이 그만큼 은행 계좌에 남아서 돈을 잃기는커녕 벌고 있을 것이다. 갖고 있는 현금으로 딱 1500달러짜리 승용차를 살 수 있다면 그 차에 만족하라. 더 나은 건 1500달러짜리 픽업트럭을 사는 것이다. 자립 농부가 갖출 만한 장비 가운데 가장 쓸모 있는 것이니까.

이와 더불어 돈을 절약할 방법이 더 있다. 자동차와 트랙터를 손수 고치는 법을 배우는 것이다. 정비소에서 자동차를 수리하는 공임은 시간당 30달러쯤이다. 피스톤링이 들어간 구형 엔진을 잘 손질

해서 꾸준히 쓸 수 있다면, 생활비에서 가장 큰 몫을 차지하는 축을, 다시 말해 신형 엔진의 감가상각비를 절약할 수 있다.

☞ 살아갈 집이 가장 큰 절약의 원천이 될 수 있다. 안타깝게도 도시에서 살기로 마음먹었다면 월급은 시골보다 더 많겠지만, 갈수록 넉넉해질 거라고는 장담할 수 없다. 내가 잘 아는 동네 오하이오주 콜럼버스에서는, 깔끔하지만 대단할 것 하나 없는 새집이 요새 15만 달러나 한다. 100킬로미터 정도 떨어진 우리 마을에서라면 조금 더 오래되었을 수는 있지만 그 비슷한 집을 9만 달러에 살 수 있다. 더 소박하고 더 낡았지만 튼튼히 지은 건물이라 조금만 현대식으로 손보거나 개조해서 쓸 수 있는 시골집은 4만 달러면 살 수 있다. 평생토록 갚아야 할 엄청난 이자까지 절약하는 길은 이렇듯 더 싼 집을 사는 것이다. 이런 집들이 가장 비밀스럽게 꽁꽁 감추어진 채 슬기로운 이들을 기다리고 있다. 작은 도시와 마을, 미국에서 가장 쾌적하게 살 수 있는 곳들에서.

☞ 부자들은 익히 알지만, 이자 놀이를 하는 건 이자를 갚는 것과는 완전히 다른 이야기이다. 중세 후기 로마 교황들은 엄청나게 센 이자율을 매기면 크게 벌 수 있다는 걸 알아채고, 고리대금을 금지한 교회법을 하루아침에 뒤집었다. 저축이 얼마나 빨리 불어날지 가늠하려면 72법칙을 기억하면 된다. 저축이 곱절로 불어나는 시간을 대략 계산하는 방법으로, 72를 금리로 나눈다. 금리가 8퍼센트라

면, 5000달러가 1만 달러쯤으로 불어나는 시간은 72를 8로 나눈 값인 9년이다. 더 거칠게 어림잡으면, 20년이라는 기간 동안 금리는 미국연방준비제도의 변덕에 따라 오르락내리락할 것이고, 저축은 10년마다 곱절로 불어난다고 짐작할 수 있다.

빌린 돈에 붙는 이율이 저축하는 돈에 붙는 이율보다 높기 때문에, 돈을 빌린 이가 늘 가난하다는 걸 예의 그 72법칙으로써 알 수 있다. 또한 소박하게 살면서 마흔 해 동안 평균 6%짜리 이율로 해마다 1000달러씩 저축한 사람이 늘그막에 꽤 두둑한 현금을 쥐고 은퇴해 조그만 농장을 꾸리며 사는 까닭을 알 수 있다. 내 친구 하나는 전문 농업 잡지가 하지 말라는 대로 했다. 평생 빌린 땅을 부쳤고, 돈을 많이 벌지는 못했지만 거의 쓰지도 않았다. 그래서 예순셋 나이에 180에이커나 되는 농장을 현금으로 사고도 돈이 남았고, 농장에서 버는 돈과 사회보장 연금으로 남은 삶을 여유롭게 살고 있다. 무엇보다도 그의 '비결'은 그저 빌린 돈을 멀리하고 해마다 조금씩 모아 온 것이다. 내 기억에 그가 돈을 빌린 적은 딱 한 번이었는데, 처음으로 중고 농기계를 살 때였다. 빌린 돈이 베푸는 호화로움을 멀리하여 얻은 또 다른 보람은, 그의 말대로 옮기자면, "뭐 아부 떨 필요가 없었지.".

작은 농장에서 여유롭게 살아가는 것이 목표라면, 대학 학위를 받자고 꼭 큰돈을 들일 필요는 없다. 대학은 졸업장을 따면 평생 돈을 더 많이 벌게 될 거라는 믿음을 준다. 하지만 이는 무엇보다도 교육을 받아야 하는 까닭으로서 그릇된 것이다. 다음으로, 대학을 꼭 나와야 할 필요가 없다. 농사를 지으며 곁다리로 해 나가는 일에 대학 학위가 필요할 수 있지만, 그게 아니라면 그 많은 돈을 써서 뭘 배우려는 건 사실 좀 어리석은 일이다. 오늘날 정보는 여러 경로로 쉽게 얻을 수 있다. 손에 넣을 수 있는 모든 책과 잡지를 읽거나, 컴퓨터와 도서관 상호 대차로도 지식을 얻는다. 예를 들어 농경제학과 같은 농업대학 학위는 소농을 비롯해 어떤 농부에게든 앞날에 아무런 쓸모가 없다. 똑같은 지식을 더 쉽고도 싸게 얻는 길이 있다. 보통 4만 달러에서 6만 달러를 들여 대학을 졸업한다. 그런데 이 돈이 주로 쓰이는 곳은 부풀려진 교수 월급이고, 교수들은 가르치는 것보다는 자기 연구에 더 관심이 있다. 그러니 그 돈을 땅이나 사업, 좋은 연장에 투자하거나, 저축을 하거나, 책을 사거나, 인터넷으로 도서관이나 자료 사이트에 접속하는 것이 훨씬 이로울 것이다. 이에 더하여, 큰 보람 없이 교실에 앉아 있는 대신 꾸준히 돈을 벌 수 있고, 그 가운데 해마다 5000달러, 네 해에 2만 달러를 더 저축할 수 있다. 10만 달러쯤 저축하면 10년마다 곱절로 불어날 것이고, 아니면 자영업에 투자하여 밥벌이로 삼을 수 있다.

저축을 시작할 때는 만기가 너무 멀게만 느껴진다. 하지만 다달이 얼마쯤 되는 돈을 꾸준히 모아 가거나, 땅이나 연장에 투자하여 더 오랜 기간 동안 생산을 뒷받침하는 습관을 지닌다면, 그 보답은 끝내 경제 안정뿐 아니라 만족감으로 돌아올 것이다. 그 삶에는 끊임없이 물질을 손에 넣으려는 욕망이 없기 때문이다. 그 모든 물질보다 자립이 훨씬 값어치 있다는 걸 깨닫기만 하면 저축은 쉬운 일이다. 반려자가 여기에 동의하지 않는다면 작은 농장에는 어울리지 않는 사람이다.

작은 농장의 경제 잣대

'작게 생각'하는 방법을 배웠다면, 전원 경제학의 다음 법칙은 생산물의 값어치를 경제 잣대가 아니라 사람이라는 잣대로 재는 것이다.

"돈이 안 되는데 왜 양을 치십니까." 양을 치는 지인에게 이렇게 물은 적이 있다.

"음, 버는 돈은 얼마 안 되죠." 하고 그이는 대답했다. "진짜 이유는 양들이 나를 행복하게 해 주기 때문이에요."

행복을 돈으로 환산할 수 있다고 하면 스스로 냉정한 경제학자라 여기는 이들은 웃음을 터뜨릴 것이다. 하지만 행복은 현실에서 매우 소중한 값어치를 지닌다. 스트레스와 불행은 건강을 해쳐서 의료비를 어마어마하게 잡아먹지 않는가. 산업 경제학자들은 행복의 값어치를 잴 길이 없어 무시하고 만다.

내가 오랫동안 감탄해 온 가정경제와 만족을 일구어 온 부부가 가까운 작은 마을에 산다. 은퇴한 지 오래되었는데 어떻게 그렇게 건강하게 활기찬 삶을 이어 가느냐고 부부에게 물은 적이 있다. 그 집 남편은 목공실에서 모차르트 테이프를 틀어 놓고 일하면서 빙긋 웃었다. "우리가 늘 중요하게 생각하는 건 되도록 스트레스를 피하자는 거지요." 하고 그는 대답했다.

산업 경제학에서 양은 두 가지 잣대로 값어치가 매겨진다. 바로 양고기와 양털이다. 전원 경제학에서 값어치를 재는 잣대는 무엇일까?

1. 사람이 일해서 번 돈은 수익으로 여길 수 있다. 산업 회계에서처럼 비용이 아니다. 양치기는 양을 보살피는 데 쓴 시간과 그 시간에 벌어들인 돈을 임금, 말하자면 수익으로 여긴다. 하지만 일할 사람을 들여서 기업처럼 몸집을 키우려는 대농에게 노동력은 비용이다. 대지주는 꼭 필요한 이 골칫거리를 먼저 제하고 수익을 계산한다. 물론 내가 품을 사서 양털 깎는 일을 시킬 때만큼은 일반 기업처럼 경제 사정을 고려한다. 직접 양털을 깎을 때보다 돈을 더 많이 쓰게 되기 때문이다.

이런 면에서 산업 회계의 흥미로운 영향을 여기서 말하지 않을 수 없다. 산업 회계는 노동력을 비용으로 친다. 그런데 농업 노동력은 산업 경제학에 완전히 통합되지는 않은 터라, 그러니까 대개 조직이나 체계를 갖추어 적정 임금 계약을 맺는 다른 방식도 없다 보니, 값어치가 낮게 정해진다. 시간당 7달러가 요사이 농업경제학자가 들이미는 품삯이다. 사실 내가 아는 일꾼들은 요즘 그만큼도 못 받는다. 대농에게 고용되어 10만 달러짜리 수확기를 모는 노동자나,

젖소를 천 마리 넘게 기르는 농가에서 젖을 짜는 노동자들 말이다. 경제학자들은 농장 노동의 값어치는 시간당 7달러로 매기지만 자동차 조립 공정 노동은 시간당 20달러로 친다. 이들은 산업사회가 농업을 얼마나 깊이 홀대하는가를 보여 준다. 이런 짐작도 할 수 있겠다. 농업 노동자가 받는 임금이 도시 노동자와 똑같은 수준이라면, 기업농은 오래전에 무너졌거나 식품값이 곱절은 되었을 거라고.

2. 양을 치는 사람이 직접 기른 새끼 양 갈비를 먹는다면, 이 양고기의 값어치는 가축 시장이 사들이는 값의 네 곱이다. 농장에서 생산한 것을 그 집에서 먹을 때의 값어치는 소맷값으로 가늠할 수 있기 때문이다. 이렇게 따지면, 내가 식구들을 위해 먹을거리를 생산하는 데 들이는 시간은 글을 쓰는 데 들이는 시간보다 훨씬 수익이 크다. 게다가 우리 집에서 기른 먹을거리에는 영양이 훨씬 많을 가능성이 높다.

3. 양털을 양모를 사고파는 시장이 아니라 지역 방적업자에게 직접 넘기면 두세 곱 높은 값을 받을 수 있다. 양을 기르는 사람이 집에서 깎은 양털로 솜씨 있게 옷, 지갑, 러그를 만들면서 들인 품을 소득, 다시 말해 기회비용으로 계산하면 양털의 값어치는 훨씬 올라간다.

4. 나는 양과 양털을 내다 팔지 않을 때도 '수익'을 거둔다. 양들이 나

대신 풀을 뜯고 거름을 주기 때문이다. 덕분에 나는 제초제를 쓰지 않고 풀을 잡을 수 있다. 농장 울타리 둘레가 잡초 없이 무척 깔끔하다.

5. 양 똥은 거름으로는 가금류 다음으로 좋다. 양 똥에 들어 있는 질소, 인, 칼륨만 어림해도 흙을 기름지게 하는 그 값어치는 알려진 것 이상이다.

6. 큰 트랙터로 풀밭을 갈아엎어 지금도 남아도는 옥수수를 더 길러 보았자 땅만 심하게 깎여 나갈 뿐이다. 여기에 대면, 양을 키우는 값어치는 다 따지기도 어렵다. 풀밭 흙이 깎여 나가지도 않는다. 양이 내어놓는 거름은, 그 너른 땅을 기계로 수확하는 데 드는 비용을 에낀다. 그러면 땅의 지속 가능성이 높아지면서 오염 가능성은 줄어든다.

7. 미국 전체에서 작은 농장을 바탕으로 땅을 보살피는 일의 값어치 또한 이루 헤아리기 어렵다. 그런 건강한 시골 문화가 자리 잡으면, 많은 사람이 즐거이 그리고 기꺼이 시골로 들어가 인구압이 줄어들지 않을까. 오늘날 인구압 속에서 도시는 사람들의 분노가 고이는 곳으로 바뀌고 있다. 인구가 흩어져 양치기와 소몰이로 살게 된다면, 전통의 가치를 새로이 깨닫게 되고, 함께 일하고 놀고 사랑해야 하는 까닭을 가족에게 다시 일깨울 수도 있을 것이다.

나는 가끔 속으로 오하이오의 멋진 앞날을 상상한다. 이리호부터 오하이오강까지, 풀밭, 작은 숲, 경기장 들이 조각보처럼 땅에 펼쳐지고, 운동 경기장의 풀을 주로 초식동물들이 잡으며, 이들이 지역 경제의 바탕을 이룬다. 시골 마을 작은 숲속에 들어서는 '공장들', 그러니까 작업실 겸 집에서는 사회의 기본이 되는 제조업이 대부분 이루어질 것이다. 오늘날 사무직으로 일하는 노동자들은 공정 일람표와 전표를 한 주 내내 바라보는 대신, 집에 딸린 작업실에서 세계에 이름난 오하이오산 양탄자나, 튼튼한 호두나무 가구를 짤 수 있다. 스스로 자랑스러운 제품을 만들며 생계를 이을 수 있는 것이다. 청소년들은 길거리 모퉁이에 모여 세상에서 뜻있는 일을 하게 될 날을 따분하게 기다리는 대신, 양 떼를 돌볼 수 있는 들에 모여도 재미있을 것이다. 주말마다 읍내에서는 음식과 수공예품이 쏟아져 나오는 장이 열리고 스포츠 경기도 벌어진다. 골프광들은 클리블랜드에서 신시내티까지 7000홀을 돌지만, 양을 놓아기르는 방목지에 골프공이 떨어지는 일은 결코 없다. 우수한 배구 선수나 축구 선수들이 경기가 없는 계절이면 양털 깎기나 건초더미 던지기 우승자가 되고, 그 덕분에 사회에 뜻깊게 이바지하면서도 체력을 기를 수 있다. 전직 공장 노동자들은 숲과 들판을 무리 지어 다니면서, 남아도는 목재로 집을 짓거나 땔감을 만든다. 또 자그마한 호수나 못을 파 저수지, 낚시터, 물놀이터로 쓴다. 우리는 모두 한마디로 지역 전체를 아우르는 자연 보호 구역에 사는 것이다. 입안에서 살살 녹는 티본스테이크와 새끼 양 갈비와 싱싱한 생선은 체인점 햄버거만큼 값이 싸질 것이다. 공해도 눈에 띄게 줄 텐데, 먼 곳까지 트럭으로 실어 나르는 일은 그 경제 기반을 잃고, 멀리 운전해서 휴가를 가는 일도 시시해질 테기 때문이다.

어쨌거나 이런 꿈을 꾸어도 되지 않을까?

전원 경제학을 바라보는 낭만적 시각에는 여태까지 말한 내용과는 전혀 다른 또 다른 측면이 있다. 이 측면이 내다보는 건 아주 먼 미래여서 아직은 또박또박 설명하기 어렵다. 하지만 미국의 칼럼니스트 리처드 리브스Richard Reeves가 알려 준 것처럼, 우리가 내다보는 미래에는 월급을 받는 전일제 일자리를 구하기 어려울지 모른다. 대기업이 마구잡이로 노동자를 내쫓고, 어떤 기업은 값싼 노동력을 찾아 제3세계로 옮겨 간다. 섬뜩한 일이다. 피앤지Procter and Gamble, 페브리즈·다우니·위스퍼·브라운·오랄비·팸퍼스처럼 우리에게도 친숙한 다양한 소비재 브랜드를 거느린 다국적기업이다. 미국에서 주식 배당금이 가장 큰 기업 가운데 하나다. 는 노동자들을 해고할 때, 회사가 돈을 못 벌어서가 아니라 앞으로 꾸준히 돈을 벌기 위해서라고 말한다. 그런데 우리가 들은 이 말은 꾸준히 오르는 임금과, 생산수율에 바탕을 둔 사회, 그러니까 산업사회가 무너지고 있음을 드러내는 첫 선언일 수 있다. 어떤 이는 그런 가능성이 곧 다가올 것이라 여길 것이다. 안정된 일자리를 구하지 못하면 어떡하지? 누군가는 먼 뒤에 일어날 가설로 바라볼 것이다. 두둑하게 월급을 받는 일자리, 무엇보다 사무직 일자리가 줄어들면 어떡하지? 이때 작은 농장과 작업실은 안전한 피난처로서 갈수록 매력적으로 보이기 시작할 것이다. 우리 카운티는 드문드문 들어선 집과 농장에서 주민 2만 6천 명이 살아가고 있는데, 우리 농장 반경 3킬로미터쯤 안에 있는 집들 중에 농사 빼고 집에서 다른 사업을 하는 곳이 열일곱 군데이다. 캐스린 스태퍼드Kathryn Stafford는 오하이오주립대학교 가족자원경영학과 부교수로 얼마 전에 아홉 개 주의 재택 사업 조사에 참여했는데, 오늘날에는 이 수치가 별것 아니라고 말한다. 이 이웃들 대부분이 사업에서 얻는 것은 주수입이 아니라 부수입으로, 대체로 집안의 주요 소득원인 월급이 끊기는 경우의 대비책이다. 우리처럼 집에서 일하며 생계를 이어 가는 이들을 묘사하는 건, 지난날을 그리워해서가 아니다. 진정한 소유물이 돈보다 훨씬 소중한, 포스트모던 시대의 전원 경제를 매우 현실적으로 바라보는 것이다.

돈이 발언한다면, 당신의 언어로 말하게 하라

산업 경제는 한 세기 동안 전원 경제학으로 열린 기회의 문을 하나씩 닫아 왔다. 가장 큰 빗장과 자물쇠는, 물건을 사고파는 양에 따라 가격을 달리하거나 그 밖의 우대 정책을 펴는 것이다. 많이 살수록, 기업이 사는 이에게 물건을 내어 주는 단가는 더 싸진다. 많이 팔수록, 파는 이에게 시장이 더 열린다. 하지만 이런 정책이 제대로 돌아가려면, 더 비싼 값을 치르는 소소한 구매자와 생산자가 많아야만 한다. 그래야 기업이 덩치가 큰 구매자와 생산자에게 가격 파괴를 제공할 수 있다. 사는 이와 파는 이 모두가 덩치가 커지면, 누구에게도 가격 파괴가 이루어질 수 없다. 한마디로 작은 사업체가 큰 기업에 보조금을 주게 되는 짜임새이다.

예를 들어 비료나 씨앗이나 농약을 조금 사는 이는 왕창 사들이는 대농보다 더 비싼 값을 치른다. 하지만 돈벌이용 곡식 농사를 짓는 이들이 모두 몸집이 불어나면 이 차이는 점점 줄어들 것이다. 한편으로 똥거름과 씨앗을 모아 두는 일은 그 값어치가 커진다.

소규모 농기계 업자들도 소농과 함께 파산하고 있다 보니, 살아남은 이들은 새로운 가격 파괴 전술을 편다. 곡물 농사를 엄청 크게 짓는 농부한테 남는 것 없이 새 기계를 판 다음, 2년쯤 뒤에 다시 새 제품을 들이게 하면서 전에 판 값비싼 농기계를 새 제품 값 일부로 되사는 것이다. 뒤이어 업자는 이렇게 인수한 중고 농기계를 부풀린 가격으로 되팔아서 수익을 내려고 애쓴다. 농기계를 절실히 새로 바꿔야 하지만 새 제품 값을 치를 여유가 없는, 빚에 짓눌린 농부한테서 말이다.

그런데 이런 꼼수는 이제 통하지 않는다. 중고 농기계를 찾는 농부들이 업자를 상대하지 않고 직거래를 시작하고 있기 때문이다. 지난 겨울에 나는 운 좋게도 적재기까지 달린 50마력짜리 좋은 중고 트랙터를 살 수 있었다. 대리점에서 파는 비슷한 모델보다 3000달러쯤 싼 값이었다. 한 친구는 150마력 중고 트랙터를 직거래로 샀는데, 업자한테 사려던 제품보다 1만 5천 달러 정도 쌌다고 한다. 뒤이어 그는 반대로 더 작은 트랙터를 또 다른 농부에게 팔면서, 업자가 그 트랙터를 사면서 치렀을 헐한 값을 받았다.

양적인 승부가 힘을 못 쓰는 또 다른 사례는 농부들이 생산물을 팔때이다. 생우유 수송차는 이제 이삼십 킬로미터를 더 운전해서 젖소를 겨우 다섯에서 열 마리 키우는 농장을 찾으려 하지 않는다. 운송 수익을 거리당 우유량으로 계산하기 때문이다. 하지만 몇몇 주에서는 조그만 젖농삿집 생우유를 소비자에게 직접 팔 수 있다. 훌륭한 젖농사꾼들이 현대의 방법과 설비 덕분에 날젖을 꼭 고온 살균할 필요가 없다는 것을 증명해 왔다. 오늘날 이루어지는 규제가 껍데기뿐이라는 건, 오하이오주 옐로스프링스에 있는 영스 데어리Young's Dairy에서 생우유를 사 본 이는 금세 알 수 있다. 영스 데어리는 살균하지 않은 생우유를 40년 동안 팔아 오면서 아무 문제가 없었다. 그 고객들은 진짜 생우유 제품을 좋아한다. 영스 데어리가 그렇게 할 수 있는 건 거기서 비살균 생우유를 이미 팔고 있을 때 법이 발효되어 조부 조항grandfather clause, 이미 형성되어 있는 법률관계에 대해서는 새 법을 적용하지 않는 예외 규정에 해당되었기 때문이다. 하지만 '건강' 관련 규제들이 바뀌지 않는 한, 새로 시작하는 더 작은 농부들은 이런 기회를 누리지 못한다. 소비자에게 생우유를 더 낮은 가격에 팔 기회가 없는 것이다.

전원 경제학의 교리가 다시 힘을 얻어 지속 가능한 사회의 바탕이

되고, 주류 경제학에 다시 파고들 때까지, 아니 끝내 그러지 못하더라도, 소농은 작은 규모에서 말미암은 불리함을 안고 살아가는 법을 배우고, 품질과 효율성을 드높이는 한편, 협력에 힘을 쏟아 불리함을 이겨 내야 한다. 자신들만의 지하경제를 일구어야 한다. 서로 중고 트랙터를 거래할 때 하듯이 말이다. 몇몇 농부는 서로 손을 맞잡을 수 있다는 걸 이미 알고서 값비싼 농기계를 혼자 사지 않고 공동 소유한다.

농기계를 함께 사는 한편, 자립 농부는 돈이 아니라 품을 주고받는 걸 배워야 한다. 사실 우리 조상들과 부모님 세대는 그렇게 했다. 바로 얼마 전에 나는 이웃집에 사흘 동안 품을 앗았다. 패트와 스티브 갬비 부부네 사일로silo, 겨울에 옥수수, 호밀, 보리 따위의 수분이 많은 가축 먹이를 마르지 않게 저장하는 탑 모양의 시설 채우는 일을 거들고 중고 울타리를 얻었다. 아마 새 울타리를 샀다면 200달러는 들었을 것이다. 이 거래에서 나는 어떤 품값보다 소중한 '수익'을 얻었다. 그것은 패트가 한 말로, 스티브도 동의한 것이다. "우리처럼 작은 젖농삿집이 살아남을 하나뿐인 길은 원유값이 내려가는 거죠." 하고 패트가 말했다. "그러면 대형 낙농가가 폐업할 테니까요."

아미시 사람들은 산업 경제 안에서 목가적 삶을 사는 데 남달리 뛰어났다. 그들은 언제나 마력처럼 낮은 비용으로 생산하고 트랙터 동력처럼 높은 값으로 판다. 아미시들이 부셸bushel, 과일이나 곡물 무게를 재는 단위. 미국에서 밀, 콩 1부셸은 27.2kg, 옥수수는 25.4kg이다. 당 1달러를 지출한다고 치면, 이들이 '영국' 농부라 일컫는 우리는 아마 2달러는 쓸 것이다. '영국' 농부 일부가 무심결이기는 해도 아미시 사람들을 못마땅히 여기는 주요한 까닭이 여기에 있다. 아미시들은 '공정하게' 경기를 치르지 않는다는 것이다.

실제로 경제 면에서 신중한 반골 농부가 소비를 미루고 저축하며 돈을 빌리지 않는다면, 이들도 산업 경제학자들 대부분이 보기에 '공정하게' 경기를 치르지 않고 있는 것이다. 전원 경제 안에서 저축하면서 산업 경제 안에서 이자를 받고 있으니 말이다. 누군가 돈을 빌리지 않는다면, 그리고 온갖 쓰레기를 사들이지 않는다면, 저축은 높은 이율 덕으로 '불어나지' 않는다고 산업 경제학자들은 지적한다. 미친 듯이 쓰고 소비하면서 경제 활황을 이어 가는 것은 우리의 의무이다.

하지만 돈에 이자가 전혀 붙지 않는다면, 저축은 '불어나서' '인플레이션'을 '따라잡아야' 할 필요가 없을 것이고, 경제는 '활황'을 일으켜 '불황'에서 벗어나야 할 일도 없을 것이다. 완만하고 꾸준한 활력이면 충분하다.

아미시 사람들은 잘 돌아가는 지하경제를 무리 지어 일구고 있으므로 우리도 배우려고만 하면 배울 수 있을 것이다. 언젠가 아미시 어릿간 준공식에 간 적이 있다. 원래 있던 것이 토네이도에 무너져 크디큰 목재 어릿간을 새로 지었는데, 전체 공정에 아미시 농부가 쓴 비용은 3만 달러였다. 교회 신도 모두가 함께 마련하는 아미시 공동체 자체

보험 기금에서 대부분 무이자로 '빌린' 돈이다. 많은 아미시 사람은 서로 빌려주는 돈에 이자를 받지 않고, 이자를 받는다 해도 이율은 언제나 은행 금리보다 싸다. 게다가 듣자니 주류 경제의 업자와 일꾼들이 어룃간을 올렸다면 10만 달러가 들었을 것이라고 한다. 아미시 농부들이 한 것처럼 장붓구멍과 장부를 솜씨 좋게 파고 짜 맞출 수 있는 일꾼을 구할 수 있었더라면 말이다.

또 아미시 분파는 대개 교회 건물을 짓지 않고 집에서 집회를 연다. 주교를 제비뽑기로 뽑고, 주교도 나머지 사람들처럼 농사를 짓거나 사업을 하는지라 성직자의 위계질서 또한 없다. 거의 모든 기독교, 이슬람교, 불교처럼 설교가 울려 퍼지는 웅장한 석재 건물이라는 짐을 지지 않으니 헤아릴 수 없이 많은 돈이 절약된다.

아미시 사람들은 돈을 모아 요양원을 세우지 않는다. 사회보장 연금도 안 받는다. 할아버지, 할머니가 되면 아들과 딸에게 농장을 물려주고 그 집에서 함께 산다. 두말할 것 없이 삶의 막바지에 이른 노인을 돌보는 데는 큰 희생이 따른다. 하지만 그래서 얼마나 많은 돈이 절약되는지는 아마 헤아리기조차 어려울 것이다. 더 중요하게, 우리 '영국' 농부들은 오늘날 노년을 앞두고 공포를 느낀다. 우리가 감당할 수 없을 만큼 치솟는 비용 걱정 때문일 터인데, 이는 아마 산업 경제가 잘 돌아가지 않는다는 증거 가운데 가장 뚜렷한 증거일 것이다.

조그맣게 농사짓는 이들은 하나같이 작은 농기계를 앞으로 어디서 구할지가 걱정이다. 아미시 사람들은 낡은 농기계를 고치고 되살려서 거의 무한정 쓰는 법을 익혀 왔다. 예를 하나 들자면 올턴 나이즐리는 오하이오주 홈스에서 수리점을 한다. 아미시 사람들은 말이 끄는 기계를 좋아하는데 이들 부품을 무척 정교한 첨단 장비를 써서 손보고, 더 나아가 아예 만든다. 웨인 웽거드는 그리 멀지 않은 곳에서 파이오니어 이큅먼트 사Pioneer Equipment Inc.라는 조그만 공장을 운영한다. 말이 끄는 새 쟁기와 다른 장비들을 만든다. 큰 공장에서 더는 만들지 않는 제품들이다. 미국 곳곳에 '영국' 고객이 아미시 고객만큼 많다는 그의 말이 흥미로웠다.

마지막으로 이러한 공급 회사들과 자립 농부가 짝을 맞춰 새로운 경제구조를 일구어 갈 때, 많은 농장 기반 자영업이 생겨나 이를 지원해야 한다. 이런 작은 사업은 뒤꼍 사업이라고도 한다. 예를 들어 우리는 운 좋게도, 내가 '프리랜서 정비사'라 일컫는 이가 이웃에 산다. 맡은 일을 무척 슬기롭게 해치우는 사람이다. 큰 농기계 회사 직원으로 미국 곳곳을 다니며 문제를 해결했다. 그러다가 "늘 회의에 시달리는데 지쳤다."고 한다. 그는 소농 경제에서 전공을 살려 돈을 버는 법을 찾아냈다. 낡은 트랙터에 본래 달린 제너레이터 대신 새로 조립한 교류발전기를 장착해 주는 것이다. 그러면 트랙터는 추운 날 아침에도 마치 한 마리 말처럼 손쉽게 시동이 걸린다. 이런 일감이 잔뜩 밀려 있다.

시골 용접소도 그러한 좋은 본보기이다. 조카 하나가 가까운 곳에 사는데 낡은 쇠뭉치로 반골 농부가 꿈꿀 만한 연장을 만들어 낸다. 글쓰기가 우리 농장의 주 수입원이듯, 조카는 언젠가 용접과 수리가 자기네 작은 농장을 지탱하는 소득원이 되리라 기대하고 있다.

경고 한마디. 자립 농장을 뒷받침하는 구조가 없다 보니 뭐든지 직접 해 보겠다는 마음이 솟구친다. 설비를 한다. 농장을 운영한다. 농장에서 기른 것을 직접 소매로 판다. 많은 기사와 책에서 농부가 모든 걸 스스로 해내면서 "돈을 더 많이 버는" 법을 알려 준다. 말짱 헛소리다. 우리 같은 사람은 이미 직업이 두 개이고, 그거면 충분하다. 대학을 졸업하고 전업 농사꾼이 되어 축산까지, 다시 말해 가축까지 함께 기르는 이라면, 그 일만으로도 온 시간을 다 쓰게 될 것이다. 물론, 몇몇 설비야 뚝딱뚝딱 고치게 될 것이다. 시골살이가 으레 그러하니까. 아니면 작은 임시 가판대를 운영하거나 생산물을 이따금 직거래 장터에 내다 팔 수 있다. 하지만 새로운 경제구조에서 한몫을 해내겠다고, 이를테면 정육점이나 전업 신선 식품 매장 같은 소매업을 하며 농사까지 짓는다면, 삶이 엉망진창이 될 것이다. 두 가지를 다 잘 해낼 만큼 시간이 넉넉하지 않을 뿐더러, 농부는 가게 주인이 적성에 맞지 않는 경우가 많고 그 반대도 마찬가지이다. 농사에 이끌리는 사람들은 대부분 판매를 좋아하지 않으니 잘 팔지도 못한다. 물건을 잘 팔고, 그 일을 좋아하는 사람을 찾아, 그이가 판매로 먹고살게 하는 쪽이 훨씬 낫다. 특별한 연장이 필요할 때는 값을 치르고 기술자더러 만들어 달라는 게 좋다. 그래야 더 행복해지고, 애초에 하려고 했던 일에 집중하여 돈을 벌 수 있다. 그래야 독립적이면서도 서로 기대어 사는 사람들과 공동체를 이루어 살 수 있다.

그런 공동체를 일구기 시작하면서도 일에 짓눌려 살지 않는 또 다른 길은 '공동체가 뒷받침하는 농업'의 가능성을 찾아 가는 일이다. 주문 예약을 받거나, 수확 체험 기회를 주거나, 그 밖에 벤처형 협동조합을 통해 생산물을 파는 따위로 말이다. 이런 일들은 모두 단골 고객이 반드시 참여해야만 가능하다. (3장 참조)

산업 경제의 우화

태초에 주님이신 경제가 말했다. 잡화점이 있으라 하니 잡화점이 미국 곳곳 네거리마다 나타났다. 하느님이신 경제가 보기에 좋았다. 집에서 걸어올 수 있는 거리에 사는 거의 모든 이가 잡화점에 들렀다. 아무리 외딴 시골에 사는 사람이어도 1.5킬로미터 남짓 가면 아이스크림콘이나 멜빵 달린 작업 바지 한 벌, 사람들이 산업사회에서 필요로 하는 거의 모든 것을 구할 수 있었다.

그러나 이 가게들은 따로따로 흩어져 있었다. 이 길거리 작은 상점들은 산업적으로 '효율적'이지 않으니 하느님이신 경제가 마뜩치 않았다. "너희들은 내 명령을 귀담아듣지 않았으니, 내가 너희로 하여금 아들을 기르게 하고 그가 너희를 멸하리라." 하고 하느님이 작은 상점들에게 말했다. 이윽고 하느님이신 경제가 손을 내뻗으니 보라, 대학을 갓 졸업한 영리한 청년 기업가가 도시 변두리에 새로운 셀프서비스 점포를 열자, 시골의 물건이 들어오고 도시의 물건이 팔려 나갔다. 다량으로 사게 하고 고객이 직접 물건을 고르게 하자 인건비가 절약되어, 그는 조금 더 싸게 팔거나 싸게 파는 것처럼 보였고, 길거리 작은 가게들은 문을 닫았다.

그러자 주님이신 경제는 자신의 종이 한 일을 보고 말하였다. "좋구나. 어쨌거나 작은 가게 주인들도 가게 일을 보는 데 지쳤다. 그들이 삶의 마지막 스무 해는 골프를 치며 보내다가 행복하게 천국으로 가게 하라."

하지만 얼마 지나지 않아 종은 들어오는 수익에 만족했고, 노여워진 주님은 체인점을 일으켰다. 체인점이 더 많이 더 싸게 팔자 길거리 작은 가게의 아들은 문을 닫았다. 그리고 주님이신 경제는 말했다. "이 또한 좋구나. 소비자에게 더 좋은 값이니, 이제 더 많이 살 수 있으리라." 그리고 저녁이 되고 아침이 되니 이는 셋째 날이었다.

하지만 더 멀리 마을 변두리에 경쟁의 물길이 흘러들어 탐욕의 땅을 적시니, 보라, 쇼핑센터가 들어서 주님이신 경제의 가르침에 더욱 귀를 기울였고, 그리하여 체인점은 파산했다.

그러자 주님이신 경제가 말했다. "이제 훨씬 낫구나. 경제가 활기를 띠고 일자리가 늘어나는 걸 보라."

그러나 쯧쯧, 사람들은 그래도 더 많은 것을 사야겠다고 요구했다. 그래서 주님이신 경제가 손을 내뻗으니 보라, 하늘이 갈라지고 차들이 뒤엉킨 쇼핑센터 저 멀리 쇼핑몰이 나타났다. 이제 몇 푼 안 되는 돈으로 고를 수 있는 물건이 아주 많아졌고, 물건들은 소비자와 이 집 저 집에 거의 한 해도 머물지 못한 채 매립지로 버려졌다.

사람들은 낡은 쓰레기 대신 새 쓰레기를 쉴 새 없이 들여놓으면서 경제를 움직이느라 고통 속에 신음했다. 그래서 주님이신 경제가 망토를 땅 위로 던지니 100킬로미터 떨어진 도시에 대형몰이 나타났다. 나무와 떨기나무, 폭포로 웅장하게 꾸며진 곳에서, 비 한 방울 맞지 않고 치터zither, 오스트리아나 독일. 스위스와 같은 곳에서 널리 쓰이는 현악기와 심벌즈 소리를 들으며 돈을 쓰는 멋진 곳. 그래서 사람들은 차를 몰고 와서 쇼핑 의식을 치렀고, 고향의 쇼핑몰은 중심가만큼이나 텅텅 비었다.

그러나 여전히 큰 괴로움이 가시지 않았으니, 벌이가 물가를 따라잡지 못했기 때문이다. 그래서 주님이신 경제가 다시금 두 손을 땅 위로 펼치자 초대형 아웃렛이 머나먼 황무지 한가운데에 나타났다. 어디서 오든 차로 두 시간을 달려야 하는 위치였다. 사람들은 하느님 경제에게 절하고, 고향의 가게뿐 아니라 이제는 더 큰 도시의 상점들마저 거들떠보지 않고 차를 몰아 아웃렛으로 갔다. 10달러를 내고 주차장에 차를 세우고, 물질주의의 성채로 들어선다. 5킬로미터 가까이 걸으며 구두 한 켤레를 사서 15달러를 아끼지만 그 이유 말고는 굳이 필요 없는 구두다. 하루를 쏟아붓고 자동차 경비로 15달러를 써 가며 5킬로미터를 걸어 다녀야 하는 쇼핑몰에 간 덕분에 그렇게 싸게 샀다. 그리고 저녁이 되고 아침이 되니 이는 여섯째 날이었다.

그렇게 세대가 바뀌고 또 바뀌어 오늘에 이르렀다. 마침내 사람들은 돈이 떨어져 두 시간을 몰아야 할 차에 연료를 넣지 못하니 돈을 절약하러 아웃렛에 갈 수 없었다. 한 소비자가 잠깐 멈추어 섰다가 터덜터덜 다시 걸어가는 미로 같은 상점가에는 대부분 폐점 안내가 붙었다. "여기 아웃렛에 오니 기억이 나네." 하고 그이는 말했다. "옛날 중심가가 생각났어. 우리 모두 집에 돌아가서 길거리 상점을 여는 게 어떨까? 걸어서 갈 수 있고, 골프나 치면서 사회보장 연금 갖고 투덜거리는 동네 어르신들한테 일자리도 생기고 말이야."

그래서 길거리 가게들이 생겨났다. 완전히 새로운 세대의 가수들은 텅 빈 주차장의 금 간 바닥에 모여들어 구슬피 포스트 랩 발라드를 불렀다. 좋았던 지난날, 모든 이가 큰돈을 빌려 쇼핑몰에서 행복만 빼고 모든 걸 살 수 있었던 시절을 그리는 노래를.

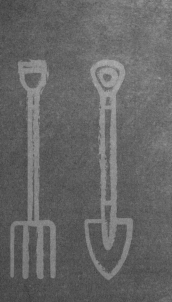

3

텃밭, 모든 것의 시작

오늘날 유기농 텃밭들은 미래의 농업을 위한 실험 구획입니다. 사실 앞으로 전형적인 농장은 무척 큰 텃밭일 수도 있지요.

로버트 로데일Robert David Bob Rodale,

진 록스던과 나눈 대화 가운데, 1984

1965년에 아내와 나는 뒷마당에 텃밭을 가꾸기 시작했다. 돈벌이 농업에 뛰어든 농부라면 밟지도 않을 땅이었다. 앞선 농경시대에 겉흙 태반이 사라졌고, 풀이 자라난 땅 여기저기에 깊게 골이 패어 있었다. 게다가 땅거죽에서 60센티미터도 안 되는 깊이부터 거의 어디나 단단한 바위가 묻혀 있었다. 비가 뜨문뜨문할 때면 땅은 바짝 말라 갔고, 비가 흡족하게 내려도 식물이 무럭무럭 자라지 않았다. 우리가 눈을 돌린 '바닥덮기 농법mulch gardening'이 막 관심을 받던 때였다. 농장에서 모은 가랑잎과 풀 벤 것에다가, 마을에서 해마다 한 트럭 넘게 보태 주는 걸 더해서, 우리는 옥수수밭부터 꽃밭까지 우리가 가꾸는 모든 곳을 덮기 시작했다. 자연이 식물을 기르는 방식대로 따라 한 보람이 제대로 느껴진 건, 가랑잎과 베어 낸 풀잎들이 썩기 시작하면서부터였다. 가랑잎은 가물 때에도 흙이 마르지 않게 했고 풀이 자라는 걸 막았다. 흙이 깎여 나가지 않도록 했고 작물에 영양분을 주었다. 그리고 흙을 기름지게 했다. 마침내 나는 가랑잎을 덮는 것으로 밭갈이를 대신했다. 새로 풀이 자라난 곳을 갈아엎지 않고 첫해에 가랑잎으로 덮어 두었다. 이듬해에 가랑잎에 깔린 풀이 죽으면 토마토나 화분에서 키운 다른 작물을, 썩어 가는 가랑잎 사이에 옮겨 심었다. 그리고 작물이 자라는 동안 가랑잎을 더 덮었다. 셋째 해에 흙을 관리기로 갈았더니 씨를 뿌리기 수월한 상태가 되었다. 아니면 땅거죽에 깔린 가랑잎 퇴비층에 그냥 씨앗을 심어도 되었다. 그리고 작물이 한 뼘쯤 키가 크면 가랑잎을 더 긁어다가 덮었다.

나는 비료나 제초제를 쓰지 않았고, 또 물을 끌어오거나 괭이질조차 할 필요가 없었다. 드러난 흙에 그저 풋거름과 가랑잎을 덮어 주는 일이 텃밭에서 얼마나 큰 몫을 하는지를 보고는 놀랐다. 그래서 유기농법의 뜨거운 지지자가 되었고, 내가 일하고 있던 〈농장 저널Farm Journal〉 사무실에서 큰 농장도 "유기농법으로" 꾸릴 수 있지 않을까 궁금하다고 밝혔다. 안 돼, 화학농법을 열렬히 지지하는 동료들이 대답했다. "유기농법은 도시 텃밭에서는 먹히지만, 농사로 돈을 벌어야 하는 농장에서는 어림도 없지." 내가 그런 말을 얼마나 들었는지.

잠시 시간을 건너뛰어서 1992년으로 가자. 나는 퍼듀대학교 농업대학 교수와 저녁을 먹고 있다. 이번에는 어떨까. 그는 도시의 가랑잎을 실험 삼아 밭 흙에 보태 주었더니 효과가 컸다고 말한다. 오늘날 도시의 가랑잎은 매립지로 보내는 게 금지되어 있다. 드디어 유기농법이 농장에서도 먹히고 있다.

퍼듀대학교 학자들은 가랑잎과 베어 낸 풀잎을 거름 살포기로 뿌린 뒤 하던 대로 땅을 갈고 작물을 심었다. 뜰에서 나오는 쓰레기를 매립지로 보내는 것보다 훨씬 낫고, 대규모 집중 퇴비화 시설에서 거름으로 가공하는 것보다 훨씬 싼 방법이었다. 하지만 풀잎을 이렇게 흙과 섞으면 바닥덮기 농법의 이로움을 다 누리지는 못한다. 가랑잎을 흙과 뒤섞었더니 작물이 한때 질소 부족을 겪기도 했다. 가랑잎을 흙 위에 덮어서 천천히 썩게 내버려 둘 때는 일어나지 않는 위험이었다. "오래전부터 궁금했는데……," 나는 급진적인 생각으로 비칠까 봐 머뭇거렸다. "자동 건초 살포기를 개조해서, 작물이 15센티미터쯤 자란 뒤 줄지어 있는 작물에 곧장 가랑잎을 뿌려 덮어 주면 어떨까요. 트랙터와 살포기가 작물을 가운데 두고 지나가면서 옆쪽에 난 살포구로 가랑잎을 떨어뜨릴 수 있으니까요. 작물들 사이로 원하는 깊이만큼 가랑잎을 덮을 수 있습니다. 그렇게 하면 풀거름과 가랑잎을 덮어 텃밭을 가꿀 때처럼 잡초도 잡고, 흙이 쓸려 내려가지도, 메마르지도 않으면서 썩어 가는 가랑잎의 양분까지 얻을 수 있을 겁니다." 그는 고개를 끄덕였다. "우리도 무엇보다 단옥수수밭에 그렇게 할까 생각해 보았습니다. 지금 있는 장비로도 하루에 4에서 5에이커는 쉽게 덮어 줄 수 있겠더군요. 도시와 가까운 작은 농장에 무척 도움이 되는 방법입니다. 단옥수수 농부한테 또 이로운 점, 그렇게 바닥을 덮어 두면 수확철에 진창이 안 생긴다는 거죠."

이렇듯 농사에서 실제 변화를 일으키기 위한 실험장은 거의 한결같이 텃밭이다. 전업 농부들은 이미 있는 기술을 개선하는 일은 잘하지만 새로운 농법으로 바꾸는 일은 드물다. 경제면에서 대규모 시장에 묶여 있고, 농법을 바꾸는 과정에서 손해가 날지도 모르기 때문이다. 농사의 새로운 발상은 당장 돈을 벌지 않아도 되는 텃밭에서 비롯된다. 대체로 이런 텃밭은 도시 텃밭이다. 제도화된 행위 가운데, 그리고 종교와 교육을 빼고 가장 제도화된 행위가 농업인데, 새롭고 신선한 발상이란 거의 언제나 밖에서 들어온다. 제인 제이콥스Jane Jacobs는 1969년에 나온 도발적인 책《도시의 경제The Economy of Cities》에서 이렇게 말한다. "도시에서 시골로 퍼뜨리거나, 도시의 방식을 통째로 옮겨오거나, 시골이 이를 따라 배운 수없이 많은 혁신이야말로 오늘날 생산적인 농업을 새롭게 일구어 온 힘이다."

예를 들어 자주개자리는 파리 사람들이 기르던 약초였는데 한 세기쯤 지나 유럽 곳곳에서 기르는 농작물이 되었다. 에드워드 포크너 Edward Faulkner의 혁명적인 베스트셀러《밭갈이의 어리석음Plowman's Folly》의 밑바탕이 된 실험은 농장이 아니라 오하이오주 일리리아 부근 텃밭에서 이루어졌다. 도시 텃밭 농부들에게는 말을 빌려주는 삯말집과 길거리 청소에서 나오는 엄청난 똥거름이 있었다. 똥거름을 넣어 농사를 짓는 틀을 마련하고 효과를 증명한 이들은 시골 농사꾼들이 아니라 그들이었다. 이는 1915년에 나온 벤저민 앨보Benjamin Albaugh 의《작은 텃밭이나 도시 뒤뜰 텃밭 가꾸기The Gardenette or City Back Yard Gardening》 같은 책에서도 분명히 나타난다. 19세기 독일 화학자 유스투스 폰 리비히Justus von Liebig의 책이 나온 뒤, 이를 받아들이지 않으려는 농부들에게 화학에 바탕을 둔 농경법을 전한 것도 도시의 영향이었다. 오늘날 도시 텃밭 농부들은 앨버트 하워드 경Sir Albert Howard과 셀먼 왁스먼 박사Dr. Selman Waksman 같은 과학자의 가르침을 따라, 여전히 이를 받아들이지 않으려는 농부들에게 뜻을 품고 생물학에 바탕을 둔 농업 개념을 전하고 있다. 19세기에는 작물이 모든 양분을 부엽토에서 얻는다는 생각이 널리 퍼져 있었고, 리비히는 이를 반박했다. 그런데 작물이 부엽토가 아니라 무기질을 '먹는다'는 걸 증명하면서, 리비히는 반대의 극단으로 치달았다. 그래서 부엽토와 부엽토에서 비롯되는 양분이, 지속 가능하고 효율적인 농업에 실제로 필요하다는 사실마저 짓밟았다.

온전한 유기농업 운동은 오늘날 목화 농사도 바꾸고 있는데, 이 또한 도시 텃밭 농부들의 영향이다. 목화는 지난날 해로운 농약을 치지 않고는 기를 수 없다고 여기던 작물이다.

내가 사는 시골에서는 아직도 '공산주의자들'의 발명품으로 여겨지곤 하는 유기농 텃밭만이 변화를 일으킨 동력인 건 아니다. 도시의 재활용이 또 다른 힘이다. 종이 쓰레기는 많은 농장에서 선택하는 축사 깔개가 되었는데, 농부들이 요구해서가 아니다. 도시에서 짚보다 싼 값에 공급했기 때문이다. 한때는 텃밭 농사에서나 두엄을 만들어 썼지만 이제는 농업 사업이 되었다. 보브 벌컨펠드와 형제 둘은 텍사스주 툴리아에서 땅 3500에이커에 농사를 지으며, 한 해에 고기용 송아지 2500마리를 길러 낸다. 이들은 'KBG 퇴비 제조'라 일컫는 사업을 새로 시작했다. 자기네 것과 이웃 축사에서 나오는 똥오줌을 두엄으로 만들어 파는 일이다. 벌컨펠드는 내가 가장 좋아하는 반골 농부 가운데 한 사람인데, 대규모 농사로는 썩 벌지 못한다고 한다. 만약 자신의 땅 180에이커에서 낙농에 온 정성을 기울이면 경제 사정도 나아질 테고, 큰 규모를 경영해야 하는 압박감에 시달리지도 않을 것이라 믿고 있다.

오늘날, 도시 폐기물 관리자들은 전처리 기술을 써서 하수 찌꺼기를 안전한 거름으로 바꾸어 재래식 비료보다 싼 값에 농부들에게 공급하는 길을 열었다. 처음에는 머뭇거리던 농부들이 이제 줄을 서서 이 거름을 받아 가서는 겉흙이 싹 사라진 땅을 숲과 풀밭으로 되살려 내는 데에 쓰고 있다. 안타깝게도 유기농업 단체들은 기나긴 논쟁 끝에, 유기농 인증을 받은 농장에서는 거름으로 바꾼 하수 찌꺼기를 쓰지 않기로 결정했다. 어리석은 짓이다. 우리 몸에서 나온 똥을 두려워하는 데에서 비롯된 한심한 결정이라고 본다. 나는 10년 동안 이 논쟁에 참여했고, 작가로서 대표적인 이 분야 학자들과 긴밀히 협업했다. 사실 이전에는 하수 찌꺼기가 폴리염화바이페닐에 오염되었을 가능성이 없지 않았다. 그런데 그때조차 하수 찌꺼지를 오하이오의 밭에 쏟아부었지만 아무런 문제가 없었다. 미국 농무부의 과학자 루퍼스 채니 박사Dr. Rufus Chaney는 하수 찌꺼기를 요즘처럼 전처리하고 꾸준히 추적·관찰하는 한 어떤 토양개량제나 비료보다도 안전하다고 말한다. 언젠가는, 여태까지 흙에 갖다 부은 하수 찌꺼기 전체보다 한 해에 뿌린 시판 비료에 카드뮴이 훨씬 많다고도 했다. 농부 개리 웨그너는 하수 찌꺼기가 자기 집 메마른 밀밭에 더할 나위 없는 비료이고 부엽토의 원료이자 침식을 막는 투사라는 걸 알게 되었다. 그는 스포캔시 직원이 되어 농사에 하수 찌꺼기를 사용하는 방법을 알려 왔다. 비타민/미네랄 정제를 두고, 그는 듣는 이의 말문을 막는 주장을 펼친다. 비타민 병에 붙은 종이 딱지에서, 비타민 "A부터 아연까지" 비타민과 무기질이 빠짐없이 정제에 들어 있다는 글귀를 읽는다. "아연은 사람들이 하수 찌꺼기에 들어 있을까 봐 걱정하는 중금속이지만, 영양제로 일부러 섭취하는, 우리 집 흙에 모자란 바로 그 중금속입니다." 하고 청중에게 말한다. 중국 사람이라면 두말할 나위 없이 이 말에 빙그레 웃음 지을 것이다. 동아시아 사람들이 똥거름을 넣어 텃밭 농사를 지은 세월은 4000년을 헤아린다. 문제가 하나 있다면 그 때문에 오늘날 인구가 넘쳐 난다는 것이 아닐까.

앨런 채드윅Alan Chadwick은 프랑스의 집약적 생명 역동 농법을 지지하는 사람으로 이름나 있다. 그는 도시 텃밭이 농업의 변화를 일으키는 데 중요하다는 걸 깨달았다. 이는 유기농업의 지도자인 밥 로데일이 즐겨 말하던 이야기에서도 뚜렷이 드러난다. 밥 로데일과 웬델 베리는 아마 현대 농업 사상에 누구보다 많은 영향을 끼쳤을 텐데, 이 두 사람이 1980년대 초에 채드윅을 인터뷰하려고 산타크루즈의 텃밭으로 찾아갔다고 한다. 채드윅은 로데일처럼 자기주장이 무척 강하고 열의 넘치는 텃밭 농부였는데, 지금은 둘 다 세상을 떴다. 그가 땅을 가는 방법의 시작과 끝은 겉흙과 속흙을 함께 가는 것이고, 손에 쥐는 갈퀴와 괭이, 또는 뭐든 비슷하게 쓸 수 있는 연장이면 된다. 절대 동력을 쓰는 커다란 기계로 땅을 갈지 않는다. 그의 가르침에 따라 텃밭을 일구는 이는 오로지 그렇게만 한다. 그는 매섭고 때로는 무례할지 언정 자신이 믿는 바를 밀고 나간다. 나는 겉흙과 함께 속흙을 가는 건 시간 낭비라 여기므로, 그를 만난 적이 없는 게 다행이다. 채드윅이 자신의 농법을 가르쳐 온 대학교는 그즈음 새로운 발전 단계에 들어섰다. 채드윅이 가르치는 학생들이 스승의 농법에 바탕을 둔 농장을 시작한 것이다. 이 농장 때문에 채드윅이 곤두선 건 아마 당연한 일이었을 것이다. 그 성공의 참된 뿌리인 자신의 텃밭이 뜻하지 않게 사람들의 관심 밖으로 밀려났기 때문이다. 채드윅은 미처 몰랐지만, 로데일과 베리는 대학의 농장을 먼저 둘러보았고 농장에서 주는 점심도 먹었다. 그리고 언덕에 있는 채드윅의 거처로 갔다. 채드윅이 두 사람을 기다리고 있었다. 텃밭을 안내하기에 앞서, 채드윅은 새로운 농업 사상을 널리 알려 온 선구자인 두 사람에게 먼저 점심을 권했다. 자신이 살고 있는 작은 오두막 바깥에서, 작물이 자라는 텃밭을 보며 먹자고 했다. "우리가 이미 농장에 들러 거기서 점심을 먹었다고 했더니," 밥은 그렇게 입을 열었다. "그는 화난 듯이 우리를 쏘아보더니 한마디도 않고 휙 돌아서 오두막으로 들어갔죠. 그걸로 인터뷰는 끝났습니다." 유머 감각이 남다른 밥은 그때를 떠올리며 싱긋 웃었다. "다시는 나오지 않았죠. 우리는 조금 둘러보다가 머쓱하게 자리를 떴습니다."

파종 기술과 기계 기술이 텃밭에서 농장으로 전파된다는 말은, 300마력 트랙터 시대에 객쩍은 소리일까. 손으로 미는 텃밭 파종기가 좋은 본보기이다. 이 단순한 플라스틱 두 바퀴 파종기는 50에서 70달러에 살 수 있다. 트럭에 깔려 부서지지만 않으면 평생 쓸 수도 있다. 거둔 것을 내다 팔려는 텃밭 농부들은 요새 두세 개를 이어 붙여 한꺼번에 여러 줄을 심는다. 하루에 심는 씨앗은 두세 곱 느는데 화석연료는 쓰지 않는다. 두세 개를 붙여서 쓰면 사실 하나보다 밀고 다니기가 쉽다. 나는 이게 내 독창적인 생각인 줄로만 알고 있다가 앤드루 리Andrew Lee의 훌륭한 책 《뒤뜰 텃밭 가꾸기Backyard Market Gardening》를 읽게 되었다. 리는 어스웨이Earthway 사 파종기 세 개를 붙여 쓰면, 한 사람이 하루에 못해도 2에이커는 심을 수 있다고 썼다. 2에이커는 많은 채소 농장이 한 번에 파종하는 넓이다. 두 개를 붙여 만든 파종기를 두 사람이 밀고 다니면 둘이 하루에 3에이커를 심고도 피로에 시달리지 않을 것이다. 일주일이면 옥수수 20에이커를 심을 수 있는데, 이 책이 두둔하는, 꼴밭에 짐승을 돌려 먹이며 꾸준히 수익을 내는 조그만 농장은 그만한 넓이면 된다. 물론 가까이 사는 대농들도 내가 두 줄짜리 파종기를 밀며 옥수수를 심는 걸 보고 무척 흥미로워하지만, 자기네 밭에다가는 30줄 파종기를 운전해서 심는다. 그러면서도 보조금 없이는 돈을 벌지 못하는 처지라 얼굴에는 웃음기가 없다.

파종기를 이어 붙이는 건 간단하다. 나는 가로가 2.5센티미터에 세로가 5센티미터, 길이는 90센티미터쯤 되는 널빤지 세 개로 파종기 두 개를 이어 붙인다. 한 널빤지는 두 파종기의 앞바퀴 받침다리에 미리 뚫어 놓은 구멍에다가 볼트로 고정한다. 두 파종기가 연결되면 받침다리 없이도 똑바로 설 수 있기 때문에 받침다리를 못 움직이게 되어도 상관없다. 두 번째 널빤지는 톱으로 홈을 파서 두 파종기의 씨앗 통 바로 뒤 뼈대에 끼운다. 세 번째 널빤지는 제조사가 비료 통을 달아 붙여 쓰라고 뚫어 놓은, 손잡이 위쪽 구멍에 볼트로 조인다. 이 부분에 널빤지를 대도 비료 통을 붙일 수 있다. 처음에는 널빤지를 엑스 자 모양으로 대서 뼈대와 뼈대를 서로 붙들어 매야 잘 굴러갈 거라 여겼지만, 널빤지 세 개로 단단히 고정되었다. 둘 또는 서너 파종기 사이의 거리를 조절하려면 널빤지 구멍과 홈을 여럿 낸다. 두 파종기는 쉽게 분리할 수 있어 언제든 텃밭에서 파종기 하나만 쓸 수도 있다.

채드윅을 따르는 이들은 쓰지 않지만, 경운 작업기도 텃밭에서 농장으로 나간 농기계이다. 가장 잘 알려진 본보기는 하워드 로터베이터 Howard Rotavator로, 농장 트랙터용 크고 무거운 경운 작업기이다. 1950년대에 처음 나온 것인데, 쟁기를 대신해 꾸준히 쓸 수 있는 농사 도구라고 광고했지만 그렇게 믿은 이는 몇 없다. 릴리 로테라Lely Roterra는 경운 작업기 개념을 더욱 현대에 맞게 발전시킨 농기계이지만 많은 농부들을 사로잡지는 못했다. 그 까닭은 뻔했다. 초벌갈이와 두벌갈 이를 해 보니 다른 방법을 쓸 때보다 느려 터졌기 때문이다. 그리고 뒤 쪽 날이 너무 빨리 돌아서, 자주 쓰면 흙얼개에 해를 끼칠 수 있다. 또 한 쟁기나 원판 쟁기로 땅을 갈 때 깊은 흙층을 단단하게 만들 수 있으 므로, 뿌리를 깊이 내리는 작물들을 한 번씩 돌려 지어 단단한 흙층까 지 뿌리가 파고들게 해야 한다.

경운 작업기가 농사에 더욱 실력을 뽐내는 일은 풀을 잡는 일이다. 이 점에서는 텃밭에서나 농장에서나 으뜸이다. 날이 잡초 뿌리를 단 번에 찍지 못해도, 썰며 지나가는 날을 피할 수 있는 풀은 없다. 오늘 날 시장에 나오는 유압식 피티오power take off, 동력 인출 장치. 엔진에서 나오는 동력을 다른 일을 하는 데에 쓰려고 연결한다. 구동 다열多列 경운 작업기는 트랙터 에 달아서 쓴다. 작업기는 커다란 강철 거미처럼 생겼고, 거미 다리 끄 트머리가 밭을 가는 날이다. 요즘 들어 전업농들이 농기계로 풀을 잡 는 데 새롭게 관심을 보이고 있는데, 이것이 하나의 해답이 될 수 있 다. 해가 갈수록 제초제를 뿌려 보았자 잡초가 안 잡히기 때문이다.

텃밭은 미래의 농장을 길러 내는 배양기로서, 새로운 판매 방법과 농사 전략을 실험하는 곳이다. 새로운 세대의 직거래 텃밭 농부들은 거의 모두 뒤뜰 텃밭에서 시작했다. 이들은 콜레스테롤이 적고 살충제를 치지 않은 싱그러운 먹을거리를 바라는 소비자의 욕구에 큰 영향을 받았다. 워드 싱클레어Ward Sinclair는 퓰리처상을 받은 작가인데 텃밭 농부가 되었다. 그리고 농사지은 유기 농산물을 직장인 〈워싱턴 포스트The Washington Post〉에서 함께 일하는 동료들에게 팔기 시작했다. 고객이 늘어났다. 먹을거리를 파는 일은 글을 파는 일보다 훨씬 만족스러웠다. 결국 그는 직장을 그만두고 농사에 본격으로 뛰어들었고, 오늘날 동부에서 가장 벌이가 좋은 농장 가운데 하나가 되었다. 이 새로운 농부들은 꽤 반골이 많은데 모두 직거래를 한다. 유기농으로 깔끔하게 기른 먹을거리를 찾는 도시 수요에 맞추어 수익을 내며, 농부와 소비자를 다시 연결한다. 도시에서 열리는 직거래 농산물 장터가 잘 드러내듯이 이렇게 '다시 연결'되는 건 튼튼한 경제체제에 도움이 된다. 인류는 배우자, 자녀, 부모, 친구, 직장 동료 들과 퍽 아름다운 인간관계를 맺는 피조물이다. 먹을거리를 사고팔며 농부와 소비자가 직접 만날 때, 서로를 배려하는 마음이 자연히 일어난다. 농부는 소비자가 기쁘기를 바라고, 기쁨을 얻은 소비자는 농부가 농사를 이어 나갈 수 있기를 바란다. 직거래 장터는 미국에 남아 있는 순수한 자본주의의 몇 안 되는 본보기인 셈이다.

얼마 안 되는 임금을 받으며 1만 마리 수소를 먹이는 일꾼에 대어 보라. 무릎까지 푹푹 빠지는 똥구덩이 속에서 일해야 하는 그 커다란 축사는 게다가, 갑부가 탈세를 위해 운영하는 곳이다. 이 일꾼이 제 일손을 보태 생산된 고기가 멀리 떨어진 도시 소비자들을 기쁘게 할지 관심이나 두겠는가? 어쩌면 그는 도시 사람이라면 다 싫어할지도 모른다. 도시 사람들은 훨씬 돈을 많이 버니까 이 일꾼이 기른 소 스테이크를 사 먹을 수 있지만 자신은 고작 햄버거로 한 끼를 때워야 하기 때문이다. 이런 농사는 자유기업 자본주의가 아니라 노예 기업 사회주의이다.

수확 체험은 오늘날 도시에서 앞장서고 있는 판매 방식 가운데 으뜸이다. 지난날 하나하나 손으로 거두는 일을 고되고 등이 휘는 일로 여겼던 곳에서, 도시 소비자들은 농산물을 수확하며 여가를 보내듯 즐거워한다.

계약 생산은 도시가 앞장서고 있는 더 새로운 판매 방식이다. 대체로 고객이라 일컬어지는 소비자들이 미리 정해진 금액을 농부에게 지급하고, 농부는 고객에게 제철 먹을거리를 공급한다. 고객은 농사에 참여할 수도 그렇지 않을 수도 있다. 농부는 무엇을 길러야 할지 미리 알 수 있고, 정해진 금액의 일부라도 미리 당겨 받아 수확 때까지 농사에 쓸 수 있으니 은행에서 돈을 빌릴 일이 줄어든다. 내가 이런 방식을 좋아하는 건 지역과 도시 안에 작은 농장들이 생겨날 수 있기 때문이다. 요사이 나온 말로 '도시 농업'이 태어나는 것이다. '도시 농업 운동'이라 하는 것의 주식을 살 수 있다면 괜찮은 투자가 될 것이다. 다행히 그런 주식은 없지만.

싱클레어와 그 비슷한 농부들은 주로 트럭이나 직거래 장터 혹은 도시 노점에서 농산물을 판다. 하지만 아주 특별한 고급 생산물을 음식점에 직접 파는 이들도 있다. 새싹 채소나 샐러드용 고급 모듬 채소, 외래 품종 멜론 따위를 납품하는 것이다. 얼마 전에 다른 텃밭 농부한테서 골든라즈베리를 얻었다. 품종은 모르지만 기가 막히게 달콤하고, 전에 기르던 다른 노란색 종류보다 모자이크병에 훨씬 강하다. 하지만 나는 공정함을 좇는 생산자인지라, 제철에 적은 양을 공급한다고 하면 지역 고급 레스토랑에서 관심을 보일지가 궁금하다. 다섯 해 전 조금 떨어진 레스토랑 매니저가 한 말은 실망스러웠다. "우리는 지역 농산물을 취급할 수 없습니다. 얼마나 품질이 좋든 말이죠." 하고 그가 말했다. "한 해 내내 매주 공급한다는 약속을 해 주신다면 모를까요." 그 또한 지금은 레스토랑을 운영하지 않는다.

그런데 이제 와 우리 고장 우디스 레스토랑의 로지 우드에게 물으니, 무척 반가워하며 대답했다. 골든라즈베리에도 관심이 가거니와 내가 내는 품질 좋은 과일이나 채소라면 뭐든 좋다고 말이다. 그 뒤로도 그는 자신이 채소를 받는 다른 농장 이야기를 해 주며 나를 북돋으려 한다. 이것이 바로 도시가 이끌어 가는 농업이라고 나는 말하고 싶다. 여기, 전체 인구가 2만 6천 명을 밑도는 시골에서 할 수 있는 일이라면 미국 어디에서나 할 수 있는 일이다. 참으로 문제인 것은 우리가 집에서나 학교에서나 청소년들에게 이런 가능성을 알려 주지 않는다는 데 있다. 우리는 아이들에게 '안정된' 일자리를 찾으라고 권한다. 그런데 그 본보기로 드는 듀폰이나 아이비엠은 오늘날 수천 명씩 직원을 해고하고 있다. 무농약 식품 시장은, 아직까지는 알레르기라고들 여기지 않는 화학적 알레르기로 자신이 고생하고 있다는 걸 알아챈 이들 덕분에도 넓어지고 있는데 말이다. 알레르기 전문의들은 '안전' 하다고들 하는 몇몇 세정액과 염료, 살충제를 비롯한 화학약품 들이 어떤 이들에게는 평생 거부반응을 일으킨다고 한다. 하지만 이를 오 랫동안 그저 독감이나 다른 질환으로 진단해 왔을 뿐이다.

몇 해 전에 누군가 찾아와서 우리 젖소한테서 짠 비살균 생우유를 살 수 있냐고 물었다. 의사의 권고란다. 나는 그건 법으로 금지되어 있 다고 말해야 했다. 내가 마실 수는 있다. 내다 버릴 수도 있다. 하지만 팔 수는 없다. 밀조주는 아니지만 밀매 우유다. "사람들에게 이바지한 다."는 명분으로 저지르는 또 하나의 바보짓이다. 깨끗한 생우유를 법 으로 금지하는 진짜 이유는 우유 생산을 좌우하는 기존 유제품 기업 의 독점권을 보호하기 위해서이다.

실험장은 작게

작은 농장이 자급을 목적으로 먹을거리를 길러 내든 돈벌이를 좇는 기업으로 나아가려 하든, 실험할 수 있는 텃밭은 작아야 한다. 나를 포 함해서 거의 모든 이들이 자립농이라는 이상에 젖어 처음에 벌여 놓는 텃밭은, 농사를 짓는 데 들일 수 있는 시간에 견주면 지나치게 크다. 그래서 의욕을 잃고 텃밭 가꾸기를 그만두게 되는 것이다. 조그만 남새밭이라면 거름을 충분히 넣고 풋거름이나 가랑잎도 넉넉히 덮어 줄 수 있다. 잡초가 밭을 뒤덮지 않도록 돌보는 데 들일 시간도 낼 수 있다. 그래서 농사가 수월해진다. 필요한 건 손에 쥐고 쓰는 연장뿐이니 비용이 크게 절약된다. 필요할 때 직접 물을 줄 수 있고 물도 적게 든다. 해충이 생겨도 손으로 잡거나 간단한 연장으로 해결할 수 있다. 이렇게 길러 낸 먹을거리는 사 먹을 때에 견주면 들어가는 돈이 아주 적다.

우리 딸아이네는 도시 변두리에 있는 집 뒤꼍에 1제곱미터를 조금 웃도는 넓이로 두둑처럼 흙을 쌓고 둘레를 막아 텃밭을 가꾼다. 하지만 그 조그만 땅에서 길러 내는 먹을거리의 양과 질은 놀랍기만 하다. 텃밭 농사용으로 승인된, 하수 찌꺼기 퇴비 최상품으로 양분을 보태 준다. 나는 다른 어디에서도 그토록 주렁주렁 열리는 토마토와 호박을 본 적이 없다. 손바닥만 한 크기까지 알뜰하게 구획을 짓고, 한 작물을 거두자마자 새 작물을 심어서 봄, 여름, 가을 모든 샐러드거리와 주 요리에 들어가는 신선한 채소를 거의 모두 길러 낸다.

작은 남새밭을 가꾸면 이런저런 재미난 일들이 생겨 텃밭 농사가 즐겁고 휴식 같아진다. 내 꿈은 스콧과 헬렌 니어링 부부처럼 밭 둘레에 돌이나 블록으로 담을 두르는 것이다. 텃밭이 작으면 담을 두르기도 쉬워진다. 담을 두르면 온기가 머물고 채찍질하듯 휘몰아치는 시골 바람을 막는다. 지역 주민들은 이런 바람에 속수무책이고, 그저 집채를 붙여 지어 커다란 바람막이로 삼을 뿐이다. 바람을 막는 일 말고도, 낮에 햇볕을 받아 따뜻해진 담은 밤에도 온기를 지니고 있어 작물을 따뜻하게 한다. 다시 말해, 추위가 시작되거나 끝날 때 작물을 한두 주 더 기를 수 있다. 서리에 약한 복숭아 같은 과일은 영국 사람들이 그러듯이 돌담을 버팀대 삼을 수 있다. 그러면 영하에 가깝게 추운 밤에도 전해지는 온기에 힘입어 꽃과 봉오리가 늦서리를 견디고 알찬 열매를 맺는다.

더 중요하게는, 담은 토끼와 사슴을 막아 주고, 기초를 깊게 넣으면 두더지와 마멋도 못 들어온다. 청설모, 미국너구리, 다람쥐는 담을 넘지 못한다. 작은 텃밭은 잠깐 사이 들짐승이 망쳐 놓을 수 있으니 울타리가 중요하다. 토끼 두 마리나 마멋 한 마리면 새로 심은 작물을 하룻밤에 망쳐 놓을 수 있다. 게다가 돌담이나 블록으로 쌓은 담은 그 아름다움이 변하지 않는다. 흔히 쓰는 전기 울타리나 해마다 손보아야 하는 토끼 철조망과 비할 수 없다.

담은 사생활을 완벽하게 지켜 주므로, 따스한 봄날 옷을 훌훌 벗고 싶을 때면 이웃 눈치를 보지 않고 그렇게 할 수 있다. 담을 두른 영국 텃밭이란 알몸 또는 거의 알몸 상태로 농사지을 수 있는 안식처를 만드는 것이 주목적이란 게 내 지론이다. 문화사가 입증하는 바, 빅토리아시대 사람들은 사적인 공간에서 매우 야성적이지 않던가.

농사를 단순하게 짓는 건 작은 면적만큼 중요하다. 텃밭에서 할 일이 아주 많기 때문이다. 물론 해마다 새롭고 이국적인 작물을 길러 보는 즐거움을 무시할 수 없다. 그것은 '실험장'의 기능 가운데 하나다. 올해 우리는 우리가 길러 본 어떤 호박보다 식감과 맛이 훨씬 좋다는 겨울 호박 델리카타를 알게 되어 파인트리 가든 씨즈Pinetree Garden Seeds에서 구했다.

하지만 새롭고 이국적인 작물을 이것저것 다 심어서는 모든 게 뒤엉켜 버려 어느 것 하나 제대로 기르지 못할 것이다. 뛰어난 품종을 찾았다면 덜 성에 차는 품종은 기르지 말아야 한다. 이제 우리는 테이블퀸이나 테이블킹, 버터넛 그리고 다른 옛날 겨울 호박 종류는 심지 않을 것이다. 또 어떤 양상추 품종에 프랑스 이름이 붙었다고 해서 그것이 버터크런치상추보다 더 맛있는 건 아니다. 새로 인기를 얻고 있는 토종 작물이 섞붙임 품종보다 훨씬 독특한 풍미를 지닐 수도 있고, 또 아닐 수도 있다. 밭 전체에 심기 전에 먼저 시험 삼아 텃밭에 길러 보아야 한다. 많은 생산자용 안내 책자에 나오는 '독특한 풍미'라는 표현을 번역하면 '색다른 맛'이 아닐까. 비달리아양파든 다른 양파든 유기물이 풍부한 뒤뜰에서 내가 기른 양파보다 꼭 맛이 좋은 건 아니다.

단순한 농사에 이르기까지는 쉽지 않았다. 얼마나 어려운 길이었냐면, 자두나무를 심고 자두가 열리기를 기다리느니 차라리 밭에 야구방망이를 꽂아 놓고 야구공이 열리기를 기대하는 게 빨랐을 것이다. 그런게이지 자두도 그랬다. 순무, 루터베이거순무, 서양방풍은 이제 안 기르는데 그다지 좋아하지 않는 채소라는 걸 뒤늦게 인정했기 때문이다. 네스트양파, 쪽파, 포테이토양파 같은 양파 종류도 다 없앴다. 이런저런 책이나 글에서 높이 치는 채소로 익히 알고 있었지만 말이다. 이 작물들은 아주 이른 봄 한 주쯤은 요긴하지만, 곧이어 기다린 보람이 있을 만큼 훨씬 맛이 좋은 여느 양파 종류가 나온다.

단순하게 농사짓기라는 원칙이 더욱 들어맞는 경우는 텃밭에서 기른 것을 팔고자 할 때이다. 이때는 믿음을 얻는 일이 무엇보다 중요하다. 텃밭에서 서른 해 동안 수없이 실수를 거듭한 끝에, 나는 소매로 나서려면 아스파라거스, 나무딸기, 딸기, 토마토, 단옥수수에 집중해야 한다는 걸 알게 되었다. 텃밭에서 실험한 결과 우리가 큰 규모로도 꾸준히 잘 기를 수 있는 먹을거리들이다.

소농은 단순하게 남새밭 농사를 짓기가 좋다. 도시 텃밭 농부에 견주어 비교적 농지가 크기 때문에 농지 한 귀퉁이에서도 식구들이 먹을 것을 기를 수 있다. 예를 들어 우리는 단옥수수를 텃밭이 아니라 밭에서 기른다. 특히 남아돌게 길러서 팔거나 친지들과 나누고 싶을 때 그렇게 한다. 이때는 옥수수밭 가장자리 쪽으로 길게 몇 줄을 심거나 밭 어디든 구획을 지어 심고서 농장 작물과 함께 보살핀다.

우리는 꽤 넓은 면적에 나름대로 상당한 양을 심은 작물을 텃밭이 아니라 농장 소출로 여긴다. 콕 집어 말하면 호박, 머스크멜론, 수박이 그렇다. 이것들도 옥수수밭 가장자리를 따라 심는다. 새로운 순환 방목법을 따르는 농부들은 겨울 방목 때 먹일거리로 순무와 케일을 심으니 이와 더불어 자신이 먹을 것도 함께 거둘 수 있다.

자연에서 얻는 먹을거리가 있다면 소농이 텃밭에서 단순하고 소박하게 농사짓는 데 도움이 된다. 야생 나무딸기, 산딸기, 감, 포포 열매, 히커리너트, 버섯, 검은호두, 야생 샐러드 채소, 농장의 연못에 사는 물고기, 이 모든 것이 우리 밥상에 올라오게 되면 남새밭을 더 넓혀야 한다는 압박이 줄어든다. 이렇듯 남새밭을 단순하게 가꾸는 으뜸 본보기는 내가 농장 여기저기에 심은 야생 사과나무일 것이다. 알고 보니 야생 사과나무는 과수원에서 키우려고 산 개량 품종만큼 열매를 주렁주렁 맺고 품질도 좋다. 살충제를 뿌리거나 가지치기를 하거나 거름을 줄 일이 없다. 사과를 먹기만 하면 된다. 더 넓은 자연이 주는 사과를 농사의 일부로 삼고서, 우리는 과수원을 정리했다.

텃밭은 우리 모두의 바탕

하지만 내가 한 말을 모두 고려하더라도, 텃밭에서 농장으로 나아가는 가장 소중한 변화는 기술이 아니라 문화에서 드러난다. 우리가 두 손 두 발로 땅을 만지며, 뭇 생명이 서로 얽혀 있다는 걸 흙이 가르쳐주고 있다고 느끼는 곳이 바로 텃밭이다. 내 경험으로 미루어, 우리가 보통 그렇겠거니 하는 것들 가운데 거의 늘 옳은 것이 있다. 농부가 텃밭을 가꾸지 않거나 한 번도 가꾸어 본 적이 없다면 이들은 농사의 생물학적 본성에 무감각한 경향이 있고, 그러다 보니 인간뿐 아니라 모든 자연에 무심하다는 사실이다. 텃밭을 가꾸지 않는 도시 사람은 이런 면에서 더 나쁘다. 이들에게는 실제 생물계를 이해할 수 있는 어떠한 잣대도 없기 때문이다. 농부가 어떤 일을 경험하는지 이해하지 못할 뿐 아니라, 이런 일들이 모든 이에게 중요하다는 걸 알지 못한다.

한편 생물학적인 활동에 몰입하는 텃밭 농부가 늘어날수록, 그들은 농부를 이해하는 데에서 더 나아가 생명을 길러 내는 농부가 된다. 말 그대로 아주 작은 텃밭이어도, 심지어 유리 단지 안에 이끼를 키우는 조그만 모형 식물원이어도, 그 안에서 이루어지는 생물 활동은 농장과 같은 작은 우주다.

텃밭은 도시 사회가 생명이라는 기본 현실과 가깝게 연결되는 유일하게 현실적인 길이다. 그 연결이 가깝지 않으면 아무런 의미가 없다. 해의 따스한 온기만이 아니라 이글거리는 열기를 느끼고, 산뜻한 산들바람만이 아니라 메마른 바람을 견디고, 비를 기다리면서도 퍼부어 대지 않기를 바라고, 건기가 빨리 오기를 바라면서도 오래지 않아 지나가기를 바라고, 인간 문명 속의 록비트뿐 아니라 자연의 음악에 귀 기울이고, 먹고 먹히는 관계에 생명이 달려 있다는 걸 이해하고, 죽음이라는 소멸이 생명이 다시 살아나는 하나뿐인 길임을 받아들이고,

한 종의 개체 수를 늘리는 게 아니라 종이 다양해지게 하는 것이 이성을 갖춘 존재의 책임이라는 걸 깨닫는 게 중요하다. 그러면 개체 수를 늘리는 일은 우리보다 자연이 훨씬 잘 알아서 할 것이다. 텃밭에 앉아 사색하며 마음에 양식을 쌓을 수 있는 짬이 나도록 단순하게 텃밭을 가꾸며, 복잡하게 얽히고설킨 생물들 사이의 관계를 깊이 이해한다. 그 모든 게 산업사회가 갈망하면서도 딱 집어 뭐라고 부르지 못하는 교육의 시간이다.

우리 인간은 발밑 흙 속의 놀라운 세계를 막 이해하기 시작했다. 하지만 이 생명의 성소를 여전히 '흙'dirt, 지저분하고 쓸모없는 것이라는 뜻이 담긴 표현이라 일컫는다. 이런 관점을 어떻게 변화시킬 것인가? 사람이 지구를 파멸시킬 수 있는 힘을 점점 더 많이 얻게 된 지금, 지구가 생물학적으로 건강하게 언제까지나 이어지도록 뒷받침할 방법을 어떻게 배울 것인가? 날마다 보살피는 텃밭 말고 어디에서 이런 배움이 이루어질 것인가? 우리 사회는 산업주의를 받아들인 관행 농장에서 이와 같은 경외심을 배울 수 없다. 설사 관행 농장이 이런 내용을 가르친다 해도, 그것은 거의 모든 사람들의 삶과는 동떨어진 것이다.

흙에는 찻숟가락 하나만큼에도 1만에서 4만을 헤아리는 미생물이 있다. 아주 작은 동물과 식물, 진균류가 사는데 태반이 이름이 없고 그 수조차 알려져 있지 않다. 해리 호이팅크 박사Dr. Harry Hoitink는 오하이오주 우스터에 있는 오하이오주립대학교 리서치 센터에서 날마다 이 분야를 연구하는 학자다. "눈에 보이지 않지만 색다르게 아름다운 밀림의 세계"를 몹시 서정적으로 그려 낸다. 그가 이 분야에서 눈에 띄는 발견을 이루어 냈는데, 거름이 된 유기물 속에 사는 다양한 미생물이 식물의 질병을 막을 수 있다는 것이다. 진균제를 쓰지 않아도 된다. 토양미생물의 세계는 생명의 마그마이다. 그리고 미시간주립대학교 리처드 하우드 박사Dr. Richard Harwood가 짚고 있듯이, 유독한 살충제가 토양 생물군에 어떤 영향을 미치는지를 과학이 긴 시간 관찰하고 추적한 자료는 아직 충분치 않다. 그이의 실험은, 이 비옥한 세계의 미생물이 더 건강하고 더 다양할수록 식물이 더 잘 자란다는 사실을 드러낸다. 우리는 성능이 뛰어난 전자현미경으로 곳곳의 흙을 관찰할 수 있다. 그리고 흙 속의 풍경과 장면을 모든 학교와 도서관, 일터, 가정, 실험실, 교회, 정부 회의실 텔레비전으로 내보내는 것이다. 사회가 주식시장 보도와 스포츠 중계를 시청하듯 꾸준히 볼 수 있도록 말이다. 우리는 이 보이지 않는 생물계를 지켜보며, 누가 이기는지, 누가 도움이 되는지를 알게 될 것이다. 수많은 생명체가 흙 속에서 한시도 쉼 없이 삶과 죽음을 맞바꾸려고 애쓰고 있다는 것을 알게 될 테니 말이다. 농법에 관한, 그리고 삶 전반에 관한 인류의 사상이 새로운 이해와 슬기로 꽃피울 날은 과연 언제일까.

내가 아는 한, 사람이 생명의 본질에 참으로 관심을 두게 되는 길은 딱 두 가지이다. 매혹되거나 아니면 굶어 죽을 지경이거나. 매혹이 더 나은 길임은 분명하다. 그러니 텃밭에서 즐거움을 찾을 때, 도시와 농촌은 함께 자연을 지키며 지구를 더할 나위 없는 낙원으로 가꾸게 될 것이다.

집짐승 기르기

들짐승이 없다면 사람이 뭐란 말인가?

들짐승이 모조리 사라지면 사람도 마음이 텅 비

어 죽어 갈 것이다.

들짐승에게 일어나는 일은 사람에게도 일어나

는 법이니까.

시애틀 추장이 한 것으로 짐작되는 말, 1855

천진하게 자연을 사랑하는 이는 자연으로 가기만 하면, 잠깐의 고요
를 마치 물병에 담아 파는 샘물처럼 들이마실 수 있다고 여긴다. 이런
공상에 빠지는 까닭은 바로 문명 탓인데, 사람들은 가끔 기분에 따라
문명을 싫어하는 척한다. 문명 덕분에 사람들은 그 가차 없는 폭력성
과 맞닥뜨리지 않고도 겉핥기로 자연의 평화로움을 '체험'할 수 있다.
그들은 어머니 자연이 가끔 미치광이 자연이 될 수 있다는 걸 모른다.
캠핑카를 타고 산속으로 들어가거나 비행기를 타고 외딴 호수에 내린
다. 산업사회의 사치품을 충분히 갖고 와서 한두 주 동안 편안히 묵는
다. 그들은 잠깐 자연을 맛본다. 총을 쏜다. 굉음을 내며 질주한다. 맥
주를 퍼마신다. 카드놀이를 한다. 카메라 셔터를 누른다. 삶이 이보다
더 좋을 수 있나. 하지만 음식과 필름이 떨어질세라 서둘러 문명으로
돌아간다.

　자연은 거대한 도살장이다. 어떤 곤충이나 식물, 사람과 같은 동물
이 살 수 있는 건 다른 곤충과 식물과 동물이 죽는 덕분이다. 우리가
하는 모든 건 실존 문제를 두고 벌이는 게임 테이블에서 실제 형체를
거래하는 일이다.

　자연에 사는 동물은 한눈으로는 포식자를 끊임없이 경계하며 다른

한 눈으로 먹이를 찾는다. 붉은깃찌르레기가 시냇가 떨기나무에서 어여삐 지저귀는 소리가 들린다. 만족스럽다는 노래 같다. 하지만 조류학자들은 그 달콤한 노래를 이렇게 해석하라고 한다. "여긴 내 영역이야. 다른 붉은깃찌르레기가 여기 들어오기만 해 봐. 그 구슬처럼 조그만 눈알을 쪼아 주겠어." 행복하게 들리는 새의 지저귐은 거의 이런 뜻이다.

집에서 기르는 동물은 자연에 사는 동물보다 훨씬 평온하게 지낸다. 우리 수퇘지 두 마리의 삶은 그런대로 호사스럽다. 자리짚에 누워 있다가 내가 코앞에 놔 주는 먹이를 먹으려고 가끔 황송하게도 몸을 일으켜 주신다. 우리 젖소들이 나른하게 그늘에 누워 있는 동안 나는 풀밭에서 땀을 쏟는다. 젖소들을 짜증나게 하는 딱 한 가지가 있다면 7월에 몰려드는 파리이다.

이 동물들은 끝내 도축되어 고기가 되지만, 자연에 사는 동물들도 죽는 건 마찬가지이다. 부엉이가 토끼 내장을 파먹는 것을 보라. 검정쥐잡이뱀이 참새를 삼킨다. 여우가 쥐를 덮친다. 늑대 무리가 늙어서 도망치지도 못하는 흰꼬리사슴의 다리를 물어뜯는다. 참으로 어느 죽음이 더 참혹한 것인가. 굶주리고 관절이 뻣뻣해진 늙은 사슴이 늑대 엄니에 천천히 찢겨지는 쪽인가, 아니면 한창때의 사슴이 사람이 쏜 총알에 즉사하는 것인가? 자연에서 유일하게 부자연스러운 죽음은 자연사이다.

온갖 집짐승 우리가 있는 어릿간 또한 위험 지대일 수 있다. 내가 만약 돼지우리에서 의식을 잃는다면 귀여워 보이는 이 뚱보들이 나를 먹을 것이다. 지난날 농장에서 자라난 많은 아이들이 이러한 물증이 되었고, 넋이 나간 부모들은 돼지가 피투성이 팔이나 다리를 물고 어릿간 앞마당을 뛰어가는 걸 보고서야 참극을 알아챘다. 삶은 본질적으로 위험한 것이다. 이것이야말로 교육이 가장 먼저 가르쳐야 할 내용이지만 교육은 알려 주지 않는다. 그 결과 오늘날 우리 인간 사회는 위험성이 0인 환경을 요구한다. 하지만 그런 건 있을 수 없다.

어릿간의 평온함을 이어 가기 위해 나는 세 가지 기본 원리를 따른다. 첫 번째로 동물들은 변화를 좋아하지 않는다는 걸 이해한다. 규칙적인 일과를 정하고 되도록 그에 따른다.

둘째, 규칙적인 일과를 가르치거나 그 일과 가운데 변화를 주어야 할 때 억지로 시키지 않는다. 나는 먹이를 뇌물로 삼는다. 예를 들어 젖소는 익숙해질 때까지 착유대 머리 틀을 겁낸다. 억지로 머리를 끼우려다가는 다치기만 한다. 나는 젖소가 머리 틀에 머리를 끼워야 먹을 수 있도록 여물통에 곡물을 붓는다. 처음 몇 번은 싫어라 하므로, 굳이 머리 틀을 채우지 않는다. 사흘째쯤 되면 젖소가 여물을 먹는 동안 머리 틀을 닫아 채울 수 있는데 젖소는 눈치조차 못 챈다.

셋째, 집짐승이 혼자 있는 데 익숙하지 않다면 따로 데려다 뭘 하지 않는 게 좋다. 양은 한데 모여 있으려고 하고, 무리에서 따로 떼어 놓으면 십대 청소년처럼 몹시 안절부절못한다. 우리에 홀로 있을 때 잡으려 했다간 양이 겁에 질려 뛰쳐나가려다가 저나 내가 다칠 수 있다. 암양 두 마리를 붙잡아 발굽을 다듬으려 한다면, 어릿간에 있는 양 무리를 먹이로 구슬려서 우리 한 칸에 죄다 몰아넣는다. 그리고 조심스레 비집고 들어가면 두 녀석을 아주 쉽게 잡을 수 있다. 이렇게 하면 내가 양들 사이를 지나가도 다들 태평하다. 털을 깎을 때는 양털 깎는 단에 되도록 가까이 양이 무리 지어 있게 한다. 그러면 양을 잡으러 쫓아다닐 일이 없고, 털 깎을 양을 잡아서 이동하는 거리도 퍽 줄어든다. 다른 양들이 옆에 붙어 있으니 훨씬 차분한 상태에서 털을 깎아 줄 수 있다.

가축에게 따스하게 다가가는 건 보람 있는 노력이지만, 가축끼리 서로 따스하리라 여기는 건 금물이다. 키우는 닭들 사이에 새 닭을 함께 두었다가는 원래 있던 닭들이 새 닭을 쪼아 피투성이로 만들 것이다. 우두머리 젖소는 무리 가운데 서열이 낮은 젖소들을 머리로 들이받아서 자기 여물통에 못 오게 한다. 공간이 넉넉해서 모두 자리를 차지할 수 있는 게 아니라면, 서열이 형편없는 녀석은 제대로 먹지 못할 것이다. 젖소에게 뿔이 달렸다면, 농담처럼 하는 얘기지만 서열 문제는 피범벅으로 끝날 수 있다. 그래서 사람들은 소 머리에 뿔이 막 돋으려 할 때 잘라 버린다. 뿔을 없애는 연고를 바르면 뿔도 안 날뿐더러 고통도 거의 없다. 더 나은 해결책이라면 모든 소가 뿔이 자라지 않도록 품종을 개량하거나 작은 농장에서는 적어도 뿔이 안 자라는 품종만을 기르는 것이다.

가축들에게 이렇게 고약한 기질이 있기는 해도, 우리 어릿간은 자연이나 을씨년스러운 콘크리트와 쇠로 지은 동물 공장 그 어느 쪽보다도 훨씬 평화로운 왕국이다. 물론, 먹고 먹히는 먹이사슬과 무관한, 몰지각한 폭력이 '문명'을 참혹한 혼돈으로 내몰고 있는 인간들의 서식지보다도 훨씬 평화롭다. 우리 암탉들은 매와 미국수리부엉이, 여우, 코요테가 덮칠지도 모르는 위험 속에 살지만, 금요일 밤 술에 취한 이들이 운전하는 비틀거리는 자동차들 사이에서 내가 차를 몰며 무릅써야 하는 위태로움만큼 위험천만하지는 않다.

암탉들은 어릿간 앞마당과 들판을 돌아다닌다. 돌아다니는 곳곳에 먹을거리가 있고, 밤이면 안전한 닭장으로 돌아와 잔다. 날마다 같은 곳을 돌아다니다가 꼬꼬 우는데 그 소리를 들으면 나는 어릿간마다 온갖 동물이 북적거리고 시골집마다 농사꾼들이 살던 시절이 떠오른다. 누구나 먹을거리가 그득했고 편안했기에 뉴욕시에서 사람들이 빵을 배급받으려고 줄을 서 있다는 뉴스를 믿을 수 없던 때였다. 시골에 가서 땅 한 뙈기라도 부쳐 먹으면 될 텐데, 할아버지는 늘 말씀하셨다. 그분에게는 무척 간단한 문제로 보인 것이다. 할아버지가 든든히 믿는 어릿간 앞뜰에는 오랜 세월 삶의 노래가 울려 퍼지며 확신을 주었으니 말이다. 암탉은 꼬꼬, 돼지는 꽥꽥, 소는 움머, 양은 음매애, 수탉은 꼬끼오, 말은 히히힝, 꿀벌은 붕붕, 송아지는 무우거렸고, 사내아이들은 소리 높여 다투고, 여자아이들은 킥킥대고, 할머니는 저녁 먹으라고 소리치며 할아버지를 불렀다. 사회학자들, 그러니까 빵을 배급받던 그 도시인의 아들딸들은 '도시 주민들'에 대면 우리가 지루하게 산다고 하는데, 왜 우리 식구들은 늘 노래를 부르며 살았을까?

몇몇 짐승들과 같이 지내면서 잘 알게 되고는, 이들에게 말을 거는 버릇이 생겼다. 피할 수 없는 죽음에 대해 말한다면 당연히 짐승들이 알아듣지 못할 것이다. 적어도 나는 그럴 거라고 생각한다. 하지만 먹이나 안전처럼, 저한테 흥미로운 주제라면 수월찮이 알아듣는다. 음식 쓰레기를 모아 두는 통을 나를 때, 암탉들은 평소에 먹는 빻은 곡물을 못 본 체하며 어릿간 앞마당에서 나를 졸졸 따라다닌다. 다른 모이보다 음식 쓰레기를 좋아한다. 산더미만큼 많은 음식 쓰레기가 분쇄기를 거쳐서 미국의 하수관으로 흘러든다. 그렇게 낭비가 심하니 우리는 빵 배급 줄에 설 만하다.

내가 높고 떨리는 울음으로, 암탉이 위험 신호를 보낼 때처럼 희미한 사이렌 소리를 흉내 내면, 어린 병아리들은 종종거리며 닭장으로 들어간다. 막 부화하려는 알에 대고 그 소리를 내면, 알 안의 병아리는 껍질 밖을 엿보지 않을 것이다. 여느 때 어미닭이 모든 게 괜찮다는 신호를 보내듯 내가 꼬꼬 울면, 병아리는 다시 껍질 밖을 엿볼 것이다.

우리 가축들은 나보다 나를 더 많이 안다. 내가 기쁠 때, 슬플 때, 화날 때, 즐거울 때, 짜증이 날 때, 몹시 지쳐서 어느 것에도 관심을 두지 않을 때를 구별한다. 다른 때보다도, 서둘러 잡일을 해치우고 있을 때와 한가한 기분일 때를 잘 안다. 내가 한가로이 빈둥거릴 때는 길을 막고서 머리를 콩 박거나 나한테 몸을 비비거나 목을 빳빳이 세우고 긁어 달라고 치댄다. 내가 허둥지둥 일할 때는 앞을 가로막는 법이 없다. 나도 모르게 배어 나오는 예민함이 짐승들에게도 퍼진다. 거듭 배우고 배운 끝에야 나는 짐승들 사이를 천천히 지나가고, 짐승들이 내게 하듯 손이 아니라 코를 먼저 내미는 법을 익혔다. 아직 완전히 길들지 않은 녀석에게 손을 뻗으면 겁을 먹는다. 짐승들은 손이 없으니 손에 예민하겠지.

짐승들은 내 겉모습이 달라진 것도 알아챘다. 어느 날 아침 닭장에 들어가니 닭들이 날개를 퍼덕이며 슬금슬금 저쪽 구석으로 몰려갔다. "도대체 왜들 그러는 거야?" 녀석들은 내가 모이통에 밀을 부어 주고 있을 때에도 움츠리고 있었다. 그때야 떠올랐다. 내가 늘 입던 것과 다른 겉옷을 입고 모자를 쓰고 있다는 것을.

그리고 서로 질투가 몹시 심한데, 소가 그 으뜸이다. 거세한 어린 수소 귀라도 긁어 줬다가는 우리 집 젖소는 그 녀석을 머리로 받아 버린다.

나도 기르는 짐승들의 여러 분위기를 판가름할 수 있다. 아픈 젖소는 눈동자에 흐릿한 기운이 돌아 금세 알 수 있다. 열이 있는 젖소는 잔뜩 날이 서서 차분한 여느 때와는 딴판이다. 나는 어릿간에 들어서는 순간 우리 젖소의 기분을, 거세한 어린 수소나 양을 괴롭히려는 것인지 아닌지 알아챌 수 있다. 새끼를 낳으려는 욕구는 강렬하다. 새끼를 밴 젖소나 송아지를 보살피는 젖소는 새끼가 없는 젖소보다 훨씬 만족스러워하며 지낸다. 마찬가지로 암양 무리에서 떼어 다른 우리에 둔 숫양은 큰 소리로 울고 소리를 지르며 울타리를 따라 왔다 갔다 한다. 프로 축구 경기를 보는 남성 팬 같다. 무리와 함께 있어야 숫양은 차분하고 느긋해진다. 여러 달 동안 짝짓기를 하지 않고, 성적인 에너지를 쏟아 낼 '배출구'가 없어도 말이다. 동물들은 우리가 모르는 것을 아는 것일까?

짐승들은 몸짓으로 하는 말을 사람보다 더 뛰어나게 읽어 낸다. 이들을 딴 쪽으로 데려가려고 하면, 내가 몰아대기도 전에 그 방향을 가늠한다. 사람한테 이런 능력이 있다면 시대를 가리지 않고 최우수 야구 선수나 축구 선수가 될 것이다. 돼지들은 내 종아리를 깨물려고 했다간 나한테 찰싹 맞을 거란 걸 안다. 그래서 내 손이 살짝 움직이기만 해도 장난스레 꿀꿀대며 피해 버린다. 종아리를 깨무는 건 녀석들에겐 놀이인가 보다. 암양은 침입자가 새끼 양에게 다가가지 않도록 발을 구른다. 봄에 풀밭에 나가 풀을 뜯어 먹는 첫날, 꼴밭으로 나간 송아지들은 사방팔방 신나게 뛰고 양들은 풍풍 뛰어오르며 즐거워한다. 풀을 실컷 뜯어 먹은 바람 부는 여름날, 양들은 언덕 비탈에 배를 깔고

엎드린다. 불어오는 바람을 한껏 맞으며 성가신 파리들을 피할 수 있기 때문이다. 고개를 똑바로 세우고 조는 얼굴은 온 세상에 대고 행복하다고 조용히 말하고 있다.

양과 양치기 개는 동물들이 몸짓언어를 얼마나 잘 이해하는지 뚜렷하게 보여 준다. 양치기 개가 양 한 무리를 차에 태우는 걸 처음 보고는, 나는 양들이 훈련을 받은 거라고 믿었다. 양 무리와 개가 나누는 몸짓언어는 사람이 온전히 알아챌 수 있는 게 아니다. 개와 양은 어떤 몸짓을 하기도 전에 서로의 동작을 짐작한다. 양은 개가 다가올 때면 뭘 해야 하는지 이미 아는 것 같다. 똑똑한 개를 한 마리 아는데, 그 녀석은 양 떼 전체를 울타리 구석으로 몰아 몇 시간이고 거기에 머물게 한다. 그러면 사람이 양 떼 사이로 들어가 한 마리씩 털을 깎을 수 있다. 한 양치기는 골짜기에 넓게 펼쳐진 풀밭에 양치기 개를 풀었다. 그리고 신호처럼 휘파람을 불자, 개가 양 떼를 몽땅 그리로 몰아왔다. 그 개는 어떤 암양을 콕 집어 눈을 맞추어 울타리 옆에 머물게도 했다. 덕분에 양치기는 그 암양을 붙잡고 살펴볼 수 있었다.

짐승들도 저마다 성격이 있다. 어떤 녀석은 다른 녀석보다 사근사근하고, 어떤 녀석은 다른 녀석보다 의심이 많거나 모험심 또는 호기심이 넘친다. 플리머스록 품종의 어린 암탉 하나는 가만가만 다가와서 아주 살살 다리를 쪼는 걸 좋아한다. 왜 그런지는 모른다. 다른 어떤 녀석도 그렇게 하지 않기 때문이다. 전에 기른 병아리들도 그런 적이 없다. 또 로드아일랜드레드 품종의 암탉 한 녀석은 거름을 갈퀴로 떠서 살포기에 싣는 내내 옆에 붙어 있다. 내 갈퀴질에 드러난 벌레와 지렁이를 먹는 것이다. 다른 암탉들은 기다리다가 내가 떠나고서야 몰려든다.

마찬가지로 짐승들 입맛도 저마다 다르다. 암양 둘은 귀리가 있으면 아무리 좋은 마른풀이 있어도 거들떠보지 않는다. 다른 암양들은 좋은 마른풀이 있으면 귀리를 내밀어 봤자 피한다. 사탕을 앞에 두면 브로콜리에다가는 눈길도 안 주는 이이들 같다. 나중에 소고기를 마련할 요량으로 기르는 거세 수소는 처음에는 갈아 놓은 먹이를 먹으려 하지 않아서 귀리를 위에 조금 뿌려 주어야 한다. 그리고 확실히 어떤 곡물보다 질이 좋은 마른 토끼풀을 좋아한다.

갈아 놓은 먹이에 들어가는 재료 하나를 다른 것으로 바꿀 때마다 우리 젖소는 엄청 성을 낸다. 새 재료가 들어가 맛이 달라졌으니 말이다. 젖소는 킁킁 냄새를 맡고 휘휘 고개를 젓고는 심통 난 듯 나를 노려보다가 코로 먹이통을 민다. 이렇듯 네 단계를 거치며, 새 재료가 마음에 들지 않는다는 걸 또렷하게 표현하는 것이다.

"그게 다야." 하고 말하면서 먹이를 손으로 휘저어 본다. 그리고 내 입술을 핥아 보이면서 한 입 먹으면 정말 맛있을 거라고 알려 준다.

젖소가 다시 고개를 저으며 몹시 짜증 난다는 듯 노려보면 웃음이 터진다. 그럼 젖소는 더 화가 나서 코로 먹이통을 밀어낸다. "됐거든."

하고 젖소가 힘주어 말하는 것 같다. "이 쓰레기는 부엌으로 다시 가져가라고."

내가 어릿간 다른 쪽으로 옮겨 갈 때에야 젖소는 다른 먹이를 주지 않을 거라는 걸 깨닫고 새 먹이를 조금 맛본다. 역겨운 듯 코를 킁킁대고는 다시 고개를 젓는다. 그러다가 어쩔 수 없이 조금 입에 넣는다. 우물거린다. "음, 뭐 그다지 나쁘지 않아." 곧 새 먹이 냄새에 익숙해지면 코를 박고서는 말끔히 먹어 치운다. 더 어린 거세 수소가 다가와 기웃거릴 생각만 해도 젖소는 신호를 준다. 나로서는 도무지 알아챌 수가 없지만. 그러면 어린 수소는 자기 칸막이로 돌아가 얌전히 빻은 옥수수를 기다린다. 물론 통귀리를 위에 뿌린 먹이다.

어머니는 언젠가 사람들이랑 사귀느니 젖소랑 벗하는 게 더 좋다고 하셨다. 농담으로 여겼는데, 내가 나이가 들어 보니 꼭 농담 같지는 않다. 짐승들과 이야기를 나누며 지적인 자극을 받고자 기대한다면 별것 없을 게 당연하다. 하지만 무엇보다 다른 일을 하면서 오랜 시간 사람들과 헛소리를 주고받느라 지친 농부라면 다른 만족을 얻는다. 농장에서 기르는 짐승들은 배고프거나 늘 함께 지내는 무리에서 따로 떨어지지만 않는다면 조용하기 때문이다.

겨울을 앞둔 고요 속에서 짐승들이 먹고 잘 자리를 마련하느라, 깔끔한 노란 짚단을 무릎만치 깔아 줄 때는 흡족함이 넘친다. 양은 누구보다 만족스러운 듯 작게 한숨을 쉬며 먹이에 코를 박는다. 말은 코로 말린 꼴을 훑으며 킁킁댄다. 젖소들은 부드럽게 아작아작 씹으며 되새김질한다. 이 소리들이 말린 꼴을 쌓아 두는 다락까지 평화롭게 들려온다. 가만히 귀를 기울인다. 젖을 먹이려는 어미 양이 달래듯 소리를 내서 신호를 보내고, 마침내 새끼가 힘차게 젖을 빠는 소리도 들려온다. 모든 것이 순탄하다. 신이 태어날 곳으로 마구간을 고른 게 하나도 놀랍지 않다. 뭘 모르는 이들만이 그런 탄생지가 신의 고귀함과 어울리지 않는다고 여긴다.

여름날 어릿간은 성가신 파리만 빼면 무척 고요하다. 나무는 닭장과 돼지우리에 그늘을 드리워 쨍쨍한 불볕을 누그러뜨린다. 열린 어릿간 문으로 들어오는 바람에 땀을 식히며 갈퀴로 거름을 떠서 살포기에 싣는다. 붉은 새끼 암탉이 내 밑에 서서 갈퀴질로 드러나는 벌레와 파리알을 쪼아 먹는다. 다른 암탉들은 저희들이 농기계 창고 부근에 만들어 놓은 흙구덩이에서 만족스러운 듯 깃털을 부풀려 휘저으며 흙 목욕을 한다. 곱고 부드럽게 메마른 흙 알갱이를 목욕물처럼 쓰는 것이다. 전문가들은 암탉들이 흙 목욕으로 이를 떨어낸다고 믿는다. 내 생각엔 그저 기분이 좋아서인 것 같지만.

돼지는 거의 쉼 없이 졸다가 깬다. 한 녀석이 놀잇감으로 넣어 준 나무토막을 갖고 노는 동안 다른 녀석은 더위를 식히려고 식수통으로 들어가려 한다. 돼지들이 무엇보다 좋아하는 건 진창에서 뒹구는 것이다. 나는 아마도 돼지의 본성에 좀 둔감한 사람일 것이다. 돼지우리를 땅에서 60센티미터쯤 띄우고 바닥에 두터운 판재를 깔았기 때문이다. (149쪽에 설명) 하지만 그러지 않으면, 우리 농장 울타리 밑을 주둥이로 못 파헤치게 돼지 코에 코뚜레를 꿰거나, 들판을 온통 파헤치도록 내버려 두거나, 시냇물에서 흙탕물이 일도록 맘껏 뒹굴게 두면서 아슬아슬한 삶의 균형을 망가뜨려야 한다.

양과 젖소는 뜨거운 풀밭에서 숲으로 들어간다. 그늘에 드러눕거나 서서 고개를 휘젓고 발을 구르고 꼬리를 휙휙 휘두르며 끈덕진 파리들을 쫓으려 한다. 녀석들은 멀리서도 내게 눈을 떼지 않는다. 내가 문을 열어 어릿간에 들어가게만 해 주면 곧장 우르르 들어갈 생각이다. 안쪽은 서늘하고 어둑하니 어떤 파리약보다도 효과 좋게 파리를 쫓아준다. 하지만 당장은 들여보내지 않을 것이다. 내가 갈퀴질하는 동안 걸려 비틀거리는 닭만으로도 충분히 성가시니까.

쥐와 생쥐를 잡으라고 기르는 고양이 두 마리는 거름 살포기를 연결해 쓰는 트랙터 바퀴 흙받이에 올라가 있다. 내가 일하는 걸 지켜볼 새로운 곳을 찾아낼 만큼 무척 영리하다고 스스로 뿌듯해 하는 녀석들이다. 한 녀석이 붕붕거리는 등에에 날렵하게 달려들었다가 놓친다. 딱딱하고 미끄러운 금속 표면에 익숙하지 않은 탓에 헛발질을 하고는 바닥으로 떨어진다. 머쓱해진 암고양이는 마치 일부러 내려온 척 다른 데로 간다.

어릿간 앞마당이 난장판일 때는 3월뿐이다. 질퍽한 철. 이때가 되면 나는 어릿간을 정확히 작은 숲 가장 높은 곳에 두어 물이 자연스레 빠지도록 했다는 게 뿌듯하다. 그런데도 어릿간 둘레에서 새로 녹아 가는 땅은 무르다. 나는 짐승들을 어릿간에 둔다. 그러지 않으면 짐승들이 오가는 곳마다 물웅덩이가 될 것이다. 날마다 일하러 왔다 갔다 하는 길에는 낡은 판때기를 놓아서 진흙탕에 미끄러져 빠지는 일이 없도록 한다. 짐승들이 머무는 어릿간 입구에는 돌을 깔아서 진흙이 묻지 않게 했다. 하지만 겨울도 막바지가 가까워지면 질퍽한 철은 견딜 만해진다. 따뜻한 날씨가 다가오고 있고, 땅은 곧 다시 굳고 마를 것이다.

집짐승 기르는 법을 완벽하게들 알려 주는 여러 책이 나와 있다. 여기서는 우리 농장의 경험이 담긴 것으로, 그러면서도 내가 다른 책에서는 많이 보지 못한 세세한 내용들을 이야기하고자 한다.

닭, 작은 농장의 첫 번째 선택

닭은 농장에서 치는 동물 가운데 기르기가 무엇보다 쉽고 경제적이다. 어떤 이들은 닭고기가 가장 건강한 고기 종류라고 말한다. 육식을 하지 않거나 동물 살상을 바라지 않으면서 달걀을 먹는 사람이라면 닭이 훨씬 알맞다. 암탉은 사는 동안 평생 알을 낳아 주는데 그 기간이 5년쯤이거나 그보다 길다. 죽은 닭은 밭에 묻으면 거름이 된다.

오늘날 달걀에 콜레스테롤이 지나치게 많이 들어 있다는 미신을 믿기에 달걀마저 안 먹는 이라면, 색다른 가금류를 길러서 반려동물 시장에 파는 길이 있다. 나는 때로 마리당 2달러짜리 닭들하고 왜 씨름을 하고 있나, 마리당 200달러짜리 에뮤를 키울걸 하고 생각한다.

작은 농장 마당에서 키우기 좋은 가금류는 흔한 로드아일랜드레드종부터 이국적인 금계까지, 전서구부터 공작새까지, 뿔닭부터 칠면조까지, 오리부터 거위까지 말 그대로 몇백 종류가 있다. 한 이웃은 메추라기를 수천 마리 길러 먹고산다. 우리 카운티에 사는 소농으로 내가 잘 아는 사람이다. 그는 대부분 자연 보호 구역이나 사냥 구역에 판다. 이국적인 가금류 애호가들과 거래하면 톡톡한 벌이가 되고, 독창적인 소농의 특징이 그렇듯 농사에 색다르게 다가가는 본보기가 된다.

그러나 가금류가 소농의 첫 번째 선택이 되어야 하는 중요한 까닭은 이런 것들이다. 먹이는 사료에 견주어 얻는 고기의 양을 생각할 때 다른 전통적인 농장 동물들보다 훨씬 효율이 크다. 그리고 감귤류 껍질 빼고는 온갖 음식 쓰레기를 다 먹는다. 또한 젖소나 돼지와는 달리, 누구든 닭을 붙잡아 들고 갈 수 있으니, 다루고 옮기는 일이 몸집이 큰 가축처럼 문제가 되지 않는다. 닭을 잡기 위해 필요한 것은 1.8미터 길이의 굵은 철사 끝에 닭의 다리가 걸리게끔 좁은 갈고리가 달린 도구뿐이다.

보통은, 닭고기를 얻으려고 키우는 육계 몸집을 450그램 정도 불리려면 모이를 1.1킬로그램 조금 넘게 먹여야 한다. 주로 옥수수를 먹이면서 콩깻묵 같은 고단백 보조식품을 더하면 조금 더 빨리 는다. 다 자란 암탉이 하루에 먹는 모이는 닭 크기나 먹는 양분에 따라서 110그램쯤이거나 조금 더 많다. 해마다 옥수수 40킬로그램쯤 된다. 자유롭게 놓아기르는 암탉은 실제로 그보다 적게 먹는데, 다른 먹을거리를 알아서 주워 먹기 때문이다. 작은 밴텀 닭은 그마저도 다시 절반으로 줄어든다. 사실 맘대로 돌아다니는 밴텀 닭은 거의 모이를 줄 필요가 없다. 대다수 작은 농장과 같은 환경에서라면 알아서 찾아 먹을 테니까.

알을 낳는 우리 집 암탉들은 먹이를 절반쯤 알아서 해결한다. 들판과 숲을 돌아다니면서 쪼아 먹는 벌레, 푸성귀, 잡초, 지렁이, 돼지우리 목재 바닥 틈으로 떨어지는 곡물, 젖소와 양이 여물통에서 흘린 것들을 먹기 때문이다. 사실 우리 닭들은 집 안 쓰레기 처리 도우미다. 온갖 음식 찌꺼기에다가 여기저기 흘린 곡물을 남김없이 쪼아 먹으니 닭 아니었으면 쥐가 꼬였을 것이다. 요사이 내가 들은 가장 기막힌 구상 하나는 양이나 소를 돌려 먹이고 비운 꼴밭에 닭을 풀어놓는 것이다. 그러면 닭이 양이나 소의 똥에 모여드는 벌레와 지렁이를 먹으면서 똥거름을 헤치고 흩뿌려 준다. 또한 양과 소의 기생충 알도 먹으니 몸속 기생충 문제를 해결하는 데도 도움이 된다. 닭은 어리에 넣어 통째로 이 풀밭에서 저 풀밭으로 옮겨 놓을 수 있다. 어둠이 찾아오면 닭이야 늘, 거의 늘 닭장으로 들어가 잠을 자므로 녀석들을 옮기는 데 아무 문제가 없다.

뒤뜰에서 암탉 네 마리를 치는 건 개 한 마리를 기르는 것보다 쉽다. 다만 구획 짓기에 관한 기이한 규범 탓에 개는 괜찮고 종종 암탉은 안 될 뿐이다. 딱 하나 내가 아는 '비결'이라면, 많은 전문 지침서가 이르 듯 마리당 0.14제곱미터에 머무르지 않고 공간을 훨씬 넓게 주는 것이 다. 마리당 적어도 다섯 곱절이 좋고, 열 곱절이라면 훨씬 좋다. 돈벌 이용 양계장은 전능하신 돈이 목표라 무조건 공간을 최소한으로 유지 해야 하지만 작은 농장에서는 그렇지 않다. 3×6미터짜리 닭장은 스무 마리 암탉에게 더할 나위 없는 조건이다. 하지만 여름 두 달 동안은 우 리도 그 반만 한 공간에서 고기닭 서른 마리를 키운다. 이 계절에 조금 북적거린대도 크게 문제되지 않는 건 어쨌든 닭들이 거의 여름내 밖 에서 지내기 때문이다.

분명히 단위면적당 비용은 널찍한 닭장 쪽이 더 높지만, 나는 모든 비용을 다 계산하면 시간이 갈수록 절약되는 게 많아서 작은 농장이 처음에 벌어진 차이를 다 따라잡을 거라고 확신한다. 공간을 그토록 '효율적'으로 짠 돈벌이용 양계장 계사는 값이 싸지 않다. 물과 모이와 약품을 닭장마다 공급하기 위해서는 비용이 많이 드는 자동화 시설을 갖추고, 값비싼 공기 순환 장치를 설치해야 한다. 닭똥을 치우는 데에 도 그 처리 장치에 어마어마한 투자가 필요하다. 닭이 하루 종일 밖에 서 돌아다니는 작은 농장 닭장이라면 이 모든 것이 필요 없다. 널찍한 닭장이라면 맞붙어 있는 벽에 5×10센티미터짜리 목재를 홰 삼아 60

센티미터 높이에 가로질러 박아 놓으면, 닭 스무 마리에서 서른 마리가 거뜬히 올라가서 잔다. 60센티미터 깊이로 톱밥이나 짚을 깔아 주면, 끊임없이 바닥을 헤집는 닭들 덕분에 닭똥이 이 깃 속으로 들어가 뒤섞인다. 그러면 질 좋은 거름 알갱이가 만들어지는데, 물기도 악취도 없어 맨손으로 만져도 괜찮다. 닭이 이 거름에서 쪼아 먹는 작은 부엽토 알갱이들에는 비타민E가 들어 있어 서로를 쪼는 사고가 크게 줄어든다. 우리 닭은 한 번도 서로 쪼아 먹은 적이 없다. 나는 스물일곱 해 동안 어떤 약도 닭한테 먹인 적이 없다.

북적대는 닭장은 악취를 풍기는 닭똥 천지가 된다. 닭들은 발에 똥을 묻힌 채 둥지에 들어가 알을 낳는다. 알에 닭똥이 묻으면 씻어서 써야 한다. 원래 달걀은 껍데기가 다공질이라 씻으면 안 된다. 암탉들이 누리는 공간이 넓고 때마다 깔끔한 짚으로 깃갈이를 해 주는 닭장이라면 달걀을 씻을 필요가 거의 없다. 이렇듯 복작대지 않게 가금류를 치면 해를 거듭할수록 비용이 늘겠지만, 이 비용은 살모넬라 발생을 딱 한 번 피해 가는 것만으로도 메꾸고도 남는다.

닭장을 두 부분으로 나누고 가운데 문을 달아서 양쪽으로 드나드는 출입문을 삼으면 좋다. 그렇게 공간을 나누어 어린 병아리들이 알을 낳는 나이에 이를 때까지 나이 든 암탉들과 갈라놓는다. 우리는 암탉이 있는 공간 한쪽 벽을 따라서 열다섯에서 스무 마리가 충분히 쓸 만한 둥지 세 군데를 만들었다. 둥지는 저마다 한 변이 40센티미터쯤 되는 정사각형에 지붕을 덮어 그 안쪽을 다른 곳보다 어둡게 해 놓았다. 어둑어둑하면 닭이 달걀을 먹는 일이 줄어든다. 보금자리를 덮은 지붕은 물매를 가파르게 해야 암탉들이 오르지 못하므로 닭똥으로 뒤덮이지 않는다.

우리는 직접 기른 옥수수와 통밀 말고도 굴 껍질을 닭에게 먹인다. 달걀 껍질을 단단하게 해 주고 거친 알갱이들이 닭의 소화를 돕는다. 닭은 흙에서도 작은 돌 알갱이와 모래 알갱이를 더 주워 먹을 수 있다. 때로 옥수수를 갈아 어린 닭을 먹이면 좀 더 몸집이 빨리 불지만, 알을 낳는 닭은 통곡물만 먹인다. 그리고 날마다 신선한 물을 준다. 나는 플라스틱 세제 통 아래쪽 반을 잘라 내 만든 물통에 물을 채운다. 담긴 물이 얼어도 깨지지 않는 물통이다. 나무나 벽에 물통을 툭툭 치면 얼어 있는 물을 쉽게 빼낼 수 있다. 고무 통도 이런 점에서는 괜찮다.

우리 어릿간에는 전기도 수돗물도 온수기도 없다. 가축들이 먹을 물은 어릿간 지붕에서 흘러내려 두 통에 담긴다. 통 하나는 땅속에 묻어 나무판으로 덮은 뒤 안 쓰는 카펫을 덧씌운다. 그 위로 눈이 덮이기도 하는데, 통에 든 물은 얼지 않는다. 나는 필요할 때 물을 퍼 쓴다. 젖소와 양은 시냇물에 가서 물을 마시거나 눈을 먹는다. 무척 원초적이다. 얼어붙을 관도, 과열될 모터도 없다. '일손을 덜어 주는' 기계장치들 도움을 받지 않는 대신, 그것들을 고칠 일이 없으니 시간을 많이 아낄 수 있다.

병아리를 사들이는 5월은 날이 따뜻해서 난방을 하는 병아리집이 필요가 없다. 병아리들은 커다란 판지 상자에 담긴 채 차고에서 첫 주를 지낸다. 필요하다면 전구를 켜서 아래쪽 병아리들에게 조금이라도 온기를 보태 준다. 그리고 닭장으로 보내지만, 늙은 암탉들하고는 따로 떼어 놓는다. 우리는 곡물을 갈아 주다가 맞춤한 때가 되면 통곡물을 먹인다. 몸집이 큰 화이트마운틴크로스는 몸무게가 빨리 늘도록 개량된 고기닭 품종으로, 뼈가 가느다란 알닭 품종보다 훨씬 많이 먹고, 두 달 뒤쯤엔 잡아도 될 만큼 자란다. 곧이어 알닭은 알 낳는 닭 무리에 천천히 선을 보인 뒤, 닭장을 두 부분으로 나누고 있는 문을 열어 둔다. 더는 알을 낳지 않는, 3년에서 5년 된 늙은 암탉들은 잡아서 치킨 수프를 끓인다.

양, 자립 농부에게 그다음으로 좋은 선택

닭이 고기, 달걀, 거름이라는 세 가지 산물을 주듯, 양도 양털, 고기, 그리고 질 좋은 똥거름을 준다. 다양성은 소농의 능률에 중요한 열쇠인지라, 이 세 가지 시장 잠재력은 높이 살 만하다. 양털값으로 암양들을 먹인 여물값을 에낄 수도 있고, 똥거름을 내어 주니 그렇지 않으면 사서 써야 했을 퇴비에 돈 들일 일이 거의 없다. 따라서 풀밭에 놓아먹이며 어미젖을 먹인 새끼 양들로 말미암아 거두는 돈은, 들어간 노동력만 빼고는 얼추 순이익이다. 여태까지 경험한 바로 빼놓을 수 없는 장점은, 나이 든 사람도 양을 다룰 수 있다는 것이다. 발굽을 다듬거나 털을 깎거나 필요할 때 양을 트럭에 태우는 일이 어렵지 않다. 거세한 수소나 판매용 돼지는 좀 어렵다.

이 세 값어치 덕분에 양은 채식주의자 농부에게 좋은 선택지이다. 양털만 얻겠다 해도 이문이 남는다. 특히 여느 시장보다 값을 후하게 쳐 주는 고급품 시장을 찾아낸다든가, 또는 양털을 직접 자아 실을 팔거나, 아예 천을 짜서 팔거나, 손질한 양모 제품으로 판다면 그렇다.

양이 농장에서 하는 네 번째 일은 청소부이다. 양은 울타리를 따라 난 잡초를 싹 뜯어 먹고, 수확기가 들판에 떨어뜨린 곡식을 주워 먹는다.

양털 깎는 때와 새끼 낳을 때 말고는, 양은 크게 보살필 일이 없다. 그래서 시간이 남아돌지 않는 소농에게 딱 맞다. 털 깎고 새끼 받는 시기는 우리 고장이라면 3월 말에서 4월 초여서, 농장에 해치워야 할 별다른 일이 없다. 5월부터 겨울까지, 양은 주로 방목지에서 알아서 지낸다. 하지만 꼭 당부하고 싶은 건, 다른 일도 다 마찬가지지만, 관심을 기울일수록 양이 더 잘 지낸다는 것이다. 예를 들어, 우리 농장이 여태까지 코요테 피해를 입지 않은 데는 까닭이 있다. 나는 거의 날마다 저녁만 되면 꼴밭을 한 바퀴 둘러본다. 새끼 양들이 어릴 때는 밤마다 골짜기 쪽으로 손전등 불빛을 위아래로 흔들어, 밝은 빛을 싫어하는 코요테를 으른다. 멀리서 코요테 울음소리가 들릴 때는 사냥총으로 쏘기도 한다. 늦은 밤이면 건초나 곡물, 과일로 양들을 꾀어 어릿간 가까이 머물게 한다.

오하이오처럼 습한 지역은 대체로 태어난 지 한 주쯤 지났을 때 새 끼 양 꼬리를 자른다. 건조한 서부 지역 방목장에서는 이런 일이 거의 없다. 가장 흔하게는, 엘라스토레이터라는 꽉 끼는 고무줄을 특수한 도구로 꼬리에 끼운다. 엘라스토레이터가 피의 순환을 막아서 며칠 뒤 꼬리가 떨어져 나가기 때문에, 아마도 불쌍한 새끼 양은 그저 조금 불편하고 말 것이다. 그런데 나는 새끼 양 '꼬리 바짝 자르기'를 좋아하 지 않을 뿐더러, 엘라스토레이터는 더더욱 마음에 들지 않는다. 나는 새끼 양을 암양에게 맡긴다. 그리고 모두들 필요 없다고 말하는 지혈 용 압박대를 두른 뒤 뜨거운 니퍼로 꼬리를 말끔하게 잘라 아픔을 느 낄 수 없게 한다. 상처에는 송진이나 치료용 분말을 발라 준다. 꼬리를 3센티미터쯤 남겨 두는 게, 꼬리를 동그란 고무줄로 묶어 엉덩이에 가 깝게 바짝 잘라 내는 것보다 빨리 아문다.

양치기 대부분이 새끼 양 꼬리를 바짝 자르려는 이유가 있다. 가축 시장에서 꼬리 달린 새끼 양 값을 몇 달러씩 깎아내리기 때문이다. 깔 끔하고 건강한 양이어도 상관하지 않는다. 나도 도축장과 언쟁을 벌 이곤 하지만 헛수고다. 꼬리를 싹 잘라 내는 까닭은, 꼬리에 똥이 묻어 점점 쌓인다는 것이다. 똥 덩어리에 구더기가 끓을 수 있고 더 나아가 새끼 양의 살을 파먹어 가면, 꼬리를 잘라 내는 것보다 더 고약한 운명을 맞이하게 된다는 말이다. 하지만 나는 새끼 양을 풀밭에서 키운다. 곡물을 먹이지 않는 것이다. 딱 한 해만 지나면 새끼 양 몇 마리가 꼬리에 똥 덩어리를 달고 있다. 비가 무지 퍼부어 풀밭이 무성해진 가을에 그렇다. 그래도 구더기가 꼬이는 일은 없었다.

지난해에 나는 살 사람과 직거래를 하고 가축 시장에 수수료를 내면 되는 경매시장을 찾았다. 지난 가을, 이들은 꼬리 달린 우리 양을 꼬리 없는 양 값으로 사 주었다. 그러니, 앞으로도 판매용 새끼 양 꼬리를 자르지 않을 생각이다.

시장에 내다 팔 새끼 숫양은 보통 거세를 하지만, 그렇게 해서 고기 품질이 좋아진다는 데에는 논란이 있다. 태어난 지 여섯 달도 안 돼서 파는 경우라면 말이다. 모리 텔린Maury Telleen은 아이오와주 농부이자 잡지 발행인인데 평생 양치기로 살았다. 이이는 판매용 새끼 양은 이제 불까기를 하지 않는다고 한다. 하지만 양을 팔 때 거세하지 않은 통통한 새끼 양은 마리당 5달러씩 값이 깎일 수 있어 양치기들 대부분이 하는 것이다. 대체로 불까기는, 꼬리를 자를 때처럼 엘라스토레이터로 음낭을 조여 두면, 마침내 썩은 살이 떨어져 나간다. 불필요한 잔혹함은 말할 것도 없고 감염이 걱정스럽다. 그래서 나는 의사를 불러 무혈 거세기라는 특수 도구로 중성화를 시킨다. 이 도구로 음낭 바로 위에서 정관을 절단할 수 있다. 피를 보지 않아도 되고 더 안전하고 더 인도적인, 남성 정관수술 비슷한 방법이다. 이때 수의사는 새끼 양에게 장독소 혈증 예방주사를 놓는다. 주사약은 클로스트리듐 퍼프린겐스 D형 독소이다. 가끔 새끼 양이 신선한 풀잎을 배가 터지도록 먹으면 소화기관이 소화를 못하고, 장내 미생물의 정상 활동이 멈추며 클로스트리듐 퍼프린겐스 독소가 갑자기 쌓여 죽을 수도 있기 때문이다. 이제 양들은 꼴밭으로 나간다. 한여름에 기생충을 없애야 할 수도 있지만, 그때 말고는 양한테 더 손 갈 일이 없다. 꼴밭을 옮겨 가며 풀어놓기만 하면 된다. 나는 일부러 젖을 떼지 않는다. 새끼들은 어미 양젖이 마를 때까지 젖을 먹는다. 한마디로 꽤 커서도 젖을 먹고 있다는 말이다. 이 덕분에 곡물을 먹이지 않고도 새끼 양들이 몸무게가 제법 나가는 것 같다. 대부분의 사람들과 달리 이렇게 어미젖을 먹이거나 어미와 떨어뜨려 놓지 않으면서 새끼를 돌보려면, 거세를 해 주어야 한다. 그렇지 않으면 자라난 양들이 암양을 수정시킬 테니까.

하지만 처음부터 끝까지 소름 끼치는 꼬리 자르기와 불까기를 하지 않을 방법이 있다. 바로 부활절 양고기로 파는 것이다. 송아지도 그렇지만, 부활절 기간이면 태어난 지 6주 정도에 몸무게 14킬로그램이 안되는 어린 양을 사고파는 소수민족 시장이 선다. 이런 양들은 외과적인 거세가 필요 없고, 여느 통통한 새끼 양들보다 값이 곱절일 뿐 아니라, 그만큼 자랄 때까지 먹이나 노동력이 거의 들지 않으므로 수익을 거둘 수 있다.

몇몇 품종은 오로지 양털을 얻고자 기르는데 털이 가느다란 랑뷰예

종이 그렇다. 서퍽은 주로 양고기용으로 기르는 품종이다. 고기를 얻기 위해 기르는 품종은 양털 품질이 낮기는 해도 여러 목적으로 팔려나간다. 코리데일과 컬럼비아를 비롯한 여러 품종은 고기뿐 아니라 매우 질 좋은 양털을 얻을 수 있다. 우리 양은 잡종인데 주로 코리데일 쪽이다. 내가 코리데일을 고른 데는 무척 현실적인 까닭이 있다. 우리 집 가까이 살고 있는 킨 가족이 기르는 양이 전국에 이름을 떨치는 코리데일종이기 때문이다. 가을만 되면 그 집에서 숫양 한 마리를 빌려와 새끼를 치면 된다.

우리 지역 양 번식가들은 양 몸집을 더 크게 개량하려고들 한다. 품종이 코리데일이든 컬럼비아든 서퍽이든 판매용 새끼 양이 55킬로그램까지 나가도록 한다. 나는 나이가 들면서 도싯이나 체비엇, 그리고 사우스다운 같은 몸집이 조그만 품종이 좋아진다. 작은 양은 돌보기가 더 쉬운 데다가, 55킬로그램짜리 두 마리가 35킬로그램짜리 세 마리보다 벌이에 나은지도 잘 모르겠다. 어떤 품종이 다른 품종보다 나은 점도 끝없는 논쟁거리이니 결론은 하나다. 자신이 가장 좋아하는 품종을 기르는 것이다.

핀란드 자생종이나 폴리페이는 일정한 주기로 한 번에 새끼를 세 마리에서 너덧 마리까지 낳는다. 이런 새로운 품종을 선호하는 이들은 이쪽이 훨씬 돈이 된다고 목소리를 높인다. 이 또한 논쟁거리다. 어떤 품종이든 대체로 쌍둥이를 낳고, 때로 세쌍둥이를 낳아서, 어쩌다가 한 마리만 낳더라도 손해가 없는 암양을 골라서 기르는 것이 좋다. 작은 농장에서는, 대부분 그편이 훨씬 수월하고 수익도 더 남는 사업일 거라고 생각한다. 모든 시간과 노력을 오롯이 양한테 쏟아붓는 으뜸 양치기 몇몇은 이 말에 동의하지 않는다. 어떤 품종은 암양이 평균 세 마리가 넘는 새끼를 낳는다면서 말이다. 하지만 내가 이야기를 나눠 본 많은 양치기들은 나와 생각이 같다. 암양 한 마리가 평균 두 마리를 낳으면 족하다는 것이다. 왜 우리 농부들은 늘 남보다 더 많이 생산해야 앞서간다는 착각에 빠지는 걸까? 그래 봤자 가격만 떨어지게 부채질할 뿐이다. 우리 암양이 마리당 열두 마리씩 새끼를 친다 해도, 시골 사회는 암양이 마리당 두 마리 새끼를 낳는 것보다 결코 형편이 더 나아지지 않을 것이다.

이런 맥락에서, 목양 전문가들은 한 해에 두 차례 새끼치기로 나아가고 있다. 그 방식 또한 내가 보기에는 작은 농장에 맞지 않는다. 가을에 태어나는 새끼 양은 값비싼 마른풀과 곡물을 먹어야 할 테니까. 내가 따르는 원리는 앞서 밝힌 바로 그 경제철학에서 비롯된다. 대박 농부가 되려면 시간과 비용을 대박 들여야 하고, 자연이 도와주지 않는다면 아마도 대박 손실을 감수해야 한다는 것이다. 돈을 더 벌려면, 한 해에 두 차례 번식시키기보다 한 차례 번식기를 잘 관리하고, 가을에 또 새끼를 받는 대신 다른 가축을 키우는 것이 낫다.

새끼를 치는 시기에는 거의 한눈을 팔지 않고 보살펴야 한다. 산파가 필요하다면 양치기는 자리를 지켜야 한다. 한마디로 몇 시간마다 어릿간에 들르는 것이다. 작은 농장에서 양이 새끼를 낳는 때는 언제나 추위가 다 지난 때여야 한다. 허약하게 태어난 새끼 양의 목숨을 빼앗는 첫째 위협은 체온이 떨어지는 것이기 때문이다. 한편 정상으로 태어난 건강한 새끼 양은 놀랍게도 추위를 견딜 수 있다. 봄에 방목지에서 새끼를 낳게 하는 것이 가장 좋은 방법인데, 단 여우나 코요테가 습격할 위험이 적어야 한다.

경험을 해 봐야만 순조롭게 새끼낳이를 도울 수 있다. 먼저 〈양치기The Shepherd〉와 〈양Sheep〉 잡지를 받아 보며 한 해 동안 공부한다. 초보자들은 대체로 걱정이 넘쳐서 새끼 양이 갓 태어나자마자 어미젖을 물린다. 그보다는, 우리 안에 어미와 새끼만 얼마 동안 두는 게 좋다. 종종 어미 양은 새끼 양이 휘청휘청 몸을 일으켜 젖을 먹으려 할 때 처음 몇 번은 피한다. 나는 어미가 그러는 게 내가 지켜보니 신경이 곤두서서 그런 것임을 믿게 되었다. 그래서 자리를 뜬다. 한 시간 뒤에 새끼 양이 크게 울면 다시 와서 문제가 있는지 살펴본다. 어미 궁둥이를 아래쪽으로 두고 몸을 세워서 젖꼭지가 막히지 않았는지 확인한다. 새끼 양에게 억지로 어미 젖을 물릴 수 있었던 적은 한 번도 없지만, 가끔 새끼 양 콧잔등 위로 젖을 짜서 뿌려 주면 녀석이 알아차린다. 새끼 양이 젖을 먹지 않는 경우는 거의 늘, 양치기가 없을 때 어미가 새끼를 머리로 받아 내쫓거나, 새끼 양에게 뭔가 문제가 있는 것이다. 암양이 새끼를 받아들이지 않을 때는 대체로 한 배에 둘이나 셋이 있기 때문이다. 가장 먼저 태어난 새끼 양이 걸음을 떼는 동안 어미는 다른 새끼를 낳는다. 한 시간 뒤 둘째에게 젖을 먹이는 데 정신이 팔린 어미 양은 첫째의 냄새를 알아채지 못하고 받아들이려 하지 않는다. 이럴 때는 새끼 엉덩이에 태를 문질러 주는 게 도움이 되곤 한다. 암양은 새끼를 냄새로 알아보아서, 언제나 새끼들 항문 냄새를 확인한다. 어미 양의 첫젖을 짜내 젖병에 담아 고무젖꼭지로 먹이는 건 다른 도리가 없을 때 할 일이다. 새끼 양이 비실거리고 체온이 떨어지면, 집으로 데려와서 몸을 덥히고 어미의 첫젖을 먹인다. 우리는 죽어 가는 새끼 양을 따뜻한 물에 잠깐 담갔다가 물기를 닦아 말리고, 상자에 담아 난로 곁에 두어서 살린 적이 있다. 양치기라면 땔나무를 때는 난로가 있어야 한다. 하지만 헤어드라이어도 괜찮다. 가끔은 눈에 띄게 빨리 기운을 되찾는다. 반 시간만에 깨어나 매애 울며 젖을 찾으며 상자에서 뛰어나오려 한다. 갓 태어난 새끼 양이 누가 봐도 아프거나 장애가 있고, 어떻게든 살려 보려는데도 아무런 반응이 없다면, 나는 고집스럽게 살리려고 하지 않는다. 특별한 조치마저 거의 효과가 없기 때문이다. 가엾지만 죽어 가게 둔다.

가끔은 아무리 해 봐도 어미가 거두지 않는 새끼가 생긴다. 종종 겪는 일이다. 우리는 새끼 양한테 종이 기저귀를 채우고 젖병으로 젖을 먹인다. 그리고 집 안을 맘대로 돌아다니게 놔둔다. 다행히 우리는 한 번에 한 마리 넘게 그런 일을 겪은 적은 없었다. 우리 '집 안' 새끼 양들은 식구들 다리 위에 눕거나 나처럼 텔레비전을 보다가 잠이 드는 것 같다.

한 주 뒤, 집에서 튼튼해진 새끼 양은 무리로 돌려보낸다. 사람과 너무 가까워지면 어릿간에서 몹시 힘들어지기 때문이다. 반려 양들은 사람 '부모'와 떨어지면 비쩍 마르거나 먹지 못한다고들 한다. '바운스'는 우리가 아기처럼 안고 달랜 새끼 양인데 큰 어려움 없이 다시 무리로 돌아갔다. 요새는 내가 양을 이끌고 개울을 건너거나 새로운 방목지로 들어가고자 할 때 바운스가 큰 도움이 된다. 나무를 오르는 것만 아니라면 바운스는 내가 가는 곳 어디든지 따르는지라 나머지 양들도 쉬 따라온다.

양들이 기생충에 쉽게 감염되는 까닭은, 풀어놓을 수 있는 면적당 기르는 마릿수가 지나치게 많기 때문이다. 이웃인 알 킨은 미국 전체에 이름난 코리데일 사육자인데 곧잘 이렇게 말한다. "양치기들이 처음에 몇 마리만으로 시작하면 일이 잘 풀리죠. 그래서 점점 수를 늘리다가 마침내 어려움을 겪습니다."

도대체 몇 마리부터가 지나치게 많은 것일까? 여기서는 1에이커에 양 다섯 마리를 친다. 하지만 지역에 기생충이 돌고 구충제가 잘 안 들을 때는, 양 두 마리와 그 새끼들만 기르는 게 좋을 것이다. 이문을 더 남기고 싶다면, 여기에 덩치가 작은 소를 한 마리쯤 더 키울 수 있다.

소 기생충은 양을 감염시키지 않고, 그 반대도 마찬가지이다. 방목지가 그보다 더 많이 거느릴 수 있는 환경이더라도, 수를 늘리는 건 삼가야 한다. 예전에는 양을 돌려 먹이면서 한 들판이나 꼴밭을 30일 동안 비워 두면 기생충 감염을 막을 수 있다고 여겼다. 하지만 동물학자들은 그게 틀렸다는 걸 입증했다. 흙 속의 기생충 알이 매운 겨울 추위에 거의 죽어 버려서 감염이 잠시 끊긴 듯 보인다. 하지만 그런 겨울에도 몇몇 기생충은 살아남아 여름 동안 붐비는 방목지에서 빠르게 불어날 수 있다.

임시 방목지는 짐승을 놓아기른 뒤에 다른 농작물을 심기 때문에 기생충 위험이 덜하다. 쟁기질과 밭갈이는 기생충이 알을 낳아 놓은 흙을 청소해 주기 때문이다. 또한 적어도 세 해 걸러 한 해씩 옥수수를 키우는 밭은 가을까지 양이 거의 얼씬도 하지 않는다. 그러면 기생충 감염의 고리가 끊어진다. 임시 방목지는 단점이 비가 내리는 날씨에 동물들이 북적대면 흙이 다져져서 농사짓기에는 고약한 땅이 되는 것이다. 그리고 풀만 먹이는 꼴밭처럼 짐승이 뜯어 먹을 온갖 가지 식물을 자라게 할 수도 없다.

우리는 올여름에는 10에이커쯤 되는 영구 방목지와 6에이커짜리 임시 방목지에 암양 열여섯 마리와 그 새끼들, 그리고 고기소 두 마리를 키울 것이다. 암양이 새끼 서른 마리를 쳐서 양이 모두 마흔여섯 마리가 되면 좋겠다. 4월부터 꼴밭에서만 놓아먹이다가, 11월에는 새끼 양을 팔고 싶다. 경험으로 알게 된 것인데, 양 마흔 마리 정도가 우리 한계치인 것 같다. 꼴밭 넓이 때문이 아니라 기생충 때문이다. 함께 칠 수 있는 초식동물은 소이고, 아마 라마나 당나귀를 한 마리쯤 같이 두면 필요할 때 들개로부터 가축을 지킬 수도 있겠다.

새끼 양 값이 좋을 때 우리는 그 순간을 충분히 누릴 수 있을 만큼 다행스런 상황이다. 1992년 말부터 1993년 초가 그랬는데, 양의 마릿수를 늘리지 않고도 상당한 수입이 들어왔다. 무게 1파운드당1파운드는 454그램 정도이다. 70센트쯤 되는 값에 새끼 서른 마리를 팔면 2000달러 정도를 번다. 하지만 태어나지도 않은 새끼 양 마릿수를 미리 세 두는 건 알 속에 들어 있는 병아리 수를 세는 것보다 훨씬 위험한 일이다. 양털을 팔면 겨울에 암양을 먹일 마른풀값이 빠진다. 2000달러가 들어온다는 건 전체가 16에이커니까 에이커당 순수익이 120달러쯤 난다는 뜻이다. 이는 우리 농장의 장기 목표에 들어맞는 데다가, 닭, 고기소, 돼지가 벌어 주는 돈도 있다. 이 녀석들도 주로 같은 꼴밭에서 먹여 키운다. 따라서 전업 농장을 160에서 200에이커 규모로 이처럼 전통적인 소농 방식으로 꾸린다면, 소박하게 살아가는 집에 충분한 생계가 된다고 본다. 게다가 나는 일반적으로 수요가 뚜렷한 시장과 거래하고 있다. 가끔 내가 하듯이, 새끼 양을 낼 때 소비자에게는 고기를 팔고, 실 잣는 이에게는 양털을 팔면, 에이커당 수익이 훨씬 올라간다. 아이오와의 지인이 말해 주길, 여느 판로로 팔면 새끼 양 한 마리에 85

달러를 받지만, 자기는 사설 냉동 창고에 팔아서 120달러를 받았다고 한다.

자립 농부로서 식구 젖소를 기른다면

'식구 젖소'라는 말은 예로부터 식구들이 먹을 우유를 얻기 위해 키우는 젖소를 가리킨다. 그런 젖소는 농장에서 키우는 다른 어떤 가축보다도 소농에게 더 많은 돈을 돌려준다. 하지만 날마다 젖을 짜는 일을 비롯해서 가장 많은 일거리를 떠안기기도 한다. 현실적으로 볼 때, 한 해에 아홉 달에서 열 달 동안 하루에 두 번 젖을 짜고자 하는, 또는 짤 수 있는 집은 흔치 않다.

내가 사실 젖소를 키우라고 권하는 건 무엇보다도 아기 송아지나 어스럭송아지 고기 때문이다. 우유는 원하는 농부만 짜면 된다. 이때 두 가지 길이 갈린다. 하나는 송아지한테 어미젖을 몽땅 먹이는 것이고, 다른 하나는 사람이 먹을 우유를 충분히 짜내고 나머지를 송아지한테 먹이는 것이다. 나는 나중 방법대로 하는데, 이렇게 하면 형편에 따라 하루에 한 번, 아니면 이틀에 한 번, 아니면 사흘에 딱 한 번 젖을 짜면 된다. 봄에 태어난 새끼는 겨울이면 아기 송아지 고기로 잡을 수 있는데, 그때까지 젖과 풀만 먹고 값비싼 말린 꼴을 하나도 먹지 않는다.

이 방식에 알맞은 젖소는 신선한 젖이 적당히 나오는 녀석이다. 송아지가 먹고도 남아돌 만큼 젖이 도는 젖소라면, 원하든 원하지 않든 날마다 나머지 젖을 짜내야 하기 때문이다. 이럴 때는 다른 송아지를 사 와서, 어미 젖소를 어르고 달래 제 새끼와 함께 젖을 먹이게도 한다. 젖이 많지 않은 젖소의 단점은, 수유 기간이 절반쯤 지나면 송아지가 먹고 남은 젖이 없을 수도 있다는 것이다. 그러나 이 방식은 으뜸 목표가 고기이지 우유가 아니라서, 어쨌거나 우유를 얻는 게 중요하지 않은 소농한테는 별 문제가 아니다.

봄에 태어나 오로지 젖과 질 좋은 풀을 잔뜩 먹고 자란 송아지는 가을이면 270에서 320킬로그램이 나간다. 젖을 떼지 않은 터라 그 고기는 달콤하고 부드럽다. 고기소 송아지 고기보다 훨씬 맛있지만, 주로 옥수수를 먹고 450킬로그램이 넘도록 커서 결지방이 발달한 소고기보다는 맛이 덜하다. 그래도 우리 입맛에는 아기 송아지 고기가 모든 소고기 가운데 최고다. 캔자스에서 목장을 하는 친구 오렌 롱이 아기 송아지 고기로 실험을 해 보았더니, 닭고기처럼 콜레스테롤이 낮다고 한다.

내 판단으로는, 아기 송아지 고기용으로 키우기에 가장 좋은 젖소는 저지종을 앵거스종 수소와 섞붙이기 한 소이다. 저지종과 앵거스종, 또는 건지종과 헤리퍼드종이 섞인 어미 젖소도 이상적이다. 이들 품종은 대개 고기용 젖소보다 우유를 더 많이 짤 수 있지만, 송아지가 낙농용 품종보다 몸집이 더 크다. 집에서 먹을 우유를 마련할 때 나는 송아지가 젖을 먹는 동안 우유를 짜는 게 좋다는 걸 알았다. 젖소 한쪽의 젖꼭지 두 개에서 우유를 짜는 동안, 송아지는 맞은편 젖꼭지 두 개를 빤다. 송아지 없이 나 혼자 우유를 짜려면 우리가 하는 말로 젖소가 젖을 잘 내리지 않는다. 송아지가 먹을 젖을 모아 두려는 것이다. 짐승들은 어리석지 않다. 이 얘기는 내 몫의 우유를 다 짜려면 적어도 다섯 시간은 송아지를 어미와 함께 우리에 가두어 둬야 한다는 말이다. 나머지 시간에도 송아지는 어미와 함께 뛰어다닌다. 어미와 새끼는 되도록 함께 있는 게 훨씬 좋다. 송아지들이 요새 설사를 잘하는 게 태어나자마자 어미한테서 떨어진 불안감 탓이라고 나는 믿는다.

젖소 한두 마리를 보고 수소 한 마리를 키우는 건 타산이 맞지 않는다. 그래서 소농은 이웃이 맞춤한 수소를 키우지 않을 때는 대체로 인공수정을 한다. 인공수정은 훌륭한 대안이지만 단점이 있다. 젖소들이 첫 인공수정 때 늘 '수정'되는 건 아니고, 가끔은 두 번째, 세 번째, 네 번째에도 수정이 안 된다. 그러면 계획이 다 틀어진다. 특히 봄에 송아지가 태어나 풀밭이 무성한 계절 내내 맘껏 뜯어 먹기를 바랐다면 낭패다. 부르면 올 수 있는 인공수정사가 없는 지역도 있다. 낙농규모가 커지면서 소를 치는 이들은 직접 씨소를 길러 수소의 정액을 받는 법을 익혔다. 다시 말해, 경험이 많은 인공수정사가 드물어지고 있다는 말이다. 농부들은 다시금 씨받이 소를 이용하기도 한다. 나는 젖소가 네 마리뿐이지만 9월이나 10월에 수소를 사서 흘레를 붙인 뒤에 되판다. 해마다 이 일을 되풀이한다면 한 해 내내 씨받이 소를 키우지 않아도 된다. 수소를 계속 키우는 건 돈이 들기도 하거니와, 수소들은 종종 성이 나서 위험해진다.

또 다른 방법은 어린 송아지 한 마리나 몇 마리를 사서 어미젖 대신 인공유를 먹이고 놓아기르는 것이다. 인공유는 값이 비싸고, 내가 겪은 바로는 놓아기르는 송아지들은 인공유를 잘 먹지 않는다. 이 송아지들은 어미젖을 못 먹고 크는 만큼 곡물도 좀 먹여야 고기의 질이 좋아진다. 물론 어미와 함께 자란 송아지 고기만큼 좋을 수는 없다. 하지만 이렇게 하면 손수 소고기를 생산할 수 있고, 그 고기는 호르몬제와 항생제 범벅이 아니다.

농장에서 직접 아기 송아지 고기를 생산해 팔려고 진지하게 고민하는 농부는, 스스로 시장을 일구어야만 고깃값을 잘 받을 수 있다는 걸 알아야 한다. 빤한 우시장에서는 아기 송아지 고기를 프라임 등급이나 초이스 등급과 같은 품질로 쳐 주지 않는다. 그런 등급은 한통속인 업계와 정부가 정한 것이다. 미국 농무부 등급 기준으로는 아기 송아지 고기가 프라임이나 초이스 등급이 못 된다지만, 직접 기르는 우리가 볼 때는 훨씬 품질이 좋다. 재래 우시장은 옥수수를 먹이는 살진 고기소fat cattle 중심이라, 아기 송아지 고기가 널리 퍼지면 현재 질서가 뚜렷하게 위협받는다고 여길 것이다. 왜 그럴까? 농업의 주류는 옥수수 생산 지대에서 비롯되고, 소와 돼지를 먹이는 옥수수와 콩 생산이 그 군건한 바탕이기 때문이다. 농기계 기업들과 농약 회사들은 옥수수와 콩 생산에 따라 커지고 사라진다. 더 나아가 주로 어마어마한 축사나 돼지 사육장에서 출하 중량이 될 때까지 소를 살찌우는 이들은 영향력이 크다. 축사는 옥수수와 송아지 생산지와 멀리 떨어져 있곤해서, 이를 실어 나르는 운송업이 덩달아 커진다. 이 튼튼한 고기 권력구조는 지금 이 질서를 유지하고자 한다. 그러니 옥수수와 콩과 농기계와 농약과 트럭 운송업과 거대한 축사가 거의 필요 없는 농업을 일구겠다는 뜻을 반기는 곳은 거의 없다. 부끄러운 일이다. 550킬로그램에 가까운 거세 비육우fat steers를 길러 내는 건 생태적으로 낭비이고 경제적으로 효율이 형편없다. 풀을 먹여서 기르고 지역 시장에 파는 아기 송아지 고기는 시골 경제를 되살려 낼 수 있다. 하지만 효율성 없는 주류 상품에 정부가 태평스럽게 '미국 농무부 초이스 등급'이라는 도장을 콱 찍는 한, 아기 송아지 고기가 경쟁력을 갖추기란 거의 불가능할 것이다. 반골 농부가 100만 명쯤 떨쳐 일어나 함께 이 길을 닦아 나가기까지는.

젖을 먹이는 어미소는 겨울이면 하루에 곡물을 적어도 2.7킬로그램에서 5.4킬로그램은 먹여야 한다. 하지만 아주 질 좋은 풀이나 말린 꼴을 먹는다면 사실 곡물이 전혀 필요치 않다. 소를 치는 사람은 상식에 따라 품질과 얼마나 들여올 수 있는지를 헤아려 꼴과 곡물 비율을 달리한다. 내가 으뜸으로 치는 규칙은 좋은 건초를 소가 먹는 만큼 모두먹이는 것이다. 말린 꼴 품질이 최고가 아니라면 먹이에 곡물을 보태 준다. 겨울 동안 다 자란 젖소는 북부에서는 몸집에 따라서 말린 꼴 2 톤에서 3톤을 먹고, 풀이 자라는 겨울 꼴밭이나 담근먹이가 있다면 그 보다 덜 먹는다.

나는 소농이 조그맣게 돈벌이 젖농사를 지으려는 건 좋은 생각이 아 니라는 인상은 주고 싶지 않다. 사실 좋은 생각이다. 이웃 한 사람은 땅 2에이커와 여름철에 빌리는 작은 꼴밭에서 열두 마리 젖소를 치며 우유를 짠다. 사료를 사서 먹이고 아낀 시간만큼 다른 일을 해서 돈을 번다. 땅과 기계를 사느라 큰돈이 들어가지 않기 때문에 가장 적은 비 용으로 낙농을 하는 방법이다.

낙농업에 새로운 생각을 들여오는 일 또한 소농이 할 일이다. 집약 적 순환 방목(6장 참조)을 하면서 젖소에게 프로스타글란딘을 주사하 는 이들이 있다. 그러면 젖소들이 거의 동시에 발정해서, 송아지들이 봄에 한꺼번에 태어나 풀밭에서 자라난다. 젖소들은 주로 꼴밭에서 배를 채우고, 때로는 오로지 꼴밭 풀만 뜯으며, 늦겨울이면 젖이 다 마 른다. 적어도 이론적으로는, 젖농사를 짓는 농부가 날마다 우유를 짜 는 일에서 두 달 동안은 벗어날 수 있다는 말이다. 젖 짜기 힘들게 하 는 젖소가 꼭 한둘은 있게 마련이니까. 잡지 〈꼴을 먹이는 목축농The Stockman Grass Farmer〉에 유익한 정보가 많이 실려 있다.

자립 농부의 돼지

돈벌이용 돼지가 빠른 속도로 공장식 닭과 맞먹고 있다. 큰 기업농과 계약을 맺고 거대한 감금 시설에서 돼지를 기른다. 돼지 농가는 끝내는 양계장 주인들처럼 자신이 공장 노동자와 다름없다는 걸 깨닫게 될 것이다. 공장 노동자들만큼 일한 대가를 쳐서 받지는 못하겠지만 말이다. 양계장 주인들은 오늘날 계약을 맺은 기업들한테서 한 푼이라도 더 받아 내기 위해 힘을 모으고 있다. 사실상 기업에 고용된 사람과 다를 바 없다. 공장식 돼지 생산자 또한 결국 그렇게 될 것이다. 대기업들은 이 새로운 움직임에 몹시 예민하게 반응하고 있다. 이들이 다른 산업 노동자들과 똑같은 소득을 올리기 시작하면, 공장식 고기 가격이 올라가야 한다는 걸 알기 때문이다. 그러면 소규모 자립농들이 거대 축산 농가들과 경쟁하기가 지금보다 훨씬 쉬워질 것이다. 지난해 거대 기업 타이슨 푸드의 한 임원은 유서 깊은 미국농민연맹을 가리켜, 양계 농가가 힘을 합쳐 더 좋은 값을 받아 내려는 걸 거드는 "한 줌의 사회주의자들"이라 일컬었다. 뒤에 그는 공개 사과해야 했다.

내가 지금 살찌우고 있는 돼지 두 마리는 한 마리에 32달러씩 주고 산 어린 돼지다. 도축할 즈음까지, 옥수수 635킬로그램과 귀리 87킬로그램쯤을 먹일 것이다. 이렇게 하면 내 노동력 말고는 거의 돈이 들어가지 않는다. (10장 참조) 무게가 90킬로그램쯤 되면 요새 시장 가격으로 마리당 80달러쯤 나간다. 내 노동력을 빼면 나머지 비용을 죄다 계산에 넣더라도 한 마리에 40달러쯤 남는다. 타이슨 푸드 같은 거대 기업도 그만큼은 이익을 못 낸다. 게다가 우리는 돼지를 몸소 잡기 때문에, 식료품점에서는 450그램에 적게 잡아 1.25달러쯤은 치러야 할 고기를 90킬로그램 남짓 얻는다. 따라서 우리가 들인 노동은 살아가는 방식의 일부이므로 빼고 계산하면, 우리가 거둔 실제 이익은 마리당 100달러에 가깝다.

소농이 재래식으로 돼지를 칠 수 있다. 다시 말해 암돼지 몇 마리와 수돼지 한 마리를 키우면서, 해마다 암돼지 한 마리에서 새끼를 두 차례씩 받는 것이다. 그런데 나는 그게 좋은 생각인지 잘 모르겠다. 축사를 따로 지으면 돈이 너무 많이 들고 악취와 오염이라는 문제가 생긴다. 들판에 풀어 두는 게 훨씬 낫지만, 돼지들이 코로 땅을 못 파게 하려면 코뚜레를 해 줘야 하고, 울타리를 잘 관리해야 한다. 나는 잔인한 돼지 코뚜레를 좋아하지 않지만, 코뚜레가 없는 돼지는 들판이든 숲이든 온통 파헤쳐 놓는다. 코뚜레를 하고서도 땅을 파헤치기도 하니 말이다.

코뚜레를 하지 않고도 돼지를 밖에서 키우는 길은, 어쨌거나 갈아야 할 땅에 돼지를 풀어놓는 것이다. 돼지가 맘껏 파헤쳐 놓은 땅은 사람이 쟁기질할 필요가 없을 정도다. 써레질로 땅을 고르기만 하면 된다. 이것은 특히 메꽃이나 시리아수수새 같은 잡초를 막는 효과가 크다. 돼지는 땅을 파헤치고 뿌리줄기를 거의 먹어 치운다.

우리는 아늑하지만 돈이 안 드는 어릿간에서 돼지를 몇 마리만 치는
게 더 좋다. 가을에는 다른 가축들이 먹지 않는 옥수수가 남아돈다. 이
무렵 충분히 젖을 뗀 어린 돼지를 몇 마리 산다. 이미 불까기와 예방접
종을 마친, 몸무게 18킬로그램 남짓한 돼지들이다. 이 녀석들이 남아
도는 옥수수를 먹는다. 내가 만든 돼지우리는 땅 위로 60센티미터쯤
을 띄우고, 앞쪽 3분의 2는 바닥을 살로 깔았다. 그러면 똥이 대부분
살 사이로 떨어진다. 나머지 3분의 1은 지붕을 덮고 짚을 깔아 둔다.
90킬로그램쯤 나가는 돼지 세 마리를 맞춤하게 넣을 수 있다. 돼지를
더 많이 치려면 더 큰 우리를 지으면 되고, 더 나아가 한 해 동안 한 무
리만이 아니라 두 무리까지 키울 수 있다. 나는 돼지한테 몸소 먹이와
물을 주고, 사나흘에 한 번씩 우리 앞쪽을 치운다. 원래 돼지는 타고나
기를 집 안에서 깔끔하다. 잠자리에서는 똥오줌을 누지 않고, 살로 이
루어진 바닥의 가장 끝 쪽에서 누는지라 청소가 간단하다.

돼지 몇 마리는 이렇게 보살피기가 쉽다. 돼지를 시장에 낼 때면, 우
리에서 곧장 픽업트럭에 실을 수 있다. 돼지우리를 땅에서 높이 띄워
놓은 가장 큰 까닭이 여기에 있다. 돼지든 어떤 가축이든 경사로로 밀
어 올려서 트럭에 실으려다가는 난장판이 벌어지기 때문이다.

암돼지 두 마리를 보고 수돼지 한 마리를 키우는 건 그다지 보람이
없는 일이다. 그러지 않으려면, 안전장치를 갖춘 픽업트럭으로 씨를
받은 어미 돼지 한 마리를 사 와서, 내가 만든 것 같은 돼지우리에서 키

우면 된다. 어미 돼지는 우리에서 보통 새끼를 여덟 마리에서 열두 마리쯤 키운다. 돼지우리 크기에 따라서, 젖을 뗄 시기에 몸무게가 14킬로그램에서 18킬로그램에 이르면 사육용 어린 돼지로 필요한 만큼 팔 수 있다. 이때 어미 돼지도 팔아도 된다. 그리고 남아 있는 돼지들을 몸무게 100킬로그램까지 키워서 판다. 씨를 받은 어미 돼지는 120달러쯤 나간다. 마리당 35달러에 어린 돼지 다섯 마리를 팔고, 어미 돼지를 75달러에 팔면, 합쳐서 250달러이다. 나머지 다섯 마리를 잘 먹여서 고기돼지로 팔면, 합쳐서 요새 시세로 400달러 넘게 받는다. 평균을 조금 밑도는 값이다. 여섯 달이란 기간 동안 어림잡아 600달러가 넘는 돈이 생기는 것이다. 씨를 받은 암퇘지 두 마리를 한 해에 두 번 사면 2400달러를 벌 수 있다. 하지만 늘 그렇듯, 나는 어미 돼지 몇 마리만 키우라고 권하고 싶다. 수가 늘면 시설을 갖추거나 똥 치우는 일에 돈이 더 들기 때문이다. 이 방식으로 돈이 드는 장치를 쓰지 않으면서, 작은 규모를 유지해야만 어미 돼지 한 마리로 벌 수 있는 돈이 제법 된다.

이렇게 해 본 적은 없지만, 오늘날의 돼지 생산 기술에 기대어 또 다른 그럴싸한 대안 하나를 실험해 볼 수 있겠다. 이 방식대로 하면, 소농이 끊임없이 암퇘지를 들이면서 수퇘지 한 마리를 계속 키워야 하는 일을 피할 수 있다. 젖소보다는 암퇘지를 인공수정하는 게 좀 더 쉽다. 암퇘지는 발정기가 나흘 넘게 간다. 수퇘지 정액은 수소 정액처럼 냉동시킬 수는 없지만, 놀라운 유피에스 택배 덕분에 필요한 때 주문해서 이튿날, 때로는 그날로 받을 수 있다. 주입관과 그 밖에 인공수정에 필요한 물품도 같이 온다. 암퇘지 발정기 둘째 날에 수정을 시키고, 넷째 날에 다시 수정을 시켜야 한다. 젖소와 달리 발정 난 암퇘지는 사람이 정액을 주입할 때 대체로 가만히 서 있다. 인공수정관을 살살 돌리며 밀어 넣다 보면 문득 더는 안 들어가는 순간이 온다. 젖소를 인공수정시킬 때와 달리 별다른 훈련이 필요하지 않다고들 하지만, 물론 다른 이가 어떻게 하는지를 몇 번 눈여겨보며 방법을 익혀야 할 것이다. 자그맣게 큰돈 들이지 않고 옥수수를 생산하는 소농이라면, 이런 방식으로 한 해 내내 암퇘지 네 마리를 키우며 예순 마리 넘게 돼지를 불려 남는 시간에 소득을 올릴 수 있다. 인공수정 덕분에 가장 좋은 씨돼지를 이용할 수 있으니까, 적어도 새끼 수퇘지 몇 마리는 번식용으로 평균값보다 비싸게 팔 수 있을 것이다. 먹이 가운데 족히 반은 가까운 이들한테 얻을 수 있다. 친구들이 음식 쓰레기를 쓰레기통에 내다 버리지 않고 모아서 우리를 주듯이 말이다. 하지만 이 노동집약적이고 원시적인 시설에서 너무 많은 암퇘지를 기르겠다고 욕심 부리면 안 된다. 먹이를 마련해 주는 일, 무엇보다 똥 치우는 일로 허리가 휠 테니까.

일하는 집짐승

농장이 짐승을 부려 동력을 직접 마련할수록, 참으로 지속 가능성을 주장할 수 있다. 우리 아버지 세대는 모두 오로지 말만으로 농사를 시작했다. 내가 물어본 이들은 농장에서 말이 사라지기 시작하면서 수익도 사라졌다고 말한다. 이곳 풍경을 점점이 수놓은 크고 멋진 벽돌집들은 이제 많이 비었다. 다 말을 부리며 농사지어 번 돈으로 지은 집이다. "말로 농사지어서 모은 돈을 트랙터에 다 쓰고 있다니까." 이웃 레이먼드는 자기 트랙터에 앉아 짜증 난다는 듯이 이렇게 불평한 적이 있다. 또 다른 이웃 주니어 프레이는 지금도 농장에 말이 있는데, 두 해 전에 내게 이렇게 말했다. "내가 트랙터를 사고 농사 규모를 키우지 않았더라면, 조그만 농장에서 이 녀석들을 부리며 농사를 잘 짓고 있었을 거네. 하지만 이제 돌아가기에는 너무 늦었지." 1959년에 우리 할아버지는 휠체어에 앉은 채 나를 끌어당겼다. 내가 식구들 대화 가운데, 말을 부려 농사를 지어야 한대도 내 땅이 있으면 좋겠다고 끼어들었다가 비웃음을 사던 중이었다. 할아버지는 남에게 들리지 않도록 목소리를 낮추어 말했다. "진, 하느님께 맹세컨대, 내가 지금 청년이라면 말을 부려서 땅 100에이커를 지을 거야. 돈다발을 쥐고서 최고급 트랙터로 농사를 짓는 작자들보다 훨씬 앞설 수 있단다." 할아버지는 옳았다. 은행과 제휴를 맺고 최고급 트랙터로 농사짓는 꿈을 꾸던 이들 태반이 농사로 끝을 맺지 못했기 때문이다. 일부는 파산하기 전에 농사를 그만두었고, 일부는 파산한 뒤에 농사를 등졌고, 세상을 영 등진 이들도 있었다. 1987년에 아이오와에서 자살한 사람은 398명으로, 대공황 뒤로 최고였다. 1983년 농민 자살률은 10만 명당 46명으로, 미국 전체 성인 남성 자살률의 거의 곱절이다. 하지만 1980 년대 중반에 자살한 농민의 수는 공식 집계보다 더 높았을 것이다. 오샤 그레이 데이비슨Osha Grey Davidson도 뛰어난 비평서 《절망의 땅Broken Heartland》에서 이 점을 짚는다. 앞날이 창창한 농부들의 자살은 사냥 사고나 심장마비로 기록된다. 다들 알다시피, 선량한 백인 개신교도 앵글로색슨 농부들은 자살하지 않기 때문이다.

1950년대에 나는 너무 어리고 어리석어서 우리에게 무슨 일이 일어나고 있는지 알지 못했다. 웅카스가 마지막 모히칸족이 되었듯, 쟁기를 끄는 말을 기억하는 우리가 마지막 농부가 되리라고는 미처 알지 못했다. 얼마 지나지 않아서 나는 스스로 웅카스라 일컫기 시작했다. 하지만 나는 마음이 이끄는 대로 땅 100에이커를 마련해 말을 부리며 농사짓지 못했다. 역사의 변화에 맞설 용기도, 그마저 할 돈도 없었다. 하지만 여러분은 할 수 있을지도 모른다. 말을 좋아한다면, 그건 한심한 생각이 아니다. 무척 좋은 사람들을 사귈 수도 있다. 나는 독자 여러분이 본받을 만한 아미시 농부를 스무 명쯤 소개할 수도 있다. 그들은 흔히 생각하는 것과는 달리 트랙터 농부보다 힘들게 일하지 않고, 충분히 쉬고 여행을 즐긴다. 모리 텔린은 아미시가 아니지만 아이오와에서 작은 농장을 꾸린다. 본보기로 삼을 만한 농장이다. 말이 몇 마리 있다. 작은 트랙터도 있기는 하다. 그리고 〈짐수레 말 잡지The Draft Horse Journal〉를 펴낼 시간이 있다. 엘모 리드Elmo Reed는 전문 음악인이자 테네시대학교 음악 교수였고 말을 부려 농사를 지었다. 지금은 말이 끄는 새 기계류, 특히 유압식 말 연결 장치를 제작한다. 이것이 있으면 말을 부리는 농부가 오늘날 작은 트랙터에 연결해서 쓰는 모든 3점 지지 장치를 사용할 수 있다. 우리 집에서 도로를 따라 몇 킬로미터 가면, 잭 시몬이 매머드잭mammoth jack, 북아메리카 당나귀 품종으로 매우 크다.과 암탕나귀를 일하는 가축으로 길러 파는 농장이 나오는데 꽤 벌이가 좋다고 한다. 세계 곳곳에서 사람들이 찾아와 매머드잭을 산다. 미국에서 손꼽히는 시인이자 수필가 가운데 한 사람인 웬델 베리는 켄터키에서 말을 부려 농사를 짓는다. 우리 이웃인 데일 킨은 꽤 늙어서까지 당나귀를 길러 팔았다. 같은 카운티에 사는 글렌 키퍼는 오랜 세월 황소를 길들여 일을 시켰다. 하루는 들에서 함께 일하다가 그 집 황소들이 옥수수 베어묶개를 끄는 걸 보게 되었다. 안달하는 말보다 황소들의 느리고 무게감 있는 움직임이 훨씬 좋았다. 우리 카운티에서는 라마를 반려동물로서, 또는 양을 지키고자 기르지만, 남아메리카에서는 일하고 짐을 나르는 집짐승이다. 아까도 말했듯이 몬태나주에서 라마를 키우는 어떤 사람은 최근에 암컷 한 마리를 2만 3천 달러에 팔았다.

그리고 물론 거의 모든 지역사회는 타는 말을 기르거나 맡아 주는 농장을 적어도 하나는 지원하고 있거나 지원할 수 있을 것이다.

새롭고 색다른 가축

색다른 가축에 대한 관심도 꾸준히 늘고 있다. 동양에서 온 피그미 돼지 같은 녀석들 말이다. 거의 멸종 지경에 이른 동물들이 요즘 들어 다시 꾸준히 팔린다. 비주류와 주류 품종을 접붙이는 게 유행이 되면서 새로운 품종이 나오고 시장에 변화가 일고 있다. 예를 들어, 홀스타인종의 우유에 단백질 함량을 늘리기 위해 저지종 젖소가 다시 인기를 얻고 있다. 더치벨티드와 밀킹쇼트혼을 일반적인 젖소와 섞붙이기 한 종은 더 효율적으로 놓아기를 수 있다. 잘 알려진 집약적 순환 방목 방식으로 기를 수 있는 것이다. 비펄로Beefalo는 아마도 가장 뛰어난 소고기 품종과 버펄로를 접붙인 교접종일 것이다. 이 밖에도 희귀한, 더 나아가 멸종 위기종은 소농에게 기회가 될 수 있다. 조이 윈드 농장 희귀종보호협회는 무엇을 할 수 있는지를 보여 주는 뛰어난 본이다. 희귀종에 관한 정보를 들을 만한 좋은 곳이기도 하다. 농업생물다양성연구소, 미국희귀종보호협회도 훌륭한 정보 원천이다.

반려동물 사업

도시 주민들이 본래의 자연과 자꾸 멀어지면서 반려동물을 들이는 이도 늘어난다. 개, 고양이, 반려 새를 기르는 건 소농에게 매우 잘 맞는 사업이다. 다음은 몇 해 전 농사 잡지에 실린 짧은 기사의 내용인데, 무엇을 할 수 있는지 보여 주는 본보기이다.

꽤 큰 도시 근처에 사는 소농 부부는 부화기에서 태어난 아기 병아리를 마리당 60센트에 팔고 있었다. 또 밴텀 닭은 5달러에서 10달러에 판다. 앵무새, 소형앵무새, 코카틸앵무새, 카나리아, 프랑스푸들, 독일셰퍼드, 오리도 판다. 아마존앵무새는 300달러에, 소형앵무새는 6달러에 팔린다. 어미와 떨어져 사람 손에 큰 코카틸앵무새는 100달러까지, 그렇지 않더라도 70달러에 팔린다. 푸들은 자그마한 것이 100달러에 나갔다. 독일셰퍼드는 25달러에서 100달러까지 한다.

이 농장은 한 해에 고기용 거세 수소 몇 마리, 어미 돼지가 낳은 아기 돼지들, 살아 있는 칠면조를 팔았다. 도축하면 돈을 더 받지만, 그러려면 고된 일을 해야 한다. 부부는 광고도 배달도 하지 않았다. 농장 앞쪽에 세워 놓은 간판에 지금 판매 중인 상품만 써 놓았다. 사람들이 찾아와 필요한 걸 사서 싣고 떠났다.

깜짝 놀랄 사실은, 이 모든 게 4에이커밖에 안 되는 땅에서 이루어진다는 것이다.

물고기와 꿀벌과 지렁이

나는 물고기와 꿀벌을 높이 산다. 우리 농장처럼 아주 작은 농장에서도 한 가족이 해 나갈 수 있는 여지가 많기 때문이다. 둘 모두 크게 보살피지 않아도 된다. 둘 다 먹을거리와 기르는 재미를 주지만, 여느 가축처럼 규칙적으로 돌보고 꾸준히 먹이를 줄 필요가 없다. 그래서 둘은 공간이 부족한 소농에게 이상적인 '가축'이다. 빽빽하게 무리 지어 살지만 않는다면, 연못의 물고기(5장 참조)는 그 서식지에서 먹이를 충분히 찾아낸다. 더 넣어 줄 필요가 없다. 가루받이를 하는 꿀벌을 치는 대가로 소농은 가까운 곳 어디에서나 꿀을 거둘 수 있다. 비둘기도 손쉽게 기르는 동물 목록에 올려놓을 수 있다. 이 녀석들도 모이를 대부분 스스로 찾아 먹기 때문이다. 도시의 옥상에서 비둘기를 기르는 이들은 일찌감치 이를 알고 있었다.

한 주에 한 번 생선을 먹는다면, 한 해에 900그램짜리 50마리 또는 450그램짜리 100마리가 필요하다. 그만한 물고기는 적당한 수조와 산소 발생기만 있으면 뒤뜰에서 키울 수 있다. 이런 정보는 대안어류양식협회에서 얻을 수 있다. 어류 양식에 푹 빠지면, 경험이 붙고 지각을 차리게 되면서 유명 레스토랑에 생선을 파는 데까지 나아갈 수 있다. 냇물이나 강에서 잡은 물고기는 훨씬 더 오염되어 있고, 돈벌이용 양식장은 물고기를 더 많이 키우는 데에만 관심이 있다. 이쪽은 싱싱하게 보이려고 나날이 화학약품을 더 많이 쓰는 것 같다. 앞으로 소농은 먹을 수 있는 깨끗한 생선을 대는 주요 생산자가 될 수 있다. 오하이오 주에 사는 데이브 스미스는 어릿간을 고쳐 수족관을 만들고, 자연 하천에 그물을 쳐서 물고기를 양식하는 시스템을 개발한 선구자이다.

그가 꾸려 가는 프레시 워터 농장은 알찬 정보의 원천이자 어류 공급원이다.

게으른 사람이 꿀벌을 보살피는 걸 본다면 전문가들은 기겁할지도 모른다. 하지만 그건 내가 딱 바라는 바다. 나는 한 해에 단 이틀 꿀벌을 돌보는데, 하루는 벌집 틀을 손보는 데에 쓰고, 하루 저녁은 벌집의 꿀을 단지에 받는 데 쓴다. 꿀을 많이 남겨 벌이 그걸로 겨울을 나도록 하고, 우리가 쓸 꿀은 조금만 받는다. 다시 말해 우리 집 꿀벌들은 사람이 만든 벌통에서, 야생에서 저희들이 살아가는 방식대로 사는 것이다. 대충 해마다 잡지에서 꿀벌을 위협하는 새로운 바이러스, 박테리아, 곤충에 관해 읽게 되지만, 지금까지 스무 해 동안 우리 집에서는 그런 일이 없었다. 꿀벌부채명나방이 벌집을 망친 적은 한 번 있다. 벌집을 깔끔하게 청소하고 야생벌을 잡아다 다시 시작했다. 우리 집에는 벌통이 두 개여서, 벌통 하나에 문제가 생기거나, 여왕벌이 한 무리의 벌과 함께 떠난 뒤 꿀이 별로 안 날 때는, 다른 벌통에서 계속 꿀을 딸 수 있다.

꿀과 꿀벌은 나를 사로잡는다. 이 곤충의 놀라운 지능이나 반할 만한 꿀맛 때문이기도 하고, 공짜나 다름없이 꿀벌한테 도움을 받을 수 있기 때문이다. 물론 벌통이나 비품 값은 빼고서이다. 꿀벌은 봄마다 떼 지어 나타나고 사람들은 겁에 질려 벌을 쫓아 달라며 신고한다. 벌떼가 아래쪽 나뭇가지에 우르르 모여 있다면 쉽게 사로잡을 수 있다.

나는 나뭇가지 아래 뚜껑을 연 벌통을 둔 채, 가지를 살살 벤 다음 흔들어서 꿀벌이 벌통에 들어가게 한다. 꿀벌은 이렇게 흔들리는 걸 좋아하지 않아서 붕붕거리며 불만을 드러낸다. 하지만 대체로 꿀이 가득 차 있고 그런대로 기분이 좋아서 공격하지는 않는다. 지난해에는 무리 가운데 몇 마리가 나를 쫓아다녀서 이제는 보호복을 입고 나간다. 여왕벌이 꿀벌 무리와 함께 벌통으로 떨어지면 나머지는 따라서 들어간다. 해가 진 뒤에 벌통 뚜껑을 닫고 모든 구멍을 테이프로 막은 다음 내가 양봉장이라 일컫는 곳으로 옮긴다. 때로는 꿀벌을 큰 종이 상자에 털어 넣은 뒤 상자를 벌통까지 가져가기도 한다.

지렁이는 모든 농부가 조화로운 농사의 결과이자 상징으로 키우는 가축이다. 내다 팔면 수익이 돌아오지만, 나는 구태여 이 점을 힘주어 말하고 싶지 않다. 이 사실을 이용해서 사람들을 속이는 사기꾼이 너무 많기 때문이다.

그렇다 해도 지렁이는 요즘 농부들의 일이 되고 있다. 마당 쓰레기 매립이 금지되면서, 가랑잎과 베어 낸 풀을 썩혀 거름으로 만들어야 하거나 그것이 적어도 경제적이라는 걸 깨닫는 사람이 늘 테니까. 지렁이는 거름을 재우는 이 과정에 엄청나게 도움을 주면서 수가 마구 불어난다. 거름을 만들려는 사람에게 팔거나 낚시 미끼로 팔아 수익을 거둘 수 있고, 뒤뜰에서 키우는 물고기 먹이로 주면 값비싼 물고기 먹이를 사지 않아도 된다.

여태까지 밝힌 새로운 발상들은 작은 농장에 소득이나 장점을 더해 줄 방법을 그려 보는 본보기이다. 나는 아직도 더 많은 본보기를 들 수 있다. 오늘날 농사를 시작하려면 수억 원이 있어야 한다고 떠드는 경제학 교수들의 말은 무시해도 좋다. 실제로 도움이 되는 상식과 새로운 상상력을 갖춘 이들을 만나 그들의 이야기에 귀 기울이기를.

5

농부에게 물보다
중요한 것은 없다

비가 와야 곡식이 자란다.

시카고상품거래소 중개인들이 흔히 하는 말

농학자에게 어떤 식물 영양소가 가장 중요하냐고 묻는다면, 식물 성장에 필요한 질소, 인, 칼륨, 그리고 온갖 미량 무기질에 관해 속성 강의를 듣게 될 것이다. 같은 질문을 던진다면 농부는 곧바로 대답할 것이다. 물이라고.

　물이 충분하지 않다면 최고급 비료나 유기질 거름이라도 바람에 날리는 가루와 같다. 물이 풍부하면 비료를 전혀 주지 않고도 그런대로 거둘 수 있다. 기름진 땅을 빗물이 촉촉이 적셔 주면 작물이 넘칠 만큼 나온다. 강수량이 연간 900에서 1000밀리미터는 되어야 하는 것이다. 미국이 세계에서 가장 농사가 잘되는 진짜 이유는 이른바 자본주의 경제나 혁신하는 농부 덕분이 아니라, 기름진 흙이 가장 넓게 펼쳐져 있는 데다가 세계에서 가장 유리한 기후를 누리고 있기 때문이다. 러시아 국영 농장들도 미국의 옥수수 생산 지대에서라면 무척 잘 돌아갈 것이다. 이미 1700년대에 프랑스 정착민들은 '일리노이 땅', 그러니까 일리노이주 캐스캐스키아와 인디애나주 빈센스의 프랑스 최전방 요새들 주변에서 곡물을 남아돌도록 거두었다. 그 바람에 미시시피강 아래쪽에 있는 스페인 시장을 두고 서로 맹렬하게 경쟁하느라 값이 지나치게 떨어져 이문을 남기기가 어려워졌다. 열의도 없고 되는대로 지은 농사인데도 말이다. 그들이 훨씬 좋아한 건 사냥과 술 마시기, 덤불을 헤치며 쇼니족 여인들 쫓아다니기였다. 쇼니족은 아마도 전통적인 농부로서 미국 땅에서 여유롭게 살다 간 유일한 사람들일 것이다. 심지어 그 전, 미시시피 고대 인디언들 시대에도 이 땅은 무척이나 먹을거리가 풍성해서 아메리카 원주민들은 농사에 매달리지 않고도 꽤 큰 규모의 안정된 정착지를 한참 동안 이어 갔다. 마을 안에서 걸어 다니며 필요한 먹을거리를 모두 사냥하고 채집했다.

반골 농부 가운데 이름난 이들은 할 수만 있다면 뉴잉글랜드나 캘리포니아, 오리건에서 농사짓고 싶다고 말하는데, 그 얘기를 들을 때마다 그저 놀랄 뿐이다. 옥수수 생산 지대를 입에 올리는 이가 아무도 없다니. 그 정도로 반골이라는 게 드러난다. 옥수수 생산 지대가 대규모 기업농의 영역이라 소농에게는 맞지 않는다고 가정하는 것이다. 태평양이나 대서양을 끼고 사는 이들은 중서부에 가 봤자 신나고 짜릿한 일은 일어나지 않을 거라는 편견을 지니고 있다. 하지만 먹을거리와 섬유를 생산해 내는 데 있어 세계에서 가장 기름진 흙과 가장 이로운 기후를 피해 가겠다고 마음먹은 농부나 임업인은 어마어마한 가능성을 포기하는 것이다. 나는 건조한 서부, 추운 북동부, 뜨거운 남부, 가파른 산악 지대의 훌륭한 농부들이 뜻한 바를 이루기까지 엄청난 장애물을 넘어서야 한다는 데 늘 깊이 감명받는다. 하지만 소농으로서 아직 어디에도 뿌리를 내리지 않은 이들은, 이런 곳들이 아니라 옥수수 생산 지대에서 농사를 지으면 훨씬 수월하다는 걸 알면 좋겠다. 옥수수와 대두 기업농이 이 좋은 땅을 모두 차지하지 않게끔 하자.

연간 강우량이 760밀리미터에 못 미치는 지역에서 수분을 보존하기 위해서는 한 해 동안 작물 없이 땅을 놀리고, 흙을 풀과 가랑잎으로 덮고, 물을 대고, 건조한 날씨를 잘 견디는 작물을 길러야 한다. 뉴멕시코, 애리조나, 캘리포니아에서는 멀리서 물을 끌어오느라 흙에 염분이 쌓이면서, 지난날 낙원이었으나 이제 못쓰게 된 드넓은 땅을 볼수 있다. 농사 기간이 짧은 지역에 사는 농부는 청설모처럼 겨울 동안먹을 음식을 저장하고, 눈을 치우는 데 시간을 많이 쓴다.

물론 연간 강우량 760밀리미터가 죄다 작물이 한창 자라는 시기에내린다면, 그것으로 충분한 작물이 많다. 미국 중서부에서는 겨울에종종 언 땅이나 이미 흠뻑 젖은 흙에 비가 내리는데 농부한테는 그다지 이롭지 않다. 그런 비는 대부분 오대호나 멕시코만으로 흘러든다. 베르길리우스Virgil가 말했듯, "오, 농부들이여, 여름에 비가 오고 겨울이 맑은 날들이기를 기도"해야겠지만, 여름에 비가 너무 많이 와도, 겨울이 너무 맑아도 안 된다.

땅에 물기가 지나쳐도 몹시 가물 때만큼 나쁘다. 꼭 큰물만을 말하는 건 아니다. 사실 잠깐 왔다 사라지는 큰물들보다 농사에 더 해로운건 내내 '질척한' 흙이다. 무척 기름질 법한 땅이든, 비료를 쏟아부은땅이든, 그런 흙에서 농사를 지으려면 물이 어느 만큼 빠져야 한다. 5

월 말쯤에야 물이 다 빠진다면 작물을 심는 게 늦어진다. 그러면 거두는 게 적고 늦익거나 아예 여물지 않는다.

씨 뿌리기 알맞은 때에 땅이 대부분 잘 말라 있다면, 농부는 땅 전체를, 그러니까 질척한 땅과 마른 땅을 다 갈아서 씨를 뿌리고 싶은 유혹에 사로잡히곤 한다. 특히 자신이 돌볼 수 있는 것보다 더 넓은 땅에 농사를 짓고자 하는 이들이 그렇다. 질척한 상태에서 갈린 흙은 곡물이나 콩붙이 식물, 질 좋은 꼴풀 어느 것도 잘 키워 내지 못한다. 찐득한 덩어리가 생기고, 뙤약볕 아래에서 흙이 구워져 바위마냥 딱딱해지고, 박주가리와 뚱딴지나 자란다.

습한 땅은 갈수록 넓어진다. 왜일까? 축축한 흙을 흠뻑 젖은 상태로 갈면 다져진다. 땅이 다져지면 웅덩이의 물은 더 천천히 마르니, 이듬해 씨를 뿌릴 때 습한 땅은 이전 해보다 더 넓어져 있다. 어쨌거나 이 땅을 갈아 씨 뿌릴 땅을 마련할 테고, 이 과정이 거듭되면, 질척한 작은 웅덩이였던 것이 끝내 4분의 1에이커까지 늘어난다.

따라서 부드럽고 차진 흙은 얼마나 기름지든 물을 빼야 한다. 예전에는 토관이나 시멘트관을 썼지만 요새는 주로 피브이시 유공관으로 물을 뺀다. 농부가 아닌 이들은 옥수수 생산 지대 땅속에 배수관이 끝도 없이 놓여 있다는 걸 알고는 크게 놀라곤 한다. 야트막한 언덕이라도 군데군데 배수가 필요한 낮은 땅이 있기 때문이다.

나는 우리 농장을 기름진 땅으로 되돌리기 위해 애쓰고 있다. 그러자면 반드시 해야 하는 일 하나가 오래된 배수관을 손보는 것이다. 긴 세월 동안 소작을 부치면서 많이 망가졌기 때문이다. 사실 물을 뺄 도 랑은 주변의 큰 농장들보다 나한테 더 중요하다. 500에이커 가운데 1 이나 2에이커가 물이 안 빠지는 건 별일이 아니어도, 2에이커밖에 안 되는 밭에서는 16분의 1에이커만 물이 안 빠져도 큰일이다.

유공관이 해내는 일은 거의 기적에 가깝다. 60에서 90센티미터 깊 이에 물매를 두고 놓여 있어, 남아도는 물이 흙에서 곧바로 흘러든다. 중력의 힘으로 뺄도랑을 따라 물이 빠지는 만큼, 흙이 더 다공질이 된 다. 산소가 흙 속에 더 잘 스며들고, 식물이 양분을, 특히 질소를 훨씬 쉽게 흡수할 수 있다. 뿌리는 더 깊이 내리고, 또한 질퍽한 흙을 좋아 하지 않는 지렁이가 늘어난다. 질퍽한 흙보다 물 빠짐이 좋은 흙일 때, 산성인 땅을 석회로 더 쉽게 개선할 수 있다. 지나치게 질퍽한 흙은 갈 엄두조차 나지 않아서 압축 또한 일어나지 않는다.

어떤 흙은 우리가 하는 말로 곤죽 같아서 유공관으로도 물이 빠지지 않는다. 대체로 예전에 습지나 호수 바닥이었던 꽤 평탄한 땅에 그렇 게 부드럽고 차진 흙이 많이 섞여 있다. 식물성 물질이 한 켜 쌓이고, 물에서 가라앉은 점토 입자가 또 한 켜 쌓이는 과정이 되풀이되며 굳 어진 것이다. 이런 흙에서 농사짓겠다면 정교한 노면 배수관을 설치 해야 한다. 미국의 모든 카운티마다 설치된 토양보전국이 그 방법을 낱낱이 알려 줄 것이다. 땅을 가는 법도 말이다. 하지만 나라면 이런 땅에는 풀씨를 뿌리고 가축을 방목하거나, 연못을 만들어 물고기와 오리를 키우라고 권하고 싶다. 우리 농장 남쪽으로 몇 킬로미터 더 가면 그런 점토질 땅이 넓게 펼쳐져 있다. 몹시 부드럽고 차진 흙이라 물이 스며들지 못하니 유공관도 소용없다. 아니 스며들더라도 곱고 질척한 점토가 유공관의 구멍을 막는다. 그래서 사람들은 무척 슬기롭게도 이 땅을 대부분 주립야생동물보호구역으로 분류해 놓았다.

이렇게 빙빙 돌려 봤자 한마디로 소농은 말 그대로 물 시중드는 아이라는 말이다. 물은 축구 선수들만큼이나 농사짓는 땅에도 꼭 필요하다. 농부는 자연을 도와 물을 대 주고, 자연이 말 그대로 물을 퍼부으면 남아도는 물을 되도록 빨리 빼 주어야 한다.

농장을 고를 때는 물을 가장 먼저 살펴보아야 한다. 자연이 물을 넉넉히 주지 않는다면 나머지 물을 어디서 구할 것인가? 연못을 만들고, 우물을 파고, 사막 농법을 따라야 한다. 자연이 너무 물을 퍼부으면, 남아도는 물을 어떻게 뺄 것인가? 배수관을 따라 넘치는 물을 '뺄' 수 있어야 한다. 이미 있는 배수로, 개울, 도랑, 연못처럼 둘레보다 낮아 배수관을 통해 물이 흘러드는 곳을 이용한다. 아니면 질척한 웅덩이를 연못이나 습지로 바꾸고 그 가까이에서 농사를 짓는다.

텃밭 자리를 고를 때도 원리는 똑같다. 두둑을 지어 텃밭을 가꾸면, 어느 만큼은 질퍽한 흙 문제를 피할 수 있다. 두둑은 콘크리트 위에 올리더라도 채소밭으로는 제법 괜찮다. 벤저민 앨보는 1917년에 펴낸

《텃밭 가꾸기Home Gardening》에서 그러한 방법을 처음 설명했다. 하지만 물을 주는 일이 만만치 않은데, 두둑에서는 모세관작용물 분자가 관 안쪽 벽에 달라붙는 현상을 가리키며, 흙 사이사이 빈틈에 물이 달라붙어 머물게 된다.만으로는 물을 머금을 수 없기 때문이다.

샘이 솟아 냇물이 흐른다는 게 우리가 이 땅을 산 큰 이유였다. 다른 까닭은 숲이었다. 냇물은 가축이 먹을 물만이 아니라, 유공관으로 흘러든 물이 빠져나갈 곳이 있다는 걸 뜻했다. 우리 땅에는 두 물길이 마주치는데, 큰비가 내린 뒤 잠깐 흐르는 냇물 같은 물길이다. 두 물길 모두 주 배수관이 이미 묻혀 있어 필요할 때는 물 빠지는 길이 될 수 있다. 내가 처음으로 한 일은 이 물길을 풀밭으로 되돌려 놓는 일이었다. 흙이 깎여 나가 골이 패는 일이 없게끔 말이다.

돈이 생기자마자 나는 저지대 땅에 새로운 배수관을 놓아서, 물이 냇물로 흘러들게 했다. 맞춤형 배수관 기술자를 불러 일을 맡겼다. 요새는 텃밭에 짧은 유공관을 이어 놓고 있다. 직접 땅을 판다. 삽으로 깊이 60센티미터, 너비 30센티미터쯤 흙을 파내는데 놀랄 만큼 금방 일이 된다. 다른 할 일이 많지 않은 3월에 딱 하기 좋다. 지금 파고 있는 땅은 기울기가 뚜렷해 물매를 두기가 쉽다. 할아버지는 땅을 팔 때 곁에 물을 한 양동이 두고 자주 도랑에 물을 부으셨다. 물이 흘러가는 걸 보며 물매가 잘 잡혔는지 살핀 것이다. 30미터마다 5에서 8센티미터쯤 낮아지면 좋지만 그보다 덜 기울어져도 괜찮기는 하다. 두말할 것도 없이 물매가 가파를수록 물은 빨리 흘러 내려간다.

물을 뺄 도랑을 파면서는 지름 10센티미터짜리 플라스틱 유공관을 도랑 바닥에 조심조심 놓고 위에 흙을 조금 뿌려 움직이지 않도록 한다. 배관을 통해 물이 잘 흘러가는지 살핀 뒤 완전히 흙으로 덮는다. 배관이 우리 텃밭 모퉁이처럼 특히 습한 곳을 지나갈 때는, 배관 위로 딱 쟁기질하는 깊이 바로 아래까지 자갈을 채워서 물이 되도록 빨리 빠지게 만든다. 우리는 이를 프랑스식 배수라고 한다.

뺄도랑을 내는 기술자는 도랑 파는 기계로 땅을 파면서 레이저 빔으로 수평을 보고 물매를 고르게 잡으며 피브이시 관을 놓는다. 그리고 불도저로 흙을 밀어 도랑을 덮는다. 우리 집 텃밭에서 움직이기에는 기계가 너무 커서 나는 배수관을 손수 놓는다.

우리 농장 가운데 쪽에도 돈이 생기면 뺄도랑을 손보아야 한다. 그런데 이번에는 물길 아래 놓인 지금 배수관을 손보지 않고, 작은 못을 파고 새 배수관을 통해 물이 흘러들게 할 참이다. 적어도 그건 못을 만들겠다는 구실이 된다. 내가 못을 탐내는 마음은 사람들이 바닷가 리조트를 탐내는 마음과 매한가지다.

연못과 냇물이 주는 즐거움

연못이 없는 농장은 교회 없는 마을과 같다. 연못은 농장 생물들의 중심지로, 야생동물이나 가축이 찾아와 쉬고, 안정을 찾고, 머물고, 목을 축이고, 헤엄치고, 얼음지치기하며 노는 곳이자, 어쩌면 그저 한가로이 앉아 자연이 물에 바치는 경의를 지켜보는 곳이다.

내가 빈둥빈둥 앉아 쉬는 곳은 대부분 아버지가 쉰 해 전에 3킬로미터쯤 떨어진 곳에 파 놓은 연못이다. 연못보다는 물이 흘러가는 계곡이나 강을 바라보는 게 더 즐겁겠지만, 어쨌거나 물은 내가 가까운 들과 숲에서 마주치는 야생동물뿐 아니라 다른 다양한 식물과 동물들도 홀린다.

나무 왕국에서 양버즘나무는 물 가까이 있는 걸 좋아한다. 통나무 일부를 톱으로 켠 다음, 그 목재에 다리만 달면 나무랄 데 없는 작업대가 된다.

높은 지대에 있는 조그만 숲에서는 보기 드문 검은버드나무와 복숭아잎버드나무가 물가에 그늘을 드리운다. 버드나무를 키우기는 쉽다. 무엇보다도 수양버들 같은 건 연필 굵기쯤 되는 초록색 줄기를 축축한 땅에 꽂아 놓기만 해도 된다. 거의 틀림없이 뿌리를 내린다. 땔감으로는 쓸모가 없지만, 버드나무로 의족을 만든다. 누군가는 의족을 시장에 내야 한다. 소농이 할 수 있는 일 아닐까?

수양버들은 발을 물에 담그고 잘 자라난다. 냇가에 커다란 수양버들 한 그루가 있는데 봄에 가장 먼저 잎을 내밀고 가을에 가장 마지막에 잎을 떨군다. 나는 늘 4월 말 어느 날쯤에는 굵은 둥치에 등을 대고 서 낮게 드리운 나뭇가지에 걸터앉는다. 그리고 자연에 사는 각양각

색의 동물을 2분씩 바라보며 한 시간을 보낸다. 새, 벌레, 거북이, 물고기, 사향뒤쥐, 또 들짐승 들을. 4월에 피는 버들강아지는 사실 그저 그런 꽃이지만, 얼마나 많은 벌레를 불러들이는지. 나무가 크게 자라면 붕붕 소리가 울린다. 이 붕붕 소리에 또 새들이 모여든다. 멕시코에서 갓 돌아온 노랑아메리카솔새는 이 가지에서 저 가지로 뛰어 옮겨 가 벌레를 쪼면서도 노래를 거의 멈추는 법이 없다. 노랑아메리카솔새의 깃털만큼 노란 색은 어디에도 없다. 이 새를 관찰하다 보면 그 둥지를 보고 싶어진다. 이 새는 보통 훨씬 북쪽으로 가서 둥지를 틀지만, 혹시 모른다. 노랑아메리카솔새 둥지를 보고 싶은 건, 이 새가 탁란찌르레기보다 한 수 위라는 평판이 있기 때문이다. 탁란찌르레기는 특히 노랑아메리카솔새 둥지에 알을 곧잘 낳는데, 노랑아메리카솔새는 탁란찌르레기가 알을 낳은 둥지 위에 새 둥지를 틀고 거기다 다시 알을 한 배 낳는다. 조류학자들은 노랑아메리카솔새가 둥지를 여섯 개나 튼 것을 영상으로 기록했는데, 둥지 위에 또 둥지를 쳐서 탁란찌르레기 알을 묻어 버린다. 그걸 내 눈으로 보고 싶다.

붉은깃찌르레기는 우리 집 큰 버드나무에 앉은 모습이 늘 눈에 띈다. 북방찌르레기는 물 위에 드리운 나뭇가지에 그물 침대처럼 둥지를 친다. 나는 지금 물 쪽을 바라보다가 딱새 한 마리를 보고 놀란다. 에콰도르나 어쩌면 쿠바에서 돌아온, 불꽃처럼 주황색에 가까운 붉은 빛과 검정 빛이 도는 새다. 쿠바에서는 '작은 불꽃'이라는 뜻의 칸델리

타라고 불린다고 한다. 물가의 노랑말채나무에서 총총 뛰다가 곧 자리를 옮긴다. 딱새는 좀체 가만히 있질 않는다.

그리고 늑대거북 두 마리가 버드나무 아래 물속을 미끄러지듯 지나가며 가재를 찾는 모습이 눈에 들어온다. 가재들은 바위나 통나무 아래에 꼬리부터 먼저 밀어 넣고 꽁꽁 몸을 숨기고 있다. 늑대거북들은, 여기서 힘겹게 살아가는 노란 수련 잎사귀 밑으로 사라진다. 버들치 떼가 헤엄쳐 지나간다. 물총새가 요란하게 울며 물 위로 날아가니 버들치들이 숨을 곳을 찾아 혼비백산 흩어진다. 물총새는 우리 버드나무에 앉지 않는다. 다른 나뭇가지가 가리지 않아, 앉아 있다가 물속으로 곤두박질쳐서 물고기를 낚아챌 수 있는 죽은 나뭇가지가 없기 때문이다. 물총새는 냇물 아래쪽 죽은 느릅나무 그루터기로 가서 물을 굽어본다.

쌍안경 초점을 냇물 바닥에 맞추니, 민물담치 하나가 희고 통통한 발을 내밀고 조금씩 움직여 갯바닥에 구불구불한 자국을 남기고 있다. 보고 있을 때는 움직이는 것처럼 보이지 않는다. 하지만 딴 데를 보다가 몇 분 뒤 다시 보니, 그 사이 작은 돌 뒤로 몇 센티미터 가 있다. 움직인 자국이 아무렇게나 쓴 S 자 같다. 봄spring이라 말하는 걸까?

큰청왜가리가 하늘에서 내려와 날개를 접고, 그 가느다란 다리로 냇물을 거슬러 걸어가며 창을 던지듯 긴 부리로 물고기를 낚는다. 나는 숨을 죽인다. 날 때부터 눈이 어두운 사향뒤쥐들이 내 발밑까지 기

어울라 와 발을 핥는다. 우리 집 반려 암양 바운스도 나무 아래에 서서 못마땅한 듯 올려다본다. 사람들이란 참 이상도 하지 하듯 매애 울더니, 어쩔 수 없다는 듯 으쓱하고는 제 갈 길을 간다.

물낯 위로 개흙 한 덩이가 솟아 있나 싶었는데, 쌍안경으로 들여다보니 황소개구리 코였다. 나머지 몸뚱이는 물 아래 잠겨 거의 보이지 않는다. 상류 쪽을 바라보다가 다시 숨을 멈춘다. 한 번도 본 적이 없는 다리가 긴 새 한 마리가 물가에 선 채 꽁지를 위아래로 까딱거리고 있다. 익살맞다. 바지 뒷주머니에서 새 도감을 꺼내 휘리릭 책장을 넘긴다. 마침내 찾아낸다. 옅은가슴뻑뻑도요다. 옅은가슴뻑뻑도요가 꽁지를 까딱거리는 모습을 보며 궁금해진다. 언제나 우리 냇가에 찾아오는데 내가 이제야 처음 본 것일까, 아니면 하늘에 세찬 바람이 불어 가던 길을 벗어난 것일까.

꽁지를 까딱거리는 새 뒤로, 물가에 야생 붓꽃이 홀로 피어 있다. 마치 누군가가 거기 심어 놓은 것처럼. 이윽고 암사슴 하나가 물을 마시려고 덤불에서 살며시 나타난다. 사람 냄새를 맡았지만 나를 보지는 못했다가 내가 눈을 깜빡거리자 미끄러지듯 다시 사라진다. 아기 사슴이 기다리고 있는 게 틀림없다. 파랑새 수컷 두 마리가 맞은편 들판 울타리에 난 구멍 주변에서 파드득거리며 영역 싸움을 벌인다. 청둥오리 한 쌍은 내 아래쪽에서 물결에 몸을 맡기고 떠간다. 이윽고 미국 원앙 둘이 지나간다. 새 가운데 가장 아름다운 새임이 틀림없다. 내가 사파리 장소로, 대륙 곳곳으로, 머나먼 원시림으로 여행을 떠날 이유가 있을까? 나는 우리 집을 떠나지 않고도 수양버들 아래에 앉은 채 세계의 숲길을 여행해 왔다.

나뭇가지에 붙은 반짝거리는 초록색 곤충에 눈길이 간다. 이름은 모른다. 내가 지닌 건 새 도감과 들꽃 도감뿐이다. 집에 돌아가서 찾아볼 수 있게 곤충의 생김새와 빛깔무늬를 기억해 두려다가 관둔다. 머리 하나에 한꺼번에 담아 둘 수 있는 한계가 있는 법인데 벌써 오래전에 한계에 다다른 탓이다.

내가 연못을 파려는 중요한 까닭 또 하나는 민물고기를 좋아하기 때문이다. 냇물에서 잡을 수 있는 민물고기는 몇 종류뿐이고, 양껏 잡을 수 있을 만큼 냇물이 깊지도 않다. 물고기가 물을 따라 헤엄쳐 강으로 도망가는 걸 막을 길도 없다. 더 큰 냇물에 어망을 넣어 물고기를 기를 수는 있겠지만, 때를 정해 먹이를 주어야 하고 겨울에는 거두어 와야 한다. 오하이오의 연못은 대개 차가운 샘물이 흘러들지 않아 물이 따뜻해서 큰입우럭과 얼룩메기를 키우기 좋다. 큰입우럭은 어린 새끼를 먹어서 물고기를 많이 길러도 빼곡해지지 않는다. 얼룩메기는 대체로 연못에서는 번식하지 않는다. 블루길을 길러야 한다면 불임 변종만을 기르는 게 좋겠다. 블루길은 대부분 금세 불어나 치어들이 엄청나게 복닥거려서 기분 좋게 낚시를 한다거나 손쉽게 생선을 장만하기가 어렵다. 초어草魚는 미국 강에 바글바글해서 악명을 떨치고 있는 '이집트'

잉어하고는 완전 다른 종류다. 오늘날 연못에 알맞은 물고기라고 광고들을 하는데, 오래전부터 중국 농업의 주요 생산물이었다. 하지만 초어는 물풀을 먹기 때문에 먹이가 되는 수생식물보다 빨리 늘어난다면 건강히 자라지 못할 것이다.

냇물이나 샘물이 흘러드는 연못이라 물이 늘 차다면, 송어를 키우는 게 좋다. 여름에 평균 수온이 섭씨 16도 쯤을 유지하되, 수온이 오르더라도 섭씨 21도를 넘지 않아야 한다.

연못 물고기에게 먹이를 주는 건 어릿간의 돼지나 닭에게 먹이를 주는 것과 비슷하다. 사료 제품은 시장에서 살 수 있다. 중국 사람들은 초어를 먹이려고 신선한 풀을 물에 던진다. 그래서 이름이 초어다. 동양에서는 닭이나 돼지 우리를 물고기가 사는 연못 위에 둔다. 미국에서도 몇 해 전에 펜실베이니아주 에마우스에 있는 로데일 출판사와 카본데일에 있는 서던일리노이대학교가 후원을 해서 실험을 했다. 닭이나 돼지에게 곡물을 먹이고, 물고기는 물에 떨어지는 동물 똥 속의 소화되지 않은 곡물을 먹는 것이다.

메기를 키우는 농부들이나 관련 문헌에 기대면 농장에서 나온 것으로 물고기를 기르는 기술을 많이 배울 수 있다. 하지만 모든 전업농처럼, 메기 농장에 생계를 걸었다면 이문을 남겨야 하는 만큼, 운영 방식을 산업화해야 한다. 연못에는 물고기가 바글거리고, 그런 과밀 상태에서 건강을 유지하도록 하려면 화학물질을 종종 써야 한다. 보건당국은 늘 입버릇처럼 걱정할 것이 없다고 말하지만, 내 생각에 이런 고비용 생산은 소농이 감당하기에 돈과 시간이 지나치게 많이 든다.

사실 소농이 따를 만한 가장 좋은 방법은, 주로 낚시로 물고기 수를 제한하고, 연못에 사는 생물들 먹이 전체를 연못 생태계가 스스로 만들도록 하는 것이다. 팔 만큼 충분하면 물고기를 조금 내도 괜찮다. 돈이 얼마 필요하다면, 지인을 위한 유료 낚시터로 운영할 수도 있다.

우리 연못에는 장점이 또 있다. 연못은 낮은 지대에 있는 우리 밭보다 30미터쯤 높은 풀밭에 있다. 가물 때는 못물을 퍼올려 가장 가까운 저지대 밭에 물을 댈 계획이다. 관수만이 목적은 아니다. 물고기 똥과 썩어 가는 물풀의 양분을 작물에 줄 수 있다. 그와 함께 딸려 오는 물고기도 거둘 수 있을 것이다. 비가 내려 못에 물이 다시 찰 때 물고기를 더 넣으면 된다. 현실로 이룰 수도 못 이룰 수도 있지만, 작은 농장에서 일구는 삶을 더욱 신명나게 만드는 계획일 것이다.

물 대기 얘기가 나왔으니 말인데, 오하이오에서는 관수가 거의 필요 없다. 하지만 물을 비축해 두는 건 정말로 이로운 점이 많다는 걸, 유난히 비가 잦았던 1992년에 알았다. 나는 지하수를 자아올려 작물에 주는 것은 생태 면에서 반대한다. 우리는 이미 남아돌도록 수확이 나오기 때문이다. 하지만 땅윗물을 연못에 가둬 두었다가 가문 여름철에 응급조치로 물을 대는 건 생태적인 책무를 거스르는 일이 아니다. 게다가 연못은 가을비에 곧바로 물이 찰 것이다.

돈 한 푼 안 들이고 물을 대는 방법이 있다. 농장에 물을 떠다 주는 아이로서 모든 농부가 쓸 만한 방법이다. 가축이 냇물에서 물을 마시고 풀밭에 오줌을 누는 건, 어떤 면에서는 밭에 거름만이 아니라 물을 길어다 주는 것이기도 하다. 여기 중요한 핵심이 있다. 지속 가능한 농업을 이야기할 때 우리가 기억해야 하는 것은, 모든 똥거름이 땅으로 되돌아가고 흙이 깎여 나가지 않는 꿀밭 농업에서조차, 풀이 일구어 낸 가축의 산물은 되돌아오지 않는다는 것이다. 고기, 우유, 가죽, 양털, 알, 또 다른 여러 가지가. 하지만 가축이 냇물에서 물을 마시고, 물을 몸 안에서 양분이 잔뜩 든 오줌으로 바꾸어 스스로 땅에 되돌려 준다면, 그렇게 보탠 양분의 값어치는 고기와 우유처럼 사라진 것들을 보충하는 데 도움이 될 것이다. 이렇게 보태 준 것에다 빗물, 그리고 콩붙이 식물이 공기에서 흙으로 전해 준 질소, 더 나아가 가축이 먹지 않은 식물 찌꺼기까지 더해 보라. 이는 사람의 노동력 없이 절로 이룩한 비옥함은 아닐지라도 참된 지속 가능성이 무엇인지 잘 보여 준다. 양 떼가 오줌을 누는 것을 본 적이 있는 이는 이렇게 오줌/물을 보태 주는 게 정말 중요하다는 걸 안다. 양 한 마리가 하루에 내놓는 물거름이 1리터는 될 것이다. 젖소는 이동식 소화전이기도 하다.

농장 연못은 대체로 두 부류다. 하나는 땅에 파인 웅덩이로, 간단히 설명하자면 흘러가는 물이나, 때로는 샘물로 채워진다. 다른 하나는 둑을 쌓아서 골짜기의 물길을 따라 흘러 내려가는 물을 가두는 것이다. 첫 번째가 만들기에 더 간단하고 유지·보수의 잣대로 볼 때도 대체로 더 만족스럽다. 둑을 쌓아 연못을 만든다면 폭우 때 범람을 견디도록 설계해야 한다. 설계가 잘못되면 불어난 물에 둑이 쉽게 그리고 눈깜짝할 새에 쓸려 내려갈 수 있다. 둑 자체도 물이 새지 않도록 설계되어야 한다.

뛰어난 둑 건설업자가 주변에 많다. 이번에도 지역 토양보전국을 먼저 찾는 게 좋다. 하지만 우리 아버지처럼 스스로 일구어 나가는 사람은 예외다. 아버지는 모든 조언을 일축하고 스스로 둑을 세웠다. 어휴. 그래서 물이 조금씩 샜고 두 번은 거의 무너질 뻔했지만.

웅덩이 연못은 둑을 두르지 않는다. 물이 가득 차서 넘친다고 해도 물은 그저 들판에 물길을 내며 흘러간다. 연못을 만들기 전부터 그랬던 것처럼. 걱정할 게 없다. 문제는 웅덩이를 파며 나온 흙을 어떻게 할지 정하는 일이다. 우리는 연못 웅덩이를 파내기 위해 작은 불도저 기사를 불렀다. 불도저가 웅덩이에서 흙을 밀어내면, 로더를 모는 사람이 흙을 옮겨 연못 남서쪽에 낮은 둔덕을 만들었다. 흙 둔덕이 시시때때로 부는 서풍을 막는 바람막이 노릇을 한다. 누구나 볼 수 있는 자리에 연못을 파게 되면, 사생활 보호를 위해 이 남는 흙에 수풀을 심는 이들도 있다. 그러면 내킬 때마다 홀딱 벗고 헤엄을 칠 수 있으니까. 소농은 기업농처럼 카리브해의 생바르텔레미섬까지 휴가를 갈 수 있을 만큼 보조금을 넉넉히 못 받지 않는가.

이곳 기후에서 연못은 가장 깊은 지점이 2.4미터 깊이는 되어야 물고기가 겨울을 날 수 있다. 연못가는 거의 90센티미터 깊이까지 물매를 가파르게 두어야 물풀이 무성해지지 않는다. 하지만 이렇게 하면 어린아이들이 물에 빠져 죽을 위험이 커진다. 머리를 써서 목적에 맞게 연못을 파는 게 좋다. 우리 아버지가 만든 연못에서 세 세대의 아이들이 놀다가 물에 빠졌지만 죽은 아이는 없다. 삼촌은 게을러서 빗자루로 얼음 위의 눈을 쓸어내기 싫다며 그 연못에 트랙터를 몰고 들어갔다가 트랙터째 연못에 빠졌다. 빠진 곳 깊이가 1.2미터였기에 망정이지. 우리는 얼음 위에서 하키를 하곤 했는데, 하키 채는 그런 멍청이들을 구하기에 딱 맞다. 연못의 안전은 물 깊이만큼이나 아이들과 그 부모들의 분별력에도 달려 있다. 우리 아버지는 "그런 멍청이들은 아무리 지켜 주려 해도 다치거나 죽게 된다."고 굳게 믿으셨다. 아버지는 '꼬맹이'였을 때 조금 더 큰 사내아이가 자신을 강물로 던졌던 이야기를 곧잘 들려주었다. "나는 헤엄칠 줄도 모르는데 그 녀석이 나더러 헤엄을 치라는 거야. 그런데 웬걸, 내가 헤엄을 쳤단다."

가축은 연못 주변을 돌아다니게 해서는 안 된다. 연못 위쪽으로 연못에 물을 내려보내는 수원水源이 있다면 풀밭이나 작은 숲이어야 한다. 그래야 물과 함께 흙이 쓸려 내려오지 않는다. 물의 힘을 알고 싶다면 물이 자주 넘치는 옥수수밭에 연못을 만들면 된다. 나는 10년이 흐르고 그런 연못이 개흙으로 메워진 걸 보았다. 물론 그 뒤에는 더할 나위 없는 텃밭이 되었지만.

무엇보다도 연못 1에이커당 홍수터가 7에서 10에이커를 넘으면 안 된다. 특히 둑으로 막아 만든 연못은 더 그렇다. 알맞은 설계에 값비싼 범람 방지 시스템을 갖춘 댐보다 더 높이 쌓으면 되겠지만, 중요한 건 연못으로 흙이 왕창 쓸려 들어서는 안 된다는 것이다. 내가 아는 조그 만 연못 가운데 자못 괜찮은 곳이 하나 있는데, 그곳은 물이 넘칠 때를 대비하느라 어릿간 지붕 높이쯤으로 물 깊이를 유지한다.

살충제와 비료에 절지 않는 작은 샘이 있다면, 연못은 오염 물질 없 이 늘 깨끗하고 거기 물고기는 안심하고 먹을 수 있다. 오염을 뜻대로 막을 수 없는 냇물이나 강보다 이로운 점이다. 또 냇물과 강은 넘쳐도 어찌할 도리가 없다. 더 큰 강은 자연을 사랑하는 이들에게 즐거움을 주지만, 강 옆에 땅을 둔 농부들에게는 골칫거리이다. 우리 땅을 흘러 가는 냇물만 해도 날이 좋을 때는 군데군데 뛰어서 건널 수 있지만, 큰 물이 지면 둑을 무너뜨리고 저지대로 퍼져 흐르는데 그 너비가 400미 터에 이르는 곳이 여럿 생긴다. 넘쳐흐르는 물과 부딪히면 어떤 울타 리도 그다지 오래 버티지 못한다. 이런 자리에는 널빤지 울타리를 세 운다. 오래된 중고 목재로 만들거나 다시 다듬어서, 또는 농장 직거래 때 낡은 중고 널빤지 문을 사다가 꾸준히 울타리를 교체한다.

나는 이 넘쳐흐르는 물 탓에 몹시 초조했다. 아내 캐럴 말로는 몹시 라는 표현 갖고는 한참 모자라단다. 얼추 겨울마다, 여름에도 더러 물이 넘쳤다. 하지만 20년 동안 우리가 큰물로 잃은 건 고작해야 말린 꼴 두 단이다. 그것도 사실은 잃은 게 아닌 것이, 개흙이 엉겨 붙은 말린 꼴 더미를 찾아 회전식 제초기로 잘게 썰어서 밭에 덮개 삼아 깔아 주 었기 때문이다. 물은 수위가 올라갔다가도 대체로 사흘 뒤에는 낮아 진다. 큰물에 15센티미터쯤 자란 옥수수가 완전히 잠긴 적이 몇 번 있 지만, 옥수수는 대부분 되살아나 열매를 맺었다. 범람한 물이 다 익은 밀 줄기 거의 끝까지 찰랑찰랑 닿은 적도 있는데, 이 밀도 열흘 뒤에 거 두었다. 큰물이 질 때마다 이웃의 살진 겉흙이 한 꺼풀씩 벗겨지는데, 그 값비싼 석회와 비료가 지대가 약간 낮은 우리 땅으로 흘러드는 건 분명하다. 불편함에 걸맞은 보상을 남김없이 받고 있는 것이다.

큰물은 농사에 드라마를 입힌다. 사는 게 따분하다고 생각하는 사 람들은 여기 와서 불어난 물을 피해 울타리 구석에 몰려 있는 양 떼를 구출해 볼 일이다. 그것도 한밤에. 번쩍이는 번갯불을 조명 삼아서.

습지

냇물이나 인공 연못 정도가 아니라, 초원의 물웅덩이, 우각호, 언덕 의 웅덩이, 개구리 연못, 토탄 수렁, 부들 늪이나 또 다른 온갖 습지 들 이 농장에 아직 남아 있다면 훨씬 다채로운 생물을 만날 수 있을 것이 다. 사람이 자연에 저지른 가장 슬픈 죄악 가운데 하나가 미국 대평원 높은 지대의 물웅덩이들을 사라지게 한 것이다. 이는 오늘날까지 한 세기 동안 저질러 온 잘못인데, 아마도 곡물 기업농들이 습지의 효과까지 바싹 말려 버리는 동안 끝없이 반복될 것이다.

하지만 자주 가는 곳들에 관해서 내가 아는 만큼 말하고 싶은 것이 있다. 200년 전, 이 오하이오 중북부는 크랜베리가 지천인 작은 습지들이 펼쳐져 있었다. 이 지역에서 강, 거리, 읍, 도시의 이름으로 흔히 쓰인 샌더스키는 와이언도트족 인디언 말로 '웅덩이에 든 물'을 뜻한다. 이 습지들에 야생 사냥감이 늘비하다고 널리 알려졌던 게 분명하다. 요즘은 땅을 갈아 옥수수와 콩을 해마다 길러 내고 있지만, 나는 이 저지대들 곳곳에서 돌화살촉을 찾아내기 때문이다. 한나절에 스물여덟 개나! 내가 '저지대'라고 표현하는 까닭은 오늘날 남아 있는 곳이 모두 낮은 지대이기 때문이다. 이 저지대 많은 부분이 무척 낮아서 유공관으로는 물을 빼기가 어렵다. 하지만 농부들은 물이 말라서 땅을 갈 만해지기만 하면 고집스럽게 농사를 지으려 한다. 쉰 해 동안 두 곳을 가까이에서 유심히 들여다보았는데, 작물을 길러 봐야 거의 수익을 거두지 못했다. 습지로 두었더라면 사냥과 낚시로 자연이 기른 먹을거리를 훨씬 많이 거둘 수 있었을 것이다. 어쩌면 크랜베리까지도. 지금도 남아도는 곡물을 더 길러 내는 것보다야 낫다.

옛 습지 아래로 더 깊이 배수관을 묻어 물을 빼려는 노력이 꾸준히 이어져 왔다. 새로운 세대는 훨씬 더 효과적인 땅파기 도구와 많은 돈을 쓴다. 언젠가 누군가는 성공할 테지 생각한다. 그렇게 되어 물기가 마른다 해도, 곱디고운 개흙은 바람에 실려 사라진다. 그러니 이 습지에 그 모든 기술을 쏟아붓더라도 습지에는 언제나 물이 고이고, 그 절반쯤은 완전히 질퍽하다. 이 물웅덩이들을 습지인 채로 내버려 두거나, 아니면 적어도 조금 더 깊게 파서 연못을 만드는 것이 훨씬 제대로 된 생각 아닐까. 연못이나 습지는 둘레 들판을 위한 유공관 노릇을 할수도 있었다. 게다가 옛 습지들에서 물을 빼느라 드는 엄청난 비용을 생각해 보라. 46센티미터에서 50센티미터 지름의 커다란 주 배수관을 3.6미터에서 4.6미터 깊이로 냇물까지 몇 킬로미터나 놓아야 한다. 여기에는 모순이 있다. 이 물웅덩이들은 '농사'에 쓰인 역사가 있어 새 습지법으로 보호를 받지 못하는 반면, 쉽게 물이 빠져서 꽤 수확이 나오는, 성가신 작은 모기나 끓는 웅덩이들은 새 습지법의 보호를 받는다는 것이다. 지방 공무원들의 '나 몰라라' 방침 탓에 농부들은 어쨌거나 약삭빠르게 대부분 법을 피해 간다. 허술한 법이 낳은 최종 결과는 이렇다. 미국에서 소중한 습지가 보호되는 일은 거의 없다. 반면, 엄청난 시간 낭비와 관료주의, 그리고 혹시 모를 숱한 뒷거래 탓에 농부들은 습지로서 중요하지 않은 습한 땅에서 어쨌거나 물을 빼는 것이다.

가장 우스꽝스러운 사례는, 법 때문에 지역의 쓰레기매립장이 '새' 습지를 만들어야 할 때였다. 매립장 증설 과정에서 작은 습지가 있는 숲을 파괴해야 했기 때문이다. '새' 습지로 선정된 곳은 으뜸가는 농지로, 완벽한 배수 시설이 새로 설치된 지 얼마 안 된 땅이었다. 매립장 소유주는 엄청난 돈을 들여 불도저로 몇 에이커 넓이의 얕은 분지 흙을 싹 퍼냈고, 그러느라 배수관을 다 부수어 놓았다. 퍼낸 흙을 쌓으니 가파른 언덕이 되었다. 농지 몇 에이커를 뒤덮고 들어선 언덕이었다. 언덕 자체가 너무 가팔라서 눈썰매 타는 데나 어울린다. 그리고 이제부터 영원에 걸쳐 깎여 나가 '습지'를 메워 갈 것이다. '습지'는 그 땅에 무엇보다 잘 맞는 값비싼 흑호두나무를 심어 가꾸는 게 훨씬 잘 어울렸을 것이다. 매립지가 없애 버린 습지가 정말로 다른 곳에라도 있어야 한다면, 무엇보다 먼저 해야 할 일은 물을 빼는 배수관의 구멍을 틀어막는 일이었다. 고작 10분이면 끝날 일이다. 높은 자리에 앉은 거만한 멍청이들은 지역 상황에 실제로 들어맞는 방식으로 지역 주민들이 지역 문제를 해결하도록 두지 않는다. 덕분에 이 땅에서 상식이 사라지고 있다.

우리는 사회가 승인한 헛짓거리의 또 다른 본보기를 여기서 마주한다. 내가 아는 가장 좋은 해결책은 더 많은 소농이 더 많은 땅을 사는 것뿐이다. 나는 앞서 설명한 물웅덩이 가운데 하나가 있는 땅을 사려고 평생 기다려 왔다. 이 흙 1그램을 전자현미경으로 들여다보니, 선명한 빛깔의 미생물들이 아름답게 복닥거리는 세계가 펼쳐졌다. 마치 열대우림을 보는 듯했다. 그 습지를 다시 크랜베리 습지이자 오리 연못으로 되살리고 사냥권을 팔고 싶다. 거기서 외통수처럼 옥수수를 기르는 것보다는 훨씬 큰 이익을 거두는 사업이 될 것이다. 그리고 그 땅의 나머지 반 토막은 돈을 거의 들이지 않고 늪 쪽으로 물을 빼서 수확이 많이 나오는 밭으로 바꿀 것이다. 이곳이 내 땅이 될 가능성은 몹시 적지만, 다른 이들이 비슷한 기회를 만날 수도 있으니 구상을 남겨둔다. 그런 땅은 대체로 싸게 나오는데, 작물이 잘되지 않고 집이 가라앉기 때문이다.

한편 가끔은 앞날을 밝게 바라볼 이유도 있다. 잘사는 농부들이 그런 오래된 습지 하나를 우리 마을에 기부했다. 바로 마을 끄트머리에 있는 곳인데, 모든 사람이 와서 보고 배우는 시범 습지가 될 것이다. 나는 더 나아가 크랜베리를 욕심내고 있다.

민물 습지에서 기를 수 있는 '작물' 목록은 서너 장chapter을 족히 채울 것이다. 하지만 여기서는 몇 가지만 소개한다.

🌱 부들. 뿌리, 정확히 말하면 뿌리에서 뻗어 가는 뿌리줄기가 맛이 좋다. 어렸을 때, 그리고 다행히 아무 생각이 없을 때여서, 미네소타의 한 호숫가에서 서바이벌 캠핑을 하는 이틀 동안 부들을 주로 먹으며 지냈다. 뉴욕주립대학교의 릴런드 마시 박사Dr. Leland Marsh가 연구한 바로는, 부들은 1에이커에서 자라는 뿌리줄기로 녹말가루 30톤을 만들 수 있고, 땅속에 뿌리를 충분히 남겨 두어 이듬해에 다시 자란다고 한다. 부들 이파리는 가늘고 부드러우면서도 질겨서 바구니를 엮을 수 있다. 가장 좋은 건 '부들옥수수'인데, 덜 여문 풀빛 이삭을 따서 단옥수수처럼 찐 것이다. 고급 레스토랑은 이 특별

한 식재료를 450그램에 8달러 넘는 값에 사 준다.

꿀. 연구자들 말로는 오하이오 습지에서는 적어도 식구들 먹을거리로 줄을 거두어 먹지 않을 까닭이 없단다.

물냉이. 흐르는 샘물에서 자라는 걸 좋아하지만, 샘물이 흘러드는 습지 연못에서 물냉이를 키워 부수입을 짭짤하게 올리는 이도 있다. 아는 농부 중에서도 무척 반골인 이인데, 어쩌면 가장 기본적인 방법으로 물의 힘을 이용한다. 맛이 좋고 오염되지 않은 샘물을 병에 담아 작은 노점에서 파는 것이다. "끔찍한 맛에, 염소 소독한 도시의 물 말고는 마실 수 있는 물이 없는 이들이 많으니까요."라고 그는 말했다.

가재. 북부 오하이오에서 가재 양식이 정말로 수익이 날지는 의심스럽지만, 루이지애나에서는 가재를 많이 양식한다. 그리고 우리 오하이오 냇물은 오염되었어도 가재가 산다. 내가 기억하는 어느 소년은 뜰채로만 두 번 쓸어 모아서 12리터들이 통을 가재로 채웠다. 그러니 가재는 바닷가재처럼 수입원이 될 수 있고, 맛도 매우 비슷하다. 어디 보자. 요새 바닷가재 값이면, 가재 12리터들이 한 통은……

수련. 수생식물을 기르는 많은 이들이 부업 삼아 못이나 마당의 연못에서 기른 수련을 판다. 노란 수련은 우리 냇물에서 적어도 예순 해 동안 자라 왔다. 내 짐작으로는 미시시피 인디언들이 가까이에 있는 마운드mound, 봉분처럼 흙을 쌓고 대체로 위를 평평하게 만들어 주로 제의에 사용했다.를 세울 때에도 있었을 것이다. 가장 먼저 수련을 심은 이들은 아마 마운드를 다진 이들이 아니었을까.

🌱 황소개구리와 늑대거북. 이들은 적당히 풀어놓아도 습지 연못에서 수가 잘 불어난다. 둘 다 맛도 뛰어나다.

🌱 사향뒤쥐와 그 목숨앗이 밍크. 사향뒤쥐 모피는 한때 모피 산업에서 중요했고, 밍크는 지금도 그렇다. 야생동물을 아끼는 이들이 개체 수가 오르내리는 역학을 배워서 알게 된다면, 모피 코트는 분노에 찬 비난에서 벗어날 것이다. 그러면 이들 모피는 다시 소농들의 부수입원이 될 수 있다. 게다가 사향뒤쥐 고기는 대단히 맛이 좋다.

🌱 오리. 물론 오리는 고기용으로 팔 수 있다. 50년쯤 전만 해도, 못과 강 가까이에 사는 소농들은 오리를 주요 수입원으로 삼았다. 하지만 그게 다 좋은 건 아니었다. 종종 좁은 곳에 오리를 너무 많이 몰아넣어서 물길이 오염되었기 때문이다. "모든 걸 적당히……."를 사람들이 알면 좋을 텐데.

🌱 좀개구리밥. 이 물풀은 많은 이들에게 못 물낯에 떠 있는 지저분한 초록 찌꺼기로 보인다. 하지만 미네소타 사람이 된 베트남 출신 비엣 응오에게는 사업의 바탕이다. 좀개구리밥은 더러운 물을 정화하는 데 효과적이고, 소 사료로 좋다는 자주개자리를 뛰어넘는 단

백질 사료라 한다. 비옛은 다른 나라에서는 사람들 먹을거리로도 쓰인다고 알려 준다.

🌿 토탄 늪 산물. 말할 것도 없이, 진짜 토탄 늪이나 아니면 물과 흙에 산도가 높은 물질이 들어 있는 습지는 그 주변의 땅과는 뚜렷하게 다른 식물들이 산다. 예를 들어 벌레잡이풀이나 곤충을 먹는 끈끈이주걱은 실내 화초로 잘 팔리지만, 습지식물은 대개 멸종 위기종이라 번식시키는 법도 모르면서 팔면 안 된다. 또 물이끼가 오래되어 일부가 썩어서 쌓이면 토탄이 되는 것인데, 화원에서 화분에 키우는 식물에 넣는 거름으로 매우 쓸모가 있다. 마른 물이끼는 흡수력이 솜의 곱절이고 약효도 있어 아마 기저귀 안을 채우는 데 더할 나위 없을 것이다. 약초꾼들은 임시 붕대로 좋다고 말한다. 생각해 보라, 참으로 환경에 이로운 일회용 기저귀를.

🌿 금관화. 잉카르나타금관화는 칙칙한 분홍색 꽃이 피는데 축축한 흙을 좋아해서 종종 습지에서도 자란다. 금관화 씨방은 확실히 돈벌이 전망이 보인다. 씨앗에 조그만 낙하산처럼 붙어 씨앗이 바람을 잘 타게 해 주는 갓털 덕분이다. 이 갓털은 제2차 세계대전 때 구명조끼 속을 채웠고, 오늘날 네브래스카 오걸랄라에 있는 오걸랄라 다운 컴퍼니에서 거위 솜털과 함께 이불 속을 채우는 데 쓰인다. 회사는 "최고의 침구류"라고 자신 있게 광고한다. 오걸랄라 대표 허브 누센이 1990년에 들려준 이야기가 있다. 캔자스대학교와

네브래스카대학교가 연구를 했더니, 금관화를 키우나 옥수수를 키우나 수익이 거의 비슷하다는 것이다. 이 말은 요즘이야말로 더 들어맞을 것이다. 돈벌이용 곡식 농사를 짓는 농부들은 여러 해 동안 정부 보조금이 없다 치면 옥수수 농사로 거둔 실수익이 거의 없었기 때문이다. (8장 참조)

하지만 나는 가능성의 수면에 심술궂게 돌을 던져 본다. 미국 동쪽 절반에서라면 연못에는 캐나다기러기도 찾아들 것이다. 이는 요즘 좋은 소식이 아니다. 이 커다란 새들은 빠르게 불어나 골칫거리가 되고 있다. 좋은 뜻에서 만들어졌겠지만, 그 법률이 이들을 과하게 보호하기 때문이다. 사회가 결국은 야생동물을 지나치게 보호하는 태도에서 벗어나길 바라는 마음이다. 끔찍해 보이기는 해도 꼭 필요한 자연의 생존 방법을 지금처럼 완강히 거부하기보다는 '개체 수 유지'를 지지하면 좋을 것이다. 모든 생명체는 크든 작든 목숨앗이가 있어야 한다. 그렇지 않으면 사람이 때로 개입하여 관리하고 개체 수를 조절해야 한다. 자연은 오히려 사람에게도 목숨앗이가 있어야 한다고 요구한다. 그렇지 않으면, 그리고 이성에 기대 인구 조절을 고집스레 거부한다면, 역사는 가르쳐 준다. 불행한 세월이 흐르고 흐른 뒤, 인간은 서로를 잡아먹게 되리라는 것을.

야생 동식물을 관리하는 데 정말 문제가 되는 건 습지 관리에서 보듯 지나친 관료주의 방식이 위에서 아래로 내리꽂히는 데 있다. 이래서야 규정을 만들 때 개인이나 지역의 차이를 찬찬히 살필 수 없다. 문제의 바탕에는 지역 주민이 지역 상황에 맞게 올바른 결정을 내릴 수 없다는 정부의 인식이 있다. 우리들 지역 주민은 본디 제정신이 아니거나 무지하거나 더 나쁘게는 무법자여서 '올바른' 일을 하도록 강제해야 하지만, 자신들은 결코 틀릴 리가 없다고 보는 것이다. 역겹다. 수많은 지역 주민들이 여기 땅에 발붙이고 사는 까닭은 우리가 땅을 사랑하기 때문이고, 우리는 다양성이 생태 건강의 열쇠라는 걸 안다. 그 망할 마멋들이 얼씬거려도 내버려 둘 만큼 다양성을 지키려 한다. 하지만 너무 지나친 때가 언제인지도 우리가 가장 잘 안다. 나는 캐나다기러기를 한 마리도 죽인 적이 없고, 생각만 해도 돼지를 잡을 때처럼 질색하게 된다. 하지만 우리 지역 환경에 보탬이 된다면 언제 캐나다기러기를 죽일 수 있고 죽여야 하는지를, 먼 곳 탁자에 둘러앉은 관료들보다는 잘 안다. 정부는 고압적인 감시원을 보내 지역 주민들을 성가시게 하기보다는, 좋은 정보를 부지런히 알려 주어서 우리가 결정을 내릴 수 있게 도와야 한다. 한데 관료 제도는 그럴 수 없다. 야생 동식물 개체 수의 역학을 올바르게 이해시키기 위해 끈질기게 노력해 온 과학자들이 있다. 몇 안 되는 이들이 경력에 금이 갈 각오로 애썼지만, 규제 법안을 만드는 이들은 이 학자들의 목소리를 귀담아 듣지 않는다. 그러니 야생 동식물 담당자들은 위선적이고 어리석은 방식으로 캐나다기러기 개체 수를 조절한다. 귀한 시간을 들여 둥지의 알을 깨는 것이다. 알을 깨는 건 괜찮고, 새를 잡아 그 고기를 영양실조로 고통받는 이들에게 주는 건 괜찮지 않은 것이다.

물을 머금는 유기물 덮개

물 이야기를 하는데 텃밭 바닥덮기 농법 얘기를 꺼내는 건 어울리지 않은 듯하지만, 가랑잎이나 베어 낸 풀로 흙을 덮어 주는 게 수분을 보존하고, 또 공급하기에 가장 효과가 뛰어난 방법 가운데 하나이다. 이런 유기물 덮개는 흙에서 물기가 마르지 않도록 돕는다. 가끔 찾아오는 가뭄을 견디는 좋은 방법으로, 따로 물을 주는 것보다 훨씬 효과가 크다. 물기를 직접 머금기도 하지만 오랜 세월 동안 유기물을 늘리기 때문에 흙이 물기를 머금는 힘을 키운다. 미국 농무부 통계로는, 유기물이 4퍼센트 든 흙에서는 빗물 15센티미터를 머금은 뒤에야 땅윗물이 생겨난다. 오랜 시간 동안 농지로 꾸준히 쓰인 흙은 대부분 유기물 함량이 1에서 2퍼센트 또는 그에 못 미친다. 따로 물을 대야만 농사를 지을 수 있는 곳이라면, 작은 구멍들이 뚫린 물방울 관수 호스를 유기물 덮개 밑에 설치하면 물과 돈을 크게 아낄 수 있다. 물이 모자란 지역에서 두둑을 올려 농사를 지을 때, 수익에도 환경에도 이로우려면 가랑잎이나 풀로 땅을 덮고 물방울 관수를 하는 방법밖에는 없다.

대농 가운데 내가 아는 가장 생각이 깊은 사람 하나가 플로리다의 테드 윈스버그이다. 테드는 농장에서 200에이커쯤 되는 땅에 파프리카를 키운다. 양이 엄청 많다. 요새 그는 농사를 지어 오던 방법에 의문이 든다. 관행 농법으로 파프리카를 두둑에서 대규모로 기를 때는 땅에 비닐을 덮어씌우고 브롬화메틸을 뿌려 잡초 씨앗과 선충을 죽인다. 이런 농법은 몹시 복잡하고 돈이 많이 드는 방법으로 물을 댄다. 일부러 돋운 두둑 밑으로 딱 알맞은 깊이에 수분이 유지될 수 있도록 물길을 내고 연결해야 한다. 두둑과 물길 일부는 해마다 큰돈을 들여 토목공사용 기계로 새로 모양을 잡아 줘야 한다.

그래서 그는 농장 일부를 바꾸어, 영구 두둑을 짓고 거름으로 흙을 덮고 물방울 관수로 물을 주었다. 해마다 두둑 모양을 잡느라 쓰던 큰돈이 더는 들지 않는다. 지금까지 브롬화메틸 또한 쓰지 않았다. "얄궂은 일이죠." 하고 지난해에 그가 말했다. "나는 200에이커에 파프리카를 길러 왔고 아들은 캘리포니아에서 0.5에이커짜리 온실에서 기릅니다. 그 아이가 나보다 돈을 더 번답니다."

샘

상류의 샘이 흘러드는 우리 냇물은 한 해 내내 쉬지 않고 흐른다. 이 냇물이 마르는 법이 없듯 둘레 언덕에서 솟아나는 모든 샘물 또한 그러하니 경건한 마음이 든다. 맑고 깨끗한 샘은 소농에게 무엇보다도 큰 자산일 것이다. 샘을 생각할 때 나는 펜실베이니아의 채즈 포드에 있는 쿠어너 농장이 떠오른다. 앤드루 와이어스가 널리 알려진 템페

라화tempera, 달걀노른자, 꿀, 무화과즙과 안료를 섞어 만든 물감 또는 그것으로 그린 그림

대부분을 그린 곳이다. 와이어스가 그리지 않았다 해도 쿠어너 농장은 놀라운 곳이다. 그래서 와이어스가 그리지 않았을까. 집, 저온 저장**고**springhouse, 샘이나 개울 위에 걸쳐 지어서 육류나 유제품을 보관하는 창고, **물탱크**, 어

릿간에서 쓸 물은 이들 건물보다 높은 언덕에 자리한 샘에서 관을 타고 내려온다. 물은 적어도 200년 동안 중력에 힘입어 농장으로 흘러왔다. 애너 쿠어너는 90대인데도 여전히 매우 활기차다. 그이는 오랜 세월 동안 물을 이용해서 우유와 버터를 이 저온 저장고에 넣고 차갑게 보관했다. 남편인 칼이 살아 있을 때는 사과와 칼이 만든 유명한 사과 사이다를 거기에 저장했다. 칼 주니어는 오늘날 아들 칼과 함께 농장을 꾸려 가는데, 그 또한 뛰어난 화가다. 정말 운이 좋게도 이 남다른 집안의 3대를 모두를 알고 지냈다. "가끔 우리는 관 입구에 달린 망을 청소해야 합니다." 하고 칼은 말한다. "하지만 그것 말고는 저절로 잘 돌아간답니다." 한 번도 고장 나지 않고 결코 낡지 않는 급수 체계와 냉장고를 상상해 보라. 우리는 참으로 진보해 온 것인가? 워싱턴과 라파예트는 그 집에서 미국 독립 전쟁 전투 계획을 짰고, 당연히 바로 그 샘물을 마셨을 것이다.

또 다른 샘물이, 아니 어쩌면 물줄기는 똑같은데 솟아나는 자리만 다른 물이 옛 쿠어너 집 앞 연못으로 흘러든다. 오랜 세월 동안 이 연못은 쿠어너 집안 아이들의 수영장이었다. 널리 알려진 와이어스 작

품들의 중심 소재가 되기도 했는데, '브라운 스위스Brown Swiss, 1957'를 보면 잘 알 수 있다.

"옛날에 우리는 때로 어릿간의 말구유에 뛰어들었죠." 루이즈 쿠어너 에드워즈는 말한다. 아직도 그이는 30여 킬로미터쯤 떨어진 곳에서 아들과 함께 농장을 꾸린다. 와이어스는 그 말구유 또한 '샘물을 채운Spring Fed, 1967'이라는 그림으로 영원히 남겼다. 와이어스가 왜 그렇게 사람들에게 큰 영향을 미치며 사랑받는지는 미술사학자들 사이에서 논쟁거리이지만, 나한테는 무척 단순해 보인다. 인간의 문명은 지금도 농업에 뿌리를 두고 있고, 와이어스는 시골의 삶을, 말하자면 자신의 창조성에 에너지를 채워 주는 근원을 드러내기 위해 선택한 것이다. 세상의 많고 많은 이들, 다시 말해 반골 농부들과 그 자손들은 부모나 조부모가 살던 방식과 자신을 연결해 줄 무언가를 그리워한다. 그래서 와이어스의 작품에 빠져들 수 있다. 그의 그림은 그런 생활을 무척 인상 깊게 그려 냈거나 그런 삶에 스민 인간의 보편 정신을 짙게 담아낸 것이다.

예를 들어 내가 가장 좋아하는 와이어스의 그림은 '버진The Virgin, 1969'이다. 아버지의 어릿간에서 벌거벗은 채로 서 있는 10대의 시리 에릭슨을 그리고 있다. 그 그림을 가장 좋아하게 된 건 와이어스가 들려준 이야기 때문이다. 1976년 메트로폴리탄 뮤지엄 오브 아트에서 펴낸 작품집 《앤드루 와이어스의 두 세계: 쿠어너와 올슨Two Worlds of

Andrew Wyeth: Kuerners and Olsons》에 그 이야기가 실려 있다. 와이어스가 어룻간에서 시리를 그리고 있을 때, 시리는 어룻간 문 밖에 보이는 무언가에 점점 정신이 팔리더니만 갑자기 알몸으로 뛰쳐나가 방망이를 쥐고는 텃밭으로 뛰어들었다. 마멋이 채소를 먹고 있었던 것이다. "방망이로 내리쳐서 죽였다."는 와이어스의 말이 책에 적혀 있다. 시리는 곧 돌아와 다시 자세를 잡았는데, 다리에는 마멋의 피가 얼룩진 채였다. 늘 있는 일. 와이어스는 깜짝 놀랐지만 화가인 자신에게 그 일이 "조그만 행운"이라 여겼다고 말한다.

하지만 그건 행운이 아니었다. 그는 땅에 발붙이고 살며 그림을 그렸고, 그래서 진짜 시골 문화를 볼 수 있었다. 와이어스는 시리가 무엇 때문에 뛰쳐나갔는지를 알고 정직하게 그린 것이다. "시리가 말한 적이 있다. 여름 한밤에 홀딱 벗고 금발을 물결처럼 휘날리며 안장 없이 말을 타는 걸 좋아한다고."

앤드루 와이어스는 낱말 뜻으로만 보자면 분명히 농부는 아니다. 하지만 나는 그가 우리 중에 가장 반골 농부라고 생각한다. 그는 우리 삶이 지루하고 따분한 게 아니라 끝없는 드라마라는 걸 안다. 그는 겉만 번드르르한 문명이 탄화수소석유의 성분이 바로 탄화수소 화합물이다.의 시대로 들어선 지 이미 한참 지났는데도, 우리가 왜 변함없이 여기 성벽에 남아, 필요하다면 방망이로 마멋을 때려죽이고, 그리고 싶을 때면 알몸으로 바람을 느끼며 말을 타는지 이해한다.

6

드넓은 풀밭을 만들려면

토끼풀 한 포기와 꿀벌 한 마리가 있으면 돼.

토끼풀 한 포기와 꿀벌 한 마리

그리고 몽상이.

몽상만 있어도 괜찮아

꿀벌이 없다면.

에밀리 디킨슨Emily Dickinson

11월 어느 아침, 우리 풀밭에 갑자기 나타난 뭔가를 보았다. 풀을 뜯는 양 떼 곁에서 유령처럼 하얀 황로가 걷고 있었다. 황로? 나는 긴가민가 바라보다가 뛰어가서 쌍안경을 집어들었다. 닭만 한 새의 정체를 알아냈다. 황로는 남부에서 흔한 새이고 거기 농부들은 젖소백로라고들 하지만, 북부 오하이오의 양 목장에서는 악어만큼이나 특별하다. 새 도감을 보니 신중하게 추측한 대로 황로였다. 황로가 어떻게 여기에 왔는지는 모르지만, 이 새들이 지난날보다 훨씬 자주 북쪽에서 떠돌고 있는 건 안다. 이 녀석이 우리 꼴밭에 얼마나 더 머물다가 추위나 코요테나 여우의 먹이가 될지는 짐작만 할 뿐이다. 지금은 그저 백악관 풀밭을 거니는 시어도어 루스벨트처럼 거만하게 걷다가 가끔 암양의 눈동자를 들여다보는 것처럼 보인다. 망막박리를 검사하는 안과의사처럼 집중한다. 그 일에 골똘한 나머지 암양 한 마리가 머리로 들이받는데도 개의치 않는다. 달리 아무것도 할 게 없자 황로는 똥을 쪼아 먹는다. 양 똥, 소 똥을 쪼는 모습이 닭이 쪼는 모습 같다. 황로는 윙윙거리며 가축을 쏘고 괴롭히는 벌레를 막는 데 도움이 되는 만큼 남부 농부들이 귀히 여긴다. 짐승을 치는 이들은 물고기를 놓아기르는 연못에 황로가 앉을 횃대를 질러 주곤 한다. 황로가 물가의 죽은 나뭇가지에 올라앉는 걸 좋아하기 때문이다.

우리 집에 찾아든 이 외로운 손님은 냇물 위로 드리운 나뭇가지로 만족해야 할 것이다. 그리고 11월이 되면 소중한 벌레들은 거의 찾아내지 못하겠지만, 한 해가 저물어 가는 그때에도 소똥 위에는 갈색이 도는 누런 똥파리가, 아래에는 지렁이가 얼마쯤은 늘 있을 것이다.

황로는 우리가 지속 가능한 농업의 기본 원리라고 믿는 것을 따를 때 덤으로 받는 여럿 가운데 하나다. 꼴밭이나 초원 또는 풀밭 혹은 이를 무엇으로 일컫든, 그것은 농사의 생태적이고 경제적인 바탕이다.

그렇게 확신하는 건 체계적 또는 관리형이라 불리는 순환 방목이 진보해 온 덕분이다. 드넓은 풀밭이나 방목지를 여러 구역 또는 방목장으로 나누고 풀을 뜯는 가축을 한 곳에서 다른 곳으로 옮기며 가축도 꼴밭의 풀도 최대한 잘 성장하도록 돌보는 방식이다. 꼴밭 돌려 먹이기가 짜임새 있게 제대로 이루어지면, 드넓은 풀밭이나 방목지에서 농장 모든 가축의 먹이가 거의 다 나온다. 사람에게도 '거두어 먹을' 것을 준다. 식초와 삶은 달걀을 다져서 곁들인 민들레 샐러드를 먹어 보았는지? 버터와 레몬즙을 입힌 양송이 버섯구이는? 황로를 비롯해 아는 사람들은 안다. 자연이 베푸는 아주 많은 것들을 후식으로 먹을 수 있다는 걸.

체계적인 순환 방목, 그러니까 내가 즐겨 쓰는 오래된 말로 꼴밭 농업은 소농에게 무척 잘 맞는다. 농사 비용이 해마다 오르면서 이것이 가축을 기르는 가장 경제적인 길이 되고 있기 때문이다. 꼴밭 농업에서는 거름을 주고 잡초를 막고 수확하는 일 대부분을 집짐승이 한다. 꼴밭에 다시 씨를 뿌리는 일은 드물다 보니 파종 비용도 거의 안 든다. 또 말린 꼴이 덤으로 나온다. 말린 꼴은 가축을 기르는 소농이 돈을 주고 사려면 가장 큰돈이 들어가는 단일 소비 항목이다. 사실 우리처럼 아주 작은 농장은 직접 풀을 베어 말리지 않고 돈을 주고 사야 한다면 가축을 길러 이익을 내기가 거의 불가능하다. 무엇보다 가장 중요한 것은, 꼴밭 농업은 땅이 대부분 풀로 덮여 있어 문명의 몰락을 낳는 흙의 침식을 효과적으로 예방하는 하나뿐인 '무경운' 농법이라는 점이다. 기업농이 자신 있게 주장하는 화학적 무경운 농법은 효과적으로 보이지 않는다. 독성 물질을 땅에 뿌려 풀을 죽이고, 흙을 갈지 않고 작물을 심는 것인데, 새롭다고 할 만한 것이 전혀 없다. 잡초는 제초제에 내성이 생기고, 갈아엎지 않은 흙에서 해충이 증식하면 독한 살충제를 써야 한다. 화학적 무경운 농법은 침식을 '잠시' 막을 수 있는 해법일 뿐이다.

풀밭을 알려면 잠깐이라도 거기 앉아 보아야 한다. 마치 스무 해 동안 그래 왔던 것처럼. 하지만 곧바로 몽상에 빠지지 말고, 둘레에서 일어나는 일들에 집중해 보라. 앉아 있는 곳에서 손만 뻗어도 여러 식물을 만질 수 있고, 4분의 1에이커쯤 되는 들판에서도 아마 스무남은 가지 식물을 볼 수 있을 것이다. 보통 오래된 꼴밭일수록, 흙을 갈지 않고 사람의 손길이 닿지 않은 시간이 길수록, 여러 식물이 자란다. 나는 전 주인이 해마다 이랑을 내고 작물을 심던 땅을 꼴밭으로 바꾸었다. 그로부터 열다섯 해가 지나서야 등심붓꽃이 나타났다. 몹시 가냘프고, 내가 미국 토종 들꽃 가운데 가장 아름답다고 여기는 꽃이다. 그 꽃이 어떻게 여기서 자라게 되었는지는 모른다. 새가 다른 어디에선가 씨앗을 먹고 똥과 함께 떨어뜨렸을까? 아마도 우리는 그 대답을 마법에 넘겨야 할 것이다. 마법은 과학보다 더 재미있고, 어쩌면 결국은 훨씬 믿을 만한 것일 게다.

풀밭에 앉아 마법에 흠뻑 취하면 꽃을 피우는 식물들로 계절을 알 수 있다. 민들레와 클레이토니아가 4월 말부터 5월 말까지 우리 꼴밭에서 춤을 춘다. 군데군데 제비꽃이 숨어 있다. 친구 데이브와 패트 부부는 방목지에 수선화를 퍼뜨렸다. 토끼풀은 5월 말에서 6월까지 흐드러지게 피어나다가 그 뒤부터 가을까지는 차츰 사그라든다. 야생딸기는 5월 초에 꽃이 핀다. 얼핏 딸기와 비슷해 보이지만 노란 꽃이 피는 양지꽃은 6월에 피어난다. 미나리아재비도 그때 핀다. 꽃이 눈에 잘 띄지는 않지만 포아풀을 비롯하여 일찍 돋아나는 여러 풀들도 6월 초쯤 꽃이 피어난다. 작고 파란 그리고 때로는 하얀 등심붓꽃이 6월에 수줍게 고개를 까닥인다. 붉은토끼풀, 선토끼풀, 노랑토끼풀, 자주개자리, 그리고 다른 콩붙이 식물이 모두 꽃을 피운다. 가축이 뜯어 먹지만 않는다면 보라색, 분홍색, 흰색, 노란색 꽃들이 차례차례 피어난다.

가축이 풀을 뜯는 건 토끼풀에게 이롭고, 더 정확히 말하면 그 가축을 돌보는 이에게 보탬이 된다. 뜯긴 풀은 다시 빨리 자라나기 때문이다. 씨앗으로 번식한다면, 토끼풀은 빠르게 다시 자라지 못할 것이다. 잡초에 가깝고 골치 아픈 꼴밭 식물들은 여기 오하이오에서 7월부터 가을까지 꽃이 핀다. 수영, 야생당근, 엉겅퀴붙이, 우단담배풀, 도깨비가지, 우엉, 애기수영, 금관화, 서양톱풀, 질경이, 그리고 다른 많은 것들이 그렇다. 가을이면 엉겅퀴, 미역취, 등골나물, 그리고 들국화가 꽃망울을 터뜨린다. 가축이 뜯어 먹지 않는 것들이지만 눈에는 즐겁다. 지나치게 퍼지면 잡초처럼 성가시지만, 다는 아니더라도 이들 대부분은 전통적인 생약으로서 한두 가지 효능을 인정받는 식물이다. 따라서 아직 정확히 밝혀지지는 않았더라도 가축에게 이로울 것이다. 엉겅퀴 뿌리를 달인 물이 산후조리나 다른 어딘가에 좋은지, 서양톱풀이 콩팥을 깨끗하게 하는지 나는 잘 모른다. 그렇다고 콧방귀 끼며 무시할 뜻은 없다. 우리가 먹는 약은 민간에서 쓰는 약초에서 비롯된 것이 많다. 동물들은 안다. 사람들이 성가시게 하지 않는 서식지에서 살아갈 때, 흰바위산양, 엘크, 사슴, 토끼, 버펄로, 마멋 들도 새끼를 낳은 뒤 몸을 추스르고, 콩팥을 깨끗이 해야 할 테니까.

풀밭은 많은 식물과 아름다운 온갖 꽃들이 피어나는 곳만이 아니다. 식물이 다양할수록, 그 위에서 붕붕거리는 곤충들 또한 다양해진다. 그리고 곤충이 다양할수록 그걸 잡아먹으러 오는 새 종류가 훨씬 늘어난다. 드넓은 풀밭에서 누리는 즐거움 가운데 하나는 제비가 머리 위로 모여드는 것이다. 트랙터를 타고 탈탈 풀을 깎으며 가면 온갖 벌레가 위로 날아오르는 걸 녀석들이 안다. 내가 트랙터를 몰고 풀밭에 나타나자마자 제비들은 가까운 어릿간에서 날아오기 시작한다.

어린 시절 여기서 1.6킬로미터쯤 떨어진 들판에서 시간을 보내곤 했다. 말똥구리라거나 말똥풍뎅이라고도 불리는 쇠똥구리가 풀밭에 떨어진 쇠똥을 모아 유리구슬만 한 크기로 똥 덩어리를 굴리고 간다. 어미 쇠똥구리는 그 구슬만 한 똥 안에 알을 낳는다. 부부 쇠똥구리는 그걸 양이 다니는 길로 굴려 가서 길섶에 묻어 놓는다. 연구자들은 쇠똥구리가 어마어마한 쇠똥을 치운다고 말한다. 또한 쇠똥에 알을 낳는 성가신 집파리들을 없애는 데도 도움을 준다. 텍사스에서 쇠똥구리를 소 꼴밭에 풀어놓았더니 얼마 동안 들을 잔뜩 뒤덮었을지도 모르는 쇠똥을 흙 속에 꽤 묻어 주었다고 한다. 이상하게도 이 지역에서는 쇠똥구리가 사라지고 있는데 아무도 까닭을 확실하게 아는 이가 없다.

내가 어릴 때부터 보아 온 풀밭 벌레들은 아직 여기 살고 있고, 식물이나 새와 얽힌 그 먹이사슬도 변함이 없다. 메뚜기와 귀뚜라미는 예나 지금이나 들종다리, 멧종다리, 쌀먹이새, 파랑새, 꿩, 메추라기 같은 새가 즐겨 먹는다. 호박벌과 꿀벌은 꿀이 많은 토끼풀을 참 좋아한다. 우아한 왕산적딱새는 벌을 낚아채려 하지만 보통은 느릿느릿 움직이는 수벌만 잡는다. 금관화에서 붉은긴노린재와 제왕나비가 배를 채운다. 독성이 있는 개정향풀에서는 아름다운 무지갯빛처럼 구리색, 파란색, 초록색이 아른거리는 개정향풀딱정벌레가 이파리를 씹어 먹는다. 새들은 영리하게도 금관화를 먹는 제왕나비와 곤충을 먹지 않는다. 이런 곤충들은 쓴 금관화즙 맛이 나기 때문이다. 아니라면 자연 연구자들이 그렇게 미루어 짐작하는 것이거나.

풀밭에서는 때로 총독나비가 돌진하는 모습을 볼 수 있다. 총독나비는 과학이 아직까지 풀지 못한 비밀을 간직하고 있다. 총독나비 애벌레 생김새는 몹시 못생긴 것이 새똥과 비슷하고, 번데기도 그다지 나을 게 없다. 하지만 제왕나비 애벌레는 또렷하게 검은 고리가 들어가 있는 초록색이고 그 번데기는 비취처럼 반짝인다. 총독나비 애벌레는 주로 버드나무, 사시나무, 또는 포플러 잎사귀를 먹고, 제왕나비 애벌레는 금관화만 먹는다. 제왕나비는 먼 거리를 이동하지만 총독나비는 아니다. 하지만 둘은 탈바꿈하여 나비가 되면 거의 똑같아 보인다. 대개는 총독나비가 새한테 공격받지 않으려고 제왕나비를 닮는 쪽으로 진화했다고들 본다. 새가 쓴맛이 나는 제왕나비로 착각하기 때문이다. 하지만 두 곤충이 나란히 진화하는 과정에서 정말 많은 조건들이 동시에 존재했을 것이므로, 이 설명은 아리송할 뿐이다. 사실 총독나비와 제왕나비가 왜 닮았는지는 아무도 모른다. 나는 그것이 풀밭의 마법이라고 말하고 싶다.

야생당근은 화려한 검은제비꼬리나비를 꾄다. 산호랑나비와 스파이스부시호랑나비는 때로 풀밭을 이리저리 날다가 엉겅퀴붙이와 토끼풀 꽃에 내려앉는다. 작은멋쟁이나비가 서양가시엉겅퀴와 캐나다엉겅퀴의 보랏빛 꽃에 앉아 있는 모습은 더 자주 보인다. 날카로운 관찰자라면 다른 나비들이 눈에 띄지 않을 때도 더 작은 노랑나비들과 주홍부전나비들을 보며 흡족해할 수 있다.

새들은 날아다니는 곤충뿐 아니라 그 애벌레까지 찾아낸다. 특히 메추라기는 들판을 걸으며 풀잎 아래를 뒤진다. 감자의 친척인 도깨비가지를 갉아 먹는 감자잎벌레 같은 곤충이 잘 숨었다고 여길 만한 곳이다. 쇠부리딱따구리들은 탁 트인 풀밭을 순찰하며 개미를 잡아먹는다.

높은 하늘에서 매와 말똥가리가 원을 그리며 난다. 말똥가리들은 마멋이 언덕의 가파른 비탈에 뚫린 굴에서 나올 때 내가 총을 쏘기를 바란다. 말똥가리는 죽은 마멋을 맛있게 한 입 먹을 것이다. 독수리가 늘 맨 처음 뽑아 먹는 눈알을 말이다. 말똥가리의 전채 음식이랄까. 아니 어쩌면 내 머리 위를 둥글게 도는 걸 보아하니 내가 죽어 가고 있다고 생각하는 걸까. 새들은 너른 풀밭에 가만히 앉아 있는 사람이 익숙하지 않다. 녀석들은 내가 숨이 끊어져 내 눈알을 맛볼 때를 기다리며 내 눈을 즐겁게 한다.

매가 거슬린다는 듯 새된 소리로 운다. 낮게 원을 그리며 날다가 생쥐나 천천히 움직이는 우는비둘기를 잽싸게 덮쳐야 하는데, 내가 지켜보고 있으니 못마땅할밖에. 놈들은 시력이 무척 좋아서 먼 하늘에서도 내가 눈을 깜빡거리는 것까지 볼 수 있는 게 분명하다.

그 옛날 숲들소와 엘크가 살던 풀밭에 이제 가축이 돌아다니지만, 사슴은 벌써 돌아왔고 더 많은 야생 생물이 모여든다. 찌르레기는 젖소와 양 위에 올라앉아 파리와 진드기를 찾는다. 구멍벌은 젖소 둘레에서 붕붕거리며 파리를 잡아 방목장 울타리 부근의 땅굴로 갖고 들어가 애벌레에게 먹인다. 물 가까이에서는 실잠자리와 잠자리가 풀 위에서 맴돌며, 젖소 피를 빨려고 달려드는 모기를 사냥한다.

풀밭에서 벌어지는 가장 재미난 장면은 어미 스컹크와 그 뒤를 한 줄로 졸졸 쫓아가는 새끼 세 마리이다. 새끼들 모두 스컹크들만 알고 있을 문제 탓에 툴툴거리며 불만이다. 아마 냄새 때문이겠지. 스컹크들은 소똥을 파헤치며 밑에 있는 지렁이를 찾아낸다. 밤이면 구멍벌 굴을 파서 애벌레를 잡아먹는다. 멧도요 또한 소똥을 파헤치고 두툼한 부리를 흙에 박아 큰지렁이를 찾는다. 큰지렁이는 분명 소똥이 파헤쳐지는 순간 굴 깊이 스르르 내려갔겠지만.

지금까지 내가 연주한 부분은 풀밭이 들려주는 이 아름다운 음악의 서곡에서도 겨우 반쯤이다. 나는 악보 전체를 연주할 만큼 오래 살지 못할 것이다. 하지만 몽상에 빠져 있든 일을 하든 연주를 이어 간다. 풀밭에서 쉴 때가 아니어도, 어쩌면 가까운 옥수수밭에서 괭이질을 하면서도 내 두 귀와 두 눈은 화음을 받아들일 것이다.

이 8에이커짜리 작은 풀밭의 생태는 절대로 완벽히 짜 맞출 수 없는 퍼즐이다. 딱 맞는 자리에 조각을 끼워 넣을 때마다 빈 곳이 새로 생긴다. 퍼즐 같은, 생명이 서로 연결된 풀밭을 보면 나는 카오스 이론가들이 컴퓨터 화면에 구현한 프랙털 구조가 떠오른다. 무질서하게 보이던 것들이 합쳐지며 컴퓨터 화면에서 아름답고 규칙적인 디자인으로 나타나는 것이다. 평생토록 나는 컴퓨터가 아니라 현실에 드러난 프랙털 무늬 속을 넋을 놓고 걸으며, 되는 대로 퍼즐 조각을 채워 넣었다. 채워 넣은 조각들보다 빠르게 잃어버린 조각들이 많다. 상관없다. 그건 여기, 마법이 지배하는 이 빈 공간에 있으니까.

풀밭 가꾸기

아무리 몽상을 한들 실제로 먹을 게 생기지는 않는다. 나는 들판에서 자연을 바라보며 즐거워하는 데 그치지 않고, 이 들판의 생명과 집짐승이 어우러져 둘 다 이로울 방법을 배운다. 분명히 이런 경영 방식은 능동적이기보다는 수동적이다. 나는 우선 풀밭을 작은 꼴밭 여럿으로 나눈다. 그리고 차례차례 꼴밭을 옮겨 가며 가축들 풀을 뜯긴다. '무엇'을 할 것인가는 간단하다. 거기에는 생태와 식물에 얽힌, 몹시 복잡하면서도 결코 완전히 이해할 수 없는 '왜'와 '언제'에 관한 지식이 뒷받침되어야 한다. 짐승들을 꼴밭에서 짜임새 있게 돌려 먹이며 돈벌이에 집중하려 한다면 4장에서 이미 소개한 〈꼴을 먹이는 목축농〉에 좋은 정보가 담겨 있다. 하지만 소농이라면 더 느긋한 방식이 어울린다.

내가 천천히 나아가는 방식을 두둔하는 이유가 있다. 단기 이익이 소농의 첫 번째 목표라고 믿지 않기 때문이고, 더 나아가 이 새로운 농사 방식을 겪어 가는 세월이 없이는 그 잠재력을 알 수 없기 때문이다. 꼴밭 농업이 무척 매력적이면서도 어려운 이유가 여기에 있다. 이를 따를 때 농사는 기계가 이끄는 일이 아니라 지식을 바탕으로 한 활동으로 바뀐다. 그리고 여기서, 과학적 사실에 따라 나아가는 것만큼이나 자연 세계를 민감하게 알아채는 일이 중요하다. 농사가 예술이라면, 사실 예술이지만, 꼴밭 농업은 가장 예술에 가까운 농업이다.

예술에 가까운 정교함이란 두 겹에 걸친 의미이다. 하나는 경영이다. 꼴풀, 잡초, 콩붙이 풀을 꼴밭에 어떻게 섞어 지을 것인지를 농업 생산이라는 실용적인 관점에서 생각해야 한다. 꼴풀이 얼마나 자랐을 때 가축을 먹일까? 얼마 동안 놓아먹이고 옮겨 가야 꼴풀이 다시 자라나는 힘을 해치지 않을까? 풀밭 1에이커에서 고기 몇 킬로그램이, 우유 몇 동이가, 달걀 몇 알이 나올까? 따뜻한 계절에 자라는 식물은 어떤 것이고, 덥고 건조한 여름에 잘 자라는 것은, 그리고 서늘한 계절 식물은, 습하고 쌀쌀한 봄과 가을에 한껏 자라는 식물은 어떤 것인가? 어떤 풀을 여름에 '비축'해 두었다가, 한마디로 방목해서 뜯기지 않고 남겼다가 겨울 꼴밭을 만들까? 콩붙이 풀이나 꼴풀마다 잘 자라는 날씨나 흙은 어떤 것일까? 가축을 먹일 뿐 아니라 말린 꼴까지 마련할 수 있는 식물은 무엇일까? 이 모든 의문에 대한 답은 '상황에 따라 다르다.'이지만, 경험을 쌓으며 더 잘 알아 갈 것이다.

두 번째는 의식이다. 뜻이 있다면, 자연의 건강함을 지키면서 가축을 놓아먹일 수 있는 방법을 고민해야 한다. 이런 면에서 마음에 새겨 두어야 할 가장 중요한 '법칙'이 있다. 숲이 우거질 만큼 비가 많이 내리는 곳에서는 짐승들을 놓아길러야만 풀밭이 생긴다는 것이다. 저절로 씨앗에서 움튼 나무들은 숲 가까운 풀밭에 뿌리를 내리고, 한 40년 세월이면 풀밭을 숲으로 바꾸어 놓는다. 짐승들이 엄청나게 뜯어 먹거나 때를 정해 철마다 풀을 베어서 어린나무를 쳐 버릴 때를 빼고는. 때로 서양산사나무처럼 손으로 솎아 내야 할 때가 있다. 서양산사나무는 어쨌거나 여기 북부 오하이오 지역에서는 풀밭이 가시덤불을 거쳐 숲으로 바뀌어 가는 사이 가장 무럭무럭 자란다. 방목을 하거나 제초를 해도 막을 수가 없다. 나는 다 자란 나무는 베어 버리고 어린나무는 조그마할 때 삽으로 떠낸다. 서양산사나무는 사실 어여쁜 나무로 자라나고, 원예용 개량종으로는 가장 사랑받는 관상식물이다. 하지만 큰 도시 법원 잔디밭에서 서양산사나무를 보고, 이웃에 사는 데이브는 갑자기 멈춰 서더니 중얼거렸다. "내 도끼가 어딨지."

체계적인 순환 방목의 두 번째 '법칙'은, 꼴밭을 몇 개로 나눠 관리하며 차례로 짐승을 돌려 먹이지 않는다면, 풀밭에 짐승 몇 마리만 풀어 두더라도 그 짐승들이 가장 좋아하는 식물이 눈에 띄게 줄어든다는 것이다. 어린아이가 브로콜리 말고 딸기를 찾듯, 짐승들도 가장 좋아하는 식물을 찾느라고 온 들판을 돌아다니며 그걸 먹어 치우기 때문이다. 풀밭을 작은 구역이나 꼴밭으로 나누면, 가축이 '딸기'뿐 아니라 '브로콜리'까지 먹어야만 다음 밥상으로 옮겨 갈 수 있다. 꼴밭을 옮기며 풀을 뜯다가 첫 번째 꼴밭에 다시 올 즈음이면, 입맛 가시는 식물뿐 아니라 더 맛난 식물이 다시 자라났을 것이다. 한마디로 가축이 자주 꼴밭을 옮겨 다니면 식물 다양성이 유지된다. 다양성이란, 풀밭에 사는 식물들이 더 많을 뿐 아니라 놓아먹이는 짐승에게 더 균형 잡힌 먹을거리가 있다는 뜻이다. 정확히 언제 가축을 이동시켜야 다양성이 유지되면서 식물이 가장 잘 되살아날 것인가. 이는 매우 섬세한 예술이라 정확한 지침 따위가 먹히지 않는다. 나는 차라리 일찌감치 짐승들을 옮기고는, 질기고 맛이 떨어지는 식물은 더 먹이지 않고 예초기로 쳐 버리는 편이다. 들꽃이 한창때를 지난 뒤 등심붓꽃이 피어나는 한여름 풀밭은 그대로 두려고 한다.

풀밭을 돌보며 맞닥뜨리는 문제들 가운데 가장 중요하게 다뤄야 하는 문제는 이것이다. 풀밭에 다시 씨를 뿌릴 때 내가 땅을 갈아엎어 침식을 일으키고 있지 않은가? 그렇다. 가을에 땅이 거의 헐벗을 만큼 심하다 싶게 가축을 놓아먹인다. 그리고 땅이 밤이면 얼고 낮에는 녹는 이른 봄 동안, 살짝 언 땅거죽 위로 기준보다 3분의 1쯤 씨를 더 많이 뿌린다. 땅이 얼었다 녹았다 하면서 씨앗은 흙 속으로 들어가고 날씨가 따뜻해지면 싹을 틔운다. 나중에 땅이 마르는 봄에 풀이 살짝 돋아난 땅을 가볍게 갈아서 흙에 틈을 낸다. 거기에 뿌려진 씨앗은 비가 오면 흙으로 덮인다. 때로는 봄에 마른 풀밭에 불을 놓아 까맣게 재가 된 땅거죽에 씨를 뿌리면 나중에 풀과 꽃이 잘 자라난다. 하지만 풀과 꽃이 새로 잘 자라게 하는 가장 좋은 길은 씨를 다시 뿌리지 않는 것이다. 그 대신 똥거름을 잔뜩 주고 석회를 뿌린 뒤 무언가가 돋아날 때마다 꾸준히 베어 낸다. 두 해만 지나면 원래 거기에 있었지만 짐승을 너무 풀어놓았거나 양분이 모자란 탓에 억눌려 있던 토종 풀과 콩붙이 식물, 특히 등심붓꽃과 토끼풀이 저절로 자라난다.

어떤 풀이 해롭고, 풀밭에서 몰아내야 하는 것일까? 아까 서양산사나무를 꼽았다. 우엉도 그렇다. 짐승들은 우엉을 잘 먹지 않아 좀처럼 숙어지지 않고, 그 가시가 양털과 산양털을 망친다. 서양가시엉겅퀴나 엉겅퀴처럼 가축이 먹지 않으면 그 식물이 곳곳에 자리 잡으므로, 이런 식물은 씨를 맺기 전에 베거나 파내야 한다. 서양등골나물은 독성이 강해서, 젖소가 먹으면 그 젖이 독성을 띨 수 있다. 다행히 이 풀은 숲속이나 숲 가에서 발견되기는 해도 매우 드물고, 숲에서 자주 젖소를 놓아기르던 개척 시대부터 문제가 된 적이 없었다.

가축은 어떤 식물을 가장 좋아하고 또 가장 먼저 먹을까? 토끼풀 무리이다. 가장 좋아하는 건 흰 꽃이 피는 토끼풀이다. 또 좋아하는 것이 어린 포아풀이다. 내가 토끼풀과 포아풀을 으뜸가는 꼴밭 식물로 기르는 이유가 그래서이다. (아래 참조)

또 이처럼 꼴밭을 가꾸려면 생태에 관해 시시콜콜하게 알아야 한다. 이를테면 들종다리와 쌀먹이새가 어디에 둥지를 트는지를 알면, 둥지를 짓는 늦봄 동안에는 말린 꼴을 마련하려 풀을 베지 않고 가축을 놓아먹인다. 예초기가 둥지를 부수거나, 어쩌면 어미 새까지 죽일 수 있기 때문이다.

풀 위로 가시 돋친 머리를 내미는 서양가시엉겅퀴는 보이는 족족 없애 버리고 싶은 마음이 든다. 당연하다. 서양가시엉겅퀴가 퍼지면 꼴밭 값어치가 줄어들지 모르니까. 하지만 두 포기만 자라도 가시 돋친 믿음직한 가지 아래에 땅참새나 멧종다리가 둥지를 튼다. 엉겅퀴 밑에 둥지가 보이면 엉겅퀴를 베지 말고 씨방만 잘라 낸다. 모든 두해살이 식물이 그렇듯, 서양가시엉겅퀴는 어쨌거나 이듬해에는 꽃을 피운 뒤에 죽는다.

한편 사향엉겅퀴는 다루기가 몹시 어려운 잡초이므로 발을 들이지 못하게 한다. 다행히 남쪽에서부터 우리 농장까지는 아직 퍼지지 않았다.

수영도 성가신 잡초다. 가축들이 먹기는 하지만 쇠면 맛이 없어진다. 큰 씨방이 무척 예뻐서 장식용 말린 꽃 재료로 좋지만, 그냥 뒀다

가는 온 들판을 뒤덮는다. 나는 수영을 뿌리째 뽑거나, 뽑히지 않을 때는 우엉처럼 곧은뿌리를 땅속 5센티미터쯤에서 자른다. 이때는 삽이 괭이보다 훨씬 편하다. 마찬가지로 우단담배풀도 이런 식으로 들에서 몰아내야 한다. 야생당근도 골칫거리 잡초지만, 양이 잘 먹어서 큰 문제가 될 만큼 퍼지지 않는다.

캐나다엉겅퀴는 우리 꼴밭에서 가장 성가신 잡초다. 씨앗이 바람에 날아가고 뿌리로도 퍼지기 때문이다. 서양가시엉겅퀴, 수영, 우엉, 우단담배풀은 흙 속에 내린 곧은뿌리 하나만 자르면 되지만, 이건 그렇지 않다. 뗏장이 튼튼해야 하고, 한 해 동안 여러 차례 풀을 베는 한편, 양에게 풀을 뜯겨야 캐나다엉겅퀴를 몰아낼 수 있다. 요새 엉겅퀴 꼭대기가 하얗게 변하는 병이 돌고, 이름 모르는 회색 벌레가 생겨 번식력이 약해졌다.

꼴밭을 돌볼 때 큰김의털이 골칫거리일 수 있다. 겨울에는 나무랄 데 없이 풀밭을 푸르게 하지만, 여름에는 마구 자라나서 다른 풀을 죽이곤 한다. 김의털만 먹는 가축은 김의털 중독fescue foot, 다리에 피가 잘 돌지 않는 병에 걸릴 수 있다. 꼴밭에서 김의털을 잔뜩 먹은 암말이 유산을 하거나 새끼를 전혀 못 낳을 가능성이 있다는 연구처럼 농업대학 교수들은 오랫동안 김의털에 관해 경고해 왔다. 그래서 많은 농부들이 제초제로 김의털을 죽이거나 땅을 갈아엎고 더 이로운 풀씨를 다시 뿌리고 있다. 김의털을 길러서는 안 된다. 하지만 이미 꼴밭에 뿌리를 뻗었다면 당황할 필요가 없다. 우리는 조그만 땅을 겨울 꼴밭으로 쓰는데, 거름을 넣지 않으면 김의털이 점점 줄고 토끼풀과 포아풀이 파고들며 자리 잡는 걸 10년 세월을 겪으며 알았다. 자연은 진공뿐 아니라 단일작물도 싫어하는 것이다. "자연은 진공을 싫어한다."고 아리스토텔레스는 말했다.

꼴밭 식물과 동물 사이의 관계를 이해하면 다른 면으로도 이롭다. 양, 젖소, 당나귀, 말은 모두 똑같은 방식으로 풀을 먹거나 똑같은 식물을 좋아하는 건 아니다. 겪어 보니, 말은 이른 봄에 냇물 옆 풀밭에 퍼지는, 새로 자란 질기고 억센 습지 풀을 먹었다. 다른 짐승들은 습지 풀을 한결같이 싫어한다. 당나귀는 사향엉겅퀴를 좋아한다고 들었다. 염소는 거의 모든 걸 잘 먹지만 깡통은 안 먹는다. 염소가 깡통도 먹는다는 우스갯소리를 빗댄 표현이다. 그리고 아마 서양산사나무가 어릴 때만이라도 퍼지는 걸 막을 수 있는 유일한 동물일 것이다.

양과 젖소를 함께 놓아먹이면 어느 한쪽만 놓아먹일 때보다 훨씬 꼴밭을 알뜰하게 쓸 수 있다. 서부영화에 나오는 카우보이들이 했던 말과는 정반대이다. 집짐승을 기르는 농장에서 오래전부터 내려오는 방식, 에이커당 젖소 한 마리를 키울 수 있는 꼴밭에는 양 한 마리와 그 새끼들도 같이 키울 수 있다는 것이다. 양은 젖소가 뜯지 않는 풀을 먹고, 그 반대도 마찬가지이기 때문이다. 나처럼 작은 농장을 꾸리는 농부라면 젖소와 양을 함께 키우는 게 좋다고 믿는다. 한두 종의 마릿수를 늘리기보다 훨씬 실용적인 방식의 집중 방목intensive grazing이다. 우리는 양을 중요하게 여겨서 양을 풀어놓을 수 있는 만큼 많이 풀어놓는다. 이 지역에서는 에이커당 다섯 마리쯤을 최대로 보는데, 나는 4에이커마다 젖소 한 마리를 더 둔다. 시간이 흐른 뒤 조그만 우리 풀밭에 가축을 조금 더 놓아먹여도 된다는 확신이 들면, 에이커당 양은 네 마리만 두고 고기용 소 한 마리나 당나귀 한 마리를 더 들일 것이다.

당나귀는 주로 코요테나 들개로부터 양을 지키는 일을 한다. 이들은 꼴밭에 사는 야생동물과 가축 사이에 존재하는 묘한 관계를 드러낸다. 우리가 타고 다니던 암말은 망아지를 낳더니, 떠돌이 개들이 우리 풀밭에서 행세할 자격을 주지 않겠다고 결심한 듯 사납게 쫓아냈다. 암말이 꼴밭에 머무는 동안 우리가 아무런 문제 없이 잘 지낸 걸 보면, 코요테도 쫓아낸 게 틀림없었다. 또 젖소 벳시한테도 개 세상은 안 된다는 반감을 가르친 것 같았다. 송아지를 낳고부터 벳시도 꼴밭에서 개를 몰아내고 있고, 아마 코요테도 쫓아낼 것이다. 얼마가 지나자, 필요할 때는 사람만큼 똑똑한 양들이 낯선 개의 기척만 느껴져도 암말이나 젖소 밑으로 몰려들어 몸을 피한다.

4장에서 말했듯이 닭은 풀밭을 돌아다니면서 소똥 더미를 헤쳐 놓는다. 닭이 없으면 농부가 온 들판을 써레질해서 똥을 헤쳐 놓아야 한다. 양 기생충 알을 먹어서 기생충 감염을 막는 데도 도움이 된다고도 했다. 닭은 아마 집파리나 검정파리 알도 먹을 것이다. 전에는 쇠똥구리가 하던 일인데, 앞에서 안타까워했듯이 우리가 사는 오하이오에서는 더는 이런 은혜로움을 입을 수 없다.

소똥과 말똥은 꼴밭에 특히 중요하다. 흙을 살지우는 주요 원천이기 때문만은 아니다. 씨앗이 달린 풀을 소와 말이 먹으면, 그 씨앗, 무엇보다도 토끼풀 씨앗은 가축 몸뚱이 속으로 들어갔다 그대로 나온다. 씨앗은 짐승들의 소화기관을 거쳐서 땅에 떨어질 때 촉촉한 똥을 보호막처럼 두르고 있다. 그래서 풀 속에 씨만 있을 때보다 훨씬 빠르고 더 튼튼하게 싹을 틔운다. 이렇게 토끼풀이, 특히 흰 꽃이 피는 토끼풀이 꼴밭에서 새로 자라난다. 양 똥은 여기에 거의 도움이 안 된다. 양이 먹은 씨앗은 완전히 소화되기 때문이다. 하지만 이런 점 또한 꼴밭을 돌볼 때 쓸모가 있다. 씨앗 달린 잡초, 그러니까 으뜸 본보기로는 야생당근이 있을 텐데, 양이 이를 뜯어 먹으면 그 풀은 퍼지지 않는다.

중요한 관계 하나를 더 마음에 새겨 두자. 무엇보다도, 작은 농장에서 최대 효율을 거두려면, 꼴밭은 곡식밭과 맞물려 써야 한다. 한 해 계획에 따라 작물들을 돌려짓기하는 땅은 적당히 시간을 띄워 꼴밭 돌려 먹이기에 쓸 수 있다. 특히 가뭄이 들어 급하게 짐승을 풀어놓을 땅이 필요할 때가 그렇다.

돌려짓기와 꼴밭 돌려 먹이기를 짜 맞추는 건 어렵다. 나는 풀밭을 다섯 구역으로 나누어 한 곳에서 가축을 놓아먹인 뒤 다른 데로 옮긴다. 풀이 자라는 속도에 맞추어 꽤 일정한 기간을 두고 옮겨 가며 놓아먹인다. 하지만 조건이 맞으면, 옥수수, 귀리, 밀, 그리고 마른풀거리 꼴밭 한두 군데에도 가축을 풀어놓는다. 얼마 동안이라도 풀밭에서 짐승이 자취를 감추면, 식물은 무럭무럭 자라날 기회를 얻는다. 가끔 건조한 늦여름에 이렇게 한다. 8월에는 짐승들을 다시 토끼풀 들판으로 보낼 수 있다. 마른풀거리를 애벌 베어 낸 뒤 다시 풀이 자라면 대체로 여기에서 한 차례 더 벤다. 여태 한 번도 이렇게 한 적은 없지만, 가뭄 탓에 마른풀을 쥐어 짜내야 할 때는 어쩔 수 없을 것이다. 하지만 밀과 귀리를 거둔 뒤 8월에는 종종 짐승들을 새 토끼풀 밭으로 보낸다. 곡물들과 사이짓기하려고 씨를 뿌려 놓아 토끼풀이 한창 자라는 땅이다. 가축들은 8월에 거기서 지내며 토끼풀을 다 뜯어 먹는다. 토끼풀은 그러고도 겨울 전까지 다시 자라 이듬해 충분히 마른 꼴을 마련할 수 있다. 9월과 10월에, 옥수숫대에서 옥수수를 다 딴 뒤에는 이따금씩 가축을 옥수수밭에서 놓아먹인다. 짐승들은 놀랄 만한 먹성으로 옥수숫대에서 마른 잎을 뜯어 먹는다. 9월, 11월, 12월에는, 8월에 마른풀거리 풀을 두 번째로 베어 낸 들판에 가축을 풀어놓는다. 이듬해 옥수수를 심어 기를 땅에다가 말이다. 밭에 놓아먹이는 짐승들은 그 주변 울타리를 따라 난 잡초도 먹어 치워 내가 해야 할 힘든 일을 덜어 준다. 그리고 11월이나 12월에는 9월에 심은 새 밀밭에 놓아먹이는데, 이듬해 7월에 수확하는 데 문제가 없도록 할 수 있다.

한마디로, 놓아먹이는 곳을 꼴밭에서 곡식밭으로 바꿔 줄 수 있어 늦여름 가물 때 겨울용으로 말려 둔 귀한 꼴을 먹이지 않아도 된다. 이렇게 몇 해 지나면 12월 중순까지도 마른풀을 먹일 필요가 없는데, 이는 북부 오하이오에서 매우 드문 일이다.

7월에는 딸기나무나 어린나무가 자라지 않았으면 하는 작은 숲에 짐승들을 한 주 동안 풀어놓는다. 이 간단한 일로 들꽃들, 이를테면 얼레지, 금낭화, 천남성, 노루귀, 겹꿩의다리, 연령초, 야생제라늄, 그리고 다른 많은 꽃들이 딸기나무 그늘에 묻히지 않고 봄에 피어날 수 있다. 양을 더 일찍 풀어놓으면 피어나지도 않은 들꽃을 먹어 치워 싹 죽이고 만다.

마지막으로 몽상을 넘어 사람과 풀밭이 맺을 수 있는 관계가 있다. 아이들이 어릴 때, 또 그 자식들에 이르러서도, 언덕진 풀밭에서 썰매를 타고 노는 시간은 온 식구에게 가장 행복한 나날로 꼽힌다. 풀밭은 연을 날리기에 가장 좋은 곳이기도 하다. 언젠가 뚝딱 만든 잠자리채를 아이들에게 나눠 주었다. 아이들이 그걸 들고 풀밭을 이리 뛰고 저리 뛰는 모습을 바라보는 건, 한여름 밤에 풀밭 위를 반짝이며 날아다니는 반딧불이를 보는 것보다 훨씬 즐거웠다. 변두리 야구 경기장 땅이 아직 마르지 않은 4월, 가장 넓은 꼴밭이 우리 소프트볼 팀 훈련장이 된다. 아들과 사위도 거기에서 골프 연습을 한다. 이 값어치는 자립 농부의 컴퓨터 회계 프로그램에 입력되어야 한다. 그런데 어떻게 할 수 있을까?

풀밭에서 자라는 식물

짐승을 치는 이에게 가장 중요한 풀과 콩붙이 식물을 늘어놓자니 아주 간단한 제안인 것처럼 들린다. 하지만 소몰이나 양치기가 둘 넘게 모이는 곳이라면 어디서든 목소리 높여 주장이 오간다. 농장 둘만 모여도 다르고, 카운티든 주든 지역이든 모두 서로 다르기 때문이다. 우리 농장에서 가장 쓸만한 식물과, 내가 옥수수 생산 지대와 애팔래치아산맥 중부 피드먼트고원과 뉴잉글랜드의 자립 농부에게 가장 좋을 것이라 여기는 식물은 아래와 같다. 남들은 자신이 가장 좋아하는 걸 두둔할 텐데, 나 또한 여기서 그 몇 가지를 소개하려고 한다.

포아풀 길가에 흔히 자라는 벼과 식물. 농업대학 꼴밭 전문가들은 더 무성하고 질긴 풀을 감싸느라 포아풀을 깔보는 경향이 있는 것 같다. 치맛단 길이가 달라지듯 유행하는 풀도 때에 따라 바뀌지만, 포아풀은 뗏장계의 청바지나 다름없다. 오랜 시간에 걸쳐, 포아풀은 한지형 풀 가운데 가장 믿을 만하고 돌보기 쉬우며 잎이 지지 않는다. 켄터키주 렉싱턴의 아름다운 말 목장 꼴밭처럼 흙에 천연 석회가 듬뿍 들어 있는 게 아니라면, 5년거리로는 에이커당 2톤씩 석회를 뿌려 주어야 한다. 포아풀은 탄탄한 뗏장을 만들어, 이른 봄에 날이 풀리기 시작할 때에도 필요하다면 양이 밟고 다녀도 괜찮다. 땅이 그런대로 마르자마자 젖소와 말을 풀어놓아도 발굽이 푹푹 박히지 않는다. 방목하면서 때때로 풀을 베 주면 씨앗을 많이 맺지도 않는다. 비가 흡족하게 내리고 놓아먹이는 가축이 똥거름으로 잔뜩 양분을 주면, 포아풀은 늦여름 한더위일 때 말고는 자라는 내내 꼴밭에 푸르게 펼쳐진다. 1992년 비가 계속 내릴 때, 포아풀밭은 8월에도 으레 두는 휴목기^{休牧期. 풀이 자랄 시간}을 주기 위해 방목을 하지 않는 기간 없이 방목을 했다.

포아풀이 또 좋은 건 우리 농장이 있는 지역에서는 절로 자라난다는 점이다. 어떤 땅을 고르든 때를 정해 풀을 깎고 석회와 양분을 주면 두세 해 안에 포아풀이 천천히 땅을 덮어 간다. 십중팔구 믿어지지 않겠지만, 산딸기나 딸기밭에서 포아풀을 없애려 해 보면 그것이 얼마나 끈질기게 자라나는지 알게 된다. 사람들이 흔히 말하는 바와 반대로, 새로 자라나 여릿한 포아풀은 단백질 함량이 거의 콩붙이 식물과 맞먹는다. 전형적인 반골 농부 웬델 베리는 왕포아풀밭에서 소를 놓아먹이면 옥수수를 먹이는 소만큼 빨리 몸집이 불어난다고 말한다. 그러면서 너무 가팔라서 뭘 심어 먹을 수 없는 땅 이야기를 들려준다. 지난날 땅을 너무 가는 바람에 흙이 깎여 나가 거의 황무지가 된 것이라고.

우리는 농장을 산 뒤, 무턱대고 옥수수와 콩 농사를 지으며 사악한 정부 보조금이나 받던 곳을 풀밭으로 가꾸고자 했다. 땅 위로 더부룩이 우거진 단풍잎돼지풀만 아니라면 거의 맨 흙뿐이었다. 나는 흙과 죽은 풀 줄기 따위를 원판 쟁기로 얕게 갈고 석회를 뿌렸다. 그리고 휴대용 파종기로 땅에 라디노토끼풀^{ladino clover, 토끼풀 가운데 높이 자라는 종류}

로 목초용, 가축 먹이용으로 쓰인다. 씨앗을 뿌렸다. 붉은토끼풀을 뿌릴 수도 있었다는 걸 지금은 알지만, 축축하고 약산성인 땅에는 붉은토끼풀보다 라디노토끼풀이 더 잘 퍼진다. 라디노토끼풀이 돋아난 풀밭은 보기에 아름다웠다. 라디노토끼풀이 두 해에 걸쳐 천천히 사라지면서, 저절로 자라나는 포아풀 무리와 또 다른 들풀들이 자리를 잡아 갔다. 그 뒤무척 이른 봄에 성글고 아직 꺼칠한 떼 위로 흰 꽃이 피는 토끼풀과 서양벌노랑이 씨를 뿌렸다. 둘 다 자라났다. 벌노랑이는 끝내 사라졌지만. 토끼풀은 포아풀과 이름 모를 다른 들풀들과 함께 내내 자리를 잡았다. 포아풀 씨를 뿌리려면 에이커당 15파운드는 많고 10파운드, 그러니까 4.5킬로그램이 알맞다.

토끼풀white clover은 포아풀과 공생하며 자라고, 많은 지역에서 흙에석회를 뿌려 주면 별달리 씨를 뿌리지 않아도 알아서 난다. 콩붙이 식물이 다 그렇듯, 토끼풀은 공기 속에서 질소를 끌어다가 흙으로 들인다. 흙 속에 질소 비율이 높아지면 포아풀은 더욱 무성해져서 토끼풀을 밀어낸다. 질소가 바닥나면 포아풀은 조금 시들해지고 토끼풀이다시 살진 모습으로 비집고 들어온다. 꾸준히 풀을 베고 필요할 때는손으로 풀을 매 주면서 억센 풀과 어린나무 따위가 자리 잡지 않도록하면, 그리고 짐승들을 풀밭이 벌거숭이가 될 때까지 풀어놓아 땅이깎여 나갈 지경에 이르지 않는다면 이 밀물과 썰물은 그치지 않고 이어질 것이다.

비가 많이 오면, 토끼풀은 뜨겁고 건조한 여름날에도 꾸준히 자란다. 그렇지 않을 때는 포아풀처럼 '쉬었다가' 9월에 가을비가 내릴 때 다시 우거진다. 토끼풀은 풀을 뜯는 짐승들이 가장 좋아하는 풀이다. 적어도 우리 집 짐승들은 그걸 가장 먼저 먹고 가장 많이 뜯어 먹는다. 씨를 뿌려야 한다면 에이커당 2파운드 정도가 가장 좋다.

선토끼풀, 서양벌노랑이, 그리고 그 밖에 덜 알려진 콩붙이 식물들 모두 우리 풀밭에서 저절로 자란다. 선토끼풀은 농지에서 물을 잘 빼려고 배수관을 놓기 전에 농부들이 심던 식물이다. 여러해살이 토끼풀이지만 무성히 자라지는 않고 붉은토끼풀만큼 키가 크지도 않다. 붉은토끼풀의 불그스름한 보랏빛 꽃과 달리 분홍빛이 도는 흰 꽃이 핀다. 선토끼풀이 자라는 곳은 몹시 습해서 다른 토끼풀은 자라지 않는다. 내가 씨를 뿌린 건 한 번뿐이니 스스로 씨를 퍼뜨리는 게 분명하다.

서양벌노랑이도 씨를 한 번 뿌렸는데, 다섯 해 동안 꽤 무성하게 피어났다. 놀랍게도 가축들은 여리고 잎이 많은 벌노랑이보다는 다른 토끼풀을 더 좋아했다. 하지만 그 때문에 이롭기도 했다. 벌노랑이가 시간을 두고 튼튼히 뿌리를 내리자 젖소와 양이 그걸 먹고 싶어 했으니까.

토끼풀 몇 가지도 우리 풀밭에서 저절로 자라난다. 무슨 토끼풀인지는 잘 모르는데, 사람들이 노랑토끼풀, 잔개자리, 땅속토끼풀 '같다'

고 한다. 나는 자연이 절로 베푼 것들을 접할 때면 별난 자세가 된다. 그에 대해 뭐라도 알게 되면 왠지 그 선물이 겁먹고 달아나 버릴까 봐 그 이름을 알고 싶지 않은 것이다. 살갈퀴 무더기가 한 꼴밭에서 저절로 나더니 삽시간에 퍼졌다. 책에는 그다지 맛이 없다고 적혀 있는데, 우리 집 양들은 그런 책은 안 읽었는지 냠냠 씹어 먹는다. 양들도 우리처럼 이것저것 맛보는 걸 좋아하는가 보다.

들풀. 풀밭에서 다양한 야생 토끼풀이 저절로 자라나듯이, 내가 손대지 않아도 온갖 들풀이 우거진다. 무슨 풀인지 다는 모르지만, 강아지풀과 야생 기장과 꼬리새, 내가 버펄로그래스라 일컫는 풀, 그리고 미처 이름을 모르는 풀들이 많이 자란다. 이 가운데 몇은 더운 곳에서 잘 자라는 난지형 식물이라 한여름 더위에 포아풀보다 더 잘 우거지고, 포아풀이 움츠러들 때 풀밭을 '생기' 있게 한다. 여름 방목 때는 이들 풀과 붉은토끼풀에 기댈 뿐, 다른 목축인들처럼 더 건조한 서쪽 지역 초원에서 자라는 풀을 들여오지 않는다. 다른 소몰이나 양치기들은 여름에 짐승을 먹이려고 쇠풀, 큰개기장, 이스턴가마그래스 같은 풀을 기른다.

붉은토끼풀과 자주개자리는 내가 주로 마른풀거리로 기르는 풀이지만, 꼴밭을 오래도록 가꾸기에도 좋은 풀이다. 자주개자리는 5년에서 7년까지 오랫동안 산다. 집짐승이 먹도록 특별히 개발된 품종들도 있는데 알파그레이즈Alfagraze도 그렇다. 붉은토끼풀은 레들랜드Redland

와 알링턴Arlington 같은 2계절 신품종을 뿌리면 2년에서 3년을 산다. 자주개자리처럼 곳곳에 씨가 떨어져 다시 자라기 때문에 꼴밭에 자리 잡아 건조한 여름철 먹이가 된다. 나는 자주개자리보다 붉은토끼풀이 좋다. 우리 땅처럼 찰진 흙에서도 잘 자라고 자주개자리 바구미도 안 끼기 때문이다. 씨앗이 자연스레 떨어지지만, 나는 그에 더해 늦겨울 풀밭 곳곳에 버릇처럼 붉은토끼풀 씨앗을 살짝 뿌린다. 이 두 콩붙이 식물의 기본 파종량은 에이커당 8에서 12파운드이다.

말린 꼴용 꼴밭이 그렇듯 붉은토끼풀이나 자주개자리가 우거졌을 때, 가축이 먹을 풀이 반드시 함께 자라 있어야 한다. 나는 마른풀거리 로 쓰려고 이 콩붙이 식물들과 함께 큰조아재비 씨를 뿌리고, 해마다 작물을 기르는 밭 둘레에 풀을 길러 경계를 짓는다. 짐승들이 콩붙이 식물과 풀을 다 먹으면 고창증鼓脹症, 되새김동물의 소화 과정에서 생기는 가스가 지 나치게 쌓여 위장이 팽창하는 증상에 잘 걸리지 않는다. 고창증은 특히 더부룩 한 자주개자리를 먹었을 때 위험하다. 나는 아직 베지 않은 자주개자 리나 붉은토끼풀이 무성한 꼴밭에서는 젖소나 양을 먹이지 않는다. 두벌 세벌 베어 낼 것들이 풀과 함께 자랄 때가 대체로 안전하다. 또 먼저 말린 꼴을 배불리 먹인 뒤 무성한 꼴밭으로 내보내는 게 좋다. 우 리 집 짐승들은 고창증을 한 번도 겪지 않았다.

큰조아재비는 거친 건초용 풀로는 가장 좋은 것 같다. 자주 먹이는 오리새보다 짐승들이 더 좋아한다. 붉은토끼풀 씨를 뿌릴 때 큰조아재비를 함께 뿌린다. 나는 종종 포아풀이 드문드문 자란 풀밭에 큰조아재비 씨를 뿌린다. 어린 풀은 너무 가늘어서 떼장 위로 올라오는 게 거의 눈에 안 띄지만, 씨를 뿌리고 이듬해 늦여름에는 틀림없이 보인다. 때로는 첫해에도 갑자기 솟아서 씨를 맺는다. 작은 풀이 해마다 꾸준히 자라나, 포아풀이 시들어 가는 여름에 꼴밭의 바탕이 된다. 토끼풀과 함께 에이커당 10파운드가량 씨를 뿌린다.

오리새는 더부룩하게 자라서 짐승들이 풀을 뜯는 꼴밭에도, 말린 꼴로도 좋다. 한 5년쯤 잘 자라다가 듬성듬성 무리 지어 남는다. 오리새를 이용하는 가장 좋은 방법은 봄에 한창 돋아나는 것을 베어 말려 두고, 여름에 꼴밭을 뒤덮게 하는 것이다. 내가 오리새 꼴밭을 만들어 가자, 포아풀과 토끼풀이 나날이 퍼지면서 오리새가 사라져 갔다. 그 일부는 아직도 군데군데 무리 지어 남아 있고 나는 그게 좋다. 포아풀과 토끼풀이 시들 때 여름 먹이가 된다. 젖을 먹는 새끼들은 솟아난 풀 줄기를 먹기 어려울 때에도 오리새 씨앗을 잘 먹는다. 봄에 처음 자랐을 때 베어서 말리지 않는다 해도, 오리새가 더부룩이 우거지면 7월 말에는 반드시 베야 한다. 짐승들이 수북한 젖빛 씨방을 다 먹은 뒤에 말이다. 그러면 더 맛난 이파리가 새로 돋아난다. 에이커당 씨를 2파운드 뿌린다.

오래된 꼴밭 식물을 벨 때 가축 먹이를 없앤다는 걱정은 안 해도 된다. 다시 돋아나는 것이 더 맛나고 영양가 있다. 베어 낸 풀은 썩어 가면서 흙을 덮어 흙이 물기를 머금게 하고 유기물을 흙에 보태 준다.

라디노토끼풀은 붉은토끼풀이 자라기에는 좀 습하거나 산성인 흙에 심으면 좋다. 몇 배 커진 토끼풀처럼 생겨서 맛도 그만큼 좋지만 딱 두 해만 자란다. 에이커당 씨를 2파운드 뿌린다.

"커다란 실수"는 내가 전동싸리를 일컫는 이름이다. 사람마다 말이 다르기는 한데, 딱딱하고 박한 흙에서 해마다 농사를 지어야 할 때 베어서 땅을 덮기에 좋다고 한다. 문제는 그것이 농장 전체에 퍼져 잡초처럼 된다는 데 있다. 그다지 맛이 있지도 않고, 말린 것은 독성을 띨 수 있다. 이것보다는 자주개자리를 심어서 더는 쟁기 날이 안 들어가는 딱딱한 흙을 부수고 유기물을 보태 주는 것이 좋겠다.

꼬리새는 미국 여러 지역에서 특히 늦여름 방목에 좋은 난지형 풀로 대접받는다. 다른 이들 경험이 그렇다니 그러길 바라며 말할 뿐이다. 우리 지역에서는 자리 잡기 어려운 풀이라 나는 길러 본 적이 없다. 에이커당 씨앗을 10에서 12파운드 뿌린다.

호밀풀은 해마다 농사를 지어 헐벗은 밭을 겨울에 뒤덮기에 가장 좋다. 꼴밭에서는 그다지 쓸모가 없지만, 꼴밭을 더 낫게 가꾸려 할 때는 여러 씨앗에 호밀풀을 조금 섞어 뿌리면 좋다. 호밀풀을 뿌리면 밭이 금세 푸르게 뒤덮여 흙이 깎여 나가는 것을 막아 주고 가축 먹이로도 보탬이 된다. 그 사이에 포아풀과 토끼풀 혹은 붉은토끼풀이 자리를 잡을 수 있다. 호밀풀 새 품종들이 감칠맛이 있고 오래 버틴다고들 선전하는데, 내가 호밀풀을 심어야 할 상황에 이른 적은 없다.

권장되는 풀 여러 가지와, 싸리, 우산잔디, 진홍토끼풀, 쇠풀 같은 콩붙이 식물이 남부와 서부에서 꼴밭을 가꾸는 데 쓰이고 있다. 지역에서 출간된 책과 정부 안내 책자에도 잘 나와 있다. 그래도 그 고장에서 평생 살아온 나이 지긋한 농부에게 물어보는 게 좋을 것이다. 낯선 식물을 들이는 건 조심해야 한다. 우산잔디는 남부 해안가에 꼴밭을 만들기에 좋지만, 켄터키의 풀밭이나 마당에서는 큰 골칫거리이다. 칡은 1940년대에 중남부에서 놀라운 작물이었지만, 1950년대 들어 재앙으로 바뀌었다. 섞붙임 수단그래스를 심으면 꼴 생산량을 엄청 늘릴 수 있지만, 청산 성분 탓에 문제가 된다. 또 여러해살이가 아니거니와, 우리 집 젖소를 보면 맛있어 하지도 않으니 소농에게는 올바른 선택이 아니다. 늦여름 꼴밭을 푸르르게 하기 위해 쇠풀, 이스턴가마그래스, 황금수염풀처럼 서부 꼴밭에 자라는 풀을 미국 땅 반대쪽으로 들여오려고들 하는데, 괜찮은 선택일 수도 있다. 하지만 이 풀들이 오랜 시간에 걸쳐 동부 지역의 습한 기후에 어떻게 반응할지는 모른다. 나는 우리 지역에서 이미 입증된 풀과 콩붙이 식물로 사철 꼴밭을 일굴 수 있다.

꼴밭 농업에 대한 관심이 치솟을 때마다, 최고라 추켜세우는 식물들이 새로 유행이 된다. 농업 잡지를 보면 유행하는 식물이 뭔지 알 수 있다. 농부라면 대부분 한평생 살면서 최고의 식물 파동을 세 번쯤은 겪는다. 마침내 미끼를 물지 않는 법을 알았을 때는 이미 농사일을 놓을 나이이다.

도시의 풀밭

도시에서 지닌 공간이 큰 마당뿐이라 해도 풀밭을 만들 수 있다. 풀밭을 닮은 잔디밭은 해로운 잡초가 우거진 야생 밀림처럼 보여서, 이웃이나 마을과 다툼을 빚을 수 있다. 화가가 붓을 고르듯이 잔디 깎는 기계를 고민해야 한다. 잔디밭은 화폭이나 다름없다. 잔디밭에 들꽃으로 그림을 그릴 것이다. 먼저 2제곱미터도 안 되는 넓이에 풀을 베지 말고 어떤 일이 벌어지는지 지켜본다. 3년째에는 크게 놀랄 것이다. 두어 군데를 식물이 자라는 대로 그냥 둔다. 들꽃이나 잡초가 일찍 꽃을 피우는 날씨라면 식물은 7월이면 다 자란다. 그걸 베어 내면 다시 훌륭하고 멋진 잔디밭이 된다. 이듬해 들꽃이 다시 피어난다. 가을 꽃들이 피어나는 곳은, 대개 7월까지 풀을 벨 수 있다. 이윽고 가을꽃을 피우는 식물들이 자라난다. 이제 잔디밭 한 부분을 식물 생장기 초반부 동안 '아름답게' 그려 내고, 또 다른 부분을 후반기 동안 '아름답게' 그리는 법을 알게 된 것이다.

이제 정말로 들꽃이 피어난 풍경을 잔디 깎는 기계로 솜씨 좋게 펼쳐 보일 수 있다. 가끔 12에서 13센티미터 길이를 남기고 치면 여러 들꽃이 잘 자라면서도 프러시아의 깔끔한 뜰 같아 보여서 나와 같은 게

르만 사람을 흡족하게 한다. 이렇게 엉뚱한 즐거움을 누리려면 사실 풀 베는 일정이 들쭉날쭉해진다. A구역은 7월에 베고, B구역은 10월에, C구역은 7월에 베고, 해를 걸러 8월에 베는 식이다. 나는 엉뚱하게 복잡했다가 엉뚱하게 단순한 쪽으로 돌아왔다. 우리 뒷마당은 온통 그늘이 져서 들꽃을 보기 쉽다. 그늘 탓에 풀이 잘 자라지 않아 봄꽃들이 잘 보이기 때문이다. 4월부터 6월까지 뒤뜰은 파랗고 하얗고 노란 제비꽃과 클레이토니아, 겨울바람꽃, 물망초, 때죽나무, 무스카리, 야생딸기, 시베리아무릇, 아네모네블란다, 갯지치, 크로커스가 활짝 핀다. 이 들꽃들이 피었다 진 뒤에 풀이 더부룩해진다. 6월쯤 '깔끔하게' 풀을 깎는다고 들꽃이 망가지지 않는다. 들꽃은 봄마다 다시 피어 더 넓게 퍼져 간다. 이 잔디밭은 이제 마을에서 진짜로 소문이 자자해진다. 여기에 나무 몇 그루가 서 있으면 잔디밭에는 언제나 그늘지는 곳이 있고 봄꽃이 온 잔디밭에 피어나기 시작한다. 겨울바람꽃과 갈란투스는 무엇보다 좋다. 3월에 눈이 녹기 시작하자마자 꽃을 피우고, 3월 중순이면 이미 꽃이 져서 풀을 깎는 데 지장이 없고, 그 뒤로도 프러시아 뜰에 조화롭게 남아 있기 때문이다.

군데군데 등심붓꽃, 파이어핑크firepink, _{빨간 꽃이 피는 석죽과의 북아메리카} _{토종 식물}, 꽃고비, 버지니아물잎풀 같은 6월 들꽃들이 피어나는 곳은 7월까지 풀을 베지 않는다. 그 뒤로 패랭이, 미역취, 솜방망이, 꿀풀 같은 어여쁜 꽃들을 피해서 풀을 벤다. 그 덕분에 풀 베는 일이 더 재미

있고, 눈과 손이 조화롭게 움직이는 시간이 늘어난다. 내가 투수 마운드에 섰을 때 건장한 청년 타자가 광속 같은 직선타를 날리기라도 하면 이 연습이 도움이 될 것이다.

존 피츠너는 웨스트버지니아주 메이슨 카운티의 농부이자 농업 교사다. 그이는 아내 캐럴린, 그리고 아이들과 함께 어떻게 드넓은 풀밭에서 살아가는지 말해 주었다. 그 집 풀밭은 지난날 쇠풀만 듬성듬성 자라던 땅인데, 이제는 꼴밭 농업과 생태 농업의 뛰어난 본보기가 되었다. 캐럴린이 설계한 복토주택earth sheltered home, 외부에 흙을 쌓아 열 손실을 줄이고 실내 기온을 일정하게 유지하는 집에서 온 식구가 산다. 80에이커에 서퍽종과 페런데일종 양, 스코티시하일랜드종 소, 당나귀, 염소, 칠면조를 놓아먹인다. 또 식용 수퇘지 몇 마리, 닭, 비둘기, 오리, 거위, 뿔닭 암탉, 보더콜리종 양치기 개들, 그리고 서로 연결된 생명체들의 세계에서 특히 경제적이고도 생태적인 틈새를 차지하는 동물은 뭐든 키운다. 예를 들어 당나귀는 코요테를 막아 준다. 머스코비오리는 동물 똥에 든 파리 알과 애벌레를 먹어서 파리가 끓지 않게 한다. 수퇘지들은 가축들의 겨울 밑깔이짚을 파헤치고 부수어 두엄을 만든다. 뿔닭 암탉들은 조금만 이상해도 시끄럽게 꽥꽥 울어서 개보다 더 훌륭한 농장 지킴이다. 콜리종 개들은 양을 보살핀다. 풀밭에 놓아먹이는 가축이 다양하고, 서로 즐겨 먹는 식물도 달라서, 풀밭에서 자라는 온갖 식물이 모두 먹이로 쓰인다.

피츠너 농장은 때로 가축을 먹이는 꼴밭을 날마다 달리한다. 거기서는 경제적이게도 짐승들을 풀밭에서만 놓아먹인다. 곡물을 거의 또는 전혀 먹이지 않으니, 값비싼 농기계에 돈을 들이며 곡물을 기를 필요가 없다. 또 기생충을 예방할 수 있게 기른다. 기르는 방법을 달리하고, 놓아기르는 꼴밭을 자주 바꾸고, 다시마와 마늘 같은 약초를 쓰는 덕분에 피츠너 농장은 해로운 화학적 구충제를 쓰지 않아도 된다.

"우리 목표는 풀밭에서 동물성 제품을 얻어 이익을 남기면서, 사람과 동물과 천연자원이 알맞게 온전한 균형을 이루도록 하는 것입니다."라고 피츠너는 말한다. "우리는 스스로 실험하면서 아주 많이 배워야 합니다. 이런 농사 방식은 농업대학이나 기업농이 거의 무시해 온 것이니까요."

7 숲에서 거두는 풍요로움

작은 숲은 하느님이 첫 번째로 지은 사원.

윌리엄 컬런 브라이언트William Cullen Bryant

갑자기 사람이 이 땅에서 사라진다면 딱 쉰 해만에 숲이 그 자리를 차지할 것이다. 종종 이런 생각을 하면서 우리 농장 작은 숲 언저리에서 시골 들판과 마을을 바라본다. 이 천연의 숲은 대대로 옥수수 농사를 지어 온 땅에 자리 잡은, 내 작은 성채다. 쉰 해가 지나도, 지금 우리집 우편함 옆으로 보이는 법원 청사와 높은 곡물 창고와 세인트 피터 교회 첨탑은 숲의 우듬지 위로 삐죽 솟아 있을 것이다. 하지만 2043년의 나그네는 이 땅 거의 모든 곳에서 덤불을 헤치며 나아가다가 건물 잔해를 밟아 휘청거리고, 이끼에 뒤덮인 집이며 가게와 맞닥뜨릴 것이다. 에콰도르의 녹색 밀림 속에 시간을 넘어서 나타난 사원과 맞닥뜨린 고고학자와 다를 바 없이 느낄 것이다. 나는 나무를 심을 때면 슬며시 웃게 된다. 어떤 면에서는 이 일이 정말 터무니없다고 생각하기 때문이다. 우리만 없다면 자연이 기꺼이 이 촉촉한 세계를 몽땅 숲으로 바꿔 놓을 텐데.

숲의 생태학에 아스팔트 심리학을 강요하는 데는 어마어마한 위험이 있다. 나무를 자라게 하는 자연의 역할과, 우리의 흙과 기후를 따로 떼어서 생각한다면, 우리는 비옥함의 본바탕을 잊게 된다. 그뿐 아니라 근본적인 지속 가능성에 대한 책임을 저버리는 것이기도 하다. 우리는 분별력이 있지만, 분별력만으로는 문명을 지키기 어렵다. 지키지 못한 문명은 깎여 나간 흙 속으로 사라져 끝내는 다시 숲으로 뒤덮인다. 아니 상황이 훨씬 나쁘다면, 숲이 아니라 사막이나 방사능 먼지로 뒤덮일 것이다. 로더밀크Walter C. Lowdermilk는 1938년에 나온 그 이름난 보고서 〈7000년에 걸쳐 정복해 온 땅Conquest of the Land through Seven Thousand Years〉에서 '문명'이 땅에 미친 영향을 다루었다. 보고서에는 지난날 성경에 나오는 '레바논 향나무들'이 우거졌던 곳에 아직 꿋꿋이 서 있는 향나무 숲 네 군데 가운데 한 곳 사진이 실려 있다. 수도원 터에 서 있는 오래된 향나무들 사이에 어린 향나무들이 많이 자라난 모습이다. 이 초록의 성역을 염소와 사람한테서 지키는 돌담 밖의 땅은 바위투성이 달 표면처럼 황량하다. 에이드 삼촌이 말하곤 했듯이, 비료 한 포대라도 뿌린 땅에서는 볕 드는 자리가 없을 만큼 나무가 우거진다.

로더밀크는 중국 산허리에서 똑같이 슬픈 상황을 발견했다. 절에 있는 작은 숲만이 유일하게 싱그러운 초록빛일 뿐, 주변은 흙이 모조리 사라진 돌무더기와 협곡이었다. 인구가 넘쳐 나는 사회는 나무를 죄다 베어 땔감으로 썼고, 가축은 풀잎 하나까지 싹 먹어 치웠다. 산 밑으로, 중국의 슬픔이라고 일컬어지던 황허강의 홍수터에는 산에서 흘러내린 흙모래가 계속 강바닥에 쌓이는 게 보였다. 그래서 수위는 올라가고 기름진 논밭이 물에 잠겼다. 믿을 수 없을 만치 끈질기게 중국 농부들은 둑을 쌓아 갔다. 세월이 흐르고 흐르도록 강둑을 쌓아 올린 끝에 강물이 주변 논밭보다 높아졌다. 오늘날 미시시피강도 뉴올리언스를 지날 때 그 강둑이 도시보다 높은 곳이 많다. 황허강은 주기적으로 둑을 무너뜨려 농부들의 목숨을 앗았다. 예를 들어 1856년, 1877년, 그리고 1898년에 황허강이 넘쳐흘러서 강가 충적지에 모여 살던 수백만 명이 죽었다. 실제로 이로 인해 북부 중국에서 잠깐씩 인구가 줄었다. 강이 목숨을 앗든 말든, 전쟁과 굶주림으로 고통스럽든 말든, 앞날이 어찌 되고 지난날이 어찌 되었든, 욕망에 재갈을 물리는 일은 결코 없었다. 20세기에 이르러 지난 수십 년 동안에야 비로소 중국은 가족계획으로 인구를 묶어 두는 게 더 나은 길이라는 걸 깨달았다. 다른 나라들은 깨달았는가? 아직은 아니다. 중국은 4000년 동안 농사를 지으며 놀라운 생산력을 자랑했지만, 양식 생산이 늘면 인구 증가로 이어질 뿐이라는 걸 인식했다.

숲과 농경지는 농업을 바탕으로 하는 인류 문명이 살아남는 데 반드시 필요하다. 비가 많이 오는 곳에는 나무들이 자라나고, 농작물도 따로 물을 대지 않아도 자라날 수 있다. 나무는 "농부들이여, 여기서 쟁기질을 하시오."라고 쓰인 큰 푯말이다. 한편 "하지만 조심하시오. 이곳에서 우리를 없애면, 당신 또한 사라질 것이오."라고 경고하는 표지판이기도 하다.

농장이라 하면 흔히 곡식밭이 있고, 아마 그 한가운데 풀밭이 있는 장면을 떠올릴 것이다. 여러 농기계로 작물을 심고 거두며, 거둔 것은 여러 곳간에 갈무리한다. 또 짐승들을 먹이고, 부엌에서 저장 식품으로 만들어 지하실에 둔다. 하지만 지속 가능한 사회의 농장이라면 작은 숲도 있어야 한다. 숲에서 나오는 생산물을 거두고 가공하고 저장할 도구와 장비 또한 갖추어야 한다. 사람이 부치는 땅 100에이커마다 숲 10에이커를 남겨 두는 건 전통적인 관습이었다. 환경을 위한 십일조라고나 할까, 하지만 피스톤 엔진이 농부들을 위험한 수준까지 탐욕에 물들게 했다. 숲에서 나는 것은 연장, 울타리 기둥, 문짝, 가구, 건물, 때로는 과일과 견과로 먹을거리가 되고, 무엇보다도 땔감이 된다. 목공실은 닭장만큼이나 작은 농장에 꼭 필요하다. 나무를 때는 난로는 경제적인, 더 나아가 정치적인 자유를 나타내는 소농의 상징이다. 내 우상이자 동료 반골 농부인 할란 허바드Harlan Hubbard가 아직 살아 있다면, 화목 난로 배출물을 정부가 너무 엄격하게 규제해서 자립 의지를 꺾으려 한다고 나무랄 것이다. 심지어 1970년대에는 화목 난로 사용자들이 감히 전기를 쓰지 않는다는 이유로 공공요금을 더 많이 거두려고도 했다. 자립하여 살아가려는 이들은 정부가 전체주의로 나아가도록 하는 세금을 결코 지지하지 않는다.

목잿값이 꾸준히 치솟으면서, 작은 숲에서 버는 돈은 고만한 밭에서 버는 돈이나 매한가지가 되었다. 나무를 땔감으로 쓰면, 다른 연료로 난방을 할 때보다 한 해에 500달러쯤 아낄 수 있다. 지난해에는 가구용 목재로 쓸 나무를 키우기 위해 어린나무를 솎아 낸 다음, 이것과 판재로 300달러쯤 나가는 문짝을 만들었다. 톱질해서 나온 널빤지 값어치는 2000달러쯤 되는데, 아들은 그걸로 가구를 짤 것이다. 또 합판용 통나무 네 개를 한 개에 1000달러씩에 팔았다. 목공실 뼈대도 우리 목재로 세웠고, 어릿간을 지을 때도 재어 둔 목재를 쓸 수 있는 만큼 다 썼다.

이 모든 것은 합쳐서 14에이커쯤 되는 작은 숲 두 군데에서 나왔다. 4에이커짜리 작은 숲은 우리 집과 어릿간이 자리 잡은 곳이고, 닭을 놓아기르는 곳이자, 2주 치 양 먹이를 해마다 내어 주는 곳이다. 또한 우리는 해마다 숲에서 몇 끼 먹을 곰보버섯을 따고, 단풍나무 수액을 받아 시럽을 조금 줄이고, 히커리너트와 검은호두를 거둘 수 있다. 사슴은 야생 사과 얼마쯤을 우리 몫으로 남겨 준다. 새들은 산딸기 조금, 딱총나무 열매 전부와 우리한테 필요한 만큼 포포 열매를 남겨 놓는다. 피트 삼촌은 "한 해에 포포 파이 하나면 되지."라고 곧잘 말했다.

강철, 플라스틱, 고무, 석유, 석탄, 가스, 알루미늄 따위와는 달리, 나무는 어떤 자립 농장에서든 돈을 많이 들이지 않고 길러서 베고, 다듬고, 짜 맞출 수 있다. 비싸지 않은 도구를 써서 쓸모 있고 필요한 수많은 제품으로 거듭난다. 취미 삼아 목공예에 발을 들인 수많은 이들과 전문 목수들이 이를 증명한다.

그러나 무엇보다도 나무는 중동 지역 석유왕들이 벌이는, 재앙을 부르는 어리석은 권력 놀이를 멈출 수 있다. 미국의 집들이 모두 나무를 때서 난방을 하고 태양에너지를 이용하면 난방비와 전기 요금을 반으로 줄일 수 있다. 정부가 옥수수를 기르지 말라며 보조금을 주는 대신

_{작물 값을 안정시키기 위해 특정 작물을 기르지 않는 농가에 보조금을 주는 정책을 가리킨다.}

숲을 가꾸는 농부에게 보조금을 준다면, 미국에서 엄청난 석유 대신 나무가 꽤 쓰이게 될 것이다. 나무가 석유 대신 얼마나 많이 쓰일지 누가 알겠는가? 나무에서 알코올을 얻는 건 옥수수에서 얻는 것보다 훨씬 효율적이다. 손꼽히는 반골 농부인 펜실베이니아의 모턴 프라이는 픽업트럭에 기화 장치를 달고 나무를 때며 미국 곳곳을 돌아다녔다. 자신이 길러 파는 섞붙임 포플라나무의 수많은 쓰임새를 알리며 다닌 것이다. "잘 굴러갔지요." 그는 언젠가 그렇게 말하며 싱긋 웃었다. "그리고 기름이 떨어질까 걱정할 필요가 없었어요. 숲을 지나갈 때마다 떨어져 있는 나뭇가지 몇 개만 주우면 됐거든요."

우리 문명이 숲 문명이라는 걸 잊는다면 우리는 천천히 쇠퇴하여 사라질 것이다. 이 사실을 깨닫는 몇 안 되는 이들이 끝내 소농이자 목공인이 되고, 나무를 심어 작은 숲을 가꾸며 거기서 산다. 사실 이들은 지난 암흑의 시대에 수도원이 그랬듯이, 지구를 가혹하게 약탈하는 이 암흑의 시대에 문명을 지키는 작은 근거지를 세우는 것이다.

나무는 가장 쓰임새가 많은 재료이다. 오늘날 으레 목재가 쓰이는 데는 말할 것도 없고, 플라스틱과 금속으로 만드는 여러 도구와 기구

를 만드는 데에도 마찬가지이다. 널리 알려진 기술이 쓰일 때는 더욱 그렇다. 듀폰은 화학적으로 나무를 말랑하게 하는 방법을 개발했는데, 물론 비용이 많이 들어 플라스틱하고는 아직 경쟁조차 안 된다. 마치 가열된 합금처럼 목재를 비틀고 구부리고 압축시키고 가공하는 방법이었다. 목재는 새 모양을 유지한 채로 마르면서 원래 그대로일 때보다 더 단단해지고 강해진다. 연질 목재는 설탕단풍나무만큼 단단해지고, 단풍나무는 흑단나무만큼 단단해진다고 윌러 맥밀런Wheeler McMillen이 언젠가 말했다. 그 또한 반골 농부이자 전직 〈농장 저널〉 편집자이다. 그는 1946년에 나온 흥미진진한 책 《흙에서 거두는 새로운 풍요로움New Riches from the Soil》에 "밝은 빛깔의 소나무는 양벚나무 빛깔과, 자단의 아름다움, 마호가니의 깊이를 띤다."고 썼다.

하지만 그런 처리를 하지 않아도 나무는 경비행기와 글라이더 뼈대, 그리고 차체에도 제격이다. 플라스틱 장난감과 그릇이 실용적이기는 하지만, 나무로 만든 것이 대신 쓰일 수 있을 것이다. 네덜란드 사람들이 나막신을 고집하는 이유는 실용적이고 경제적이기 때문이다. 미국산딸나무는 고고학자들이 발견한 선사시대 것처럼 좋은 화살대를 만든다. 물푸레나무는 건초 갈퀴를 만들면 좋다. 플라스틱 자루는 물푸레나무나 히커리나무로 깎은 것처럼 손이나 팔이 편안하지 않다. 소프트볼 선수들은 알루미늄 방망이가 공을 더 멀리 보낸다고 굳게 믿는다. 하지만 미국물푸레나무의 거무스름한 심재心材로 만든 방망이를 경기에 들고 나와 요즘 공을 쳐 본 소프트볼 선수는 없다. 오세 이지오렌지나무는 한때 철망 울타리 대신 쓰였다. 억센 가시가 있어 소를 잘 가둬 놓는 울타리가 되지만, 그러자면 가지치기하는 게 몹시 힘든 일이다. 이 나무는 인장강도가 강철보다 높아서 지난날 활대 재 료로 쓰였다. 무척 단단하고 튼튼해서 마차 굴대, 바큇살, 도르래, 연 장 자루, 핀애자insulator pin, 전봇대나 철탑에 달아서 전선을 절연시키고 고정하는 장치, 경찰 곤봉, 문턱, 보도블록, 철도 침목, 그리고 거의 망가지지 않는 울 타리 기둥 재료였다. 따뜻한 노란 빛깔이 도는 갈색 목재는 눈부시게 아름다운 마룻바닥이 될 텐데, 그렇게 쓰인 적이 있는지는 모르겠다.

다만 여러분의 상상력을 자극하기 위해 특별한 예를 더 든다면 메스 키트나무가 있겠다. 남서부 농부들이 제초제에 거금을 쏟아붓고도 죽 이지 못했다. 하찮은 나무 같았지만, 새로운 쓸모를 찾아 헤메는 창의 적인 이들 덕분에 애호가들에게 '남서부의 보석'으로 불리게 되었다. 멕시코의 오래된 주택에서, 메스키트 목재 문머리는 드러난 채로 400 년 세월을 견디고도 변함없이 튼튼하다. 짐 리는 내가 아는 가장 억센 반골 자립 농부 가운데 한 사람인데, 텍사스에 있는 외딴 농장에서 메 스키트로 숨 막히게 아름다운 상자를 만든다. 가구와 바닥재 말고도, 바비큐 땔감용 부스러기로도 팔린다. 메스키트 잼은 디저트 음식으로 상업적으로 생산되고 있다. 이전 시대에 메스키트 콩은 소 사료 보조 식품으로 엄청나게 먹이던 것이다.

메스키트는 단단하기가 참나무의 곱절이지만, 자립 농부가 쉽게 다룰 수 있는 무난한 목재도 많다. 스스로 콧노래 가족이라 일컫는 짐과 베벌리 리 부부, 아들 조엘과 딸 웬디는, 가장 중요한 목공 사업에 쓰러진 개잎갈나무를 쓴다. 죽은 나무는 몇 해 전에 목재 회사가 남기고 간 것이다. 그들은 이 '자립 농장 수확물'로 한 해에 10만 달러를 번다고 한다.

북부 오하이오의 농장들은 지난날 울타리 기둥감인 개오동나무나 아까시나무로 작은 숲을 가꾸었다. 오늘날 자립 농장은 거의 다 농사를 짓고 튼튼한 울타리란 언제나 필요하므로, 이들에게는 그런 숲이 쓰임이 좋을 것이다. 두 나무 가운데 개오동나무가 더 좋다. 더 무른 목재여서 태커 핀이 더 쉽게 박힌다. 부드럽지만 오래 버티는 나무라 목공인들이 매우 좋아한다. 한편 아까시나무는 내구성이 좋은 데다가 꿀벌에게 좋은 꿀을 내준다. 개오동나무와 아까시나무 모두 오랫동안 썩지 않기 때문에 실외용 가구에 제격이다. 이들 나무를 쓰면, 뜰을 가꾸는 도시 부유층이 아무도 앉지 않을 야외용 벤치를 뽐내겠다며 열대우림의 티크를 싹 베어 내는 낭비를 저지를 일이 없다.

개오동나무는 끝도 없이 거둘 수 있다. 처음 자라난 줄기를 기둥으로 쓰려고 베어 내면, 새로운 줄기가 뿌리에서 돋아난다. 이렇게 일곱 해에서 열다섯 해까지 거듭 베어 낼 수 있다. 영국에서는 이 방법을 아주 옛날부터 줄기 자르기coppicing라고 했다. 물푸레나무도 오랫동안 줄기를 베어 내도 다시 자라나는 나무다. 연장에 끼우는 가장 좋은 물 푸레나무 자루는 줄기를 쳐 낸 뒤 두 번째나 세 번째로 자라난 것이다.

우리 농장 울타리 기둥 가운데 얼마쯤은 선조들이 가꾼 개오동나무 숲에서 베어 낸 것이다. 그 숲은 예순 해도 더 전에, 아버지가 곧잘 하신 표현대로 "농사꾼들이 미쳐서" 불도저로 싹 밀고 옥수수를 심었다. 레일 할아버지가 처음으로 울타리 기둥을 세웠다. 삼촌은 거기에 두 번째로 울타리를 쳤다. 이걸 물려받아 내가 세 번째 울타리를 쳤다. 이 기둥은 이제 30년도 더 묵었는데, 파랑새들은 기둥에서 구멍을 찾아 내고는 구멍을 넓혀 둥지로 쓴다. 하지만 기둥이 천천히 썩어 가는 걸 재촉하지는 않는다. 60년을 서 있을, 그리고 30년은 족히 파랑새의 아파트가 되어 준 이 울타리 기둥에 값어치를 매겨 보자. 시중에 나와 있는 쇠붙이 기둥이나 방부목 기둥 어떤 것도 이리 오래가지 않는다. 분명 개오동나무 기둥은 요즘 팔리는 기둥값 세 곱쯤, 아마 개당 10달러는 나갈 것이다. 1에이커라면 가로 세로 20피트¹ 피트는 30.48센티미터이다.씩 사이를 띄울 때 나무를 100그루쯤 기를 수 있다. 간격을 달리할 때 1에이커에 기를 수 있는 나무 수를 계산해 보자. 먼저 간격을 곱하는데, 예를 들어 20에 20을 곱하고, 그 값인 400으로, 1에이커를 제곱피트로 환산한 값인 43560을 나눈다. 수령 20년짜리 개오동나무 100그루에서, 나무줄기 하나마다 네 개로 쪼개 기둥을 얻을 수 있다. 에이커당 400개가 나오는 셈이다. 개당 10달러로 치면, 20년마다 4000달러,

해마다는 에이커당 200달러이다. 누군가 영민한 사람이 있다면 개오동나무 농장을 하며 울타리 기둥과 실외 가구 사업을 시작하지 않을까. 나뭇조각들은 조각가에게 팔고 말이다. 하지만 그런 것들을 배우게 될 때쯤이면, 우리는 "늙을 만큼 늙고 총기가 바랜" 사람이리라.

양벚나무와 검은호두나무는 다루기가 참나무보다 훨씬 쉽고 빛깔과 나뭇결 무늬가 훨씬 아름답다는 게 내 생각이다. 호두나무는 잘 썩지 않아서 지난날 기둥, 판재, 마감재로 쓰였다. 나는 전체를 호두나무로 마감한 오래된 집 두 채를 안다. 하지만 오늘날에는 값이 너무 비싸서 그렇게 쓰지 못한다. 호두나무와 벚나무 값이 비싼 건 역사의 우연이나 실수로, 사람이 불러일으킨, 무척 쓸데없는 희소성에서 비롯된 결과이다. 이 두 나무는 여건만 갖춰지면 미국 중서부에서 잡초처럼 자라고 퍼질 것이다. 북부 오하이오에는 냇물이 흘러가는 조그만 들판이 상당히 많다. 물이 자주 흘러넘치는 탓에 곡식 농사는 실패가 뻔하다. 하지만 농부들이 이 저지대에서 곡식 농사를 짓는 시늉을 하는 건, 보조금을 받을 수 있기 때문이다. 이 들판에 나무랄 데 없이 알맞은 검은호두나무를 심는 농부에게 정부가 보조금을 준다면 훨씬 좋지 않겠는가.

단풍나무는 벚나무나 호두나무보다 더 쉽게 퍼지는데, 큰 나무 그늘에서도 쉽게 자라기 때문이다. 미국 중서부와 동부의 오래된 넓은 잎나무숲이 오랜 세월 방목에 시달린 끝에 되살아날 때가 온다면, 남아 있는 늙은 거목들의 그늘에서 가장 먼저 새로 싹트는 건 무엇보다 단풍나무일 것이다. 게다가 은단풍나무보다 설탕단풍나무가 자란다면 결코 나쁜 소식이 아니다. 북부의 어떤 나무 품종도 설탕단풍나무의 호랑이 줄무늬 같기도, 새의 눈 같기도 한 아름다운 나뭇결을 따라잡지 못하기 때문이다. 그리고 설탕단풍나무는 건축재로 두루 쓰이고, 무엇보다 가구를 짜기에 좋으며, 바닥재 같은 특별한 쓸모에도 어울린다. 게다가 설탕단풍나무 숲은 단풍나무 시럽을 만들 수 있어 자립 농장에서 가장 큰 수익을 내는 땅이다. 반골 농부 혁명에서 시대를 뛰어넘어 존경받는 두 지도자, 스코트와 헬렌 니어링 부부가 쓴《단풍 설탕 길잡이The Maple Sugar Book》를 읽어 보라.

크리스마스트리 시장은 대체로 공급이 넘치지만, 자기 고장에서 가꾼 숲에서 한 해에 몇 그루를 지역 주민에게 파는 건 언제나 참으로 쉽다. 특히 전문적으로 가지를 치고 모양을 잡은 소나무의 유행이 수그러들면, 가지 사이에 장식물을 주렁주렁 걸 만한 자리가 있는, 자연스럽게 생긴 나무를 소비자가 찾는다. 가문비나무와 전나무를 이렇게 거의 혹은 전혀 가지치기하지 않고 기르면, 품이 덜 들어 크리스마스트리 사업으로 거둘 수 있는 수익을 최대로 늘릴 수 있다. "늙을 만큼 늙고 총기가 바랜" 때에 이를 알게 되었지만, 나는 요새 해마다 가문비나무를 몇 그루씩 심으며 은퇴 뒤 벌이를 준비하고 있다.

크리스마스트리를 기르는 일은 자립 농부가 숲 가꾸기에 대한 조언을 어떻게 받아들여야 하는지 생각하게 하는 본보기이다. 다시 말해, 곡식 기르기에 대한 조언을 받아들이듯 똑같이 신중한 것이 좋다. 산림학자가 하는 말을 그대로 받아들여서는 안 된다. 학자들의 도움말은 대개 주류 식림 산업 경제에 맞추어져 있으니 슬기롭게 이를 흘려듣는 게 좋겠다. 그저 가욋벌이 얼마쯤이면 족하지 않을까. 한 해에 50그루 남짓한 크리스마스트리용 나무를 한 그루에 20달러씩 판대도. 중요한 목표는 땅에서 얻게 될 갖가지 이익이 아니라 작은 숲속에 사는 즐거움이니까.

나무로 무엇을 하겠다고 마음을 먹든, 그것을 해 보라. 거룩한 가능성은 우리 반골 농부가 하기 나름이다. 이른바 우리 '경제'는 지금부터 20년, 40년, 또는 60년 뒤에나 벌이가 될 사업이 끼어들 자리가 아예 없다. 자신의 삶이, 아니 적어도 삶의 일부라도 그런 경제의 굴레에서 벗어날 길을 찾는 이들만이 옥수수와 목화 대신 나무를 심어 숲을 가꾸"고자" 한다.

숲을 가꾸는 법

거듭 말하지만, 숲을 가꾸는 올바른 방법이라며 읽거나 듣는 조언들은 대개 돈을 많이 버는 것이 목표다. 하지만 늘 뻔하게 지출해야 하는 돈도 많다. 빌린 돈의 대가를 결정하는 은행은 히커리 장작 한 가리 원문 표현은 'cord'로, 땔감을 세는 단위를 가리키며 3.62세제곱미터의 부피이다.와 포플러

장작 한 가리가 1천만 비티유British thermal unit, 영국 열량 단위로 1파운드의 물을 1°F 올리는 데 필요한 열량을 말한다.쯤 차이가 난다는 데에는 관심이 없다. 정해진 수익률을 맞춰 주어야 하는 도매와 소매를 거쳐야 하고, 무엇보다도 판매에 이르는 모든 과정에 월급과 임금을 내줘야 한다.

산림학자가 알려 주는 대로 솎고 가지를 쳐 주면 숲에서 수확물을 몇 해 일찍 얻거나 나무 한 그루에 몇 달러씩 더 받을 수 있다. 하지만 어떤 나무를 기르겠다고 다른 어린나무를 솎아 내면 기르려던 어린나무가 죽을 수 있다. 나도 겪어 보았다. 기업에나 도움이 될 방법대로 따라 하다가는, 낮게 드리운 가지를 쳐 내는 고된 일로 시간만 허비한다. 두 해만 지나면 저절로 가지치기가 될 것을. 더 높이 솟은 나뭇가지들이 햇빛을 가려서 아래쪽 나뭇가지가 죽는 것이다. 거의 모든 경우에 숲은 수많은 세월 동안 그랬듯 스스로 무척 잘 돌본다. 나는 우리집 작은 숲을 두 구역으로 나누어 한 군데는 산림학자의 가르침대로 돌보고, 다른 하나는 내버려 두었다. 열다섯 해가 지났는데 무슨 차이가 있는지 모르겠다. 오히려 그냥 둔 숲에서 자란 나무들이, 열심히 가지치기하고 솎아 낸 쪽 나무보다 더 크다.

오래된 숲에 나무를 심을 일은 거의 없다. 늙은 나무와 새와 청설모가 알아서 심는다. 우리는 물러나 지켜보면 된다. 바람직하거나 기르고자 하는 나무 가까이에서 자라는, 필요 없거나 지나치게 빽빽한 나무 종류를 가끔 베면 될 것이다. 학자들은 이를 나무를 햇빛에 "드러

낸"다고 말한다.

돈을 더 벌려면 나무가 늙어 가게 두지 말고, 베어 낼 만한 나무는 다 베고 어린나무가 빈자리를 차지하게 한다. 하지만 무턱대고 이대로 했다가는, 늙은 나무에만 나 있는 나뭇구멍이 싹 없어진다. 가장 이로운 들새 가운데 하나인 올빼미나 미국원앙, 딱따구리, 동고비, 플리커 딱따구리나 청설모나 꿀벌이 들어가 살 집도 사라진다.

모두베기와 가려베기를 둘러싸고 옳네 그르네 시끄럽게 논쟁이 오간다. 나는 가려베기 편을 들어야 할 것 같다. 종종 탐욕에 이끌리듯, 선택지가 산허리 나무를 완전히 베어 내는 것일 때는 그러기도 한다. 하지만 30에이커쯤 되는 작은 숲이라면 두 방법 사이에 조화를 찾으려 해야 한다. 환경을 둘러싼 모든 논쟁에서 진리는 거의 언제나 중도에 놓여 있다. 만약 예를 들어 4분의 1에이커마다 나무 한 그루씩 베어 낸다면 넓은잎나무 숲은 단풍나무처럼 그늘을 좋아하는 나무로 가득 찰 게 뻔하다. 엄청 큰 나무를 벤 게 아니라면 한 그루 벤다고, 참나무, 히커리, 물푸레, 호두나무같이 햇빛을 좋아하는 나무들이 잘 자랄 만큼 볕이 잘 들지는 않기 때문이다. 그러니 할 수만 있다면, 서너 그루를 골라 함께 베고, 240여 미터쯤 떨어진 곳에서 또 서너 그루를 솎아 벤다. 작은 규모로는 모두베기이면서 곳곳에서 가려 베는 방식이다.

해는 숲을 지배한다. 모든 나무는 햇빛을 먼저 차지하기 위해 목숨 걸고 싸운다. 햇살이 내리쬐는 빈틈이 있다면 나무는 가지를 더 길게 내뻗는다. 아니면 제대로 서 있을 수 있을까 걱정될 만큼 휘거나 구부러지며 더 큰 나무 그늘에서 벗어나려 한다. 빛에 다가가지 못하면 나무는 죽는다. 높이 있는 나뭇가지들이 햇빛을 가로막다 보니 아래쪽 나뭇가지는 죽는다. 높이 솟아 하늘을 가린 우듬지가 손가락 굵기만큼도 빛을 내려보내지 않으면 떨기나무는 끝내 땅바닥으로 쓰러진다. 그러니 크고 늙은 나무가 성장이 끝나 꼭대기 나뭇가지들이 조금씩 죽어 가는 게 보이면 차라리 베어 내는 게 낫다. 늙어 죽어 가는 족장을 붙들고 있다가는 새로운 족장맞이를 늦추거나 망칠 수 있기 때문이다.

그런데 나는 이렇게 하지 않는다. 지난해 겨울, 합판용 큰 미국참나무 네 그루를 팔기로 했다. 네 그루 다 160년에서 200년은 된 나무였다. 옆에 200년 묵은 다른 나무들이 있었지만 합판에 알맞지 않았다. 이 나무들은 죽을 때까지 그대로 둔다는 게 내 절충안이다. 살아 있는 동안 나는 이런 나무를 다시 가질 수 없을 것이다. 자식들도 손주들도 마찬가지다.

사실 '올바른' 숲 관리 방법을 무조건 따르는 걸 경계해야 할 실질적인 이유가 있다. 물론 드문 데다가 값이 비싸서 '낭비'하면 안 되는 합판용 질 좋은 나무 같은 경우는 예외다. 잠깐 딴 얘기를 하면, 숲에 관해 얘기할 때 나는 늘 '낭비'라는 낱말을 쓰게 된다. 자연은 낭비하는 게 없다. 죽은 나무는 썩어서 부엽토가 되지 않는가. 어쨌거나 우리는 나무가 늙어 죽은 뒤 베어 내는 것이 꼭 많은 목재를 잃어버리는 일이 아니라는 걸 알았다. 숲 경영 지침서가 하는 말을 따르지 않는 것이다. 거의 늘, 넓은잎나무는 우듬지 그리고/또는 밑동에서 먼저 썩기 시작한다. 예외 없이 바람이 그 나무들을 넘어뜨리겠지만, 굵은 줄기는 거개가 여전히 쓸모 있는 목재다. 나뭇가지도 얼추 짱짱해서 땔감으로 좋다. 히커리와 미국느릅나무는 아니다. 이 나무들은 죽으면, 아직 서 있더라도 굉장히 빨리 썩는다. 목재상은 군데군데 썩고 있는 나무는 쳐다보지도 않겠지만, 좋은 통나무는 골라내 톱질한 다음 목재로 팔거나 알맞은 데에 쓰면 된다. 우리는 적당한 품삯을 받고 맞춤형 띠톱을 우리 숲으로 가져와서 일해 줄 사람을 부른다. 통나무를 제재소까지 실어 나르는 비용과 번거로움을 피하는 것이다. 더 중요하게는 언제나 위험한, 큰 나무를 베는 일을 안 해도 된다.

작은 숲을 돌볼 때, 큰 나무들 사이에 난 풀을 베 주면 숲이 우거진 공원처럼 보인다. 시골의 작은 숲을 사들인 교외 거주자는 대주분 숲속에 집을 짓고 이렇게 나무 사이의 풀을 벤다. 숲이 없는 것보다야 공원처럼 보이는 숲이 훨씬 나을 테지만, 어린나무들도 조금 자라게 두어서 큰 나무들이 죽은 뒤 그 자리를 메꾸게 하면 더 좋지 않을까.

사람이 직접 기계로 베지 않아도, 양은 힘들이지 않고 숲을 깔끔한 공원으로 바꾸어 놓는다. 하지만 6월 말까지는 기다리자. 그때는 봄 들꽃이 충분히 무르익어 양 무리가 뜯어 먹어도 이듬해 다시 꽃 피는

데 지장이 없다. 작은 숲이 저절로 살아나게끔, 지름 15미터쯤 되는 조그만 땅에 철망 울타리를 둘러친다. 저절로 자라나는 어린나무들과 떨기나무가 양에게 먹히지 않고 울타리 안에서 자라난다. 다섯 해쯤 뒤면 나무가 키가 커져서 양이 망쳐 놓을 수 없다. 그러면 울타리를 걷어서 다른 땅을 골라 다시 둘러친다. 3.6미터보다 높게 울타리를 둘러야 사슴이 어린나무를 망치지 않는다.

숲 경영 지침서는 숲에서 가축을 놓아먹이면 나무한테 해롭다고 가르친다. 하지만 위에서 말한 것처럼 조그맣게 울타리를 둘러치는 방법이라면 꾸준히 숲을 지켜 갈 수 있다. 그리고 가축을 놓아먹이면 통나무와 특히 합판용 나무에 흠집이 난다고 적혀 있다. 젖소나 말을 작은 숲에 많이 몰아넣어서 가축이 나무 둘레를 밟아 뭉개어 뿌리가 상하면 그럴 수 있다. 하지만 경험에 비춰 보면, 양이라면 틀림없이, 그리고 작은 젖소 몇 마리 정도는 잘만 이끌면 나무를 해치지 않는다. 가장 확실한 증거로, 내가 얼마 전에 합판용 나무를 판 조그만 숲은 적어도 반세기 동안 짐승을 풀어 기른 곳이다.

그다음 증거는 내가 익히 보아 온 것인데, 풀밭에서 자라나 볕이 쨍쨍한 날 양들이 그늘을 찾아 들어가 쉬는 나무들이 사실 무척 잘 자란다는 사실이다. 나무의 뿌리 쪽 흙을 밟아 주면 거기서 풀이 자라지 못하고 똥거름은 흙을 기름지게 만든다. 한 예로, 참으로 튼튼하고 열매도 주렁주렁 열리는 사과나무를 기르고 싶다면, 뿌리가 튼튼하고 크게 자라는 나무를 풀밭에 심는다. 키가 작은 바탕나무에 접붙여 기른, 튼튼히 자라지도 못하고 그늘도 거의 드리우지 않는 종류 말고 말이다. 그리고 나무가 크게 자란 뒤에 양들이 맘껏 그 그늘에서 쉬도록 한다. 양은 나무에 거름을 줄 뿐 아니라 떨어진 열매를 모두 먹어 치워서 나무가 건강하게 크는 데 이바지한다. 양은 과일을 파먹은 벌레까지 먹어 치우므로 벌레들이 한살이를 이어 가지 못한다. 열매를 남겨 두지 않으므로 늙은 과일에서 겨우내 살아남는 병해도 사라진다. 이것이 어디에나 들어맞는 법칙이라고 말할 수는 없고, 세상에 그런 법칙이라는 것도 없다. 하지만 이런 나무에서 열린 사과는 70퍼센트가 농약을 따로 뿌리지 않아도 병충해를 입지 않는다.

오래전에 누군가 내게 해 주었으면 좋았겠다 싶은 말을 여기서 해야겠다. 과수원은 분명히 작은 숲이다. 과수원을 생업으로 삼은 이라면, 틀림없이 줄지어 선 군인들처럼 과일나무를 심어 기르고 있을 것이다. 하지만 식구들과 가축이 먹고, 즙을 짜고, 어쩌면 얼마쯤은 팔고 싶다고 생각하는 소농이라면, 햇살이 쏟아지는 곳 어디든 과일나무를 자라게 하면 좋겠다.

예를 들어 해를 좋아하는 과일나무를 숲 언저리에 기르는 것이다. 자연에서는 그런 곳에서 유실수가 자란다. 유실수는 숲 언저리에서 자라나고 깊은 숲속 그늘에서는 살지 못한다. 숲 언저리가 또 좋은 점은, 서리가 내리는 밤에 기온이 조금 높기 때문이다. 그 1도나 2도 차이 때문에 겨울눈이 얼 수도 얼지 않을 수도 있다.

그래서 과일나무는 울타리에 심으면 딱 맞는다. 햇빛을 듬뿍 받는데다가, 놓아먹이는 가축들이 떨어진 과일과 남아도는 과일을 다 먹어 치울 수 있다.

하지만 겪어 보니, 숲 언저리와 울타리에 과일나무를 띄엄띄엄 심는 중요한 까닭은 여느 과수원에서처럼 다닥다닥 심는 것보다 해충 피해를 거의 입지 않기 때문이다. 나는 과일나무도 종류별로 많이 섞어서 심는다. 자두와 호두, 배와 히커리, 오디와 개암처럼 굳은열매붙이와 과실수를 함께 기르고, 사과와 복숭아, 오디와 준베리를 함께 기른다. 똑같은 나무가 이웃해서 자라는 법은 거의 없다. 내가 관행 농법을 따라 처음 심은 사과나무들은 농약을 치지 않으니 더뎅이병에 걸려 죽었다. 그 뒤로는 더뎅이병에 면역이 있는 품종을 심는다. 요즘에는 여섯 종인가가 팔리는데, 리버티종이 매우 좋다. 울타리와 숲 언저리에 심은 사과나무는 모두 씨앗이 저절로 싹을 틔운 나무이거나 야생이라 병충해에 잘 견딘다. 그렇지 않다면 조니 애플시드Johnny Appleseed, 1774~1845, 묘목을 파는 사람으로, 오하이오, 인디애나, 일리노이에서 개척자들에게 사과 묘목을 나눠 주어 정착을 도왔다고 한다. 시대부터 살아남지 못했을 것이다. 내가 오래 살 수만 있다면, 우리 땅처럼 20에이커 넓이에 군데군데 제 키만큼 충분히 자라는 과일나무를 100그루쯤 심을 것이다. 열리는 과일 절반은 팔 수 있을 것이다. 그러니까 한 그루에 5부셸쯤 1부셸에 5달러씩 팔면 2500달러라는 쏠쏠한 쌈짓돈이 생긴다. 나머지 절반은 집에서 그대로 먹거나, 사과 사이다와 파이, 설탕 절임을 만들고, 가축도 많이 먹일 수 있다. 하루에 사이다 한 잔이면 장 건강에 무척 도움이 된다.

조그만 숲 가꾸기

시골 곳곳에 꼭 필요한 숲이 새로 우거지려면, 자립 농부들이 숲을 가꾸어야 할 것이다. 물론 정말로 돈벌이가 된다고 하더라도, 40에서 60년을 기다릴 만한 여력이 있지는 않을 것이다. 그러나 꼴이나 농작물만 거두던 곳에 조그만 숲을 가꾸는 일은 생각보다 쉽다. 가까이 숲이 있다면 나무를 심어야 할 필요도 없다. 하지만 얼마쯤은 나무를 심어야 한다고 생각하는데, 그 까닭을 적어 본다. 한발 물러나 끈기 있게 기다리면, 자연이 펼쳐 놓는 한 6막 정도의 연극 한 편을 볼 수 있다. 땅이 '자연으로 되돌아가게' 내버려 둔 보답이다. 나라면 '자연으로 나아가게' 두었다고 말하고 싶지만 말이다. 물론 그 연극이 펼쳐지는 동안 보는 사람이 먼저 죽겠지만, 자연이라는 드라마 전체가 그런 것이다. 결코 마지막 커튼콜 따위는 없다.

1막은 키 큰 풀들이 뒤덮는다. 야생당근, 엉겅퀴, 소루쟁이, 돼지풀, 금관화, 엉겅퀴붙이와 다른 여러 풀들이 풀밭에 불쑥불쑥 솟아오른다. 또는 한 해 전이라면 행군하는 군대처럼 옥수수가 줄지어 서 있었을 땅에서 폭동을 일으키듯 무리 지어 나타난다. 이 풀 세상은 온갖 새들의 낙원이다. 우는비둘기는 풀씨를 찾고, 오색방울새는 엉겅퀴 씨를 찾아 내려앉고, 자리공 열매를 먹으며 여러 새들이 함께 노래한다. 깔끔한 사람이 보기에 들판은 엉망진창이다. 야생동물과 화가에게는 배와 눈을 채울 수 있는 진수성찬이다.

다음 막은 두세 해 안에 열린다. 2막에서는 열매가 열리는 나무딸기들과 가시덤불붙이가 무대에 오른다. 싹을 틔운 씨앗들은 새와 동물들이 들판에 옮겨 놓은 것들이다. 나무딸기와 떨기나무들이 곧 풀에 그늘을 드리운다. 이 무대에 등장하는 식물 배우 대부분은 씨앗뿐 아니라 뿌리로도 퍼지는 능력이 있다. 덩굴붙이, 특히 덩굴옻나무, 서양담쟁이덩굴, 미국노박덩굴, 머루가 나타나 떨기나무를 감고 꼬불꼬불 파고든다. 프러시아 사람처럼 깔끔한 걸 좋아하는데 곡식 농사를 짓고 있는 농부라면 1막부터 짜증이 치솟고 2막에 이르면 말문이 막힐 만큼 메스꺼워진다. 너무 가팔라서 갈아서 농사지을 수 없는 땅이라 해도 이들은 '너저분한' 것을 싹 베어 풀밭으로 만들 것이다. 풀을 뜯길 짐승 한 마리 기르지 않더라도 말이다. 이들은 이렇게 평생을 바쳐 그렇게 깎고 또 깎지만, 참을성 있게 기다리면 '너저분한' 것들이 끝내 작은 숲으로 변한다. 하지만 자연의 극장을 좋아하는 자립 농부들은 덤불숲에서 덤불만 잘라 오솔길을 낸다. 그러면 극 전체를 맨 앞 객석에서 볼 수 있다. 이런 오솔길은 앞으로 베어 낸 나무를 옮기는 길이 될 테니, 그런 계획을 품고 길을 내야 한다.

2막이 흥미진진한 건, 숲이 우거지면서 과일과 씨앗을 좋아하는 새들이 가장 다양하게 등장하기 때문이다. 나무딸기를 좋아하는 미국너구리와 주머니쥐도 제법 많다. 상자거북도 마찬가지이다. 마멋, 토끼, 여우 들의 수가 늘어 간다. 무엇보다 사슴 무리가 가장 커진다. 이들은 더부룩하게 새로 솟아나는 싹을 오물오물 뜯어 먹고, 사람이나 개를 피해 숨을 곳을 찾아든다.

몇 해 더 지나면 커튼이 올라가고 3막이 시작된다. 가시덤불과 딸기나무가 힘을 잃기 시작하는데, 해의 힘을 아직 깨닫지 못한 이들에게는 수수께끼 같은 일이다. 어린나무들이 나무딸기 사이로 솟아오르기 시작하며 더 작은 것들에 그늘을 드리운다. 양벚나무가 이제 무대의 인기를 독차지하고, 네군도단풍, 느릅나무, 꽃단풍, 사사프라스, 물푸레나무, 뽕나무, 그리고 그 지긋지긋한 악당 서양산사나무도 겨우 무대에 오른다. 물푸레나무, 네군도단풍, 느릅나무, 단풍나무의 씨앗이 바람에 실려 퍼진다. 새들은 버찌, 사사프라스, 오디를 물어 옮긴다. 사슴과 미국너구리와 새는 악당인 서양산사나무 열매를 사람이 농사짓는 땅과 사람이 키우는 짐승들이 풀을 뜯는 풀밭에 어쨌거나 옮겨 놓는다. 그 가시 달린 가지는 많은 새들이 가장 좋아하는 둥지 터이자 쉼터이다

나무에서 떨어진 검은호두와 양버즘나무 열매는 숲으로 이어지는 골짜기를 따라 흘러가서는 냇가에 부려지고, 싹이 튼다. 마멋과 사슴,

양은 달달한 주엽나무 꼬투리를 먹는데, 이들 배 속을 지나 온 씨앗은 쉽사리 싹이 튼다. 청설모와 파랑어치와 다람쥐는 견과와 도토리를 어쩌다 흘리거나 땅에 묻고 까맣게 잊어서, 더 많은 나무가 자라난다.

들새가 나오기를 목이 빠지게 기다리는 관객에게 3막은 별로다. 가까이에 풀밭이 있는 게 아니라면, 들종다리와 쌀먹이새와 파랑새는 이제 사라지기 때문이다. 무럭무럭 자라나는 나무들 그늘에 나무딸기, 나무딸기, 딱총나무 같은 떨기나무가 가려지면서, 이들 열매를 좋아하는 새도 조금 줄어든다.

자연스레 다시 숲이 우거지기 시작하고 스무 해쯤 지나면 4막이 열린다. 토종 넓은잎나무들이 떨기나무와 가시덤불 위로 가까스로 솟고 있다. 더부룩한 덤불 위로 천천히, 끈기 있게 그늘을 드리우기 시작한 것이다. 철옹성 같은 찔레와 골칫거리 보리수를 겨우겨우 넘어선다. 찔레는 지난날 농업대학 교수들이 으뜸 '생울타리'로 꼽았고 야생동물들의 훌륭한 서식지인데, 보리수 또한 만만치 않은 생울타리로 꼽힌다. 서양산사나무와 야생자두는 선전하지만 끝내 기세가 꺾인다. 나무 그늘이 저절로 길을 내는지라 이제 오솔길을 낼 필요가 없어진다.

5막에서는 숲이 서른 해쯤 묵었고, 일찍이 떨기나무가 우거졌던 시절의 식물과 동물은 숲 언저리로 옮겨 가 있다. 지난날 야생동물들이 양껏 먹던 나무딸기와 산사 열매와 야생자두와 미국노박덩굴 따위는 숲 언저리에서 여전히 햇빛을 잘 받으며 열매를 맺는다. 언저리에서 조금 더 들어간 숲은 살짝 그늘이 지는데, 지빠귀는 어린나무의 가지가 갈라지는 곳에 둥지를 튼다. 동고비와 솜털딱따구리는 썩은 옹이 구멍을 파내 둥지로 삼고, 숲과 숲 언저리 어디에서나 먹을 것을 찾아 먹는다. 또 요사이는 봄가을이면 철새들이 몰려들어 지저귄다. 주황, 빨강, 노랑, 금빛, 파랑, 밤색, 흰색, 검정으로 다채로운 조그만 보물은 내게 봄의 기쁨이다.

6막이 오를 때 숲은 쉰 살이다. 참나무와 히커리는 200년까지도 자라나니 아직 절정에 이른 건 아니지만 잘 커 나가고 있다. 양벚나무는 거의 다 자라, 가장 아늑하고 안전한 북쪽 비탈에 자리 잡은 것들 말고는 곧 힘을 잃거나 쓰러지기 시작한다. 숲속으로 깊이 들어가면 태고의 숲이 지닌 원시의 고요가 찾아든다. 지저귀는 새소리는 높은 우듬지에서 들려온다. 어치와 까마귀, 청설모, 붉은풍금조와 매가 우듬지에서 한껏 햇빛을 받는다. 그 아래로는 해한테 충성할 필요 없는 올빼미와 박쥐가 어둠의 세상을 지킨다. 숲 바닥에서는 버섯이 자란다. 곰보버섯처럼 먹을 수 있는 버섯이 있고, 인광燐光을 내서 밤에 나그네를 오싹하게 하는 버섯이 있다. 봄 햇살 아래 들꽃들이 피어난 뒤 나무가 새 잎을 쏙쏙 내미는 모습은, 엽록소도 없이 어둑한 그늘에서 자라나는 수정란풀처럼 신비롭다.

오랜 세월에 걸쳐 나무는 꾸준히 자란다. 큰 나무들이 끝내 쓰러지면 숲 바닥까지 햇살이 시원스레 내리쬐어 씨앗이 싹트고 어린나무가 자란다. 볕을 많이 쬐고 흙에서 양분을 양껏 빨아들인 나무들이 마침 내 늙은 나무들 뒤를 잇는다. 숲에서 널찍한 자리가 불에 타고 토네이 도에 무너져 해를 듬뿍 받으면, 자연이라는 무대에서 숲이 되살아나 는 연극이 다시 시작된다.

이제 다시 1막이 펼쳐지면, 우리가 연극의 감독이자 안무가가 되자. 1막에서 모든 식물은 햇빛을 똑같이 받으며 시작한다. 새로 자라나는 나무에 그늘을 드리우는 키 큰 식물은 없다. 들판은 언젠가는 스스로 넓은잎나무가 우거진 숲이 되겠지만, 키우고자 하는 식물의 씨앗을 직접 심는다면 그 속도가 훨씬 빨라진다. 가시덤불과 떨기나무가 한 바탕 펼쳐지는 과정을 굳이 겪지 않는 것이다. 새로 숲이 우거질 600 여 미터 범위 안에 어미나무가 없다면, 어린나무를 심어야 한다. 그 고 장 토종 나무를 고른다. 검은호두와 미국참나무는 지금 우리 농장에 서 가장 값어치 있는 넓은잎나무이다. 이 두 나무는 먹기 좋은 굳은열 매를 키우고 싶을 때 히커리와 함께, 금세 크는 종으로 특히 중요하다. 어느새 떨기나무 위로 쑥 올라와 햇빛을 차지한다. 낮은 지대의 검은 흙에는 검은호두 씨와 히커리를 심는데, 남부 기후라면 피칸도 좋다. 미국참나무 도토리는 더 높은 지대에 심는다. 씨를 받으려면, 호두와 히커리라면 고소하고 껍질이 잘 깨지는 열매가 열리는 나무에서, 미 국참나무라면 가장 맛 좋은 도토리가 열리는 나무에서, 양벚나무라면 쓴맛이 거의 나지 않는 버찌가 달리는 나무에서, 설탕단풍나무라면 수액이 가장 달콤한 늙은 나무에서 씨를 받는다. 땅이 푹신해지는 늦은 가을날을 잡는다. 씨를 한 양동이 갖고 나간다. 씨를 떨어뜨리고 발로 꾹 밟으면 뗏장이나 흙 속으로 웬만큼 들어간다. 그렇게 심어 나간다. 씨가 흙에 딱 달라붙기만 해도 괜찮지만, 마음을 놓으려면 흙으로 덮어 주는 게 좋다. 실제로 땅 위에 씨를 뿌리기만 해도 얼마쯤은 싹이 튼다. 호두는 껍질을 까지 않은 채 감자 파종기로 심을 수 있다. 묘목을 기르는 어떤 소농은 쟁기로 골을 파고 굳은열매나 도토리를 넣은 뒤 쟁기로 골을 메운다. 설치류, 그 가운데에서도 다람쥐는 때로 이 도토리를 파먹기 때문에 10센티미터 가까운 깊이로 꽁꽁 숨겨야 다람쥐가 못 찾는다. 맨땅에다 심을 때는 귀리를 심듯이 에이커당 1부셸을 뿌리고 써레질을 한다. 그러면 다람쥐가 약탈할 엄두를 내지 못한다. 업으로 삼거나 아주 넓은 곳에 씨를 뿌려야 한다면 미네소타주 미니애폴리스의 트루액스 컴퍼니Truax Company에서 파는 도토리와 굳은열매 파종기를 쓰면 된다.

어미나무가 가까이 있다면, 나무 씨앗은 바람에 떨어지거나 새가 퍼뜨려 저절로 자란다. 그렇지 않다면 바람에 떨어진 씨를 모아 직접 땅에 심으면 된다.

우리 고장은 바늘잎나무가 토종이 아니라서, 내가 숲을 돌보는 일반적인 법칙을 적용해도 되는지 잘 모르겠다. 우리가 늘푸른나무를 기르고 싶다면 다른 지역에서 어린나무를 사 와야 한다. 보살피지 않고 내버려 두면, 이곳에서는 바늘잎나무가 넓은잎나무에 에워싸여 기를 못 편다. 늘푸른나무가 자라는 작은 숲으로 가꾸려는 곳에서는 잘 보살피면 나무가 크리스마스트리처럼 키가 6미터까지 큰다. 그런데도 넓은잎나무는 끝내 그 키를 넘어 바늘잎나무를 그늘로 덮는다. 몇 백 해를 지나며 불이 몇 번만 나면, 오하이오에 있는 우리 지역은 우점종인 참나무가 숲을 다 차지할 것이다.

나무를 베는 기술과 즐거움

큰 나무를 베는 건 의식儀式이 바탕이 되는 행위여야 한다. 초를 켜고, 향을 피우고, 주교관主敎冠을 쓴 주교가 큰 목소리로 기도를 올리듯이. 땅에 뿌리 박고 200년을 넘게 산 나무는 그런 존중을 받을 만하다. 모든 세대가 우뚝 솟은 나무에서 느꼈을 그 안의 거룩한 영에 관해 말하려는 것이 아니다. 나는 그 놀라운 성취를 말하려는 것이다. 200년을 산 미국참나무 앞에 서서, 살아 낸 그 위업을 찬미한다. 수없이 많은 나무들이 빛을 두고 겨루다 스러졌다. 그보다 더 많은 나무들이 바람과 병해와 벼락과 불길에 무릎을 꿇었다. 이 미국참나무는 도토리를 남기고 나는 그 도토리를 모은다. 나무를 베어 넘어뜨리는 게 합당한 이유는 죽어 가는 나무이기 때문이다. 또 우리 아들은 그 목재로 가구를 짤 것이고, 그 가구는 이제 세대를 이어 가며 반들반들 손을 타고, 많은 이들에게 사랑받을 것이기 때문이다. 나무의 싱그러운 삶에 마침표를 찍으며, 나는 나무의 영혼이 이를테면 영생하도록 놓아주는 것이다.

하지만 나무를 베면서 나무의 영혼에 넋을 빼앗기고만 있으면 안 된다. 내 안전을 거듭 확인해야 한다. 나무 베기는 나무의 목숨을 마무리하는 데에서 그치지 않는다. 나무 베는 이의 목숨 또한 위태롭다. 나무를 베는 일은 위험이 따르는 모험이다. 아무것도 모르는 이들이 시골살이가 따분하다느니 어리석은 소리들을 하는데, 나무를 베어 보라고 말해 주고 싶다.

앞서 말했듯이 나는 바람이 큰 나무를 쓰러뜨리기를 기다리는 편이지만, 늘 그렇게 오래 기다릴 수만은 없다. 어떤 경우든 몇 가지 도움말이 있다.

내 경험으로 볼 때 가장 위험한 나무는 속이 빈 나무다. 다른 때처럼 한쪽에 홈을 파고 반대쪽에서 벨 때 나무가 어떻게 넘어질지 예측할 수 없다. 답은 간단하다. 속 빈 나무는 벨 일이 아니다. 그건 짐승들과 새, 꿀벌 몫으로 남겨 두자. 속이 빈 나무인지 어떻게 알까? 큰 망치로 때려 보면 안다. 북처럼 소리가 울린다. 속이 찬 나무를 때려 보면 완전히 다르다. 속이 빈 나무에는 대부분 새와 청설모 집이 들어 있다.

또 위험한 것은 굵은 가지에서 가지가 갈라져 나간 나무다. 갈라진 부분이 낮게 있을수록 더 그렇다. 내 친구 하나는 그런 나무 때문에 하반신이 마비되었다. 나무 몸통을 베는데 갈라진 가지 하나가 느닷없이 쪼개지며 등뼈를 부러뜨렸다. 그런 나무를 베어야 한다면, 갈라진 가지에서 되도록 먼 곳에 자리를 잡고, 갈라져 나간 가지와 나란히 서서 베야 한다. 절대로 갈라진 가지가 몸 쪽으로 오게 해서는 안 된다. 그림을 그려서라도 정확히 알려 줄 필요가 있다. 굵은 사슬로 갈라진 나무줄기들은 단단히 묶어 둔다. 하지만 이렇게 미리 조심한다고 해도 어이없는 일이 생긴다.

심하게 기울어 있는 나무가 지름이 15센티미터가 넘을 때도 베는 데 위험이 따른다. 지름이 클수록 더 위험하다. 초보자들은 이런 나무를 베어 넘기기 쉬울 거라 믿는다. 이미 충분히 기울어져 있으니까 말이다. 천만에. 기울어진 쪽의 뒤에서 보면 논리적으로 보일지 모른다. 하지만 10여 센티미터만 베어 들어가도, 나무 몸통이 순식간에 세로로 쪼개진다. 큰 나무라면 쪼개진 부분 끄트머리에 치여 목숨을 잃게 된다. 두말할 필요도 없이, 이렇게 되면 통나무로서 값어치도 잃는다. 기울어진 나무를 벨 때는 기울어진 쪽이나 그 반대쪽에서 베면 안 된다. 그 옆쪽에서 베어야 한다. 기운 쪽 안쪽을 조금 베고, 조금씩 둘레를 베는데 한쪽을 먼저 베고 반대쪽을 조금 베는 식이다. 나는 전문가에게 돈을 주고 맡기라고 권한다. 내가 본 으뜸가는 전문가는 울타리 너머로 기울어 있는 나무를 벴는데, 마지막 순간에 나무가 빙글 돌더니 울타리와 나란한 방향으로 떨어졌다.

나는 그런 솜씨를 터득하지 못했으므로, 울타리 쪽으로 심하게 기운 더 작은 나무도 다른 방법으로 벤다. 나무가 울타리 너머 건너편으로 기울어 있을 때, 기운 쪽 반대쪽에서 베는 것이다. 그 맞은편에는 홈을 파지 않는다. 체인 톱으로 나무를 살짝만 베고, 나무가 흔들리기 시작하면 곧바로 멈춘다. 그러면 나무는 땅으로 천천히 떨어지고, 잘리지 않은 몸통 부분은 경첩 노릇을 한다. 나무 꼭대기는 울타리 너머 땅에 닿지만, 몸통은 울타리 위쪽으로 울타리에 닿지 않은 채 아래쪽 몸통에 아슬아슬하게 붙어 있다. 그러면 땅에 닿아 있는 나무 위쪽부터 시작해서 울타리 쪽으로 땔감으로 쓸 것을 잘라 내 간다. 이 방법이 먹히는 건 잎이 푸르른 나무뿐이다. 몇 해 동안 죽은 채로 서 있던 느릅나무라면 때로 쓰러질 때 높은 곳이 우지끈 부러지며 울타리를 덮치곤한다. 하지만 그렇다 해도 높은 곳, 다시 말해 울타리 꼭대기 위를 벤다면, 나무는 대체로 위쪽의 나뭇가지가 먼저 땅에 부딪히게 되어 나무 무게 전체로 울타리를 심하게 무너뜨리는 일은 없다.

앞서 말한 문제를 푸는 가장 좋은 해법은, 전문 벌목인에게 나무를 몇 그루 팔면서 도움을 받는 것이다. "저기 저 나무를 어떻게 베어야 할지 걱정이네요." 하며 잔뜩 앓는 소리를 낸다. "일하시는 동안 어떻게 하면 좋을지 알려 주실 수 있는지요." 이런 식이다. 전문가는 틀림없이 공짜로 그 일을 해 준다.

시도해 볼 만한 또 다른 방법은 전화국이나 전력회사의 도움을 받는 것이다. 이 회사들은 전선이 숲을 지나간다면, 쓰러지면서 전선을 건

드릴 수 있는 나무를 벨 때는 전화를 하라고 실제로 요구한다. 초짜배기들이 나무를 잘못 베는 일이 많다는 걸 잘 알기 때문이다. 그래서 앞의 "일하시는 동안" 수법을 이번에도 써먹는다. 이들 회사 직원은 당연히 부탁받은 나무도, 전선과 가까워서 문제가 될지 모를 또 다른 나무도 대신 베어 준다.

큰 나무를 넘어뜨릴 때 나무에서 멀리 떨어져 있기보다는 가까이 붙어 있는 게 안전하다. 배우자나 자녀나 그 누구든, 구경꾼들도 베어 내는 나무 가까이 있거나, 아예 넘어지는 나뭇가지가 닿을 수 없는 곳에 멀리 떨어져 있어야 한다. 예상과 어긋나게 나무가 넘어간다면, 우듬지가 땅에 부딪히는 자리까지는 30미터가 넘을 수도 있다. 그쯤 서 있던 사람은 더 멀리 도망쳐야 예상치 못한 방향으로 쓰러지는 나무를 피할 수 있다. 나무 곁에서라면 몇 걸음만 옮겨도 피할 수 있는데, 다만 나무 둘레에서 돌부리나 덤불, 포도 덩굴을 치워 놓아야 한다. 나무가 쓰러질 때 뒷걸음질하거나 옆으로 피하다가 걸리지 않도록 말이다.

큰 나무가 옆으로 누우면 믿거나 말거나 어느 때보다도 훨씬 위험하다. 엄청난 나무 기둥이 땅에 찰싹 붙는 게 아니라 대개 나뭇가지들을 버팀목 삼아 땅에서 3미터쯤 떠 있기 때문이다. 이 '버팀목'들을 찬찬히 살핀 뒤에 톱질을 시작한다. 나는 육중한 통나무가 빙글 도는 무시무시한 일을 두 번이나 보았다. 버팀목 같은 나뭇가지가 한쪽에서

부러지자, 나무 베는 사람이 서 있는 위치로 다른 쪽 나뭇가지가 사람을 죽일 듯이 날아왔다. 이런 위험을 피하기 위해 나는 먼저 놀고 있는, 다시 말해 버팀목 노릇을 하지 않는 나뭇가지를 모두 잘라서 걸리지 않도록 한다. 그리고 나무의 끝 쪽에 서서 목재를 잘라 내기 시작한다. 언제나 나무줄기를 벗어난 앞쪽에서 일하는 것이다. 그렇게 하면 나무가 느닷없이 넘어지거나 뒤집혀도 다치지 않는다.

아니면 놀고 있는 가지를 죄다 잘라 낸 뒤, 트랙터로 나무를 당겨서 버팀목 같은 가지를 부러뜨리며 땅에 내려놓는다. 나무가 트랙터를 덮치는 일이 없게끔 충분히 긴 통나무용 사슬을 쓴다.

머리를 정말 잘 쓰면, 나뭇가지들이 버티고 있는 채로 나무를 베는 게 사실 더 쉽다. 난로에 들어갈 길이만큼 자르다 보면 통나무만 조금 남는다. 하지만 누구도 그 방법을 설명해 줄 수는 없다. 나무마다 다르고, 벨 때마다 상황이 다 다르기 때문이다.

나무가 쓰러지다가 다른 나무에 걸릴 때 어떻게 해야 하는지 알려 주는 책은 읽은 적이 없다. 그런 지침이 있을 수 없기 때문 아닐까. 사슬을 나무에 건 다음 트랙터나 권양기winch, 원치, 말로 당겨서 엉킨 나무에서 떼어 낼 수 있다. 그럴 만큼 힘센 장비가 없는 내가 나무를 떼어 내는 방법은 나무 몸통을 톱으로 써는 것이다. 거듭 자르다 보면 엉킨 나무에서 저절로 떨어질 때가 온다. 통나무 아래쪽에서 위쪽으로 톱질하는 게 무척 중요하다. 위에서 아래쪽으로 썰면 통나무에 체인 톱이 꽉 끼어서 다른 톱까지 갖다가 나무를 썰어 빼내야 할 것이다. 또 아래쪽에서 바라볼 때, 잘린 나무가 미끄러지거나 넘어지며 덮치지 않도록 조심해야 한다. 나무는 굉장히 무겁고, 그저 얻어맞는 게 아니라 목숨을 잃기 십상이다.

솜씨 좋은 나무꾼이 베는 나무는 다른 나무에 걸리는 일이 거의 없다. 그 사람들이야 원하는 곳에 나무를 넘어뜨리는 솜씨가 있어, 다른 나무가 없는 빈 공간으로 쓰러뜨린다. 이들은 나무를 쓰러뜨리려는 쪽으로 나무에 홈을 판다. 그러고는 반대쪽에서 홈보다 조금 위쪽으로 베기 시작한다. 사실 나무가 정확히 홈 쪽으로 넘어갈지는 누구도 모른다. 종종 나무 무게 탓에 오른쪽이나 왼쪽으로 조금 기운다. 이를 막자면, 나무를 살살 달랜달까, 쓰러지려는 쪽으로 이끌어 갈 수 있다. 홈을 판 쪽을 향해, 반대쪽에서 톱자국을 내면서 가는 방법이다. 비결과 원리는 이렇다. 왼쪽에서 홈 가까이까지 베어 나무줄기가 곧 쓰러질 수준이라면, 나무는 홈 오른쪽으로 조금 기울어 넘어가게 된다. 오른쪽에서 홈을 향해 더 베었다면 나무는 왼쪽으로 기울게 되는 식이다.

늘 그렇듯 오로지 경험으로만 배울 수 있다. 그리고 때로는 경험도 도움이 안 된다. 얼마 전에 나무를 베었는데, 나무가 쓰러지면서 죽은 어린나무에 부딪혔다. 그러자 어린나무가 튕겨 나왔다. 어린나무 윗부분이 굵은 몸통에서 떨어져 나와 빛의 속도로 붕 하며 내 머리를 스치듯 날아간 것이다. 다시 말하지만, 농사는 따분하기는커녕 가장 짜릿한 직업이다. 통계로 볼 때도 광업에 이어 두 번째로 위험하다.

연장을 쓰다 보면, 체인 톱이 소리는 시끄럽지만 섬세한 연장이라는 걸 알게 된다. 체인 톱은 힘으로 내리눌러서 쓰지 않는다. 통나무를 썰 때는 톱날을 세운 채 사람이 선 반대쪽부터 나무를 베어 나가야 한다. 그러면 톱이 통나무의 절반까지 들어갔을 때, 톱날은 거의 수직으로 세워져 있고 손잡이는 통나무 위쪽으로 똑바로 서 있는 모양이 된다. 그쯤에서 손잡이를 살살 내리며 사람 쪽으로 남은 통나무 부분을 나란하게 베어 간다. 톱날이 저절로 들어가게 한다. 살짝 힘을 보태 줄 뿐이다. 체인 톱이 가장 말을 잘 듣는 방식은 밑동 쪽 톱날이 아니라 끄트머리 톱날이 통나무에 길을 내는 것이다. 밑동 쪽 톱날은, 체인 톱 밑동을 닻처럼 고정시키는 지레 받침 노릇을 한다. 그러면 끄트머리 톱날이 나무를 베 들어가 길을 내며 아래쪽으로 잘라 간다.

나무를 넘어뜨릴 때, 길이가 짧은 작은 통나무 몇 개를 갖다 두어 통나무를 받칠 수 있도록 한다. 이 가로지른 작은 통나무 받침들 덕분에 큰 통나무가 땅바닥에서 떨어져 있게 된다. 그래서 톱질을 할 때 톱날이 땅에 박혀 부러지는 일 없이 잘 끝낼 수 있다. 얼음이 박힌 통나무를 자를 때나 흙에 박힐 때, 톱날은 눈 깜짝할 새에 부러진다. 나무 몸통을 땅에서 조금 띄워 놓으면 톱날이 통나무 속에 꽉 물리는 것도 미리 알아차리고 피할 수 있다.

넓은잎나무 너덧 가리면 단열이 잘된 여느 오하이오 집에서 겨우내 따뜻하게 지내기에 넉넉하다. 조금 더 북쪽이라면 조금 더 들고, 남쪽은 조금 덜 든다. 땔감이 그만큼이라면, 3.5킬로그램이 조금 넘는 목수용 도끼로 충분하다. 기계식 톱이 필요 없다. 우리는 도끼로 쪼개기 어려운 옹이나 가지가 갈라져 나간 부분은 큰 난로에 집어넣거나 단풍수액을 졸이거나 라드lard, 돼지 지방을 정제하여 만드는 고체나 반고체의 기름를 만들 때 땐다. 장작 패는 일은 나한테 운동이자 스트레스를 날리는 치료법이다. 날아오는 야구공을 고르는 눈매와 팔근육을 겨우내 훈련시키는 방법이기도 하다. 도끼를 휘두를 때, 나는 타자가 공을 보고 방망이를 휘두를 때처럼 늘 통나무의 한 점을 찍어서 겨냥한다.

한마디로 장작을 패는 건 나한테는 일이 아니라 놀이에 가깝다. 또한 보석을 세공할 때와 비슷한 예술이라 할 수 있다. 나무는 대부분 도끼로 어디를 내리쳐야 하는지만 알면 잘 쪼개진다. 붉은참나무처럼 쉽게 쪼개지는 나무는 파이를 자르듯이 통나무를 조각낼 수 있다. 쪼개기 어려운 나무는 끄트머리에서부터 쪼개는 게 훨씬 쉽다. 8센티미터쯤 되는 두께로 통나무를 언저리부터 쪼갠다. 와이 자 모양의 작은 토막은 가로로 동강 내기보다는 갈라진 방향대로 내려치면 쪼개진다. 나무 몸통에서 가지가 소용돌이치듯 갈라지는 와이 자 부분은 쪼갤 수 없다. 될 리도 없고, 안 된다. 붉은느릅나무 같은 나무들은 도끼로 쪼개지지 않는다. 해 보지는 않았지만 확실하다고 들은 말은, 느릅나무가 얼면 쪼개진다는 것이다. 그 말이 사실이라면 그 나무는 다 마르지 않아, 안에 수분이 꽤 들어 있었을 것이다. 우리 집 느릅나무는 늘 말라 죽는데, 느릅나무 지름이 15에서 20센티미터쯤 되면 느릅나무시들음병이 걸려 죽는다. 지름 15센티미터가 안 되는 죽은 붉은느릅나무는 도끼를 대지 않고 땔감으로 쓸 수 있다. 큰 나무토막은 벽난로에 넣을 통장작이 된다. 붉은느릅나무는 무척 단단해서 땔감보다 더 쓸 만한 곳이 있을 것이다. 예로부터 마차 재목으로 쓰였으니 말이다. 하지만 나는 그만큼 슬기롭지 못해서 땔감 말고는 달리 쓰임새를 찾지 못했다.

신성한 곳, 숲

내가 나무를 베는 이유는 내가 집을 데워 따스함을 느끼려면 나무를 때는 방법밖에 없기 때문이다. 다른 열원으로 똑같은 안온함을 느끼려면, 자동 온도조절기를 32도에 맞추어야 할 텐데, 그러면 나도 지구도 감당할 수 없다.

하지만 중요한 건 내가 장작 패는 걸 좋아한다는 것이다. 나는 늦가을, 겨울, 그리고 초봄에 숲에 머무는 걸 좋아한다. 이 말은, 별나 보이는 내 행동을 두고 친구들이 물었을 때 한 답이었다. 하지만 친구들은 내 말을 믿지 않았다. 그리고 사실 나도 확신할 수는 없었다. 숲에서 장작을 좀 패고, 이따금 산책하는 거라면 좋지. 하지만 해가 바뀌어도 겨울마다 변함없이 그렇게 한다고? 그게 언제까지나 재미있을까?

시간은 나를 바꾸지 못했다. 오히려 숲에서 통나무를 쪼개 땔감을 할 날을 훨씬 더 기다린다. 첫째로 숲에서는 겨울이 좀처럼 혹독하지 않다. 찬바람이 서쪽에서 불어오면 나는 동쪽으로 물러난다. 동쪽에서 불어오면 서쪽으로 피한다. 연세 지긋한 어느 텃밭 농부가 해 준 말이 떠오른다. 내가 여기 발을 들이기 70년 전에 이미 이 숲과 냇물이 흐르는 골짜기에 홀딱 빠진 사람이었다. 그 덕분에 나는 이 숲과 골짜기를 둘러싼 100년에 걸친 이야기를 알고 있다.

"옛날에는 겨울이 더 따뜻했다네." 하고 그가 말했다. 나는 놀라서 그를 바라보았다. 노인들은 대부분 지난날엔 무척 추웠다는 이야깃거리로 젊은 세대를 놀래키는 걸 좋아하기 때문이다.

"그랬어요?" 나는 되물었다. 노인들이란 뭘 더 듣고 싶다면 내가 이야기를 청해야 한다는 걸 알았기 때문이다.

"바람이 요새처럼 불지 않았거든." 그는 이어 말했다. "멍청이들이 숲에서 나무를 죄다 베는 바람에 우리가 평원의 사람들이 되었지 뭔가. 숲속에 터를 닦고 살 때가 훨씬 따뜻했다네. 자네 땅 서쪽으로는 북쪽에서 남쪽까지 숲이 펼쳐져 있었다고. 그때는 잘 때도 방에 난롯불을 넣지 않았어. 요새는 정말 그렇게 못하지."

숲에서 나는 결코 서둘지 않는다. 그것은 숲에서 누리는 기쁨의 일부이다. 돈을 벌기 위해 일할 때 우리는 쉼 없이 서둘러야 한다. 임금

노예경제라고 스콧 니어링이 그랬던가. 통나무에 걸터앉아 막 쌓아놓은 목재 위로 솜털딱따구리가 뛰어다니는 걸 바라본다. 쪼개진 통나무에서 애벌레를 찾는 것이다. 내가 나무 베는 일을 좋아하는 건, 도끼질을 하고 싶을 때 하고, 앉고 싶을 때 앉을 수 있기 때문임을 깨닫는다. 숲에서 나올 즈음에는, 나를 깔보며 호령하는 세상의 우두머리들을 싹 잊는다. 내 임금뿐 아니라 자신의 이익을 위해서 나더러 빨리 일해야 한다거나, 나한테 돈을 주는 게 무슨 소용이 있느냐고 지껄이던이들을.

미국수리부엉이가 큰 나무 높은 곳에서 울며 짝을 찾는다. 부엉이는 임금 노예제도를 걱정할 필요가 없다. 부엉이는 값어치 있는 행동, 그러니까 짝짓기 같은 걸 하려고 운다. 부엉이 울음소리는 봄이 오는 듯하다고 알린다. 산딸기 새 가지는 저물녘이면 보랏빛이 돈다. 겨울이 끝나 갈수록 그 빛깔은 더욱 강렬해진다. 봄의 또 다른 속삭임이다. 자연 또한 완고한 우두머리이니, 봄이면 나는 좀 더 힘을 내야 한다. 이제 날이 더 따뜻해지면, 아직 2월이어도 나무에 물이 오르기 시작하고 나무 베는 시간도 지나갈 것이다.

큰 나무가 땅에 부딪힐 때 세상은 몸을 떤다. 나는 그것을 뼛속 깊이 느낄 수 있고, 내 영혼 또한 소리굽쇠처럼 함께 떤다. 나무가 쓰러질 때 울리는 소리를 들으면 몸이 떨린다. 몸통이 밑동에서부터 쪼개질 때, 멋버티는 나무는 신음하고 그 소리는 점점 커져 울부짖음으로 치달으며 쓰러진다. 그리고 마지막, 그 마지막 찰나에, 나무는 날것 그대로 끼약 죽음의 비명을 지른다. 곧이어 문득 숨이 멎을 듯 우레처럼 쿵 세상을 울리며 나무가 땅에 부딪힌다. 엄청난 충격이 일으키는 두 번째 음파 속에서, 내 귀에는 둘러선 나무들의 가지에서 가지로 찌지직 정전기 같은 것이 튀는 소리가 들리는 듯하다. 눈에 보이지 않는 불꽃은 죽어 가는 나무의 영혼이 아닐까. 새들이 소곤거리고, 나무 꼭대기의 바람이 속닥이고, 정전기가 지나간 공기는 잠잠하다.

　내가 들은 건 죽어 가는 공룡의 울부짖음이다. 몇 세대가 더 지난 뒤, 이곳의 누구도 200년 된 나무가 쓰러지며 내는 소리를 알지 못할 것이다. 그때 철학자는, 아무도 들은 이가 없다면 숲에서 나무가 쓰러질 때 소리가 난 것인지 아닌지는 존재와 현실을 둘러싼 관찰과 인식의 문제를 탐구하는 데 있어 서양 철학계와 과학계에서 오랜 세월에 걸쳐 인용되고 변용되어 왔다. 물을지도 모른다. 그 대답은 이렇다. "이제는 들리지 않지요."

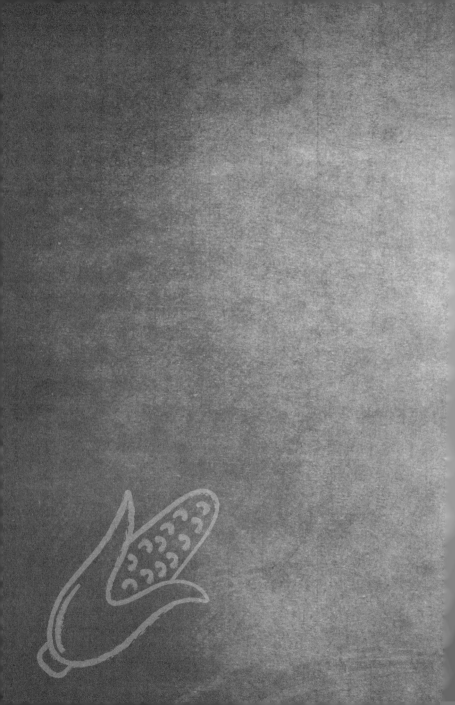

옥수수, 화학적 기업농과 경직된 유기농 사이에서

내년 옥수수 농사가 올해처럼 잘된다면

우린 모두 거덜나지요.

1982년 남아도는 옥수수 문제로 이웃이 한 말

옥수수 농사를 짓느라 지난 세기에 미시시피강으로 쓸려 간 흙이 아마 지난 스무 해 동안 자연스레 깎여 강으로 흘러간 흙보다 더 많을 것이다. 똑똑한 통계 분석가들 말로는, 옥수수를 1부셸 거둘 때마다 흙 5부셸이 저지대로, 도랑으로, 냇물로 쓸려 가거나 바람에 실려 다른 지방으로 날아간다. 중서부 도시들은 해마다 엄청난 돈을 쏟아부어 길가 수로에 흘러든 흙을 치운다. 이는 지구가 감당해야 할 침식 비용 중에 가장 헐한 축이다. 흙은 대부분 부유한 이들의 농장에서 사라진다. 부자는 땅을 농부한테 빌려주고, 농부는 납세자들에게 보조금을 받아 지금도 남아도는 옥수수를 더 길러 낸다. 우리는 아마도 정신이 나간 것이다. 나는 마땅한 설명을 달리 찾지 못하겠다.

어떤 농부는 오래전에 은퇴해도 됐을 만한 부자인데, 그러는 대신 이곳저곳에 있는 자기네 농장 건물마다 옥수수를 쟁여 놓았다. 값이 치솟아 한몫 잡을 때가 오기를 하염없이 기다리는 것이다. 건물을 다 채우자, 자기 땅에 있는 시골 폐교 지붕에 구멍을 뚫어 역시 옥수수를 채웠다. 한편, 한때 아름다운 시골 교회였던 건물 문간에 돼지 한 마리가 우두커니 서 있는 모습을 보기도 했다. 내가 글로 쓸 수 있는 어떤 것보다도 시골의 삶이 얼마나 스러져 가고 있는지를 숨김없이 보여 준두 장면이다.

이런데도 내가 왜 소농에게 옥수수 농사를 앞서 권하는 것인가?

무엇보다도 옥수수가 무척 믿을 만한 작물이기 때문이다. 심술궂은 자연의 변덕스러운 기분을 상대할 때, 믿을 만하다는 것은 중요하다. 그래서 옥수수가 너무 많이 생산되는 것이다. 바보도 기를 수 있고, 그러니 많은 이가 심는다. 가뭄이 들어 가축 먹일 것이 충분치 않은 채로 겨울을 날 걱정을 할 때마다, 돌아가신 칼 삼촌은 늘 지나가는 말처럼 나무랐다. "그러니 진, 내 평생 옥수수를 싹 다 잃은 적은 한 번도 없단다." 이때 그는 여든이었다. 칼이 세상을 뜨자, 나는 점쟁이 이웃 노릇을 도맡았다. 삼촌과 내 기억이 더해져 한 세기를 아우르므로, 나는 옥수수가 실제로 믿을 만한 곡물이라고 과학적으로 엄밀하게 결론 내릴 수 있다고 생각한다. 100년 동안 우리는 농사지은 것을 싹 다 잃은 적이 한 번도 없다. 옥수수 생산 지대의 농부는 굶어 죽지 않는다. 언제나 옥수수죽 한 그릇은 후다닥 만들 수 있다.

우스갯소리처럼 하는 말만은 아니다. 나는 이 책에서 친구, 이웃, 친지, 그리고 내가 농사와 시골살이를 얼마나 즐거이 누리고 있는지 말하고자 하지만, 우리 삶은 흰 나무 울타리로 둘러싸인 전원에서 누리는 고급스러운 휴양이 아니다. 여기 성벽 위에서 우리는, 우리가 생존에 대해 이야기하고 있다는 것을 안다. 자연은 우리를 죽거나 살게 할 준비가 되어 있고 기꺼이 그렇게 하지만, 그럼에도 더 좋아하는 건 전자이다. 복불복은 자연의 보호를 구하는 비밀번호다. 우리는 씨앗에서 싹이 트고 무럭무럭 자라나는 모든 순간을 기적이라고 느낀다. 그러지 못했을 수많은 가능성을 헤아리자면, 열매를 맺는 건 거의 기적에 가깝다.

우리가 농사짓는 것 가운데 가장 '기적' 같은 것이 옥수수다. 1988년에 4월 12일부터 7월 17일까지 비가 한 방울도 내리지 않았다. 옥수숫대는 파인애플 줄기처럼 작았다. 하지만 7월 17일이 지나고 비가 시원하게 몇 번 내리자, 가장 건 땅에서도 쪼그라져 있던 옥수수자루와 자그마하던 줄기가 부쩍부쩍 위로 솟더니 끝내 상당한 수확을 냈다. 내가 키우는 특별한 품종은 여느 때처럼 큰 옥수수가 달렸는데, 자루 중간 부분에 톱니 모양으로 무늬가 난 것이 많았다. 가뭄 때 성장을 멈췄다가 비가 내린 뒤 옥수수자루가 10센티미터 가까이 부쩍 더 자랐다는 증거이다. 거름기가 덜한 땅에서도 절반은 옥수수가 열렸다.

그리고 1991년에는 역대 기록을 깨는 가뭄이 들었다. 하지만 작물이 자라는 땅은 바로 전해 홍수로 물을 머금고 있었다. 열기가 끓는 아즈텍 땅에서 태어난 옥수수들은 가뭄을 잘 견뎌서 이렇다 할 비 한 방울 없이 여느 때처럼 옥수수를 맺었다. 8월 건기 가운데 가장 가물었던 때에도, 이슬이 흠뻑 내린 밤이 지나면, 옥수수 잎사귀와 줄기가 만나는 지점에 컵처럼 오목한 부분마다 아주 조금씩 이슬이 고여 있었다. 어림해 보니 옥수수 그루마다 모이는 이슬이 반 컵쯤 되고, 에이커당 2만 그루로 따지면 하룻밤 새 에이커당 2270리터 넘게 물이 모이는 것이다. 이 물 일부를 옥수수가 빨아들였고, 일부는 줄기를 타고 흘러 내려 작은 고리 모양으로 흙이 촉촉해졌다. 새와 꿀벌, 곤충 들은 식물에 맺힌 이 공짜 물을 들이켠다. 나는 뿌리 미생물과 여러 토양 생물이 옥수숫대 둘레의 축축한 흙에서 미친 듯이 가뭄 속 잔치를 열었을 거라는 상상을 했다.

이듬해인 1992년은 반대로 최고 강수량을 기록한 해였다. 하지만 우리 집은 어느 때보다 옥수수 수확이 나았다.

옥수수의 목숨앗이 곤충은 민달팽이, 방아벌레 애벌레, 넓적다리잎벌레 애벌레, 조명나방 따위가 있지만, 다른 작물들과 돌려 짓고, 농기계로 알맞게 씨 뿌릴 자리를 마련한 뒤 옥수수를 심고 제대로 풀을 솎아 주면, 이 해충들은 거의 문제가 되지 않는다. 병해 또한 옥수수밭에 숨어 있다가 기회만 생기면 날뛴다. 하지만 대부분 자연이나 과학자가 저항성을 길러 놓은 옥수수는 병해를 많이 입지 않는다. 그러나 이는 바뀔 수도 있다. 공장식 농업인들은 옥수수밭이 부예질 만큼 독한 농약을 뿌려 대지만, 그것이 토양 미생물의 상태에 미치는 영향은 절반도 모르기 때문이다.

옥수수를 손에 꼽는 두 번째 이유는, 손으로 아주 많은 양을 쉽고도 즐겁게 거둘 수 있어서다. 두 사람이 10에이커까지 거뜬히 수확한다. 다른 곡물은 낟알이 너무 작아서 손으로 거두는 게 너무 힘들다.

옥수수를 손으로 거두는 게 능률이 있다고 한들, 이웃들 대부분이 수익을 계산하는 잣대는 수백 에이커 넓이라 이 말이 얼간이처럼 들릴 것이다. 하지만 자립 농장이라면 내가 말하려는 것처럼 조그만 옥수수밭이면 충분하고, 손으로 옥수수를 거두어 큰돈을 아낄 수 있다. 두 손과 옥수수 껍질 까는 도구, 그리고 옥수수를 던져 넣을 픽업트럭이나 곡물 운반기, 수레만 있으면 옥수수를 거둘 수 있다.

우리는 '노동력 절약' 기술을 어떻게 쓸까. 예를 들어 옥수수밭 160에이커를 생각해 보자. 마흔 해 전에 이 땅은 온전한 농장으로, 집과 어릿간, 집짐승과 온갖 작물, 들에서 일하는 사람들이 있던 곳이다. 이런저런 건물과 숲, 울타리는 이미 불도저에 밀려 사라졌고, 공장식 축사로 들어간 가축들은 질병을 막는다며 틀림없이 온갖 약물 치료를 받고 있을 것이다. 사람들 또한 자취가 사라졌다. 대부분은 따분한 조립 라인이나 희망 없고 불안정한 일자리를 차지하고 살아갈 것이다. 봄에 딱 한 사람, 종종 최저임금으로 고용된 사람이 집채만 한 농기계를 몰고 160에이커를 돌며 이틀 만에 옥수수를 다 심는다. 그 전후에 맞춤형 살포기로 농약을 뿌린다. 여름 내내 옥수수밭에서는 할 일이 없다. 이따금 인디언 유물을 찾으러 내가 돌아다니고, 사슴이 얼쩡거릴 뿐이다. 가을이면 다시 집채만 한 수확기와 트레일러 또는 곡물 운반차가 밭에 나타나, 흙이 젖어 있다면 흙을 엄청나게 짓누르며, 털털털 옥수수를 벤다. 내가 아는 그런 '대농' 하나는 밤늦게까지 10만 달러짜리 수확기를 몰았다. 그는 잠이 모자라 정신이 없는 상태에서, 베어링을 점검하려고 기계 아래에 들어간 일꾼을 덮쳐 죽였다.

한편 다른 이들과 함께 직접 손으로 옥수수를 거둘 수도 있지만 그러지 않는 사람들은 조깅으로 몸을 단련한다. 교통사고 위험을 무릅쓰고 귀에 이어폰을 꽂은 채 고통스럽게 숨을 헐떡이며 길을 달리는 따분함을 덜어 낸다.

얼마 전에 내가 본 장면과 견주어 보자. 아미시 옥수수밭을 찾았다. 그 주인이 언제 시간을 내서 우리 집 사탕수수를 압착하고 끓여 당밀을 만들어 줄 수 있나 알아보러 간 것이다. 밭 절반은 이미 베어묶개를 끄는 말이 베어 넘겼고, 한 무리의 남자와 소년들이 밭을 가로지르며 땅에 흩어져 있는 옥수숫대들을 세워 묶고 있었다. 나는 베지 않은 옥수숫대 사이로 다가간 터여서 그쪽에서는 내가 보이지 않았다. 모든 작가들이 간절하게 바라듯 잠시 투명 인간이 된 것이다. 이들은 "등이 휘는 지겨운 일을" 힘들고 따분하게 여기며 하고 있었을까? 아니다. 그네들은 독일어로 끊임없이 떠들면서 쉴 틈 없이 웃음을 터뜨렸고, 소년들은 옥수숫대 다발 사이에서 씨름을 하고 술래잡기를 했다. 열심히 일하면서 놀음놀이를 즐기고 있는 것이다.

어느 해 나는 여느 때처럼 1에이커가 아니라 4에이커에 옥수수를 심고, 다른 자립 농부들을 불러 손으로 옥수수를 거두었다. 그 또한 잔치였다. 모두 돌아갈 때는 가축을 먹이거나 옥수수빵을 구울 옥수수를 픽업트럭에 가득 싣고 갔다. 이렇듯 모든 시골에서 일과 놀이가 한데 어우러진다면, 미래가 어떻게 펼쳐질지 상상해 보라.

옥수수를 기르는 건 상상할 수 있는 가장 힘든 일이고 벌이에 큰 도움은 안 되지만, 그래도 나는 꼭 심어야 할 것 꼭대기에 옥수수를 둔다. 단옥수수와 팝콘, 두 가지 때문이다. 집에서 10분 거리에서 단옥수수를 길러 먹지 않는 농사란 수도승처럼 평생을 살아 내는 일이나 다름없다.

옥수수는 연간 평균 강우량이 890밀리미터이고, 90일에서 120일 동안 460밀리미터에서 560밀리미터가 내리며, 여름이 길고 따뜻한 지역에서 잘 자란다. 하지만 멕시코의 뜨거운 사막과 높고 서늘한 안데스 산맥에서 자라는 옛날 품종들이 있다. 나바호족 자립 농부들과 또 다른 이들이 이 가운데 몇몇 품종을 널리 퍼뜨렸고, 파란 옥수수가루로 조그만 사업을 야무지게 일구었다. 오하이오주립대학교의 농경제학자 리처드 프랫 박사Dr. Richard Pratt는 이 사막 옥수수 품종이 가뭄에 버티는 힘을 여느 옥수수 품종에 전하려고 한다.

유전학자들은 짧은 생육기에 알맞은 섞붙임씨앗을 개발했다. 그래서 좀 더 여름이 짧은 북쪽 지역에서도 옥수수를 심을 수 있게 되었다. 관수 덕분에 이 한계선은 훨씬 더 서쪽으로 옮겨 갔다. 하지만 지하수 양이 줄어들거나 물을 끌어올리는 비용이 너무 오르면 대규모 옥수수 관개농업 시대는 끝날 수도 있다. 이렇듯 더 건조한 지역에서는 내다 팔 다른 작물을 기를 수 있어야 농사를 이어 갈 수 있다. 이를테면 남부 대평원에서는 옥수수의 친척인 수수, 아이다호와 몬태나에서는 보리가 그것이다. (이들 곡물은 10장에서 더 자세히 이야기한다.) 아니면 프랫 박사 같은 과학자들이 평원에서 기를 수 있는 옥수수 품종을 개발할 것이다. 따로 물을 대지 않아도 수확량이 충분히 나오는 품종 말이다. 그래 봤자 농부들은 엄청나게 비싼 콤바인을 사느라 빚에 쪼들려 살 것이고 그 콤바인은 결국 폐물로 끝나겠지만.

그런데 풀밭에서 가축을 기르는 데 마음을 쏟는 내가 왜 옥수수든 뭐든 곡식 농사를 고민하는가? 그건 손을 맞잡고 일할 상대로 날씨를 믿을 수 없기 때문이다. 달걀을 몽땅 한 바구니에 담아서는 안 된다. 풀밭은 짐승들이 먹을거리를 얻는 하나뿐인 원천이라는 걸 버펄로가 입증해 준다. 하지만 버펄로는 겨울에 먼 거리를 문제없이 옮겨 간다. 코넬대학교는 북부의 가축이 눈이 많이 쌓인 풀밭에서도 겨울을 날 수 있다는 걸 보여 주었다. 하지만 논문을 자세히 보면, 웬걸, 날씨가 정말 혹독해지면 가축에게 곡물과 마른풀을 보태 주어야 한다는 글귀를 읽을 수 있다. 가축은 가문 여름날에도 곡물이 조금 필요하다. 그리고 자립 농장은 스스로 얼마쯤은 길러 낸다.

더 나아가 자립 농장의 성공은 생물 다양성에 달려 있다. 함께 지내는 생물 종이 많을수록 모두가 생존할 가능성이 더 커진다. 다이앤 애커먼Diane Ackerman은 최근 〈뉴요커New Yorker〉에 실은 곤충학자 토머스

아이스너Thomas Eisner에 관한 아름다운 에세이에서 이렇게 말한다. "다양성은 생물계의 양념이 아니라 빼놓을 수 없는 재료이다." 반골 농부는 이 말을 새기고 산다. 심술궂은 자연이 풀밭의 풀을 이울리면 나는 옥수수를 먹인다. 자연이 옥수수에 우박을 퍼부으면 귀리를 먹인다. 자연이 바람을 일으켜 귀리를 쓰러뜨리면 밀을 먹인다. 자연이 홍수를 일으켜 밀밭이 물에 잠기면 풀이 무성해진다. 지휘자는 바이올린만이 아니라 전체 오케스트라에 기댄다. 농부도 그렇게 해야 한다.

옥수수밭 준비

가난한 독자에게 모든 걸 기르는 방법을 무척 진지하게 알려 주고자 하는 텃밭 가꾸기 책과 농사 길잡이 책에는 코웃음이 난다. 내가 뭘 모르던 시절인 1970년대에 쓴 책들도 그렇다. 이런 책을 보면, 원예와 농업의 올바름에 이르는 참된 길은 오로지 하나뿐이고, 전문가들은 그 길이 무엇인지 참으로 알고 있다는 결론에 이를 수밖에 없다.

농사를 꾸준히 잘 지어 나가려면 옥수수는 지난 해에 콩붙이 식물을 길렀던 땅에 심어야 한다. 내가 정한 불변의 법칙이란 것은 그 정도뿐이고, 심지어 누구든 억지로 지켜야 할 필요도 없다. 고대 로마 사람들은 이 규칙을 이해했다. 베르길리우스의 《농경시Georgicas》를 보면 알 수 있는데, 그는 이를 고대 그리스에서 배웠다. 그 뒤로 과학이 이룬 업적 어떤 것도 내가 이 전통을 심각하게 의심하게 하지는 못했다. 어떤 콩붙이 식물이 좋으냐는, 기후만 아니라면 좋을 대로 고르면 된다. 우리 농장에 가장 좋은 건 붉은토끼풀 같다. 붉은토끼풀은 나를 다시금 반골 농부로 만든다. 전문가들은 한결같이 자주개자리가 더 낫다고 주장하지만 나는 붉은토끼풀을 고집한다. 습한 날씨에 조금 더 잘 버티고, 자주개자리 바구미 피해도 입지 않기 때문이다.

가을이면 이듬해 옥수수 농사를 준비하면서, 두 해 동안 붉은토끼풀이 뒤덮었던 땅을 쟁기질한다. 그렇다. 쟁기다. 또한 맞다. 가을이다. 커다란 원판 쟁기나 경운 작업기, 또는 끌쟁기를 단 농기계로 토끼풀을 풋거름으로 흙에 섞을 수도 있지만, 이 장비들은 낡은 내 쟁기보다 훨씬 비싸다. 쟁기질을 봄에 할 수도 있고 때로는 그렇게 하는데, 우리 오하이오의 점토질 흙은 봄에 땅을 간 뒤보다는 가을에 땅을 간 뒤에 봄에 씨를 뿌릴 땅을 마련하는 게 훨씬 쉽다.

아니면 독성 제초제를 뿌리고, '무경운' 또는 '구획 경운' 파종기를 써서 죽은 토끼풀 사이로 씨앗을 심을 수도 있다. 이렇게 하면 흙을 갈아서 고운 땅을 미리 만들어 두지 않아도 된다. 하지만 그럴 수 있더라도, 나는 풀을 죽이는 독성 물질에 에이커당 15달러 넘는 돈을 쓸 생각이 없다. 또한 무경운 파종기에 1만 5천 달러, 그걸 움직일 수 있는 큰 트랙터에 6만 달러를 들일 필요가 없다. 손으로 밀고 다니는 40달러짜리 텃밭 농사용 파종기가 나한테는 딱 좋다.

그리고 민달팽이와 해충을 죽이는 독성 물질에다가 에이커당 10달러 넘는 돈을 쓰고 싶지도 않다. 이 생명체들은 때로 갈지 않은 흙에서도 갑자기 늘곤 한다. 민달팽이를 그렇게 죽이면, 셀 수 없이 많은 지렁이와 새들이 그 중독된 미끼를 먹을 수 있다. 몇 해 전 동부 오하이오에서 그랬듯이.

무경운 농업, 다시 말해 농작물과 겨룰 수 있는 모든 식물을 농약 독을 써서 죽이고 갈지 않은 흙에 특별한 도구를 써서 파종하는 방식을, 화학 기업과 정부가 널리 퍼뜨리고 있다. 흙의 침식을 막는 실용적인, 그러니까 속뜻을 풀이하자면 단기에 수익을 거두는 하나뿐인 방식이라고 말이다. 무경운이나 화학 농업은 완만한 구릉지 같은 꽤 평평한 땅에서는 땅이 깎여 나가는 걸 매우 잘 막는다. 하지만 작은 농장에서는 침식을 막을 훨씬 값싼 방법들이 따로 있다. 화학 기업들이 유서 깊고 훌륭한 보전 농업의 얼굴에 칠하는 가장 더러운 얼룩은, 무경운이 침식을 막는 하나뿐인 길이고, 무경운만이 땅거죽에 식물 찌꺼기를 남긴다는 개념이다. 웃기는 소리다. 어떤 식으로 농작물을 기르든 식물 찌꺼기가 똑같이 남는다. 무경운 농업이 참으로 이로운 점은, 대규모 농장이 규모를 키워 가면서도, 일을 대충대충 하는 농장에서 흔히 일어나는 가장 심각한 유형의 침식을 피할 수 있는 편리한 길이라는 데 있다. 하지만 가파른 비탈에서는 여전히 침식이 심각할 수 있다. 그리고 무경운이 시작된 지 아직 얼마 되지 않았기 때문에 그것이 앞으로도 지속 가능한 농법으로 남을지 알 길이 없다. 사실 잡초가 제초제에 내성이 생긴다는 증거는 많다.

나는 작은 농장용 작은 쟁기와 작은 직렬식 원판 쟁기 대회 우승자다. 나는 훌륭한 반골 농부인 데이비드와 데이브를 알고 지내는데, 데이비드는 말을 부리며 농사를 짓고 데이브는 트랙터로 농사를 짓는다. 두 사람 모두 자신이 사는 마을에서 농사 기술로 존경받는다. 생태 감수성도 뛰어나다. 그들을 나처럼 반골로 여기는 토양보전국은 무경운 화학 농법 편에서 온갖 노력을 해 오며, 구릉지에서 땅을 가는 일을 거의 불법화했다. 정부 보조금을 받고 싶다면, 토양보전국이 "심하게 침식될 수 있는 땅"으로 여기는 곳을 갈면 안 된다. 하지만 바로 그 땅에서 돌려짓기를 해, 한 해는 옥수수를, 이듬해는 대두를 기르며 흙에 제초제를 뿌리는 건 허락된다. 그 결과 죽은 줄기 같은 작물 '찌꺼기'만 수확 뒤에 남을 뿐, 흙은 늘 헐벗고 있다. 이런 곳은 잘못 갈아 놓은 비탈진 밭만큼 심각하게 흙이 깎여 나간다. 땅거죽에 작물 찌꺼기가 남아 있다고 해서 침식이 일어나지 않는 건 아니다. 몇 해 전, 오하이오의 녹스 카운티에 있는 비탈진 '무경운' 밭에서, 나는 집중호우로 옥수숫대 찌꺼기가 싹 쓸려 가는 걸 보았다. 오늘날 화학적 보전 논리에서 침식을 막아 준다고들 주장하는 옥수숫대가 말이다. 그 '찌꺼기'가 물에 쓸려 가 언덕 아래 울타리에 걸려 쌓이며 밀치는 바람에 울타리가 쓰러지고 말았다.

농사를 지을 때 나는 오로지 뗏장이 있는 땅, 그러니까 이전에 마른풀거리를 기르거나 풀만 자라던 땅만 간다. 다시 말해 어떤 밭도 4년에 한 번 넘게 가는 일은 거의 없다. 콩붙이 식물의 뿌리와, 드문드문한 밭갈이, 가축이 주는 똥거름, 땅을 갈 때 풋거름으로 흙에 섞이는 콩붙이 식물 덕분에, 우리 흙은 언제나 포슬포슬하다. 그래서 35마력짜리 작은 트랙터에 보습 두 개짜리 쟁기만 달면 갈 수 있다. 데이비드는 말을 부려 똑같은 방식으로 땅을 간다. 그가 힘주어 말하듯, 이는 소농이 흙을 효과적으로 갈 수 있는 하나뿐인 길이다. 쟁기와 작은 직렬식 원판 쟁기를 대신할 장비, 그러니까 표준 끌쟁기, 옵셋형 원판 쟁기, 대형 경운 작업기, 심토心土 경운 작업기, 무경운 파종기를 쓰려면 훨씬 마력이 커야 한다. 우리 반골 농부 몇몇은 밭갈이를 사실상 금지하는 것은 집채만 한 농기계들이 우리를 내쫓는 걸 거드는 또 다른 술책이라고 의심한다.

낡은 보습 두 개짜리 내 쟁기는, 18년 전에 10달러와 픽업트럭에 한가득 실은 땔감을 주고 마련한 것이다. 뗏장을 완전히 갈아엎을 수는 없지만, 날이 있어 꽤 수직에 가까운 기울기로 고랑을 판다. 처음에는 그래서 짜증이 났다. 그 전 밭갈기 우승자가 풋거름을 모조리 보이지 않게 파묻으라고 가르쳐 주었기 때문이다. 쟁기가 파 놓은 고랑마다 삐져나온 초록색 띠가 지저분해 보였다. 우리 독일계 선조들이 지저분한 걸 얼마나 싫어하는지 하느님은 아실 테지. 그런데 말을 부려 땅을 가는 데이비드한테서, 땅에서 풀이 삐죽 나와 있어도 괜찮다는 말을 들었다. 칭찬이 자자한, 무경운 농법의 땅거죽 '찌꺼기'만큼이나 침식을 막는 데 효과가 있다는 것이다. 더 나아가, 모든 고랑에 15에서 20센티미터쯤 수직에 가깝게 흙에 박혀 있는 풀 줄기들이 빗물을 땅속으로 곧장 흘러들게 해 침식을 엄청나게 줄인다. 우리 풀밭은 가끔 갈고 무엇보다 매우 평평한 땅이기도 한데 거의 깎여 나가지 않는다. 씨를 심기 직전에 오래된 원판 쟁기로 땅을 갈고 난 뒤, 나는 10센티미터 깊이까지 흙을 곱게 부수어 둔다. 썩어 가는 풋거름의 곧게 뻗은 풀 줄기들이, 고운 흙 아래로 빗물을 흘려 보내 저장한다. 그러면 5월과 6월, 밭이 비바람에 드러나는 때, 대체로 이 지역에서 겨울을 빼고 진짜 심각한 침식이 일어나는 시기에도 괜찮다. 비가 억수같이 퍼부어도, 미국 농무부가 침식이 일어나지 않는다고 큰소리치는 가파른 무경운 밭만큼 심각한 해를 입지는 않는다. 재난 같은 폭풍이 닥치면, 내 농법이든 화학적 무경운 방식이든 비탈진 밭이 깎여 나가는 걸 막지 못한다. 언덕의 밭은 거의 언제나 풀이 덮여 있어야 한다. 풀밭을 가꾸는 것만이 참되고 하나뿐인 무경운 농법이다.

옥수수 심기

사료용 옥수수, 단옥수수, 팝콘, 그리고 '인디언' 옥수수는 거의 비슷하게 기르지만, 지역마다 그 방식이 다르다. 오래된 토종 아메리카 남서부 사막의 옥수수는 예로부터 간격을 두고 두둑을 지어, 종종 둘레에 호박과 단호박, 또는 옥수숫대에 양분을 주는 콩을 심어 함께 기른 다. 씨를 46센티미터까지 깊게 심는 것이, 습한 옥수수 생산 지대에서 대체로 2에서 8센티미터 깊이로 심는 것과 다르다. 이에 반해 마야 사 람들은 때로 두둑을 짓고 물을 끌어와서 옥수수를 길렀지만 씨를 흙 으로 덮을 필요가 없었다.

곱고 차진 흙에서 돈벌이 옥수수 농사를 짓는 농부들에게는 씨를 심 는 때만큼이나 깊이도 골치 아픈 문제다. 4월 초 비가 오는 날, 시골 사 료 분쇄소의 커피포트 옆에 앉아 있다면 이런 대화를 들을 수 있다.

찰리: 옥수수를 심기엔 너무 일러. 다들 알잖나. 땅이 너무 차가워.

(그는 벌써 30에이커나 심었지만, 혹시 싹이 트지 않을까 봐 아무도 모르길 바란다.)

휴브: 나는 심을 데가 2000에이커나 돼. 4월에 시작하지 않으면 다른
        2000에이커에 콩 심는 일도 늦어질걸.

보브: 징징대지 마. 멍청이만 아니라면 잘 궁리해서 농사지을 수 있
        어. 흙이 따뜻해질 때까지 기다리면 되지.

찰리: 파종은 얼마나 깊게 하나.

휴브: 글쎄, 처음에는 2센티미터 못 되게 심었는데, 날씨 예보에서 건
        조한 날씨가 이어진다고 그래서 3센티미터까지 내려갔다가,
        나중에는 비가 온다기에 2.5센티미터까지 다시 올라왔지.

찰리: 어휴. 나는 아예 라디오를 끄고 옥수수를 죄다 3.5센티미터쯤
        에 심어야겠네.

보브 : 그리고 비가 엄청 퍼부으면 땅거죽이 딱딱해지고 옥수수 잎이

　　　땅속에서 나서 죽을 텐데.

찰리 : 나는 옥수수 심을 땅을 곱게 갈지 않아. 땅거죽이 더 딱딱한 껍

　　　질처럼 되거든.

휴브 : 웬걸, 그랬다간 비가 안 오면 그 땅은 물기를 못 머금어서 옥수

　　　수 싹이 하나도 안 날 거라고.

보브 : 농사꾼이 되는 건 가장 멍청한 짓이야.

　옥수수는 대체로 잘되고, 농부가 판단을 그르쳐도 만회가 된다. 초
보 농부일 때, 이른 봄에 너무 깊게 심는 실수를 잘 저질러서 차가운 땅
속에서 옥수수 알이 썩어 버리곤 했다. 요새는 너무 얕게 심는 경향이
있는데, 특히 땅이 완전히 녹지 않았는데 일찍 심을 때가 그렇다. 나
는 흙이 너무 차가워서 2.5센티미터 깊이라도 옥수수 알이 싹을 틔우
기 어려우니 땅바닥 바로 아래에 매우 얕게 심어야 한다고 여겼다. 잘
못된 생각이다. 심을 때 땅이 얼마나 차갑든지, 적어도 3.5센티미터 깊
이에 심는 게 더 낫다는 걸 실수를 통해 깨우쳤다. 메마른 날씨여서 심
은 씨가 싹을 틔울 만큼 물기가 충분하지 않을 경우를 대비하는 것이
다. 대체로 갈기에 충분할 만큼 흙이 마르면, 3.5에서 5센티미터 깊이
에 심은 옥수수가 싹을 틔울 만큼 흙은 따뜻하다. 이 법칙을 따르면 가
장 안전하다.

　내가 얻은 가장 큰 가르침은 서둘지 말라는 것이다. 농부는 뜰을 가

꾸는 이들과 다를 바 없다. 이웃의 누군가가 무언가를 심기 시작하면, 다른 이들 또한 모두 달려 나가서 뭐든 해야 한다고 생각한다.

옥수수 생산 지대에서는 오늘날 옥수수를 끝도 없이 줄줄이 심는다. 하지만 지난날에는 두둑을 지어 옥수수를 심었고, 이는 여전히 좋은 방법이다. 1미터씩 간격을 두고 두둑을 올려 옥수수 서너 알을 심는다. 한 알은 딱정벌레 것, 한 알은 까마귀 밥, 한 알은 거세미나방 것, 그리고 한 알이 자라날 것이다. 두둑을 짓지 않고 줄지어 씨를 심을 때, 섞붙임 옥수수 알은 대개 15에서 20센티미터씩 사이를 띄운다. 섞붙임씨앗이 아닌 우리 집 옥수수는 30센티미터 사이를 띄워야 가장 잘되지만, 그보다 조금 더 가까이 심어도 괜찮다.

줄 간격은 끝나지 않을 다툼거리이다. 전통적으로는 100에서 105센티미터를 띄웠는데 말을 부려야 했기 때문이다. 말을 그 사이로 몰면서 잡초를 잡고 수확을 하기에 알맞은 간격이다. 옥수수가 줄지어 자란다는 사실은 일하는 가축, 제초 도구, 수확 기계가 필요하다는 말이었다. 섞붙임 옥수수는 오늘날 줄 간격 75센티미터로 심도록 권하는데, 가끔 50센티미터 띄워서도 기른다. 하지만 제초제만 쓰는 게 아니라 기계식 제초에도 기대려는 오하이오 농부들 사이에서는 85에서 90센티미터가 더 규범에 가깝다. 텃밭과 묘상에서는 물과 양분과 햇빛이 충분하므로 더 가까이 심을 수 있다.

작은 규모지만 최고의 돈벌이용 옥수수를 생산하는 좋은 본보기가 있다. 제이 존슨Jay Johnson은 오하이오주립대학교에서 공개강좌를 여는 농학자 가운데 한 사람이다. 1989년부터 4에이커짜리 밭에서 옥수수를 꾸준히 길러 왔다. 직접 세심하게 관리할 수 있는 무척 좁은 땅에 자신이 알고 있는 모든 현대 농업의 비결을 온통 쏟아붓는다면 오하이오에서 옥수수를 얼마나 거둘 수 있는지 확인하고자 했다. 그는 4에이커에서 에이커당 평균 230부셸옥수수 1부셸은 25.4kg 정도이다.을 거두는데, 오하이오주의 평균 수확량은 에이커당 평균 120부셸이고, 따로 물을 댄다 해도 200부셸을 거두는 곳은 드물다.

그렇게 많은 수확량이 나오도록, 존슨은 1에이커에 옥수수 알 3만 5천여 개를 심는다. 보통은 2만 2천 알에서 2만 6천 알을 심고, 우리 집 옥수수는 자연 가루받이되는 것이라 에이커당 1만 8천 알을 심는데 말이다. 이렇게 빽빽이 옥수수가 자라려면 비료를 잔뜩 주어야 하고, 밀식에 알맞은 섞붙임씨앗이어야 한다. 그는 처음 여섯 해 동안 에이커당 180에서 230킬로그램쯤 질소를 주었고, 그 뒤로는 에이커당 136킬로그램을 주었다. 그가 처음에 넣은 인은 에이커당 45에서 90킬로그램, 칼륨은 에이커당 90에서 180킬로그램이었다. 하지만 최근 네 해 동안은 토양 실험 결과 인과 칼륨을 더 넣을 필요가 없어서 하나도 넣지 않았다.

그가 알게 된 것은 비료를 꾸준히 잔뜩 넣고 최적의 수분을 유지하더라도 옥수수 수확량이 에이커당 230부셸 수준에 이른 뒤에는 더 늘지 않는다는 것이다. 그는 자신이 넣은 비료 비율이 아마 지나치게 높았을 거라고 말한다. 그리고 비료를 계속 뿌려 봤자 수확량이 늘지 않은 터라, 요즘은 에이커당 수확량을 200부셸쯤으로 유지하기 위해 얼마가 필요한지를 눈여겨 살피고 있다. 또한 옥수수가 자라는 동안 460에서 560밀리미터쯤 되는 수분을 공급하기 위해 필요할 때는 관수를 한다.

그는 그러느라 얼마가 들었는지 셈해 보지 않았다고 하는데, 농부가 그만큼 비료를 치려면 그 비용은 틀림없이 평균치보다 높을 것이다. 옥수수 생산 비용 본보기는 조금 뒤에 소개하겠다. 종자용 옥수수를 팔면서 농사도 짓는 지인한테 옥수수 200부셸을 거둔 적이 있느냐고 물었다. "예. 한 번이요. 다시는 안 해요." 그는 내 어리둥절한 표정이 재미있다는 듯 대답했다. "내가 200부셸 클럽을 만들었어요. 정확히 207부셸이었죠. 그런데 그러기까지 1부셸을 거두는 데 3달러가 들었고, 그해 옥수수 값은 2.5달러였거든요."

지역의 한 농부가 유기농법과 생물 집약적인 방법만으로 조그만 땅에 옥수수를 길러 에이커당 325부셸을 거두었다고 한다. 오하이오대학교 생물 집약적 텃밭 농사 프로그램 책임자인 스티브 리오치Steve Rioch가 이 얘기를 전해 주었다. "생물 집약적인 방법은 채소처럼 값어치가 높은 작물에 실제로 훨씬 효과가 있습니다."라고 말한다. "우리가 넓이 9.3제곱미터짜리 두둑에서 기른 채소는 900킬로그램에서

6350킬로그램까지 늘어났죠."

더 평범한 실제 농장 사례를 들어 볼까. 우리 집 가까이 사는 데이브는 꽤 기름진 고지대에서 에이커당 평균 120부셸을 거둔다. 흙이 더 걸고 개울이 흘러가는 땅에서는 종종 150부셸을 거둔다. 그의 농사 철학은 늘 저투입 생산이었다. 대량생산된 비료와 제초제를 적당히 쓰고, 토끼풀을 풋거름으로 보태 주며, 비용이 얼마 안 드는 농기계로 풀을 솎아 내는 것이다. 반쯤 은퇴한 지금은 50에이커 남짓 옥수수를 심는데, 100에이커 넘게 재배한 적은 없다. 1미터쯤 줄 간격을 띄우고, 트랙터가 끄는 4열 파종기에 종자판seed plate, 정해진 간격으로 씨앗을 정해 둔 만큼 내보내는, 구멍이 뚫린 둥근 금속판을 걸어 22센티미터마다 옥수수를 한 알씩 떨어뜨린다. 그가 심는 옥수수는 올품종과 늦품종이 절반씩 섞인 섞붙임씨앗이다. 1992년, 비가 많이 온 해에는 고지대 밭에서도 에이커당 150부셸 넘게 거둔 적이 있는데, 그 땅의 흙바탕을 생각하면 엄청난 수확이었다.

내가 옥수수를 기르는 방식은 좀 독특하다. 딱 1에이커만 심어서 거둔다. 이 방식이라면 조그만 옛날 연장을 부려 적어도 50에이커까지는 지을 수 있다. 데이브의 방식을 얼추 따르지만 제초제는 쓰지 않는다. 에이커당 비용은 옥수수에 생계를 거는 농부보다 적게 들지만 수확량도 적다. 절로 가루받이되는 우리 집 옥수수는 보통 에이커당 110부셸까지만 나온다. 똥거름 10에서 15톤을 부은 뒤에 곧바로 콩붙이 식물을 갈아엎어 흙에 넣는데, 내가 넣는 거름은 종종 그게 다이다. 하지만 경험으로 미루어 볼 때, 지난해 말린 꼴을 마련하려고 콩붙이 식물을 여러 번 베었다면 흙에 칼륨이 바닥나 있을 수 있다. 그래서 봄에, 특히 깊이가 얕은 흙에 심는 옥수수에는 칼륨을 알맞게 보태 주어야 한다. 나무를 태운 재나 자연 속 암석에서 채취한 칼륨, 또는 화학적으로 정제한 비료인 황산칼륨이나 염화칼륨을 쓴다. 토양생태학자들이 황산칼륨을 염화칼륨보다 권하는 건, 염화칼륨을 많이 뿌리면 거기에 든 염소가 흙에 쌓여 해를 끼칠 수 있기 때문이다. 나는 똥거름이 모자랄 때는 질소, 인, 칼륨을 6:24:24로 배합한 거름을 에이커당 90킬로그램쯤 넣는다. 거름 45킬로그램에 질소 2.7킬로그램, 인 10.8킬로그램, 칼륨 10.8킬로그램이 들어 있다는 뜻이다. 존슨이 넣는 180킬로그램, 90킬로그램, 180킬로그램과는 차이가 크다. 내가 암석 원료에서 얻은 인과 칼륨보다 시큼해진 이 비료를 쓰는 건, 값이 더 싸고 무게가 덜 나가기 때문이다.

아하, 유기농 인증을 받지는 않으셨군요, 하고 방문객들은 때로 콧방귀를 낀다. 내가 서른 해 동안 숨김없이 유기농업을 지지해 왔다고 알고 있기 때문이다. 전혀 그렇지 않다. 나는 화학비료를 알맞게 주는 것은 전혀 해롭지 않고, 때로는 흙의 양분을 유지하는 가장 경제적인 길이라고도 서른 해 동안 말해 왔다. 유기농업이 끝내는 이를 실현할 거라고 나는 생각했다. 유기농업이 어떤 뜻을 담든, 우리 집 텃밭은

100퍼센트 유기농업이고, 과수원 또한 유기 농법으로 꾸려 간다. 다만 과수원에서는 유기농을 실용적으로 적용하는 길을 오랫동안 실험해 왔다. 농작물에 네 해마다 화학비료를 조금 주는 것으로 내가 선택받은 이들 사이에서 사기꾼이 되는 거라면, 내가 아니라 유기농 단체가 문제임이 드러나는 것이다.

미국유기농식품표준위원회가 강요하고, 일류 유기 식품 판매자들이 합의해, 유기농업에서 사용해야 하거나 사용하지 말아야 할 물질들이 정해진다. 이 비틀린 과정은 모든 이가 만족하는 '순수한' 유기 식품이 불가능하다는 증거로 충분하다. 합의를 이끌어 내기 위해 미국유기농식품표준위원회는 끝도 없이 길고 장황한 물질 목록을 만들어, 일부는 문제없음, 일부는 부분 규제와 함께 허용, 일부는 완전 금지를 천명한다.

어떻게 물질 하나가 때로는 규제를 받고 때로는 받지 않으면서 여전히 '유기농'일 수 있을까? 그래서 위원회는 '전환기' 유기 농부라는 지위를 만들어 냈다. 유기농으로 가고 있지만 아직은 이르지 못한 농부라는 뜻이다. 이들 농부는 때로 '전환기 유기농'이라고 식품이나 섬유의 상표 딱지에 표시할 수 있는데, 상품 자체를 잣대로 볼 때 아무런 의미가 없는 일이다.

나는 미국유기농식품표준위원회가 불가능한 목표를 세우고 있다고 생각한다. 꼭대기에 앉아서 무수히 다른 상황에 놓인 무수한 농장에 이상을 강요하려 하는 것이다. 꾸준히 늘어 가는 인구를 생각해 볼 때, 어떠한 방법을 쓴들 완전히 지속 가능한 농업은 가능하지 않을지 모른다. 마티 벤더Marty Bender는 캔자스의 땅 연구소The Land Institute에서 지속 가능한 농업을 연구해 온 학자다. 최근에 나온 연구에서 그는 어떤 형태로든 인과 칼륨을 보태 주지 않아도 논밭의 흙이 저절로 비옥함을 유지할 수 있다고 밝혔다. 다만 농사를 쉬면서 농사지은 시간의 절반만큼은 풋거름이 우거지도록 해야 한다. 예를 들어 건조 지대용 밀로 수행한 실험에서는 농사지은 14년의 절반인 7년이 필요했다. 인과 칼륨의 원천은 유한하기 때문에 인구 증가를 마주하여 우리가 할 수 있는 최선은 환경이 악화되는 속도를 늦추는 것이다. 인간이 이성을 되찾고 스스로 인구를 줄이게 될 때까지, 피할 수 없는 파국을 늦추는 것이다.

천연의 인과 칼륨에서 얻은 파생물들은 지속 가능한 농업에 이롭고, 그 천연 물질을 정제한 비료는 배척해야 한다고 말하는 건 논쟁거리이다. 유기농업 유일주의자들 말고는 설득할 근거가 모자라기 때문이다. 또한 모두가 엄청난 양의 정제되지 않은 물질에 기대어 농사를 짓는다면 공기가 더 오염되고, 오존이 쌓이고, 수송 비용과 고속도로 사고가 증가하며 문제가 될 것이다.

이런 상황에서 나는 화학비료를 조금 넣더라도 조화로운 농업을 위해 괜찮다고 선언할 자격이 있고, 그것이 합당한 일이라고 여긴다. 미국유기농식품표준위원회는 내가 한 번도 쓰지 않은 항생제를 때로 유기농업에 사용해도 좋다고 발표할 자격이 있고 그것이 합당하다고 느끼지 않는가.

깨끗하고 안전하게 가공된 하수 찌꺼기인 바이오솔리드를 농지에 쓸 수 없도록, 예외 없이 철저하게 금지하는 유기농 인증을 나는 마음에서 지워 버렸다. 이 금지는 마녀사냥에 지나지 않는다. 나는 저널리스트로서 10년 가까이 폐기물 관리 분야를 다뤄 왔고, 이 분야에서 손꼽히는 과학자들을 가까이에서 만나 왔다. 오하이오주립대학교의 해리 호이팅크Harry Hoitink와 테리 로건Terry Logan, 미국 농무부의 루퍼스 채니, 환경보호청의 존 워커John Walker에게 바이오솔리드를 언제쯤 널리 퍼뜨릴 수 있을지에 관해 정보를 얻는다. 이 학자들은 오늘날 안전하게 가공된 바이오솔리드는 알맞게 주기만 하면 농업 비료 가운데 가장 안전한 축에 든다고 말한다. 어느 쪽으로도 꿍꿍이속을 품지 않은 이들이다.

바이오솔리드를 농사에 이용하는 걸 찬성해야 하는 사람이 있다면 유기 농부여야 한다. 이 폐기물에 유기물이 풍부하기 때문이다. 마티 벤더는 비료 원료인 인과 칼륨이 유한하다고 지적하면서, 농업은 재생시킨 도시 바이오솔리드를 흙을 기름지게 가꾸는 하나의 원천으로 써야 한다고 말한다. 게리 베그너는 워싱턴주에서 밀 농사를 짓는데 농업의 생태 문제에 매우 관심이 많은 사람이다. 아주 적은 양의, 이른

바 중금속은 자기네 농장 흙이 필요로 하는 바로 그 미량 무기질이라고 즐겨 말한다. 그는 '경'금속이 훨씬 알맞은 표현일 거라 여긴다.

오렌 롱은 캔자스의 소몰이자 생태 운동가이고 유기 송아지 고기 생산자이다. 이제 농사일을 반쯤 놓은 농부인데 어느 이른 아침 나와 통화를 하며 이렇게 말했다. "미국유기농식품표준위원회가 모든 합성 비료 금지를 고집하면, 실질적으로 지속 가능한 농업을 하려고 애쓰는 농부들 대부분은 유기농업 운동에서 떨어져 나갈 겁니다. 어쨌거나 나는 유기농 인증을 받는 데 관심이 없어요. 내가 바라는 건 되도록 외부 투입을 최소화하고 생태적으로 온전한 농장을 운영하는 것뿐입니다."

내가 도전장을 던지겠다. 우리 집 옥수수나 내가 기른 다른 어떤 먹을거리이든 좋다. 유기농 시장을 파고들어 인증을 받은 일류 식품 회사의 옥수수와 견주어 보자. 둘 다 수치를 조사하고, 시료를 채취하고, 가장 앞선 분석 도구로써 측정해 보자. 우리 집 농산물에서 해로운 화학물질이 나온다거나, 인증받은 제품만큼 영양소가 풍부하지 않다면, 나는 미식축구 헬멧으로 입을 틀어막고 영영 입을 다물겠다.

유기농업이 자잘한 것들만 신경 쓰면서 일어나는 문제는, 큰 것을 놓친다는 것, 적어도 아주 큰 자기모순에 빠진다는 데 있다. 언젠가 여성들이 화학물질인 에일라Alar, 식물 생장조절제 상표명를 쓰는 사과 농부들을 비난하는 걸 들었다. 이 물질은 조그만 아기한테조차 해를 끼친다고 입증된 바가 전혀 없다. 그러더니 이들은 숨도 쉬지 않고 곧바로, 낙태를 일상적인 가족계획 방법으로 지지하는 게 아닌가.

하지만 작은 데 집착하는 유기농 인증을 두고 옥신각신하기보다 옥수수밭에서 해야 할 흥미로운 일들이 더 많다. 나는 작은 농장에서 손으로 수확하는 데 특히 알맞은, 절로 가루받이되는 레이즈엘로덴트 품종 옥수수를 기르려고 한다. 절로 가루받이되는 옥수수는 요즘 나오는 섞붙임씨앗보다 훨씬 큰 옥수수자루가 달린다. 옥수수자루가 크면 소농에게 훨씬 효율적이다. 작은 옥수수 두 개보다 큰 옥수수 하나 껍질 까는 게 훨씬 빠르다. 더 나아가 자연 가루받이되는 옥수수는 그 씨를 받아 다시 심을 수 있으니, 섞붙임 옥수수처럼 해마다 씨를 새로 살 필요가 없다. 섞붙이기한 씨앗은 거푸 새로 심으면 부모 혈통으로 돌아간다. 비용도 어림잡아 에이커당 24달러이다. 1993년에서 1994년 사이에는 중서부에 큰물이 져서 훨씬 비쌌다. 또한 절로 가루받이되는 옥수수가 섞붙임 옥수수보다 더 맛있어서 동물들이 좋아한다는 증거도 나왔지만 아직 확실한 건 아니다.

다시 심을 때를 위해 나는 해마다 가장 튼튼한 줄기에서 가장 크고 가장 통통한 옥수수자루를 골라낸다. 옥수숫대가 약하면 절로 가루받이되는 옥수수는 싹 망하니까. 그 골라낸 옥수수로 옥수숫대가 튼튼하고 무게는 섞붙임씨앗 곱절이 되는 옥수수를 개발할 수 있을까? 그렇게만 되면 손으로 옥수수를 따는 일이 훨씬 수월해질 텐데.

왜 과학자들은 절로 가루받이되는 옥수수로 이런 연구를 하지 않을까? 절로 가루받이되는 곡물을 거의 모두 연구하면서도 말이다. 그건 옥수수가 밀과 귀리처럼 단일성을 띠지 않기 때문이다. 씨앗에서 자라나는 것들이 똑같지 않다. 옥수수자루 하나에서 훑어 낸 옥수수 알을 다 심어도, 자라나는 옥수수는 많은 부분이 서로 조금씩 다르다. 유전학자들 표현대로 하자면, 그런 잡종강세 성질을 갖고 있기 때문에, 옥수수는 골라 심어서 개량하기는 어렵지만 서로 다른 품종을 섞어서는 그런대로 쉽다. 그래서 섞붙임씨앗을 만든다. 줄기가 튼튼해지고 고른 옥수수를 얻을 수 있고 수확량이 는다.

하지만 옥수수의 잡종강세는 다양성과, 뜻밖의 품종이 나올 큰 가능성이 존재한다는 뜻이기도 하고, 나는 거기에 흘렸다. 옥수수자루는 얼마나 길어질 수 있을까? 내가 해마다 좋은 것을 골라 심어서 줄기가 튼튼한 품종을 번식시킬 수 있을까? 그것을 연구의 우선순위로 삼으면 섞붙임 옥수수만큼 좋은, 계속 씨를 받을 수 있는 품종을 얻을 수 있을지 프랫 박사에게 물었다. 그는 정치 세력들과 관련된 문제임을 알고 있는지라 잠깐 멈칫하다가 대답했다. "아마도요."

시간이 오래 걸리고, 역교배를 많이 해야 할 터인데, 말하자면 돈이 엄청 든다는 뜻이다. 대개 생식세포 은행, 그러니까 종자 은행을 운영하면서 그것을 기반으로 새 품종을 개발하는 토지공여대학public land grant, 주 정부가 증여받은 연방 정부 토지를 판 자금으로 설립한 대학교 과학자들이 연구한다 해도, 무척 용기가 필요한 일이다. 토지공여대학의 금고를 채워 주는 통 큰 기부처인, 섞붙임 옥수수 기업들의 엄청난 반대에 맞닥뜨리게 될 테니까. 그래서 반골인 나는 아무도 하지 않는다면 내가 하리라고 마음먹었다.

그 뒤, 옥수수를 손으로 거두는 일은 따분한 일이 아니라 매우 흥미로운 여가가 되었다. 거의 모든 옥수수가 서로 달라서, 어떤 것은 옥수숫대 꼭대기에, 어떤 것은 밑에 달리고, 어떤 것은 통통하고 어떤 것은 가늘며, 어떤 것은 불그스름하고 어떤 것은 허여멀겋고, 어떤 것은 옥수수 속대가 붉고 어떤 것은 하얗고, 어떤 것은 옥수수 알이 부드럽고, 어떤 것은 다른 것보다 더 단맛이 나고, 어떤 것은 늦되고 어떤 것은 올되며, 어떤 것은 껍질 벗기기가 쉽고 어떤 것은 어렵다. 나는 가장 튼튼한 옥수숫대에 가장 큰 옥수수 알들이 달린 가장 크고 가장 통통한 옥수수자루를 스무 개쯤 따로 두었다가, 봄에 옥수수자루 중간에서 옥수수 알을 떼어 섞어서 심는다. 요새는 줄지어 난 옥수수 껍질을 벗겨 가면서, 언젠가는 내가 세계에서 가장 긴 옥수수자루를 발견하게 될지도 모른다는 생각을 하고 있다.

얼마 전 본 텔레비전 프로그램대로라면, 1993년에 이미 그랬을지도 모른다. 우리 집 옥수숫대에는 열두 개쯤 옥수수가 열렸는데, 습도가 15퍼센트밖에 안 되는 건조한 날씨에도 옥수수자루 길이가 36센티미터를 넘었다. 습도가 더 낮을 때는 길이가 조금 더 짧다. 33센티미터가 넘는 것이 아주 많았고, 30센티미터가 조금 넘는 것들이 대부분이었다. 18년 전, 내가 처음 씨를 골라 심기 시작했을 때는 30센티미터짜리도 거의 안 나왔는데 말이다. 나는 물론 신이 났지만 으스대지는 않았다. 그런데 얼마 전 텔레비전 아침 토크쇼 프로그램에 한 농부가 나와서 자신이 세계에서 가장 긴 옥수수를 키운다는 게 아닌가. 길이가 36센티미터라는데 우리 집 옥수수 몇 개는 그보다도 길다.

많은 이들이 우리 종자를 사고 싶어 하는데 아직은 옥수숫대가 썩튼튼하지 않은 것 같아 꺼려진다. 많이 개량해 왔지만 더 나아지길 바란다. 그런데 친구가 이런 말을 했다. "진, 자네는 질 게 뻔한 싸움을 하고 있어. 옥수숫대가 튼튼해지면 그만큼 옥수수는 커질 거야. 그러면 더 튼튼한 옥수숫대를 바라게 될걸. 그럼 또 옥수수는 커지고 말야."

옥수수 기르기

3장에서 말했는데, 나는 밀고 다니는 작은 플라스틱 파종기 두 대를 서로 이어 붙여서 한 번에 옥수수를 두 줄씩 심는다. 파종기 하나에 40달러쯤 한다. 새 트랙터나 중고 트랙터, 말이 끄는 다른 파종기들도 많이 나와 있다. 값이 아주 괜찮은 중고 파종기는 농장 직거래에 꾸준히 나온다. 하지만 파종기 매장에서 새것을 살 여유가 있는 소농이라면 구식 장비에 기댈 필요가 없다. 새 파종기를 1열, 2열, 3열, 필요한 단위대로 사고, 3점 지지 장치를 단 트랙터나 말 연결 장치 뒤의 도구 막대에 붙여 쓰면 된다.

풀 잡는 기술은 잘되는 농장의 핵심이다. 키가 작은 풀은 너그럽게 봐 넘길 수 있고, 생물 다양성이라는 관점에서는 사실 도움이 된다. 하지만 잡초는 수두처럼 조금만 돋게 하기가 어려운 골칫거리이다.

옥수수처럼 줄지어 기르는 작물을 심을 때는 물을 잘 빼고, 때를 잘 맞춘다면 풀을 수월하게 잡을 수 있다. 이상하고 틀려먹은 의견으로 들릴 것이다. 패트와 조는 농장에서 자랐지만 적어도 그 둘에게는 이상한 소리로 들렸다. 작은 농장으로 돌아올 꿈을 꾸던 두 사람은 어느 해, 둘이 살던 마을 언저리의 땅 2에이커를 유기농 단옥수수 농장으로 바꾸어 자투리 시간에 소득을 올리기로 결정했다. 왕감자를 길러 별명도 그렇게 붙은 왕감자 스미스 씨가 두 사람에게 경고를 했다.

"그 땅은 너무 질척하다네." 그가 젊은 부부에게 말했다.

"너무 질척하다고요?" 패트가 눈살을 찌푸리며 어리둥절한 얼굴로 조를 바라보았다.

"그럼. 비가 퍼부으면 7월 4일까지 마르지 않는다네." 하고 노인이 말했다. "배수관을 놓아야 해."

패트와 조는 왕감자 노인이 늙은 농부들이 으레 하듯 아는 체를 하는 거라 여겼다. 둘은 무슨 뜻인지 알아챘다고 생각했다. 왕감자 노인에게 품값을 드릴 테니 땅 2에이커를 갈아 달라고 했다. 왕감자 노인은 땅을 갈면서 고개를 저으며 혼자 투덜댔다. 젊은 부부는 우리 집 것 같은 2열 텃밭 파종기와, 텃밭 관리기, 손으로 미는 바퀴 달린 쟁기로 옥수수 농사를 짓기로 했다. 그러면 하루에 4분의 1에이커쯤 심을 수 있고, 그만큼도 거의 못하기가 쉬웠다.

부부는 계획대로 밀고 나가 5월 2일에 처음 옥수수를 심었다. 나중에 보니, 그날은 때를 맞춰 그들이 무언가를 할 수 있었던 마지막 날이었다. 조는 바퀴 달린 쟁기가 텃밭 관리기처럼 특히 옥수수 줄 옆에서 밀고 가기 쉽다는 걸 알게 되어서, 5월 4일, 새 바퀴 쟁기로 작업하려는 참이었다. 그런데 비가 내렸다. 닷새 뒤 작은 옥수수 싹이 흙 위로 삐죽 솟았고 무수한 풀도 같이 솟았을 때, 땅이 드디어 말라서 갈 수 있었다. 하지만 비가 또 왔다. 닷새 뒤 땅이 다시 충분히 말랐을 때, 잡초가 천지를 뒤덮고 있어 바퀴 달린 쟁기도 잘 나아가지 못했다. 옥수수를 심을 줄에 자라난 풀은 흙을 갈아 덮어 주어도 흙에 묻히지 않았다. 이제 손괭이로만 맬 수 있었는데, 흙이 딱딱해지고 풀이 10센티미터 넘게 커서 풀 매는 일이 더디고 고되었다.

땅에서 제대로 물이 빠진다면, 패트와 조는 비가 내리는 봄에도 풀을 잡는 데 아무 문제가 없었을 것이다. 흙은 부드러웠지만, 첫 번째 비가 내리고 이틀 뒤면 갈 수 있을 만큼 잘 말랐을 것이다. 그러면 바퀴 달린 쟁기나 관리기로 사과 소스를 가르듯 흙에 골을 파서 돋아난 잡초를 묻고는, 옥수수를 심을 줄 사이에 난 풀도 밀 수 있었을 것이다. 부드럽고 다루기 쉬운 흙이라 필요하다면 작은 손괭이로도 갈 수 있었을 것이다.

물이 잘 안 빠지는 이 밭에다가 첫 번째로 심은 씨를 풀이 뒤덮었다. 드디어 땅이 말랐을 때 흙은 콘크리트처럼 딱딱했다. 조가 왕감자 노인의 농장 트랙터에 경운 작업기를 달고서 흙을 깨서 뒤집자 벽돌처럼 크고 딱딱한 흙덩어리가 옥수수 싹을 덮쳤다. 어쨌거나 그럴 수밖에 없었던 것이, 옥수수 줄을 차지한 풀이 옥수수만큼 키가 커서 그걸 땅에 묻으려면 옥수수도 함께 파묻을 수밖에 없었기 때문이다. 똑같은 악순환이 두 번째 파종 뒤에 이어졌다. 질척한 흙 때문에 미뤄지는 바람에 두 번째 파종은 거의 세 번째 씨를 뿌렸어야 할 무렵 이뤄졌다. 그러니 패트와 조가 팔 옥수수는 철이 끝날 무렵, 손님이 되어 줄 이들 대부분이 다른 농장 가판대에서 배불리 사 먹은 뒤에야 한꺼번에 나왔다.

"내 생각에 2에이커에서 얼추 100달러만 손해를 본 거야." 연말쯤 조는 아내에게 비꼬듯 말했다.

"2에이커 넘게 투자하지 않은 것이 다행이네." 왕감자 노인의 촌평이었다.

그 뒤 패트와 조는 습한 기후에서 풀을 잡으려면 화학적 방법에 기댈 수밖에 없으니 유기농 옥수수를 기르는 것은 불가능하다고 결론을 내렸다.

물이 잘 빠지는 땅에서는, 씨를 뿌리기 전에, 갈아 놓은 밭을 한 나흘거리로 적어도 두 차례 버르집을 수 있다. 원판 쟁기로 쓸 만한 땅을 넓히고, 싹이 돋는 풀을 두벌이나 갈아 없애는 것이다. 이렇게 하면 씨앗을 심을 자리에 흙덩어리가 사라져서, 앞서 설명한 손으로 미는 파종기로도 쉽게 씨를 심을 수 있고 옥수수 싹이 빨리 올라온다.

5에이커가 넘는 옥수수밭에서 제초제를 쓰지 않겠다면 농부들은 종종 회전 제초기로 풀을 잡기도 한다. 굽은 날이 달린 바퀴가 나란히 이어진 도구이다. 트랙터가 13킬로미터쯤 되는 시속으로 끌면, 회전 제초기가 돋아난 작은 풀을 말 그대로 땅에서 뽑아낸다. 회전 제초기는 줄지어 있는 옥수수 싹을 건드리지 않고 지나가면서 옥수수 줄과, 줄 사이에 난 풀을 모두 죽인다. 때로는 옥수수도 땅에서 뽑히지만 문제가 될 만큼은 아니다. 데이브는 "회전 제초기가 이따금 옥수수를 뽑지 않는다면, 풀도 못 뽑아내겠죠."라고 말한다. 이걸 말한테 끌릴 수는 없다. 말은 회전 제초기를 빨리 끌지 못하기 때문이다. 말을 부리는 농부는 땅 쪽으로 기울어진 스프링 날이 달린 써레를 쓰는 게 좋다.

옥수수 싹이 나자마자, 바퀴 달린 괭이나 관리기로 풀을 없애기 시작한다. 너무 넓어서 관리기로 벅찰 때는, 옥수수 키가 8센티미터 안팎일 때 트랙터나 말에 연결하는 대형 쟁기로 시작한다. 이런 대형 쟁기는, 구형, 신형, 말에 연결하는 것, 트랙터에 연결하는 것, 1열, 2열, 3열, 그 이상에 이르기까지 구색이 잘 갖추어져 있다. 옥수수 싹이 어릴 때는 쟁기 날이 파헤치는 흙에 키 작은 옥수수가 파묻히지 않도록 쟁기에 가림막을 달아야 한다. 가림막을 제대로 달면, 쟁기 날이 흙을 긁으면서 작은 잡초를 땅에 묻지만 옥수수는 건드리지 않는다. 옥수수 키가 더 자라면, 가림막을 떼서 옥수숫대 옆으로 흙을 북돋운다. 그러면 앞으로 자라날 잡초가 흙에 덮인다.

나는 트랙터용 대형 쟁기가 없다. 대신 관리기를 쓴다. 다리를 벌리고 옥수수 줄을 지나가면서 두 발로 북을 돋아서 옥수수 사이에 난 풀을 묻는다. 흙이 포슬포슬하고 부드러워서 이 일은 생각보다 더디지도 힘들지도 않다. 옥수수 줄을 따라 꽤 빠르고, 기계처럼 정돈된 동작으로 나아간다. 적어도 두 발만큼은 그렇다. 흙을 맞춤하게 두 발로 밀어 풀을 덮지만 옥수수는 말짱하다. 이러면서 옥수숫대와 벌레를 하나하나 살핀다. 트랙터나 말이 끄는 경운 작업기에 앉아 있었다면 못 볼 테지. 방아벌레와 거세미나방이 어디를 파먹고 있는지도 알 수 있고, 작고 검은 딱정벌레들이 어쩌다, 감자잎벌레가 도깨비가지를 먹는 걸 즐거이 바라보고, 밭을 갈 때 미처 파묻히지 않은 똥덩이 밑에서 딱정벌레붙이로 알고 있는 두 녀석이 거세미나방을 먹는 걸 발견한다. 때로 파랑새, 붉은깃찌르레기, 긴꼬리검은찌르레기사촌이 내 앞에 내려앉아서 거세미나방과 또 다른 별미를 노린다. 아내와 결혼한 우리 아이들네가 가끔 거들고, 여럿이 수다를 떨다 보면 일은 기분 좋게 끝나 간다. 6월 말이나 7월 즈음 옥수수는 키가 훌쩍 자라 싹이 돋은 풀에 그늘을 드리운다. 이제 땅을 갈 필요는 없다.

옥수수 거두기

사실 농장에서 기르는 짐승들은 옥수수를 알아서 거둬 먹는다. 전통 농업에서는 종종 그랬다. 8월에 벌써 양을 옥수수밭에 풀어놓으면, 키 큰 옥수숫대 아래쪽 이파리를 뜯어 먹는다. 대체로 높이 달린 옥수수는 따 먹지 않는다. 다음으로 수퇘지를 풀어놓으면 옥수수를 먹고, 뒤이어 젖소, 말, 양이 남은 옥수숫대와 옥수수를 먹으며 겨울을 난다.

하지만 자립 농장이라면 대부분 사람이 옥수수를 거두어 닭과 다른 짐승들을 한 해 내내 먹여야 한다. 특히 겨울에는 조금 남겨 둔 옥수수가 있어야 옥수수빵이나 그 밖에 맛난 페이스트리를 굽는다.

8월 말에는 옥수수를 거두기 시작한다. 옥수수가 얼마 달리지 않은 푸른 옥수숫대를 잘라 울타리 너머로 던지면 젖소와 양이 먹는다. 이 풋옥수수는 늦여름 말라 가는 풀밭에 좋은 거름이다. 나는 옛날 농사책에서 찾아낸 또 다른 비법을 실험해 왔다. 옥수수자루가 잘 여문 뒤에 옥수수자루 위쪽 푸른 옥수숫대를 베어서 집짐승을 먹이는 것이다. 옥수수가 여물면 그 줄기를 베도 나쁠 게 없다. 오히려 이렇게 하는 게 옥수수자루에는 좋다. 옥수숫대를 베어 내면 양분이 몽땅 옥수숫대 꼭대기가 아니라 옥수수 알로 가기 때문이다. 키가 크고 씨를 받는 옥수수는 이렇게 일찍 거두기가 참 좋다. 옥수숫대 위쪽을 베어 낸 덕분에 폭풍에도 쉽게 쓰러지지 않는다. 9월쯤, 옥수수 알 윗부분이 옴폭 들어가고 옥수수 알이 영글면서 안에 든 녹말 성분이 수축하여 옥수수 알이 어금니 모양으로 오목하게 들어간다. **우윳빛 선**milk line, 옥수수자루를 잘랐을 때 알에 든 우윳빛 내용물로 인해 단면에 나타나는 선이 속대 쪽으로 옥수수 알 절반까지 내려간 뒤에, 옥수수를 기계로 썰어서 사일로에 넣어 두면 된다. 이렇게 하려면 꽤 큰 트랙터, 절단기, 목초 운반차, 송풍기, 사일로가 필요하다. 비용이 너무 많이 든다. 그래서 나는 이 과정이 미래 자립 농장에 알맞다고 믿지 않는다. 하지만 몇몇 똑똑한 자립 농부라면 돈이 덜 드는 방법을 찾아낼 수도 있다. 푸른 옥수숫대와 옥수수를 분쇄기로 자르고 밀폐 비닐봉지에 담아 두는 식이다. 8월과 9월에 푸른 옥수수와 옥수숫대를 가축에게 먹이는 건 나만의 저장 방법이다. 가축의 이빨로 옥수수를 분쇄하고, 그 고기와 젖으로 저장하는 것이다.

9월 25일쯤, 그해 사정에 따라 어쩌면 더 일찍부터, 옥수수자루는 옥수숫대에서 아래로 처진다. 자루가 돌아가야 할 땅을 가리키면, 알이 잘 말라서 거둘 때라는 걸 알 수 있다. 그즈음 옥수수 껍질은 갈색으로 변하고, 옥수수 알 윗부분이 옴폭 들어가고 '바싹 마르기' 시작한다. 나는 구태여 옥수수 수분을 측정하지 않는다. 널판으로 벽을 두른 우리 집 저장고crib에서, 말끔하게 껍질을 깐 옥수수자루는 차츰 말라서 수분 함유량 14퍼센트에 다다른다. 그러면 곰팡이가 피지 않는다. 대농들이 옥수수를 말리느라 쓰는 천연가스 요금과 부셸당 13에서 18센트라는 비용, 그리고 눅눅한 가을이 이어지는 해에는 그보다 더 들여야 하는 돈을 나는 쓰지 않는다. 사실 옥수수를 억지로 말리는 일은 옥수수를 대규모로 생산할 때 가장 나쁜 점 가운데 하나다. 습도가 높은 해에는 터무니없이 큰돈이 들고, 가장 깨끗한 연료 가운데 하나인 천연가스를 가장 낭비하는 방식이다. 나처럼 옥수수자루째 저장고에서 자연스레 말릴 수 있지 않은가. 원한다면 나중에 팔 수 있게 옥수수 알을 떼어 둘 수도 있다. 하지만 오늘날 옥수수 농장은 무척 크고, 한 번에 옥수수를 따고 알을 훑어 내는 수확기가 노동력을 크게 덜어 주는지라, 대농이 옥수수 알을 떼지 않고 옥수수자루를 수확해서 얼마나 비용을 절약할 수 있는지 논쟁하는 건 보람이 없는 일이다.

얄궂게도 오늘날 일부 곡물 시장에서는 옥수수 알보다 옥수수자루가 최곳값을 받는다. 옥수수 속대를 찾는 사람이 있기 때문이다. 갈아서 금속 광을 내는 데 쓴다고 한다. 속대 겉면에 붙은 몹시 부드러운 보풀 같은 것은 베이비파우더에 쓰인다. 속대와 알이 다 있는 옥수수자루는 통으로 갈아서 젖소에게 먹이면 좋다.

몇백 에이커에 옥수수를 기르는 몇몇 농부는 지금도 옥수수자루째 거두어 저장고에 보관하다가 가축에게 먹이거나 나중에 판다. 신형도 있지만 구형의 1열과 2열 '옥수수자루 수확기'로 거두는 이들이 많다. 구형 1열 수확기는 옥수수를 손으로 따지 않으려는 규모가 작은 농가에 딱 좋다.

나는 1에서 2에이커를 손으로 거둔다. 옆에 픽업트럭을 두고 옥수수 줄을 따라 가며 옥수수 껍질을 벗기고 픽업트럭에 던진다. 저녁마다 이렇게 몇 줄을 따고, 주말에는 몇 줄을 더 딴다. 10월에 맑은 주중에는, 이 감옥 같은 글쓰기에서 하루 종일 벗어나 1940년대로 돌아간 듯 지낸다. 어린 내가 아버지를 따라다니며 밭에서 옥수수 껍질을 벗기던 시절로. 옥수숫단 사이에서 보낸 평화롭고 가벼운 날들이었다. 그러다가 진주만에 폭탄이 떨어졌고, 늘 그렇듯 그럴 수밖에 없었다는 그 폭탄으로 잠깐일지 영영일지 모르겠지만 오래도록 이어 온 농경 사회의 안정은 끝났다. 전쟁은 기술 변화의 고삐를 죄었고, 날이 선 도끼가 나무 싹을 베어 버리듯 과거를 미래와 말끔히 단절시켰다. 1941년 가을은, 우리가 말과 썰매로, 마구의 종을 딸랑딸랑 울리며, 옥수수 사료를 양에게 실어다 준 마지막 때였다.

옥수수 줄을 따라가면서 내가 옥수수 껍질을 차례대로 벗기는 방식은 둘 중 하나다. 옥수수자루가 늘어져 있는데 그 껍질이 이미 헐렁하면, 오른손을 껍질 안에 넣어 옥수수자루 끝을 쥐고 왼손으로는 줄기 끝을 쥔다. 왼손으로 살짝 쥐어짜는 동시에 오른손으로 살짝 비틀면 옥수수가 껍질에서 톡 튀어나오고 픽업트럭으로 옥수수를 던지는데, 이것이 모두 한 동작으로 이루어진다. 껍질이 아직 옥수수에 찰싹 붙어 있으면, 오른쪽 손가락에 걸어 고정시킨 옥수수 껍질 까는 도구로 껍질을 째는 동시에 왼손으로 껍질을 깐다. 벗겨진 껍질을 왼손에 쥔 채 오른손으로 옥수수를 쥐고 줄기에서 꺾어 떼어 내면 된다. 이 일은 노동이지만, 나는 우리 카운티에서 여전히 열리는 옥수수 껍질 까기 대회 연습으로 여긴다. 어렸을 때부터 이렇게 옥수수밭에서 껍질을 깐 노인들을 절대 이길 수야 없지만 꾸준히 노력한다.

나는 옥수수 껍질을 까면서 옥수수수염 한 오라기나 옥수수 껍질 한 장도 남겨 두지 않는다. 저장고에 넣어 둘 때 옥수수수염과 껍질이 공기 순환을 막기 때문이다. 하지만 혼자 굴러다니는 껍질이나 수염은 괜찮다. 잘 여물지 않은 옥수수는 아직 살짝 우윳빛이 돈다. 이러면 옥수수가 저장고에서 잘 안 마를 수 있어서 이것들을 트럭 한 귀퉁이에 던져 두었다가 곧장 가축에게 먹이로 준다.

픽업트럭에 실린 옥수수를 삽으로 퍼서 조그만 저장고에 넣는다. 옛날 옛적 설계로 지어져 옥수수를 자연 건조시키는 저장고다. 벽은 널빤지로 되어 있고, 두께 2.5센티미터, 너비 5센티미터인 소나무 널빤지는 2.5센티미터씩 사이를 벌려 놓아 바람이 잘 통한다. 저장고는 폭이 1.2미터쯤인데 이보다 더 길면 안 된다. 저장고 안에서 제대로 공기 순환이 이루어지는 한계가 이쯤이기 때문이다. 다시 말해 각 벽면에서 60센티미터까지 공기가 절로 들고난다. 길이는 매우 길다. 벽은 위로 올라가면서 밖으로 기울어져서, 빗방울이 들이치지 않고 저장고 바깥 아래로 떨어진다. 무척 간단하지만 오래된 지혜가 드러난다. 한쪽 벽 위에 달린 작은 쪽문으로는, 픽업트럭에서 한 삽 가득 옥수수를 퍼서 저장고로 던져 넣을 수 있다. 맞은편 벽 아래에 있는 쪽문은 옥수수를 퍼내는 문이다. 나는 옥수수자루째 닭에게 준다. 닭들이 옥수수 알을 쪼아 먹으니 옥수수 알을 떼어 내는 일이 준다. 수퇘지들도 옥수수자루째 옥수수를 먹을 수 있다. 모리슨F. B. Morrison은 《먹이와 먹이주기Feeds and Feeding》에서, 돼지들이 옥수수를 통째로 먹어도 68킬로그램이 될 때까지 빻은 옥수수를 먹을 때처럼 살이 거의 똑같이 오른다고 말한다. 그러니 알알이 떼어 내고 빻는 일이 준다. 나는 젖소를 먹이거나 수퇘지나 수소를 살찌우거나 옥수수를 통째로 못 먹는 병아리들을 주려고 읍에 있는 사료 분쇄소에서 옥수수를 빻는다. 기계를 사서 알을 털고 빻고 싶지만, 우리 집 거둠새로는 사료 분쇄소에 돈을 내고 맡기는 게 더 싸다.

옥수수를 손으로 거두는 건 진정과 위로의 시간이기도 하다. 서둘 필요가 없다. 추수감사절까지만 끝내면 된다. 우리 부모님처럼 겨우내 날마다 조금씩 껍질을 까면 10에이커, 더 나아가 15에이커까지 할 수 있다. 사실 밭 전체에 옥수수만 심을까 생각한 적이 있다. 하루에 25부셸만 껍질을 까고 읍으로 가져가는 것이다. 한몫에 50달러를 받고, 그만큼 번 데 족하며, 나무가 타고 있는 벽난로 앞에서 따스한 캐럴의 눈빛을 받으며 하루를 마치면 어떨까.

가축을 먹일 사료로 이파리와 옥수숫대를 남겨 두고 싶을 때는 아미시 사람들처럼 옥수숫대를 잘라 묶어서 세워 둔다. 해마다 옥수숫단을 만들어 세워 두니, 어린아이들은 내가 어렸을 때 그랬던 것처럼 옥수숫단을 '원뿔 천막집'처럼 여긴다. 아버지는 우리가 옥수수 천막집

안에 들어가 놀아도 나무라지 않았다. 우리는 들어가 놀려고 널찍한 공간을 만들어서 공기가 잘 통하게 했다. 나는 스스로를 마지막 모히칸족이라 생각한다. 지금 이 들판에서 옥수숫단을 세우다가, 농부로서 어쩌면 참으로 마지막 모히칸족임을 깨닫는다.

잘 여문 옥수숫단을 묶어 세워 나중에 가축 먹이로 쓰는 방법은 굳이 설명하지 않을 생각이다. 예전에 쓴 책《실용적인 기술Practical Skills》에 자세히 쓰긴 했지만, 이 전통적인 방법이 오늘날 자립 농장에 필요하다고 여기지는 않기 때문이다. 옥수수를 딴 뒤 마른 옥수숫대가 그대로 남아 있는 밭에 양, 젖소, 말을 풀어놓으면, 이파리와 옥수숫대 윗부분을 알아서 먹는다는 걸 아주 우연히 알게 되었다. 이 덕분에 옥수숫단 묶는 일을 할 필요가 없다. 실제로 짐승들은 옥수수가 다 죽고 바싹 말라서 먹이로서 값어치가 없어 보여도 맛나게 먹는 것 같다. 줄기는 먹지 않고 넘어뜨려서, 땅이 덮여 흙이 깎여 나가는 것을 막고, 겨우내 야생 생물의 덮개가 된다. 썩은 옥수숫대는 봄에 쉽게 원판 쟁기에 갈려 흙에 섞이니 귀리 농사 준비에 보탬이 된다. 이 옥수숫대 '먹이'는 우리 농장 순환 방목에 중요한 덧거리이다. 종종 9월 말에서 10월에 먹일 풀이 모자랄 때가 있는데 이때 옥수숫대를 먹일 수 있다. 짐승들이 가장 맛나게 먹는 건 사탕옥수숫대와 이파리로, 땅 위로 솟은 부분은 싹 먹어 치운다. 이는 단옥수수를 키우는 농장에 무척 이로운 일이다. 농산물 시장에 옥수수를 내다팔고, 옥수수밭은 양이 '뜯어 먹게' 두면, 하나가 아닌 두 작물에서 이익을 거두는 셈이다.

팝콘 옥수수는 껍질째 딴다. 그리고 옥수수 껍질을 젖히기만 하고 떼어 내지는 않는다. 옥수수자루 세 개의 껍질을 묶어서 차고에 줄을 치고 걸어 놓는다. 줄 양쪽 끝에 양철통 뚜껑을 끼워 두면 생쥐가 옥수수 가까이 가지 못한다. 옥수수 알을 떼지 않은 채로 두다가 팝콘을 튀길 때 뗀다. 난방을 하지 않는 차고에 옥수수자루째로 두면 언제까지나 보관할 수 있고 맛도 변함없이 좋은 것 같다. 우리가 요새 팝콘을 튀겨 먹는 건 세 해 묵은 것이다.

조금 남는 마른 단옥수수는 볶아서 먹는다. 팝콘을 튀긴 튀김 냄비에 마른 옥수수 알을 한 줌 넣고 볶는 것이다.

고기를 훈제할 때 옥수수자루를 넣으면 고기에 독특한 풍미를 더한다. 설탕이나 꿀을 잔뜩 넣어 만드는 옥수수 속대 젤리는 옥수수 생산 지대의 전통 별미이다. 또 속대를 자리짚 밑에 깔아 주면 더할 나위 없는 짐승들 잠자리가 된다. 그리고 진짜 농부의 반열에 들고 싶다면, 어릿간 앞마당에서, 제법 해 본 듯이 신발 바닥으로 옥수수 속대를 천천히 굴릴 줄 알아야 한다. 영업 사원이 찾아와서 필요 없는 물건을 권할 때 요긴하다. 엄청나게 골몰해서 속대를 굴리고 있으면, 영업 사원은 성질이 나서, 모자란 사람으로 치고 사라질 것이다.

시시콜콜한
농기계 길잡이

슬기로운 이가 불도저를 몰면 일이 잘되지만

어리석은 이는 삽 한 자루만 쥐어도 위험하지.

아버지와 나눈 대화, 1960

소년은 스스로에게 내 준 과제에 골똘했다. 아버지가 만들어 준, 염소가 끄는 수레 뒤에 손괭이 두 개를 볼트로 고정하는 일이다. 그러면 수레를 밀고 가면서 담배밭 고랑에 난 풀을 갈아엎을 수 있기 때문이다. 담배밭은 서부 켄터키에 끝없이 펼쳐져 있는 것 같았다. 소년은 뚝딱뚝딱 손보았다. 궁리했다. 조금 더 고쳤다. 이때 만들던 장치에 영감을 받아, 쉰 해 뒤인 1990년에 말이 끌거나 사람의 힘으로 움직이는 요즘 농기계를 성공적으로 설계하고 제작하게 될 줄은 아무도 예측하지 못했다. 또한 이런 어린 시절을 거쳐 농기계를 제작하기까지, 클래식기타 연주자이자 대학교 음악 교수이자 농사를 짓는 농부로서도 나무랄 데 없이 일을 해 나간다는 걸, 가장 슬기로운 예언자조차 내다볼 수 없었을 것이다. 1930년대 그때 소년이 궁리하고 있던 건, 손괭이로 담배밭 풀을 빠르고 쉽게 매는 방법이었다.

수레 경운기는 엘모 리드가 뜻한 대로 얼추 돌아갔다. 이웃 타이리는 "엘모와 나는 그걸 밀면서 하루에 2에이커를 갈았어요."라며 지난 이야기를 즐겁게 들려주었다. "오늘날 세계에서 팔리는, 말이 끄는 3점 지지 수레와 손으로 미는 바퀴 달린 쟁기 모두 바로 그때가 시작이었죠." 타이리는 말을 멈추고 또 다른 즐거운 이야기를 꺼냈다. "우리

손녀가 육상 선수예요. 그 아이가 어느 날 엘모의 바퀴 달린 쟁기를 텃밭에 갖고 가더니 고랑을 따라 밀면서 뛰어다니더군요. 엘모가 말했어요. '정말 진보했군.'"

엘모 리드는 반골 농부들의 대통령이자 최고경영자라 할 수 있을 텐데, 무척 다행히도 이들은 이런 식으로 위아래를 가르는 것을 좋아하지 않는다. 그는 예술적 창조성과 공학적 창조성이 맞물리는 완벽한 본보기를 보여 주었다. 그것이 없었다면 농장 일은 사람의 몸과 마음을 가혹하게 갉아먹거나, 자연을 무자비하게 착취하는 극단으로 치달을지 모른다. 엘모 리드의 바로 그 예술적 창조성은 아름다운 음악 속에, 조화로운 농사 속에 꽃을 피웠다. 오늘날 삶의 우스꽝스런 단면 가운데 하나는 우리가 '육체' 노동과 '정신' 노동을 갈라놓으려 한다는 것이다. 그것이 가당키나 한 일인가. 엘모의 말은 이를 더 잘 드러낸다. "우리는 회화와 시의 세계가 농사처럼 비천한 기술과는 거리가 멀다고 배워 왔습니다. 그건 신화이고 몹시 슬픈 이야기죠. 이른바 고급 예술은 이른바 저급 예술에서 흘러나오는 것이니까요. 그게 안 될 때 고급 예술은 그 생명력을 잃습니다. 우리 시골 사회가 사라지는 게 요즘 그럴 수도 있는 일이라고들 보는데, 그럼 도시 문명은 어떻게 될까요."

기계를 다루는 솜씨와 달리 '고급 예술'의 격이 높다는 편견은 대부분, 오늘날 테크놀로지가 넘쳐 일어나는 많은 문제들에 대한 반감에서 비롯된다. 교통 체증이나 핵폐기물을 담은 통을 어마어마하게 넓은 땅에 파묻는 것을 보라. 200마력 트랙터가 시골 일손 100명을 도시로 내몰아, 이미 도시에 있는 실업자 100명과 일자리 경쟁을 부추긴다. 엄청나게 큰 목재 재단기는 한 끝에서 통나무 하나를 꿀꺽 삼켜 다른 끝으로 2×4인치짜리 목재를 뱉어 낸다. 목재 회사들이 일자리를 날려 버리면서 점박이올빼미를 탓하는 위선적인 말은 우스울 지경이다. 그들이 돌리는 기계가 해마다 없애 버린 일자리는 환경 개혁 10년을 통틀어 사라진 일자리보다 수천 개나 더 많다. 목재 업계의 실업이 문제라면, 멸종 위기에 처한 전 세계 올빼미보다는 체인 톱 탓이 훨씬 크다.

바로 그런 문제들 탓에, 누구보다 환경을 염려한다고 자부하는 많은 이들이 주머니칼이나 자전거보다 더 크거나 더 복잡한 기계를 의심스러운 눈으로 바라본다. 그렇다 해도 자동차나 냉장고를 포기할 생각은 꿈도 꾸지 않겠지만. 이들은 낡은 트랙터를 손보아 잘 돌아가게 하는 것보다 바이올린을 켜는 게 훨씬 고상한 일이라 여긴다. 그뿐 아니라 장 자크 루소처럼, 생물학이 기계학과 완전히 다르고 기계학보다 문화적으로 순수하다는 생각을 지니고 있다. 농사짓는 삶이 주는 축복 가운데 하나가 그런 관점에 뿌리내린 오류를 바로잡을 수 있다는 것이다. 농부는 생물학과 물리학이 서로 크게 기대고 있다는 것을 안다. 새는 건축 기술을 써서 둥지를 튼다. 사람은 기압의 원리에 기대 코를 푼다. 생물학적인 행위가 기계적인 원리와 동떨어져서 존재하는 경우는 없다. 손기술에 대한 이런 편견 탓에, 자신이 집을 짓고, 모터를 고치고, 도끼날을 세우고, 지레와 기어의 원리를 일에 적용하는 법을 전혀 모른다는 걸 알지 못하는 이들, 알려고 하지 않는 이들, 심지어 그걸 자랑삼아 말하는 이들은, 아무리 반골이라 해도 농부로서 몹시 힘든 시간을 겪게 된다. 그동안 가까이에서 눈여겨보니, 자립 농부들이 실패하는 이유는 그 어떤 것보다도 기계 원리에 무지한 탓이 가장 크다.

나는 '나쁜' 기계 기술과 '좋은' 기계 기술의 정확한 차이를, 아니 차이가 있기나 한지 설명할 길이 없다. 지레와 기어와 열과 중력은 모든 기계 기술의 고갱이이다. 이를 써서 일하는 이가 참으로 쉽게 일할 수 있고 사회적인 안정이나 생태적인 균형도 어그러뜨리지 않는다면, 그 것은 '좋은' 것이라고 나는 생각한다. 그러나 사람의 행위는 거의 늘 분수를 벗어나고, 기계 자체가 아니라 바로 거기에서 문제가 생긴다. 사람은 주머니칼로 남을 죽일 수 있다. 하지만 내가 테크놀로지 과잉이라 여기는 커다란 200마력 트랙터로 생명을 구할 수도 있다. 1978년 눈보라로 도로에 눈이 쌓여 차들이 다니지 못할 때, 내가 목격한 일이 바로 그것이었다.

예술적 창조성을 농업에 발휘하게 한다면, 바꾸어 말해서 우리가 엘모 리드 같은 이를 더 늘린다면, '과잉' 테크놀로지 문제는 결국 스스로를 돌아보게 될 것이다. 내가 이런 말을 하는 건, 과잉이 어쨌거나 결국 자기 파괴적이어서만이 아니다. 창조적 예술성이 기계 기술을 감싸 안을 때, 그 결과는 분명 과잉에서 멀어지는 것이기 때문이다. 예를 들어 커다란 4륜구동 굴절 트랙터 덕분에 욕심 많은 농부들은 날이 갈수록 농사 짓는 땅을 넓혀 갔다. 그 트랙터의 초기 모델을 바로 여기 와이언도트 카운티에서 슈미트 형제가 만들었다. 내가 아는 이들 가운데 가장 자상하고 온화하고 기계적인 창조성이 넘쳤다. 그들은 농사 면적을 넓히고자 했던 게 아니다. 허브 월턴이 농사에 쓰고 싶다며 부탁을 해 와, 제2차 세계대전 때 쓰인 전차들을 끌고 다닐 트랙터를 만들고자 한 것이다. 새로운 것을 창조하는 재능을 발휘해 만드는 짜릿한 기쁨이 그저 좋았을 뿐이다. 허브 또한 멍청한 농부가 아니었다. 사실 그는 돈벌이 작물 하나에 몰두하거나, 무모하게 농사 규모를 키우려고 애쓰지 않고, 유기농업의 원칙들을 가장 먼저 실천하기 시작한 사람에 속했다. 1940년대에 마력이 더 높은 트랙터가 필요한 이들이 있어 보이자, 그는 남아도는 군용 전차를 쓰겠다는 기발한 착상을 하게 된 것이다.

슈미트 기계 공작소Schmidt Machine Works의 창조적인 마법사들은, 누구도 살 여력이 닿지 않는 엄청나게 큰 농기계로 가득한 요즘 세계에서 무슨 일을 할까? 그들은 '부품 시장' 제품을 제조하는 선구자이다. 농업이 알 수 없는 미래 앞에서 떨고 있는 요즘 시대에 기존의 괴수들을 고치는 데 필요한 부품 말이다. 농사에 드는 실제 비용을 알고, 더욱 효율 있게, 작은 규모로 농기계를 사용하는 방식이 퍼진다면, 슈미트 기계 공작소, 그리고 그 비슷한 작업실들의 바탕이 되는 예술성을 따라 온전한 정신으로 돌아갈 수 있지 않을까.

로이드 리글은 우리 고장에서 이름난 기계 제작자이자 뛰어난 텃밭 농부이다. 리글 내외는 식료품 가게에 한 달에 한 번도 안 들를지도 모른다. 비누도 만들어 쓴다. 직접 벤 땔감으로만 난방을 한다. 그런데 로이드는 기계 천재이기도 하다. 농기계 업체 인터내셔널 하베스터의 해결사이기도 했다. 그 회사에서 만든 거대한 트랙터나 콤바인이 고장 났는데 아무도 못 고칠 때면 미국 어디든 로이드가 가서 문제를 해결했다.

그는 오늘날 무슨 일을 주로 할까? 작은 구형 트랙터를 되살리고 고치는 일이다! 그리고 우리가 부르면 언제든 달려온다. "나는 새것이나, 커다란 신형 기계를 고치는 일보다, 낡아 빠진 구형 트랙터를 고치는 게 훨씬 흥미롭지요." 하고 말한다. 배터리를 돌리지 못하는 낡은 제너레이터 대신 교류발전기를 구형 트랙터에 집어넣고, 그 교류발전기에 맞게 전체 전기 시스템을 바꾸는 것이 전문 분야이다. 많은 기계공이 이처럼 6볼트 시스템을 12볼트 시스템으로 바꿀 수 있지만, 로이드가 만진 트랙터는 거의 손가락만 갖다 대도 움직인다. 모터를 재정비한 트랙터는 그저 수리를 마친 구형 트랙터가 아니다. 오늘날 소규모 농사에 맞게, 두루 쓰이는 새롭고 더 나은 트랙터이다. 필요한 것은, 그리고 그렇게 되고 있는 듯한데, 농촌이라면 어디나 로이드 리글이 한두 사람쯤 있는 것이다.

물론 엘모 리드는 가장 좋은 본보기이다. 오늘날 농업공학 교수가 말이 끄는 농기계 사업 전망이 좋다고 말한다면 학생들의 반응이 어떨지 상상이나 할 수 있을까? 무척 반골이고 창의적인 사람만이 그런 가능성을 넘어다볼 수 있다. "사실 천재성이 전혀 필요하지 않았어요." 하고 엘모는 말한다. "대학에서 은퇴하고는 말을 부려 농사를 짓고 싶었거든요. 그런데 말이 끄는 농기계가 있다 해도 밭에 두 번 끌고 나가면 죄 고장 나더군요. 말에 직접 거는 대신 농기계에 걸 수 있는 말 연결 장치는 이미 유행하고 있었죠. 그 덕분에 말이 훨씬 일을 편하게 하고요. 내가 한 일은 말 연결 장치에 표준 유압식 피티오 3점 지지 장치를 단 것이죠. 그게 트랙터보다 훨씬 쌌어요. 그렇게 해서 작은 트랙터에 연결할 수 있는 모든 현대 농기계를 쓸 수 있었습니다. 실제로 우리 고객들 몇은 말 대신 4륜형 2륜차에 3점 지지 수레를 연결하지요. 일하는 데 맞춤하니, 더 많은 이들이 농사를 작은 규모로 잘 짓는 데 도움이 됩니다."

오늘날 작은 농장 어디를 가든 피티오를 장착한 말 연결 장치를 볼 수 있고, 제조사도 여섯 곳이 있다. 하지만 창조의 힘을 드러내기 시작한 엘모는 미래를 향해 한 걸음 더 물러났다. 비싼 새 기계보다 비용이 덜 드는 기계를 만드는 것이다. 그는 지상 구동 피티오 샤프트를 완성

했다. 말 연결 장치 바퀴가 땅 위를 굴러가면서 피티오를 돌린다. 아미시 기계 제작자들이 다시 검증하고 있던 방식이었고, 불휠bull-wheel, 밧줄이 감긴 크고 무거운 바퀴로 작동시키는 구형 곡물 결속기結束機에 흔히 쓰이던 기술이었다. 지상 구동 방식이 쓰이면서, 피스톤 기관을 쓰고 싶지 않은 이들은 말 연결 장치에 휘발유나 경유 엔진을 쓰지 않았다. 하지만 지상구동 피티오를 말에 걸어서 원판형 예초기를 돌릴 수 있으려면, 매우 정교한 유성기어태양 같은 중심 기어에 행성 같은 여러 개 기어가 맞물려 돌아가는 기어 장치 설계가 필요하다. 엘모는 다나 코퍼레이션Dana Corporation, 차축이나 구동축, 변속기 따위를 공급하는 업체의 첨단 기술자들에게 필요한 도움을 받았다. 그런 특별한 목적에 자신들의 기술을 적용한다는 걸 생각조차 해 본 적이 없는 이들이었다.

아미시 사람들은 기계류에 들이는 비용을 높이기보다 낮추는, 진보된 기술을 사용하는 거장들이다. 오늘날 농기계 회사들과는 정반대이다. 포트웨인 부근에 사는 농부 마틴 슈무커는 이웃이자 아미시 기계 제작자인 멜빈 렝거처와 머리를 맞대고, 자기 집 건초 포장기와 옥수수 수확기를 지상 구동 피티오로 바꾸었다. 모터를 빼고 말 네 마리로 기계를 끌게 했다. 모터를 뺀 건초 포장기와 옥수수 수확기는 으스스하도록 조용했다. 체인이 가만가만 찰그락거리고, 기어가 윙윙거리고, 말들이 쿵쿵 콧소리를 내는 게 다였다. 두 사람은 큰 깍지콩 수확기도 지상 구동식으로 바꾸었다.

하지만 지금까지는, 말 연결 장치에 모터를 사용하여 피티오 시스템을 돌리는 것이 말을 부려 농사를 짓는 이들에게 지상 구동식보다 더 인기가 있다. 아주 조그만 트랙터로 농사를 지으면서 더 큰 트랙터를 살 생각이 없는 소농들에게 더없는 선택지이기도 하다. 아미시 사람들에게 알맞을 법한 엔진은 미쓰비시 사의 최신 디젤엔진으로 연료를 아주 조금만 먹는다. "하루 종일 옥수수 수확기를 돌렸는데, 연료는 0.5리터 정도만 썼지요." 얼마 전에 만난 아미시 농부가 말했다. 자신도 거의 믿기 어려운 눈치였다. "그리고 우리가 전에 쓰던 구형 위스콘신 엔진에 대면 시동 걸기가 무척 쉽습니다." 또한 훨씬 조용하다. 농부는 내게 피티오로 움직이는 어떤 작은 장비든 말 연결 장치 연결봉과 그 피티오 샤프트에 연결할 수 있다는 걸 보여 주었다. 트랙터에 연결할 때와 마찬가지이다. 모터 앞쪽에 작은 유압펌프가 있어서 말을 모는 농부도 편하게 쓸 수 있다. 이것은 수동으로 작동시키는데, 모든 작은 기계에 달린 유압 호스를 연결할 수 있다. 트랙터에 연결할 때와 같은 방식이다. 펌프의 손잡이를 앞뒤로 몇 번 움직이면 장비가 올라가고, 펌프 압력이 해제되면 장비는 자기 무게로 내려와서 동작 위치가 된다.

앞서 말한 것처럼 아미시 사람들은 우리더러 '영국' 사람이라고들 하는데, 이 '영국' 농부들은 이런 장치를 비웃는다. 하지만 아미시 사람들은 도리어 '영국' 농부들이 쓸데없이 낭비한다며 코웃음친다. 유압펌프는 200달러이고, 미쓰비시 엔진은 3000달러이다. 연결 장치 전체 부품과 말 값을 다 따져도, 똑같은 일을 할 수 있는 출력의 신형 트랙터 값 반절도 안 된다. 좋은 아미시 친구인 데이비드 클라인은 방문객을 맞아 참을성 있게 설명해 준다. 그는 오너리지식대학교에서 자립 농업 박사 학위를 받은 사람이다. "우리 교회는 어릿간 둘레에서 일할 때는 트랙터를 허용합니다. 하지만 밭일을 하는 동력은 말에서 나와야 하죠. 그러지 않고 트랙터를 쓰면, 농지를 넓히려는 욕심이 너무 커질 테고, 서로 파산에 이를 때까지 경쟁하기 시작할 겁니다. 영국 농부들이 서로서로 피해를 주듯이 말이죠."

말을 부려 농사를 짓기로 마음먹었다면 〈짐수레 말 잡지〉를 구독하면 좋다. 말과 말 관련 장비의 모든 걸 알려 준다. 아미시 공동체의 중심부인 오하이오 키드런에서 봄이나 가을에 크게 열리는 농기계 경매에 가면, 말과 소형 중고 트랙터 운용법 속성 강좌를 들을 수 있다. 또 그다지 멀지 않은 오하이오 돌턴의 파이오니어 이큅먼트 사에서는, 여전히 말이 끄는 현대식 기계를 제작하고 있다.

반골 자립 농부는 대부분 적어도 지금까지는 트랙터를 동력으로 쓰고 있다. 그런 점에서 이런 문제와 맞닥뜨린다. 작은 트랙터라도 새 트랙터는 너무 비싸서 무척 규모가 작은 농장은 엄두를 낼 수 없는 것이다. 러시아와 발칸반도에서 들여온 트랙터 가격이 이런 농장 현실에 맞는데, 그런 트랙터 대리점은 몹시 드물다. 몇 해 전, 미국 농기계 회사 가운데 한 곳은, 무척 단순하고 오래가며, 엉성해 보이지만 유지와 수리가 쉬운 저마력 트랙터를 만들어서 제3세계 나라들에만 판매할지 고민하고 있었다. 나는 중역 한 사람에게 그런 트랙터를 왜 미국에서는 팔지 않느냐고 물었다. "아뇨, 미국 사람들은 그런 트랙터를 사지 않을 겁니다." 하고 그가 대답했다. "미국 사람들은 편안한 좌석, 담배 라이터, 12단 전진 기어와 2단 후진 기어, 전조등, 흙받이, 고무 타이어, 동기 맞물림식 변속기, 정속 주행, 동력조향장치, 보강 프레임, 운전실, 연료계, 전방과 후방 피티오, 계기판 등, 간편 연결 장치, 색상이 화려한 보닛, 전자제어식 연료 분사, 4륜구동, 바퀴별 브레이크, 라디오, 그리고 또 여러 가지가 텃밭용 트랙터에 있기를 바라죠." 나는 대답했다. "우리는 달라요. 우리는 당신이 제3세계에 팔려는 그걸 원합니다." 그는 미소를 짓더니 맞장구를 쳤다. 반쯤은 농담이었지만, 나는 온전히 진실이라고 생각한다. "그렇죠. 그게 바로 우리가 걱정하는 부분입니다. 그런 바람이 미국의 값비싼 고급 트랙터 시장을 무너뜨릴까 봐서요."

그래서 수요가 늘어 농기계 제조 회사가 우리가 참으로 원하는 트랙터를 다시 만들 때까지, 반골 농부들은 러시아 제품을 사고 있다. 오하이오의 한 회사가 얼마 전 그 일을 시작했지만, 이 글을 쓰는 지금까지는 홍보가 필요할 만큼 충분히 진척을 이루지는 못했다. 오자크의 유기 농부 에릭 아더플—킨스버그는 벨라루스산 트랙터를 쓰는데 여태

특별한 문제가 없었다고 한다. 또한 반골 농부들은 튼튼한 구형 미국산 트랙터를 되살리고 고쳐서 쓰고 있다. 이 시장은 수집가들 덕분에 커지고 있는데, 좋은 현상이다. 사용자와 수집가 두 집단을 합치면 지하 복원 시장에 활력을 일으킬 만큼 충분한 수요가 되기 때문이다.

자립 농장이 중고 농기계를 마련할 수 있는 가장 좋은 때는 사실 바로 지금이다. 필요한 종류를 모두 싸게 구입할 수 있기 때문이다. 더 큰 신형 장비를 들여 농사 규모를 키워 가려는 돈벌이 위주 농장에서 구식이 된 농기계들이다. 지난 봄에는 한 농장 직거래에 나무랄 데 없이 좋은 4열 파종기가 100달러에 나온 것을 보았다. 최근에는 유압식 적재기가 달린 1967년형 빈티지 50마력 트랙터, 유압으로 작동되는 3.6미터 너비 원판 쟁기, 써레, 다짐기, 3점 지지 쟁기를 샀는데 하나같이 상태가 좋고 다 합쳐서 6000달러였다. 30마력짜리 새로운 '소형' 트랙터와 비교해 보자. 우리가 "있는 집" 트랙터라 일컫는 것인데, 내가 운전하기에 딱 맞는 크기이지만 값이 1만 8천 달러이고, 전방 적재기만도 따로 돈을 줘야 한다. 벨라루스산 트랙터는 가장 작은 것이 약 20마력으로 8000달러쯤 간다.

좋은 물건을 사려면 농장 직거래를 찾아다니고, 지역신문과 농업 잡지의 광고면을 꼼꼼히 보고, 중고 장비 판매처에 들락거려야 한다. 그런데 진짜 비결은 다른 농부들과 교류하는 것이다. 나는 종종 돈벌이를 으뜸으로 삼는 농업을 비판하지만, 그 냉혹한 경제에 발목 잡힌 대부분의 농부들을 비난하지는 않는다. 지금 상황에서 이들은 선택권이 거의 없다. 나처럼 혼자 불평할 뿐이다. 이들은 대체로 사회에서 가장 책임감 있고 분별 있는 이들에 속한다. 내 경험으로 볼 때, 농사 방식에 뜻을 같이하는 처지가 아니더라도, 겸손한 태도로 그 전문성을 인정하고 따뜻하게 대하면, 이들은 기꺼이 도와준다. 내가 농사를 참으로 진지하게 고민한다는 걸 알아주는 것이다. 이들 덕분에 나는 아주 괜찮은 값에 트랙터와 장비를 살 수 있었다. 이들이 내게 준 조언을 옮겨 본다. "되도록 다른 농부들한테서 장비를 사세요. 대리점에 가면 꽤 많은 돈을 더 내야 할 겁니다. 대리점도 어려운 처지인 건 농부와 마찬가지이고, 새 기계는 요새 잘 팔리지 않거든요. 중고 트랙터 값을 바가지 씌워야만 버틸 수 있죠."

한편 정직한 상인에게 물건을 사면, 그이는 대개 자신이 판 물건을 보증해 준다. 경매나 개인 거래에서는 사는 사람이 위험 부담을 진다. 기계를 잘 모르는 이라면, 1000달러를 더 주더라도 평판이 좋은 상인한테 트랙터를 사는 게 슬기로울 수 있다.

다른 한편으로, 모두가 모두를 알고 있는 이웃들 사이에서 사고팔면, 파는 이가 파는 물건에 대해 대체로 정직하다. 거짓말하는 사람을 이웃 모두가 알고 있기 때문이다. 이것이 안정된 사회의 또 다른 이점이다. 우리는 법을 들이밀지 않아도 서로 정직하게 지낸다.

경험이 적은 이가 중고 농기계를 사는 건 위험천만한 일이다. 사려고 하는 트랙터의 연료를 반드시 확인해야 한다. 연료가 까맣지 않고 잿빛이 돌면 물이 들어간 것이고, 마개에 금이 간 게 분명하다. 하지만 마개에 금이 갔다고 세상이 끝난 건 아니다. 내가 처음 산 트랙터가 그랬는데 그걸 고치는 건 거저먹기라는 걸 알고 있었다. 폐기물 집하장에서 성한 마개를 건져 바꿔 끼우면 되니까 말이다.

중고 장비에는 몇몇 부품이 없을 수 있다. 예를 들어 내가 산 원판쟁기는 100달러짜리지만, 나중에 그걸 올리고 내리는 데 필요한 유압 실린더와 호스 비용을 더 써야 했다. 그리고 필요한 부속품들이 원판쟁기와 함께 오지 않아서 못해도 70달러가 더 들었다. 30달러를 주고 산 쟁기는 1종 3점 지지 연결 장치트랙터 마력에 따라 0·1·2종 연결 장치로 분류하는데, 1종 연결 장치는 20마력에서 50마력 트랙터용이다.에 쓸 수 있는 것이었다. 쟁기를 우리 집 트랙터 2종 연결 장치에 연결하려면 한 손에 쉽게 쥘 수 있는 부싱bushing, 구경 조절에 사용하는 판 이음매 세 개가 필요했다. 부싱 값은? 대리점에서는 38달러, 농업 용품을 파는 체인점에서는 14달러였다. 조카가 얼마 전에 산 엄청 오래된 콤바인은 상태가 멀쩡한데 1600달러로 무척 쌌다. 하지만 벨트를 곧 갈아 주어야 할 것이다. 갈아야 할 벨트 가운데 하나는 400달러다. 우리 집 50마력 트랙터는 한두 해 뒤에 다 뜯어서 정비를 해야 할 수도 있는데 그때는 1000달러 넘게 들 것이다. 하지만 새 농기계를 사는 것에 대 보면, 여전히 조카와 내가 앞서 있다. 돈벌이를 좇는 농장들이 쓰는 것 가운데 오늘날 제조되는 가장 작은 콤바인이 거의 10만 달러나 나간다. 미국의 신형 50마력 트랙터 값은 3만 5천에서 4만 달러 언저리이다.

구형 엔진은 대부분 유연휘발유를 쓰게 되어 있다. 무연휘발유를 쓰려면 납 대체물을 첨가하거나 밸브를 무연용으로 바꾸면 된다. 주유소는 대개 납 대체물을 취급한다. 1달러를 내고, 선불 우편 봉투도 사면, 세계자동차보전협회에서 밸브 변환이나 다른 문제들을 다룬 정보를 받아 볼 수 있다.

여느 자립 농부가 중고를 살 때, 트랙터나 사고자 하는 어떤 기계에 관해 자세히 아는 사람은 거의 없다. 그 특정 브랜드와 모델을 오랫동안 써 본 사람만이 아는 문제가 있을 수 있다. 어떨 때는 부착, 조절, 작동이 익숙하지 않을 것이다. 농기계에 문외한이라면 실제로 상황이 몹시 어려워진다. '이해가' 안 간다는 말이 나온다.

먼저 트랙터나 수확기 같은 다른 복잡한 기계류의 작동/점검 설명서를 구한다. 더는 생산되지 않더라도 여전히 쓰이는 거의 모든 장비들은 대리점에서 이런 설명서를 구할 수 있다. 대리점에 없는 설명서는 대리점에서 회사에 대신 주문해 준다. 구하려는 트랙터 일련번호를 알려 주면 된다. 실제로 어떤 제품의 부품을 주문할 때는 늘, 일련번호와 모델 번호를 알아야만 정확히 주문해 준다.

문서로 정보를 얻을 수 있는 또 다른 출처는 수집가들이 발행하는 구형 트랙터 관련 출간물이다. 수집가가 자신의 트랙터를 일컫는 표현인 "지친 쇳덩이" 주요 상표마다 적어도 출간물이 하나는 나와 있다.

그다음으로 중요한 정보의 원천은 다른 농부들이다. 공동체가 쌓아온 지식과 슬기의 값어치를 드러내는 데는 기계 기술자가 으뜸이다. 농사를 짓는 것보다 소중한 정보의 원천을 일구는 것이 훨씬 중요한 일이다. 예를 들어 어제 우리 수의사 딕이 새끼 숫양들 중성화 수술을 하고, 모든 새끼 양들에게 과식병 예방주사를 놓아야 해서 왔다. 우리 집 들머리에는 적재기를 단 존 디어 사 트랙터가 서 있었다. 나는 갓 잡은 소를 가지고 푸주한 닐한테 막 다녀온 참이었다. 우리 집 어릿간을 나서 가죽을 벗기고 고기를 씻어 주는 푸줏간에 가려면, 진창길을 달려가야 했다. 이 이웃끼리 서로 돕는 이야기 속에 숨어 있는 또 다른 이야기에서는 닐이 영웅이다. 그는 적재기를 단 JD2020 트랙터에 나보다 더 익숙했다. 내가 진흙 구덩이에 빠져 영 나오지 못할 때 트랙터를 대신 몰아 빼 준 것이다. 수의사 딕은 자기가 예전에 쓰던 것과 비슷한 JD 트랙터를 산 자립 농부를 발견한 기쁨에 새끼 양들을 까맣게 잊었다. 그는 이 트랙터에 관해 말해 주기 시작했는데, 그건 내가 전혀 알지 못했던 소중한 정보였다. 그는 오일펌프의 나일론 범용 조인트가 "구형 JD 트랙터에서는 거의 다 헐거운 상태"라며 2달러로 갈아 끼우는 방법을 알려 주었다. "신경 쓰이게 덜거덕거리며 시동이 걸리거든 곧바로 교체하세요. 다 닳아 빠진 부품 갖고 계속 쓰다가는 훨씬 큰 돈을 들여서 수리를 하게 될 겁니다." 하고 딕은 말했다. 연결봉에 볼트로 고정된 알 수 없는 두꺼운 강철판은 3점 지지 연결 장치 보정용이라고 했다. 그리고 이번에 산 쟁기가 우리 집 트랙터에는 잘 맞지 않을 거라고도 했다. 나는 어떻게 바로잡아야 하는지 몰랐다. 15분 동안 그가 전해 준 가르침은, 몇 해 겪어 봐야만 알 수 있는, 나한테 절실히 필요한 지식이었다.

자립 농부끼리 농기계 정보를 서로 주고받을 수 있는 가장 중요한 비결은 지역이나 마을의 기계 수리점이다. 돈벌이를 좇는 농업이 쇠퇴하고 있다는 걸 드러내는 또 다른 징후는 농기계 대리점이 자꾸만 더 멀어지고 있는 것이다. 한마디로, 많은 대리점이 그 고객이었던 농부들과 마찬가지로 일을 접고 있다. 아직 남아 있는 곳은 전화와 유피에스 택배로 훌륭한 서비스를 제공하지만, 농부가 트랙터를 손보아야 할 때는 택배로 대리점까지 보낼 수가 없다. 그래서 오늘날 적어도 우리 지역에는, 시골 수리점이 돌아오고 있다. 트랙터를 몰고 갈 수 있는 거리에 두 군데가 있는데, 하나는 아주 가까운 곳에 있다. 두 곳 모두 뛰어난 기계 전문가들이 운영한다.

중고를 샀을 때 종종 가장 먼저 수리하거나 교체하는 부분이 타이어다. 소농, 대농, 중농, 보수적인 농부, 진보적인 농부, 반골 농부, 줏대 없는 농부, 하여튼 모든 농부는 농장에서 타이어를 바꿔 낄 일이 생긴다. 이런 수요와 거기서 비롯된 경쟁이 탁월한 서비스를 낳았다. 여전히 농사에 쓰이는 모든 트랙터 제조사와 모델에 끼울 수 있는 새 바퀴가 판매되고 있다고 알고 있다. 앞으로 타이어 서비스 기사에게 여러 번 고마워하게 될 것이다.

어떤 경우든 낡은 트랙터를 낡은 승용차 보듯 하면 안 된다. 낡은 트랙터는 대부분 부품을 지금도 구할 수 있어서 무한정 고쳐 쓸 수 있다. 녹이 슬 만한 얇은 금속판도 거의 없다.

새 장비를 살 때보다 수리에 더 큰 시간과 돈을 들여야 할지도 모른 다는 게 중고 기계를 사는 단점인 건 분명하다. 하지만 아주 작은 농장 이라면, 처음 점검한 뒤에는 그럴 일이 거의 없다. 작은 농장, 특히 꼴 밭을 두고 가축 낀 농사를 짓는 곳이라면 중고 기계를 마구잡이로 쓰 지 않는다. 그래서 돈벌이를 으뜸으로 삼는 농장의 최신 트랙터처럼 빨리 고장 나지 않는다. 이런 사실에 기대, 무엇보다 구형일수록 중고 기계 값이 더 싸기 때문에, 꽤 재미나지만 이로운 상황이 펼쳐지고 있 다. 기계를 다룰 줄 알고, 다른 벌이가 있는 영민한 농부들이 꾸리는 작은 농장들이, 가장 앞서 나가는 기업농보다 훨씬 다양한 장비를 갖 추는 것이다. 그러나 돈이 많이 드는 건 아니어서 소농들에게 손해는 아니다. 한 예로, 평생 50에이커에 농사를 지으며, 은퇴할 때까지 읍내 에서 기계공으로도 일한 이웃이 있다. 내가 알기로 그이는 트랙터 넉 대, 트럭 두 대, 승용차 여러 대와 그 부품을 아주 완벽하게 갖추고 있 다. 탈것은 대부분 말 그대로 폐차장에서 건져 와 되살려 냈다. 그가 거기에 들인 건 주로 품일 뿐 큰돈이 아니다. 이들 도구는 대부분 값이 더 떨어지는 게 아니라, 실제로 값어치가 올라가고 있다. 인플레이션과 수집가들의 관심 덕이고, 더러더러 살살 몰 뿐이어서 상태가 좋기 때문이다. 등이 휘고 팔다리가 쑤시는 일을 덜어 주는 농기계가 여럿 있어 그는 늘그막에도 농사를 짓고 있다. 완전히 농사일을 놓을 때 장비를 판다면, 더할 나위 없는 투자였음이 입증될 것이다. 불안한 연금보다 낫다.

작은 중고 트랙터를 살 때는 크기가 같은 모델이라도 값이 차이가 난다는 걸 알아야 한다. 그것은 제품의 가치보다는 인기와 많은 관계가 있다. 예를 들어 1940년대 후반에서 1950년대 초반에 나온 포드 트랙터 가운데, 8N과 9N 트랙터는 무엇보다도 자립 농장을 꾸리는 이들이 가장 좋아하는 모델이다. 그래서 마력이 같은 다른 트랙터들보다 값이 좀 더 비싸다. 쓸 만한 모델은 요사이 중북부 오하이오에서 평균 2500달러쯤 나간다. 1950년대 후반에서 1960년대 초반에 출시된, 조금 더 신형에, 마력이 훨씬 높은 포드나 퍼거슨 사 트랙터는, 흥정을 잘하면 3000에서 3500달러에 살 수 있다. 살짝 더 비싸지만 8N이나 9N보다 성능이 낮다. 포드는 어리석게도, 그 시기 내내 트랙터 몸체를 같은 크기로 유지하면서, 후속 모델에서 마력만 높였기 때문이다.

그러나 인기가 그만 못한 앨리스 차머스Allis Chalmers의 WD나 WD45 트랙터라면 8N이나 9N보다 힘이 훨씬 좋지만, 똑같이 유서 깊은 모델에 상태가 좋은 것을 1500달러에 살 수 있다. 이 모델들은 핸드클러치와 풋클러치가 다 장착된 것으로, 피티오의 가장 초기 본보기쯤이어서, 피티오로 움직이는 장비를 달았을 때 놀라운 가치를 드러낸다. 핸드클러치를 밀어 넣으면 트랙터는 제자리에 멈추지만, 풋클러치를 밀어 넣을 때까지 피티오 샤프트는 계속 회전한다. 이 구형 앨리스 모델들에는 보조 벨트바퀴가 있어, 구형 고정식 사료 분쇄기, 탈곡기, 옥수수 파쇄기뿐만 아니라, 고정식 작은 제재용 톱을 벨트로 구동할 수 있다. 우리 집 앨리스 WD 트랙터는 포드 8N이나 9N처럼 운전이 편하지는 않다. 좌석이 클러치에서 너무 멀리 떨어져 있기 때문이다. 그 밖에 다른 면에서는 모든 게 더 낫다.

구형 차량 쇼에 판매용으로 나온 트랙터와 그 밖의 기계류를 되살리는 마음은 대개 사랑이지 돈을 벌려는 욕심이 아니다. 그래서 대체로 잘 돌아갈 뿐더러, 되살린 사람이 의도한 것보다 훨씬 값어치가 있다.

자립 농장에 가장 쓸모 있는 장비

말과 말 연결 장치 또는 트랙터 다음으로 농장에 가장 필요한 장비는, 내 생각엔 픽업트럭이다. 픽업트럭을 제1 또는 제2의 수송 수단으로 소유하고 있는 이는, 이미 그 비용이 합리적이라 여길 것이다. 픽업트럭이 있으면 농장에서 골백번의 운반을 거의 공짜로 할 수 있다. 4륜구동 모델을 사면, 시골의 눈길이나 진창길에서는 하느님의 선물처럼 느끼게 된다. 하지만 트랙터가 있다면, 4륜구동

트럭으로 눈길에 짐을 운반하는 대신 트랙터에 거름 살포기나 운반차, 수레를 걸어 쓸 수 있다. 구형 픽업트럭에 관심이 있는 이는 톰 브라우넬Tom Brownell이 펴내는 〈자동차 점화 플러그와 접점 차단기Plugs 'N Points〉가 도움이 될 것이다.

모든 농장에서 가장 편리한 도구는 트랙터용 삽 또는 농장 트랙터용 거름 삽이다. 거의 모든 트랙터에 맞는 모델이 있다. 농부라면 똥거름을 처리하기 위해 모름지기 '로더'라 일컫는 트랙터용 삽을 쓴다. 그러면서 이 도구가 덜어 주는 힘든 일이 수십 가지라는 걸 알게 된다. 한 해만 따져도 농장에서 올리고 끄는 일이 얼마나 많은가. 사료 포대, 비료 포대, 암석, 큰 동물 사체, 장작더미, 통나무, 흙더미, 자갈, 사과, 채소, 곡물, 두엄 더미, 똥 더미, 가랑잎 더미, 옥수숫단, 건초 더미, 길게 늘어 놓은 풀사료거리, 담근먹이, 짚단, 울타리 기둥, 울타리 철망 롤, 시멘트 블록, 판재 묶음, 그뿐인가. 쟁기 같은 무거운 기계도 싣고 내린다. 트랙터 삽은 종종 기중기처럼 쓰인다. 버팀목을 들어 올려 어릿간에 새 들보를 놓을 수 있고, 땅에서 모퉁이 기둥과 울타리 기둥을 뽑아낼 수도 있다. 수직 프레임이나 각재를 알맞은 위치에 놓고 고정시킬 수 있다. 고기용 가축 사체를 매달아 놓고 가죽을 벗기고 해체할 수 있다. 작은 불도저처럼 진입로 공사에 쓰고 바닥을 긁어 돌을 평평하게 펴 놓을 수 있다. 배수관을 놓은 뒤 파낸 흙을 밀어 덮을 수 있다. 아버지는 트랙터 삽으로 흙을 파내 농장에 연못을 만드셨다. 그래도 권하고 싶지는 않다. 연못 둑은 너무 가팔라서 농장 트랙터 삽으로는 일하기 힘들기 때문이다. 찐득한 점토질 흙에서도 능률 있게 작업할 수는 없다. 내가 들은 이야기 가운데 트랙터 삽을 가장 희한하게 사용한 일은 시냇물 개흙에 빠진 암양을 건진 것이다. 우리 집 암양도 이런 적이 있는데, 나는 온 힘을 다해 양을 빼냈다. 트랙터 삽은 그다음 선택지이다. 늪이나 흐르는 모래, 펄에 빠진 가축을 트랙터로 구하는 일은 무척 신중해야 할 일이다. 자칫 가축을 상하게 하거나 죽일 수 있다.

중요한 쓰임새가 또 있다. 트랙터의 유압으로 트랙터 삽을 움직이면, 트랙터 유압펌프와 호스로 연결된 유압실린더로 올릴 수 있는 다른 장비를 쓸 수 있다는 것이다. 유압으로 쟁기, 원판 쟁기, 예초기의 높이나 깊이를 조정해 보면 천국처럼 느껴질 것이다. 구형은 장비 바퀴를 움직이거나 직접 손으로 올리고 내려야 하니 말이다. 유압으로 조정되는 장치는 무엇보다 1에서 2에이커짜리 밭이나 텃밭 같은 작은 규모에 잘 맞는다. 흙을 갈려는 지점에서 정확히 원판 쟁기를 높이거나 낮출 수 있고, 멈추려는 지점에서 정확히 올릴 수 있다. 밭의 울타리 모서리로 가서 원판 쟁기나 쟁기를 내리고 흙을 갈면 빠진 곳 없이 땅을 갈 수 있다. 끌어당기는 형태의 장비를 달고 이렇게 작동시키려면 무척 어렵다.

유압을 사용하면 3점 지지 연결 장치 또한 쓸 수 있다. 이는 트랙터나 말 연결 장치에 두 번째로 필요한 장비인데, 어떤 이는 으뜸으로 치기도 한다. 작은 농기구는 대부분, 이를테면 예초기, 긁개, 막대형 리프트, 지게형 리프트, 상자형 리프트, 청소 솔, 파종 및 수확 도구, 막대형 천공기穿孔機, 권양기처럼 오늘날 3점 지지 연결 장치에 맞게 만들어진 장비라면 운전자가 유압으로 올리고 내릴 수 있다.

기본으로 갖추어야 할 밭갈이 연장은 쟁기, 원판 쟁기, 평상 써레, 스프링 날이 달린 써레, 그리고 아마도 다짐기일 것이다. 나는 끌쟁기쿡젱이가 낫다고 생각하는데 이 얘기는 다른 장에서 하겠다. 원판 쟁기와 평상 써레는, 내 경험으로 볼 때 땅을 갈아 씨앗 심을 자리를 마련할 때 가장 널리 쓰이고 비용도 가장 적게 드는 도구다. 지난해 작물 찌꺼기가 남아 있으면 평상 써레로 뽑아낸다. 스프링 날이 달린 써레를 쓸 수도 있다. 작물 찌꺼기가 땅에 두텁게 쌓여 있을 때는 원판 쟁기로 갈아야 하는데, 뒤쪽에 뭐든 달아 끌면서 원판 쟁기가 남긴 자취를 고르게 펴야 한다. 기다란 통나무 하나도 괜찮다. 언젠가 작은 향나무를 끄는 농부에게 물은 적이 있다. 자기네 농장에서 많이 자라는 것이라 쓴다고 했다. 원판 쟁기와 써레는 흙을 갈 다른 도구가 없을 때 첫 번째로 사용할 수 있고, 특히 옥수수를 기른 뒤 맨 흙이 꽤 드러난 땅에 쓴다.

다짐기는 대부분 꼭 있어야 할 도구로 여기지는 않는다. 나도 얼마 전에야 하나 샀다. 이제는 자립 농장에 매우 중요한 도구라고 믿는다. 특히 곡식보다 꼴밭 식물에 관심이 큰 농부라면, 여름이나 이른 가을 흙이 얼추 말랐을 때 가끔 풀과 토끼풀 씨앗을 뿌릴 텐데, 씨를 뿌린 뒤 마른 땅을 다짐기로 훑고 지나가면 싹 트는 비율이 눈에 띄게 높아진다. 다짐기가 장착된 평범한 초지 파종기는 값이 비싸지만, 씨뿌리개와 구형 다짐기는 간식값 정도면 된다.

나처럼 되도록 제초제를 쓰지 않으려고 마음먹은 이라면, 동력 제초기가 필요할 것이다. 나는 옥수수밭 고랑을 관리기로 풀을 맨 지 오래되었지만, 이제는 옥수수를 조금 더 많이 기르고 있어서, 예산 범위에 들어오는 물건이 있다면 트랙터 쟁기를 하나 마련할 계획이다. 3점 지지 연결 장치가 있는 트랙터나 말 연결 장치만 있으면, 2열이나 4열 트랙터 쟁기를 신형과 구형 모두 쓸 수 있다. 이렇게 하면 그런대로 돈이 덜 든다.

무경운 화학 농법 영업 사원들은 다열多列 트랙터 쟁기가 얼마나 땅을 깎아 먹는지 아느냐며 괴롭힐 것이다. 하지만 그들에게 '먼로 J. 밀러'라는 이름을 대면 끝이다. 먼로는 아미시 농부다. 몹시 가팔라서 트랙터를 안전하게 몰고 다닐 수 없는 비탈에서 오랜 세월 동안 말과 다열 쟁기로 땅을 갈아 왔다. 그는 등고선농법을 기가 막히게 사용하는 농부다. 비탈에서 등고선을 따라 가로로 이어진 좁은 띠 모양의 밭에 토끼풀과 옥수수를 등고선별로 번갈아 심는다.

나는 이 비탈에 서서 놀라서 입을 다물었다. 그 언덕에 깎여 나간 땅은 거의 보이지 않았다. 제초제를 뿌려 자라나는 풀을 죽이고, 흙을 갈지 않은 채 죽은 잡초 찌꺼기 틈으로 작물을 심는 '무경운' 밭이 오히려 그 언덕보다 침식이 심하다. 올봄에 말 밭갈이 대회에서 만났을 때, 그는 자신의 농법보다 화학적 무경운 농법이 이롭다는 주장을 일찌감치 반박해 왔다고 말했다. 오하이오주립대학교의 무경운 농법 옹호자들은 가파른 언덕에서 다열 쟁기로 땅을 가는 그를 비난했다. 그런데 농업 지도원이 먼로의 편을 들었다. 자신이 그간 지켜보기도 했고, 먼로의 가파른 밭에서 퍼 온 흙 시료를 검사한 결과 침식이란 게 거의 나타나지 않았다고 밝힌 것이다. 또 무경운 농법에서 종종 나타나는 꽉 눌린 흙도 전혀 보이지 않고, 유기물 함량이 매우 높다고 했다. 두말할 것도 없이 먼로 밀러를 아는 모든 이는 그럴 거라는 걸 알고 있다. 아니라면 먼로가 그 언덕에서 농사를 짓지 않겠지.

살포기가 필요할 것이다. 트랙터용으로 나오는 피티오 구동식 커다란 살포기를 살 수도 있지만, 어깨에 메는 조그만 씨뿌리개로도 작은 농장에서는 충분하다.

나이가 젊고 건강하며 낫질이 무척 익숙한 게 아니라면, 그리고 마른풀거리를 1에이커도 안 되는 땅에 기르는 게 아니라면, 전정기형 예초기로 풀을 베고, 원판형 예초기로 꼴밭 풀을 다듬어야 한다.

날을 날카롭게 관리하면 전정기형 예초기만으로 어떻게든 해 나갈 수 있다. 마른풀거리용으로 나온 새로운 회전식 장비, 곧 워크세이버 사에서 내놓은 건초기 같은 게 있으면, 원판형 예초기로만 그럭저럭 할 수도 있다. 하지만 여유가 된다면 둘 다 갖추는 게 슬기로울 듯하다. 두 종류 모두 3점 지지 연결 장치에 맞는 신형과 구형이 판매되고 있다. 도리깨 예초기와 원통형 원반 예초기는 탐나지만, 평범한 자립 농장이 들이기에는 무척 비싸다.

한마디 보태자면, 농부가 전정기형 예초기와 모든 구형 농기계를 더 자세히 이해하고 스스로 점검하거나 손볼 수 있도록, 존 디어 사는 《농기계의 작동, 관리, 수리The Operation, Care, and Repair of Farm Machinery》라는 책을 오랫동안 펴내 왔다. 나는 15번째와 21번째에 나온 것을 갖고 있는데, 1937년과 1947년 판인 것 같다. 중고 책방과 골동품 가게에 꾸준히 나온다. 책에서 설명하는 기계는 모두 존 디어 사 제품이지만, 설명과 그림이 무척 자세해서 다른 제조사와 모델에도 그 정보를 적용할 수 있다. 이 설명서를 읽을 때마다 나는 부러운 마음이 인다. 여기에 나오는, 말이나 트랙터가 끄는 기계라면 오늘날 자립 농장에 완벽히 어울릴 것이기 때문이다.

🗝 건초 갈퀴가 필요할 것이다. 구형은 보통 농장 직거래에 50달러도 안 되는 값으로 나온다.

🗝 좁은 땅이라면 말린 꼴을 돈 들이지 않고 묶지 않은 채 관리할 수

있다. 그 방법은 10장에서 설명한다. 마른풀거리를 5에이커가 넘게 기른다면 포장기가 있어야 한다. 나라면 크고 둥글게 포장하는 기계 말고 작고 네모나게 포장하는 기계를 고를 것이다. 크고 둥근 포장은 손으로 움직일 수 없고 보통 밖에 둬야 해서 말린 꼴 바깥층 상태가 나빠진다. 가까이에 젖농사를 짓는 스티브 갬비가 사는데, 작은 농장이라면 조그만 네모꼴 포장이 더 낫고, 말린 꼴 품질도 대체로 더 좋다고 한다.

- 거름 살포기는 거의 필수품이다. 중고 살포기를 사는 게 대개 새 살포기보다 가격 면에서 크게 이득이다.
- 곡물 수확기는 10장에서 다룬다. 밭이 작으면 손으로 옥수수를 거둘 수 있지만, 텃밭보다 넓은 땅에서 곡식 같은 작물을 거두려면 농기계가 필요하다. 그렇지 않으면 알맞은 장비를 갖춘 이웃 농부에게 수확을 부탁할 수 있다. 두 번째 대안은 내가 그랬듯이 중고 콤바인을 사는 것이다. 베어 내는 너비를 잣대로 3에서 3.6미터짜리 콤바인은 돈벌이를 좇는 농사에서는 쓸모가 없어서 요새는 콤바인 파괴 경기demolition derby에서나 사용된다. 나는 이따금 이 비극 같은 희극을 사색한다. 이 커다란 콤바인은 대부분 결코 값을 치른 적이 없다. 빌린 돈으로 사고, 더 많은 돈을 빌려서 더 큰 콤바인을 살 때 함께 인수된다. 이제 그것들은 '가치가 없'고, 걸려 있는 빚은 미래 세대가 갚아야 한다. 농장의 사내들이 파괴 경기를 벌여 그것들을

산산조각 내며 짜릿함을 느끼는 건 놀라운 일이 아니다. 나는 그들이 자신에게 지워진 짐을 영혼 깊은 곳에서 느낀다고 생각한다.

겉모습이 말끔한 구형 콤바인은, 기회를 노리다 보면 2000달러쯤에 살 수 있다. 하지만 우리 조카처럼 운이 좋은 경우가 아니라면, 이런 콤바인은 대부분 다 닳아서 한참 손봐야 한다. 두 해 전, 연례 축제인 골동품 앨리스 차머스 박람회 '오렌지 모임Gathering of the Orange'에 복원된 AC 올크랍 콤바인 두 대가 1000달러도 안 되는 값으로 나와 있었다. 올크랍 모델은 새 부품이 지금도 공급되는지라 이 콤바인을 산다면 잘 산 것이다. 나는 50달러에 샀는데, 열두 해 동안 큰 도움이 되었다. 1948년에 출시된 제품이다.

울타리 재료는 가축을 키우는 농장, 특히 할 수 있는 한 짐승이 풀을 뜯게끔 집중 방목을 하는 농장에 반드시 필요하다. 철망 울타리를 둘러 경계를 긋고 싶다면, 울타리 펼치개 하나 또는 한 쌍이 필요하다. 나스코 하드웨어 같은 농업 용품 판매점에서 우편으로 새 제품을 살 수 있다. 트랙터로 울타리를 잡아당기면 결과가 썩 만족스럽지 않고 위험할 수도 있다. 철망 울타리를 알맞게 잡아당기려면 큰 힘이 들어간다. 나는 그 방법을 《실용적인 기술》을 쓰면서 글로 설명했다. 하지만 직접 해 보며, 살아 있는 사람한테서 배우길 권한다. 결정적인 기술은 펼치개를 작동시키는 게 아니라, 모퉁이 기둥을 단단하게 세우는 데 있다. 곧게 잡아당겨야만 한다. 방향이

꺾여서는 안 된다. 끝기둥과 함께 버팀기둥을 세우고, 둘 사이에 지지 막대를 대고, 모퉁이 기둥 아래부터 버팀기둥 꼭대기까지 당김 줄을 연결하여 꼭 죈다. 모퉁이 기둥을 버팅기는 다른 방법들이 있지만, 이렇게 버팀기둥을 모퉁이 기둥과 1.5미터쯤 거리를 두고 세우는 방법이 가장 쉽다. 끝기둥과 버팀기둥은 땅속으로 105에서 120센티미터쯤 박고, 땅 위로는 적어도 1.5미터 높이여야 한다.

철망 울타리는 높이와 와이어 지름인 게이지를 맘껏 고를 수 있을 만큼 종류가 많다. 울타리 맨 위와 맨 아래는 지름 9게이지짜리 굵은 것이어야 한다. 숫자가 클수록 게이지는 가늘어진다. 다른 와이어들도 11게이지보다 가늘면 안 된다. 값싼 가느다란 와이어를 사면 돈만 버린다. 울타리를 버티는 역할을 하는 수직 와이어 사이의 간격은 10센티미터, 15센티미터, 또는 20센티미터이다. 더 좋고 더 비싼 간격 10센티미터짜리 철망을 쓰려면, 세로 방향으로 아래쪽 와이어 간격이 더 좁은 것을 고르기 바란다. 그래야 작은 돼지나 새끼 양이 지나가 보려고 하지 않는다. 암양이 머리를 들이밀었다가 끼는 일도 일어나지 않는다. 울타리로 쓸 만한, 내가 아는 가장 싼 재료는 높이 105센티미터에, 수직 와이어 간격 20센티미터, 맨 위와 맨 아래 와이어 9게이지, 나머지 와이어 11게이지짜리이다. 나는 가끔 농업 용품 상점에서 이 수치의 철망 울타리 롤을 이 잡듯이 뒤지곤 한다. 점원이 찾아 줄 거라는 꿈은 깨는 게 좋다. 철망 울타리에 대해 아는 사람은 이제 더는 없으니까.

구리 함량이 높은 와이어일수록 더 오래가고 값이 비싸다. 농업 용품 체인점 대부분에서, 여기 북부 오하이오라면 티에스시Tractor Supply Co.나 퀄러티 팜Quality Farm, 플리트Fleet에서는, 구리 함량이 높은 울타리, 이를테면 레드 브랜드Red Brand 같은 좋은 제품을 팔지 않는다. 하지만 똑똑한 소비를 하려면, 조금 더 비싼 걸 사는 게 낫다. 뭣하러 값싼 울타리를 세우고 끊임없이 손보겠는가?

농장 직거래에는 구형 울타리 펼치개가 거의 빠짐없이 나오고 값도 싸다. 가축을 치는 농부들이 대체로 울타리를 펼치느라 큰 힘을 들이지 않아도 되는 다양한 전기 울타리를 더 찾기 때문이다. 어떤 농부는 미늘 철사를 세 줄에서 다섯 줄 두르는 걸 좋아한다. 한 줄씩 따로 치니 편하다. 이 일을 하려면 복도르래나 단선 '1인용' 펼치개가 필요하고, 농업 용품 상점에서 우편으로 주문할 수 있다. 리먼 하드웨어Lehman Hardware에서 1인용 펼치개를 팔고, 미국 전역에 우편으로 배송하는 것으로 안다. 모든 자립 농부는 어쨌거나 리먼의 독특한 '전기를 쓰지 않는' 연장 안내 책자를 갖고 있어야 한다. 강철 울타리 기둥 드라이버는 필수품이고, 울타리 기둥 구멍 삽 또한 목재 기둥을 박을 때 필요하다. 전동 구멍 삽을 빌려 쓸 수도 있다.

나는 수동식 구멍 삽을 쓴다. 한 해에 평균 60여 미터쯤 울타리를 세우니, 근육의 힘을 넘어서는 속도는 필요 없다. 밑 빠진 독처럼 휘발유를 먹는 기계보다 근육이 훨씬 조용하다.

울타리 얘기만 나오면 가축을 치는 다른 농부들과 옥신각신하게 된다. 많은 이들이 뉴질랜드식 전기 울타리가 전통적인 철망 울타리보다 값이 싸고 치기도 쉽다고 말한다. 반골 농부로서 나는 물론 동의하지 않는다. 전통적인 철망 울타리를 제대로 세우면 서른 해를 버틴다. 내가 아는 뉴질랜드식 울타리는 어느 것이든 이런 기후에서 그렇게 오래간 게 없다. 그러니 과연 그게 더 낫다고 말할 수 있는 것일까? 그리고 그 뭐라뭐라 불리는 연결 부품들, 절연체, 뉴질랜드식 울타리에 필요한 갖가지 와이어 조임쇠를 갖추어야 하니, 그 울타리를 세우는 게 그만큼 싸거나 빠른 것인지 나는 모르겠다. 뉴질랜드식 울타리가 이로운 점은 오로지, 온갖 제품을 쉽게 살 수 있고, 설치하는 방법을 여기저기서 찾아보기 쉽다는 것뿐이다.

하지만 이런 새 전기 울타리가 새 철망 울타리보다 싼 게 맞다면, 나는 전통적인 철망 울타리를 칠 때 새 기둥과 새 와이어를 쓰지 않는다고 말하겠다. 위대한 자동차전용도로 덕분에, 끝없이 이어진 그 고속도로 어딘가 가져올 수 있는 거리에서 울타리를 교체하고 있는 곳이 늘 있다. 이건 정말 좋은 기회인데, 버려지는 고속도로 울타리 대부분이 여전히 15년에서 20년, 아니면 그보다 더 오래 쓸 수 있기 때문이다. 그리고 농부가 살 수 있는 어떤 새 제품보다 훨씬 좋은 울타리다. 모두 9게이지 와이어이고 부식 방지 강철이다. 지방정부가 그 좋은 세금으로 사들여 쓰는 강철 기둥 또한 일개 납세자가 형편껏 살 수 있는 물건보다 훨씬 고급이다. 처음에는 이 엄청난 울타리 재료를 한 차 가득 공짜로 가져왔다. 하지만 울타리를 철거하는 회사들이 금세 눈치를 채서 지금은 돈을 조금 낸다. 그래도 여전히 엄청 싸지만.

나는 끝기둥과 중간 나무 기둥 들로 쓰려고, 버려진 전봇대를 체인톱으로 잘라도 된다는 허가를 지역 전력회사에서 받는다. 이 전봇대들을 2.1에서 2.4미터까지 알맞은 길이로 자른 뒤, 전봇대 굵기에 따라 두 쪽에서 여덟 쪽으로 쪼갠다. 놀이처럼 슬슬 해서 한나절이면 기둥 스물네 개를 만들 수 있다. 하나에 3달러에서 5달러는 줘야 살 수 있는 나무 울타리 기둥보다 훨씬 좋다. 쪼개지 않은 전봇대 밑동은 더할 나위 없는 끝기둥과 모퉁이 기둥이 된다. 개당 12에서 15달러에 파는 끝기둥들보다 훨씬 오래간다. 나는 한 해 내내 더없는 보상을 받는 셈이다.

스스로 낱낱이 깨우쳐 온 덕분에, 우리 농장 울타리는 끝내 25년 동안 말처럼 우뚝, 황소처럼 질기게, 돼지처럼 딴딴히 서 있겠지만 들인 돈은 거의 없다. 또한 전기가 끊겨 짐승들이 우르르 도망칠 걱정을 할 필요가 없다. 자동차전용도로를 따라 세워 놓은 울타리만

없다면, 녀석들은 전기 울타리를 벗어나 거침없이 시카고까지 갈
것이다.

🦆 나무를 베어 땔감을 마련하려면, 체인 톱, 도끼, 갈고리 장대, 쐐기
두 개, 망치 도끼가 필요하다. 연료를 집어삼키는 재단기는 정밀하
지만 시끄럽고 꼭 필요한 건 아니다. 트랙터의 유압으로 작동시키
는 재단기가 훨씬 좋지만, 망치 도끼를 휘두르기 어려울 만큼 호호
히 늙을 때까지는 또한 필요치 않다. 도끼로 쪼갤 수 없는 나무는
두었다가 벽난로에 통으로 넣어 땔감으로 쓰거나, 솥에다가 단풍
시럽과 라드를 졸일 때 쓴다.

🦆 우리처럼 농장 흙이 진흙이라 물이 잘 안 빠진다면, 적어도 물이 고
이는 곳만이라도 배수관을 설치해야 하는데, 배수로용 삽이 쓰기
좋다. 삽으로 배수관 묻을 자리를 파내는 건 힘든 일이다. 그러니
예를 들어 한 해에 60미터 넘게 배수관을 놓아야 한다면, 동력 굴착
기를 사용하는 전문 배관공에게 맡기고 싶을 것이다. 하지만 내가
올봄에 알게 된 건, 깊이 60센티미터쯤으로 90여 미터 땅을 파는 일
은 사실 그다지 몸이 힘들지 않다는 사실이다. 예순을 넘긴 내가 4
월에 틈틈이 그만큼을 팠으니, 더 젊은 사람은 그 곱절도 너끈히 팔
수 있지 않겠는가. 어떤 면에서는 재미난 일이기도 해서 나는 순전
히 심심풀이라고 말한다. 주로 힘만 쓰지 머리는 거의 안 쓰니까
말이다.

꒜ 나는 삽이나 가래로 풀밭에서 풀을 맨다. 이렇게 하는 것이 전통적인 괭이를 쓸 때보다 훨씬 쉽게 느껴진다. 서양가시엉겅퀴, 우단담배풀, 수영이나 우엉의 곧은뿌리를 한 번에 찍어서 잘라 낼 수 있다. 괭이로 내리치면 보통 적어도 두 번은 찍게 된다. 그런데 사촌 레이먼드는 노년에 괭이로 풀밭에서 풀을 잡는 더 참신한 방법을 생각해 냈다. 톱으로 괭이자루를 절반쯤 잘라 내고 듬직한 승용 예초차에 올라탔다. 그리고 최고 속도로 풀밭을 누비며 잡초를 뒤쫓았다. 그는 달리는 예초기에 탄 채로, 짧아진 괭이를 잡초 아랫부분에 심술궂게 휘두르며 풀을 뎅겅뎅겅 쳐 냈다. 절대로 질 수 없다는 듯 경기를 치르는 옛날 폴로 선수처럼 보였다.

꒜ 내가 자립 농장 연장 목록의 첫 번째로 관리기를 꼽던 때가 있었다. 지금은 그렇게 생각하지 않는 게, 관리기가 달걀 거품기처럼 흙을 심하게 휘저어 놓기 때문이다. 그래도 삽질이나 다른 손연장으로 땅을 갈기 싫다면, 관리기는 좁은 면적에 가장 알맞은 도구이다. 작은 두둑에는 손연장이 더 낫다. 관리기는 가볍게 풀을 솎아 내거나 흙덩이를 부수는 데 딱 맞다.

꒜ 쇠스랑은 여전히 자립 농장에 필요하다. 반갑지 않은 영업 사원을 쫓아낼 때만 그런 게 아니다. 건초 작업에는 세발 건초 쇠스랑이 더 나은데도, 나는 네발 거름 쇠스랑을 쓴다. 더 가볍고, 마른풀에 밀어 넣었다 뺐다 하기가 더 쉽기 때문이다. 우리 집에는 큰 네발

사료 쇠스랑도 있다. 가랑잎, 파쇄한 옥수숫대, 그리고 회전식 예초기로 벤 마른풀을 다루는 데 좋다. 무거운 발이 꽤 촘촘히 달린 큰 쇠스랑도 자주 쓴다. 나는 그걸 옥수수속대 쇠스랑이라 하는데, 남들은 돌 쇠스랑 그리고 옥수수자루 쇠스랑이라 하는 걸 들은 적이 있다. 여느 거름 쇠스랑으로 치우지 못하는 무척 고운 똥거름을 칠 때 쓴다. 잘 썩은 닭똥이나 거름을 다룰 때 정말 좋다.

곡식 농사를 짓는 이는 곡물 삽과 아마도 1부셸들이 바구니 한두 개가 있으면 좋을 것이다. 우리는 때로 고무 양동이를 사서 그 통으로 가축과 닭들에게 사료를 날라다 주고, 잠금장치가 달린 플라스틱통을 사서 여러 가지를 보관한다. 나는 물이나 곡물을 저장할 철제 통을 공짜로 구할 기회를 호시탐탐 노린다. 자립 농부들이란 양동이 비슷한 뭐라도 보면 달라고 떼를 쓰거나 빌리거나 거저 가져온다. 늘 쓰임새가 있는 물건이고, 언젠가는 녹슬거나 금이 가기 마련이기 때문이다.

농장 트랙터나 대형 회전식 예초기를 텃밭에서 쓸 게 아니라면 예초기가 있어야 할 것이다. 풀밭은 작을수록 좋지만, 지금 우리 풀밭은 크다. 나는 풀밭 대부분에 울타리를 두르고 거기서 양을 놓아 먹일 생각이다. 아직 캐럴은 모른다. 작은 풀밭은 손으로 미는 잔디깎이로 풀을 깎으면 된다. 오늘날 토요일 아침에 8000달러짜리 승용 예초기를 타고 우표 크기만 한 잔디밭을 돌아다니고는, 토요일 오후에 살을 빼겠다고 조깅을 하는 사람보다 더 우스꽝스러운 모습은 없다.

⚐ 건물은 연장이다. 나는 난방이 되는 땜질간은 농장이 갖출 수 있는 가장 좋은 연장에 속한다고 생각한다. 거기서 겨울날을 편하게 보낼 수 있지 않은가. 게다가 기계 수리라는, 끝없는 일을 엄청난 돈을 절약하며 즐겁게 할 수 있으니 말이다.

나는 이미 우리 집 옥수수 저장고와 뒤주간, 돼지우리와 닭장에 관해 설명했다. 가축을 키울 생각이라면 낡은 어릿간이 딸린 집을 사는 게 큰돈을 아끼는 길이다. 오늘날 목재를 사는 건 은그릇을 사는 것만큼 돈이 많이 든다. 부서진 어릿간이라도 다시 쓸 수 있는 목재가 많이 있다. 우리 어릿간은 더 오래된 어릿간 두 채를 헐어 지었다. 이웃은 어릿간 하나를 더 좋게 지었는데, 다른 곳에 건물을 하나 사서 반으로 나눈 다음, 잘라 낸 자재를 트랙터와 트레일러로 자기네 어릿간 앞마당으로 실어 와 다시 짜 맞췄다.

건물을 옮기는 건 이 지역의 오랜 전통이다. 사실 알뜰한 이들에게 목재는 늘 값이 비쌌다. 우리 집에서 1.6킬로미터가 안 되는 거리에 두 집이 이사를 왔고 다른 한 집은 이사를 나갔는데, 아무도 그 까닭은 모른다. 남쪽으로 3킬로미터 남짓 가면, 앞마당에 기계 창고가 하나 있는데, 예전에 가까운 마을의 교회였던 곳이다. 마을은 이미 오래전에 사라졌다. 교회 동쪽에 있는 농장의 어릿간을 지은 목재는, 우리 마을 첫 번째 법원이 1900년에 헐릴 때 나온 것이다. 시골 사회는 재활용이라는 말이 만들어지기 전부터 재활용을 해 왔다. 그러지 않을 여유가 없었던 탓이다. 우리가 오늘날 쓰레기 처리 문제를 떠안고 있는 이유는, 그저 돈이 넘쳐흘러 새 제품을 끊임없이 쏟아 내기 때문이다.

어릿간 얼개는 당연히 거기서 무얼 기를 것인가에 달려 있다. 이제 지난 시간을 돌아보며 내가 하고 싶은 말은, 어릿간에 짐승을 들이고 무엇이 필요한지 뚜렷해질 때까지는 칸막이와 여물통을 포함해서 우리를 될 수 있는 한 만들지 말라는 것이다. 2층으로 짓는 게 가장 좋다. 다락에 말린 꼴을 보관하고, 구멍을 뚫어서 아래층 여물통으로 그걸 떨어뜨리면 편하다. 끝에도 문을 내서 다락으로 말린 꼴을 넣을 수 있게 한다. 전통적인 어릿간을 다녀 보면 그럴싸한 생각이 떠오른다. 오래된 농사 책과 잡지들, 무엇보다 1920년 이전에 출간된 것들에 어릿간 짜임새나 부속물을 가늠하기에 적당한 그림이 더러 실려 있다. 이 대목에서 내가 가장 큰 가르침을 얻은 건 아미시 사람이 어릿간 짓는 걸 보았을 때이다. 아칸소의 첨단 자동화 양계장이 전통적인 아미시 어릿간 짜임새가 보여 주는 능률을 절반이나 따라갈지 의문이다. 사람이 가축을 돌보고 먹이를 주는 데 알맞게 얼개를 짜야 한다.

무어니 무어니 해도 펜치와 주머니칼은 언제나 주머니에 넣고 다닌다. 철사 한 묶음도 가까이에 둔다. 부리같이 뾰족하게 코가 나와 있는 울타리용 펜치는 울타리를 고칠 때 꼭 필요하다. 망치 열일곱 개와 드라이버 서른세 개를 사서 집과 농장 여기저기 흩어 놓으면 필요할 때 늘 찾아 쓸 수 있다. 나는 딸이 만들어 준 안경집에 종종 돋보기를 넣어 다닌다. 본래는 텃밭에서 일하거나 들을 걸을 때 가까이 있는 곤충을 관찰하기 위해서였다. 하지만 요새 들어 기계로 작업할 때 돋보기가 크게 도움이 된다. 나이가 든다는 건 징그러운 일이다.

마지막으로 빼놓을 수 없는 것은, 그리스건과 기름통을 가까이 두는 것이다. 먹통이 된 도구나 기계에 윤활유만 넣어 줘도 다시 제대로 작동하는 걸 보면 기쁘기 그지없다. 낡은 장비라 베어링이 많이 닳았다면 특히 윤활유를 듬뿍 쳐야 한다. 세어 본 적은 없지만, 우리 집 낡은 콤바인에는 윤활유 주입구가 60개 있을 것이다. 콤바인을 쓰는 날에는 사용 전에 그 모든 주유구에 그리스건으로 윤활유를 서너 번 쏘아 넣는다. 그것이 바로 이 콤바인이 제조된 뒤로 반세기 동안 변함없이 잘 돌아가는 비결이다. 삽, 가래, 콤바인 날, 원판 쟁기 날, 쟁기 볏의 쇠붙이를 사용 전후에 폐유로 닦아 주면 오래 쓸 수 있다.

전체적으로 말하자면, 손연장을 되도록 많이 아는 게 좋다. 딱 맞는 연장을 부려 제대로 일하면 일이 훨씬 쉬워지기 때문이다. 딱 맞는 손연장이란 무엇인지 헤아릴 수 있게 하는 구전과 슬기가 오늘날 사라지고 있다. 도낏자루가 그 모양으로 생긴 건 그만한 까닭이 있다. 하지만 그 까닭을 알려면, 전통적인 생김새와는 다른 도끼를 휘둘러 보아야 한다. 내가 도랑을 파려고 산 가래는 새것이었는데, 그 일에 알맞지 않은 생김새였다. 그래도 그걸로 계속 땅을 팠더니, 가랫날을 흙에 꽂을 때마다 등이 거의 부러질 것 같았고 발에는 물집이 잡혔다. 사촌 데이비드한테 무겁고 낡은, 특히 도랑을 파는 데 맞게 만들었다는 가래를 빌려 쓰고서야, 왜 이 단순한 일로 괴로워할 필요가 없는 것인지를 알아챘다. 손연장을 실제로 낱낱이 알지 못하더라도 농장 직거래에 가서 중고 연장을 사면 좋은 연장을 손에 넣을 가능성이 무척 크다. 보기만 좋을 뿐, 설계가 엉망인 쓰레기 신제품을 사는 값과 비교가 안 되게 싸다.

연장 날을 잘 세우는 것은 아무리 강조해도 지나치지 않을 만큼 중요한 기술이다. 내 친구 로이 하버는 쉰 해 전 농사 이야기를 자기 괭잇날보다 더 또렷하게 기억한다. 그 친구 아버지는 괭잇날 양쪽을 숫돌로 갈았다고 한다. 요새 상점에서 파는 괭이와는 다르다. "우리 아버지 괭이는 절대 휘두를 필요가 없었지." 하고 로이는 말한다. "날로 풀을 쿡 찍으면 풀이 발딱 뒤집혔다네." 로이는 입이 한번 열리면 좀체 닫히지 않는다. "아버지는 도끼날을 살짝 불에 달궈서, 날 끝에서부터 2.5센티미터 안쪽까지 엄청 납작하게 두들겨 버리곤 했지. 그리고 저녁 내내 날을 갈면 그걸로 머리카락이 잘렸다니까. 농담 아니야. 아버지 도끼로 조금만 연습하면 자네도 딱 한 번 휘둘러서 지름 10센티미터짜리 어린나무를 벨 수 있지."

그러니 '문명'이 어마어마하게 펼쳐진 원시림을 헐벗은 야구장처럼 바꾸어 놓는 데 한 세기도 안 걸린 것은 놀라운 일이 아니다.

백성은 한 나라에서 가장 귀하다.

땅과 곡식의 신이 그다음이다.

군주는 가장 가볍다.

맹자, 기원전 300년 무렵

농사꾼과 고기잡이는 아무런 막힘없이 서로를 이해한다. 한쪽은 땅에서 거두고, 한쪽은 물에서 거둔다. 둘은 자연의 변덕스러운 장난 앞에 겸손한 태도로 먹을거리를 구한다. 사람의 힘으로 어찌할 수 없는 날씨는 그들 안에 끈질긴 염세주의를 낳아 자자손손 끝없이 대를 물린다. 권능을 갈망하는 광신자들과 무능력한 관료들도 그 세월 속에 사라진다. 자연에 견주면, 광신자와 관료는 바람 앞에 촛불이다.

　농부와 어부가 비슷한 점은 평야와 물이 겉보기에 비슷하다는 데까지 이른다. 평야가 바람의 변덕을 받아들이듯이 물도 그렇다. 섬나라 폴리네시아 사람들은 물 위로 불어오는 바람을 수십 가지로 나누고, 그 하나하나에 이름을 붙여 말한다. 나는 익어 가는 곡식에 누런 물결을 일으키는 바람을 가리키는 특별한 낱말들을 알고 싶다. 하지만 빌려 말할 수밖에 없다. 남실바람은 자라나는 밀밭과 귀리밭을 연못의 수면처럼 주름지게 한다. 하얀 모자를 쓴 듯 이삭이 산들바람 속에 고개를 들었다 내리는 모습은 바닷물이 부풀었다 꺼지는 것 같다. 들판 저쪽으로 돌풍이 소용돌이를 일으키면 저절로 눈길이 간다. 소용돌이치는 바람보다 먼저 누운 곡식 줄기들이 보인다. 밝은 빛깔의 줄기와 아랫부분, 그리고 짙은 빛깔의 윗부분이 대조를 이룬다. 밀이 푸르를 때는 그 소용돌이 속에 젖빛부터 비취색까지 일렁인다. 곡식이 익어 갈 때는 밤색부터 황금빛이 소용돌이친다. 곡식이 익어 갈 때 땅에서는 토끼풀이 우거져 싱그러운 초록을 뿜내고, 뒤이어 발작하듯 거친 바람이 일어 키가 큰 밀밭을 가르면, 마치 초록 비가 쏟아져 황금빛 호수에 물결이 이는 것 같다. 마네의 그림이 생각난다.

땅거미가 내리면 가장 황홀한 광경이 펼쳐진다. 해는 이미 지평선 밑으로 떨어졌지만 하늘로 여전히 붉은빛을 내뿜고, 이 빛깔은 무르익은 곡식의 바다에 수평으로 번져, 밀 이삭은 불이 꺼져 가는 붉은 장작 같다. 붉은 불씨마저 꺼지면, 반딧불이가 그 모습을 흉내라도 내듯 곡식 사이에서 반짝거린다. 암컷은 밀 줄기에 붙어 있고, 수컷은 밀밭 위 까만 허공을 날아다닌다. 셀 수 없이 많은 반딧불이가 반짝일 뿐, 더할 나위 없는 평온과 고요가 흐른다.

6월 폭우가 내린 뒤 개울이 둑 너머로 폭포수처럼 넘쳐 흘러 곡식밭을 덮치는 것을 본 적이 있다. 넘친 물은 밀밭에서 차올라, 익어 가는 밀 이삭만이 물결 위로 고개를 내밀었다. 물에 뜬 노란 거품이 붉은깃찌르레기 둥지에 부딪혔다. 밀 줄기들 위쪽에 솜씨 좋게 튼 둥지였는데, 묶어 둔 작은 배처럼 보였다. 붉은깃찌르레기 어미는 둥지 가장자리에 앉아, 세상에 걱정거리가 없다는 듯 노래했다. 그날 밤 개구리들의 합창이 즐거이 울리는 동안 물이 빠졌다. 두 주 뒤, 나는 흙먼지를 일으키며 곡식을 거두었고, 트랙터 운전석에 앉아, 개구리는 꿈이었던가 생각했다.

우리가 오하이오에서 기르는 겨울 빨간밀은 거둘 무렵에만 보기 좋은 것이 아니라 한 해 내내 그 아름다움이 다채롭게 펼쳐진다. 밀을 다 거두고 겨울에 어릿간 깃으로 쓸 짚까지 갈무리하면, 사이짓기 작물인 토끼풀이 엄청 싱싱하게 다시 자라난다. 이제는 그늘을 지우던 밀도 사라져서, 겨울이 오기 전 꽃을 피우고 앞다투어 씨앗을 맺는다. 6월에 푸르고 7월에 금빛이던 들판은 9월이면 토끼풀 꽃으로 분홍빛이 돌고, 알록달록한 나비들과 벌 떼가 그 위에서 춤을 춘다.

가까운 밭에서는 7월에 귀리를 수확했다. 그리고 밀혹파리가 나타날 때를 지나 9월 마지막 주가 되면 이듬해 거둘 밀을 심는다. 10월 말이면 밀밭은 6월의 잔디밭 같다. 가을빛이 감도는 숲 둘레로 펼쳐지는 초록 밀밭은 큰 즐거움이다. 침울한 11월에 접어들어 더욱 푸르를 때는 특히.

가을에 양이나 소 떼를 놓아먹이면 밀은 해를 입지 않고 이듬해 수확량이 곱절이 될 수도 있다. 너무 자주 풀어놓지 않고, 땅이 질펀할 때는 밀밭에 못 들어가게 하면 된다. 소보다는 양이 훨씬 낫다. 양은 발걸음이 가뿐해서 밀을 그다지 짓누르지 않는다.

누르스름한 3월 들판에서 초록 잎이 처음 올라오는 곳이 어디일까? 두말할 것 없이 밀밭이다. 한 해의 가장 처음, 내가 가장 좋아하는 파종 의식을 치르는 곳도 밀밭이다. 밀이 아직 잠자고 있거나 밀싹이 조그맣게 다시 돋기 시작한 뒤에라도 토끼풀 씨를 뿌리는 것이다. 오자크고원은 날이 따뜻해져야 봄 파종을 하기에 알맞은 곳인데, 달 거리가 있는 여성이 달빛을 받으며 알몸으로 일하는 것을 작물에 특별한 이로움을 주는 일로 여긴다고 한다. 민속학자 밴스 랜돌프Vance Randolph가 1930년대에 기록한 내용이다. 아직 어린 작물이 자라는 땅에서 성관계를 하면 풍작이 보장된다는 얘기도 있다. 한 오자크 농부에게 이런 미신이 요새도 전해지냐고 물었다. "그건 미신이 아닙니다." 하고 그가 키득대며 대답했다. "좋은 구실인 거죠."

겨울 밀

겨울 밀은 자립 농장에 실용적으로 무척 이롭다. 북부에서 가을에 심을 수 있는 하나뿐인 작물이기 때문이다. 물론 겨울 풀밭에 순무와 케일을 기르는 흥미로운 실험을 하는 농부도 있지만. 그래서 밀은 농부와 농기계가 져야 할 일의 부담을 한 해 동안 고르게 나눠 준다. 밀을 갈 수 없다면 나는 봄에 귀리를 더 많이 뿌려야 한다. 그러면 농기계를 더 큰 걸로 들이고 일손도 더 써야만 옥수수를 제때 심을 수 있을 것이다. 또한 밀은 귀리를 수확한 뒤 옥수수를 거두기 전에 뿌려서, 일정이 겹치는 일이 없다. 그래서 콩을 돌려짓기에 넣을 수 있다. 콩을 거둘 때가 바로 밀을 뿌릴 때이기 때문이다. 또 가을에 뿌리면 밀은 잡초에 치이지 않고 잘 자란다. 가을갈이를 한 흙에서는 풀이 자라더라도 크게 기를 못 편다. 전통 방식대로 귀리에 이어 밀을 심으면, 귀리를 거두고 밀을 뿌리는 사이에 몇 번 원판 쟁기로 밭을 갈 수 있다. 화학농법 탓에 또는 알맞게 돌려짓기를 못해 풀로 뒤덮인 밭에서는 이 몇 차례 밭갈이가 정말 이롭다.

밀 사이에 토끼풀을 그리고 때로는 큰조아재비를 함께 심으면, 농부가 토끼풀과 큰조아재비만을 심겠다고 땅을 가느라 시간과 돈을 쓸 필요가 없어진다. 이들 작물은 밀밭에서도 싹을 잘 틔우기 때문이다. 큰조아재비 씨는 무척 고와서 흙으로 덮어 주지 않아도 된다. 밀을 심고 곧바로 그냥 땅에 뿌린다. 밀과 함께 싹이 돋지만, 이파리가 워낙 가늘어서 이듬해가 되어서야 눈에 띈다. 이른 봄에 맨 흙이 아직 상당히 드러나 있을 때 토끼풀을 더 뿌린다. 비가 내리거나, 날이 추웠다 따뜻했다 하면서, 작은 토끼풀 씨앗은 저절로 흙 속에 들어가 싹을 잘 틔운다. 그러니 결국 자연이 씨를 심는 것이다.

나는 스무 해 동안 밭을 왔다 갔다 걸어 다니며 밀과 귀리를 뿌렸다. 어깨에 작은 씨뿌리개를 메고 손잡이를 돌리며 다닌다. 밭을 곧바로 한 번 걸어가는 동안, 씨뿌리개로 너비 9미터쯤 되는 한 거웃에 씨를 뿌린다. 1만 5천 달러짜리 파종 작업기가 한 번 지나가는 너비와 비슷하다. 하지만 우리 씨뿌리개 값은 100달러가 안 된다. 요즘은 이렇게 2에이커만 뿌리지만, 젊었을 때는 이틀에 걸쳐 10에서 20에이커를 뿌렸다. 운동한다며 하루에 몇 킬로미터 천천히 달리는 데 드는 힘이면 된다. 친구이자 이웃인 데이브는 지난날 한 철에 토끼풀 70에이커를 이렇게 뿌리곤 했다.

흩어 뿌릴 때 밀은 에이커당 50킬로그램 남짓, 붉은토끼풀 씨는 3.6 킬로그램을 심는다. 큰조아재비는 에이커당 1킬로그램 조금 안 되게 뿌린다. 씨뿌리개를 조절해서 알맞은 양을 설정할 수 있지만, 거기에 는 크게 마음 쓰지 않는다. 실제 발아율은 걷는 속도에 따라, 그리고 씨를 땅에 고루 흩뜨리는 회전판을 돌리는 속도에 따라 달라지기 때 문이다. 1제곱인치당 밀 씨 두 알이 눈에 보이면 충분히 뿌리고 있다 고 생각한다. 실수를 저지른다 해도, 곡식을 너무 많이 뿌리기보다는 차라리 적게 뿌리는 게 나은 것 같다. 밀이 빽빽이 자라기보다 듬성듬 성 자라야 토끼풀이 잘 번지고, 나는 곡식보다 토끼풀의 값어치를 크 게 치기 때문이다. 밀을 뿌리면서는, 4분의 1에이커당 밀 13.6킬로그 램을 뿌리고 있는지 살핀다. 양을 줄이거나 늘리려면, 낟알이 회전판 에 떨어지는 구멍 크기를 조절하거나, 천천히 걸으면서 회전판을 돌 린다. 붉은토끼풀 씨라면 4분의 1에이커당 적어도 900그램에서 1360 그램을 반드시 뿌린다.

나는 밀을 심기 전 8월 말에서 9월 초에, 묵은 귀리 그루터기가 남아 있는 밭을 원판 쟁기로 몇 번 간다. 풀도 싹 없애고, 귀리를 거두고 남 아 있는 짚과 그루터기를 흙과 뒤섞는 것이다. 밀을 간 뒤에는 평상 써 레로 되도록 가볍게 흙 표면을 고르게 펴고 씨앗에 살짝 흙을 덮는다.

밀을 잘 자라게 하는 더 확실한 길은 곡식 파종기로 심는 것이다. 2.5센티미터 깊이, 마른 가을에는 5센티미터쯤 되는 깊이가 좋다. 농장 직거래에 가면 구형 곡식 파종기가 흔하고 헐하다. 하지만 나는 없이도 크게 괴롭지 않아서 여전히 곡식 파종기 없이 곡식 농사를 짓는다. 날이 건조할 때는, 씨를 뿌리고 다짐기로 흙을 다져 주는 것이 좋다.

밀과 밀밭에 뿌리는 큰조아재비, 토끼풀, 자주개자리를 심고 거두는 사이에는 달리 할 일이 전혀 없다. 풍작일 것 같으면 낟알을 감탄스레 바라보고, 아니라면 툴툴거릴 뿐이다. 풀이 문제가 되는 밭은 오랫동안 해 오던 대로 돌려짓기를 하지 않는 곳이거나 농부가 오직 제초제로만 풀을 잡는 곳이다. 오늘날 농사의 모순으로 딱 두 개만 예를 든다면, 캐나다엉겅퀴와 단풍잎돼지풀이 제초제가 나오기 전보다 훨씬 심각한 문제가 된 것이다. 좋은 제초제가 쏟아져 나오는 오늘날에 말이다.

조그만 우리 밭을 알맞게 돌려 지어 보니, 잡초는 거의 문제가 안 된다. 외따로 있는 엉겅퀴와 수영이 눈에 띄면 꽃을 피우기 전에 짧게 자른다. 여기저기서 자라지만 씨를 맺지 못하게 된 수영은 사실 흙에 이롭다. 당근처럼 생긴 긴 뿌리가 속흙으로 깊게 뚫고 내려가, 콩붙이 식물과 마찬가지로 흙을 떼알 구조_{흙 속에 빈 공간이 생겨 수분과 공기를 잘 머금기 때문에 식물이 잘 자랄 수 있다.}로 바꾸고 무기질을 땅거죽까지 끌어올린다. 수확한 뒤에 밀 밑동만 짧게 남도록 베면 풀이 다시 자라난다. 뒤이어 토끼풀이 힘차게 다시 자라나서, 한 해 남은 시간 동안 잡초의 숨통을 조인다. 이듬해나 그다음 해에 마른풀거리로 토끼풀을 두세 번 베거나, 이듬해에 가축을 놓아기르면 잡초가 얼씬도 못한다. 그리고 그 땅을 갈아서 옥수수를 심어 기르면 잡초가 더더욱 기를 못 편다. 옥수수에 뒤이어 돌려 짓는 귀리는 무성한 풀에도 타감작용을 해서, 수확한 뒤까지도 풀을 다스릴 수 있다. 귀리를 거둔 뒤, 혹은 토끼풀을 귀리와 함께 심었다면 토끼풀을 벤 뒤, 여름에 놀리던 땅을 갈아 순환 잡초 관리 농법 한 바퀴를 완전히 마친다.

결국 옹골진 농부는 옥수수, 귀리, 밀, 건초, 방목, 그리고 다시 옥수수로 돌아가면서, 제초제를 쓰지 않고도 그런대로 잡초 없는 밭으로 가꾼다. 어떤 풀이 특히 애를 먹일 때는, 문제가 되는 곳만 제초제를 조금 뿌려도 효과가 크다. 나는 오로지 돌려짓기와 밭갈이를 큰 원칙으로 지키지만, 제초제 쓰는 걸 사람의 약물 남용과 비슷하게 보는 유기농업 유일주의자들에게는 안타깝게도 동의할 수 없다. 그들은 딱 한 숟갈이 바로 중독의 시작이라고 말한다. 논밭은 정신에 문제가 있는 인간이 아니다. 다른 한편으로, 화학물질을 거듭해서 잔뜩 주기만 하다가는, 반드시 그 이듬해에는 더 많은 화학제품을 사느라 돈을 펑펑 써야 할 것이다. 해마다 화학농사 비용은 슬금슬금 오른다. 요즘은 콩밭에 제초제를 남들 치듯이 치려면 한 번에 에이커당 30달러까지 든다. 밭갈이 비용의 곱절이 넘는다. 가끔은 제초제를 여러 번 쳐야 할 때가 있고, 무경운 농사에는 제초제보다 훨씬 독성이 큰 살충제도 뿌려야 한다. 그 돈이 제초제 기업에 넉넉한 벌이가 되어 주는 덕분에, 이들 기업은 제초제를 치는 것이 가족 농장을 지키는 길이라는 생각을 퍼뜨리는, 구역질 나게 위선적인 광고에 엄청난 돈을 써 댄다. 제초제는 대형 기업농이 꾸준히 농지를 넓히며 가족 농장을 몰아내는, 가장 유용한 단일 기술이다.

곡식을 기른 첫 번째 보답은 그것을 직접 먹는 것이다. 집에서 빵을 굽는 냄새는 열반涅槃의 향기이다. 최신 식품 안내서는 곡물 절반, 과일/채소 4분의 1, 살코기 4분의 1로 된 식단을 권한다. 하지만 나는 집에서 구워 거기다 버터를 두껍게 바른 빵에다가, 집에서 만든 파스타만 먹고도 살 수 있겠다는 생각을 가끔 한다.

겨울 빨간밀 가운데 무른 것은 주로 파이나 과자를 구울 때 쓴다. 하얀 듀럼밀은 대개 파스타에 쓰인다. 겨울 빨간밀 단단한 것과 봄밀은 보통 빵을 굽는 차진가루가 된다. 우리는 농사지은 밀로 파스타만 빼고 뭐든 다 만든다. 빵을 반죽할 때는 우리가 집에서 간 통밀에다가 제빵용 흰 밀가루를 조금 섞어서 빵을 더 습습하게 만든다. 파스타는 보통 듀럼밀을 가루 내서 만들지만, 우리는 밀가루 450그램, 달걀 다섯 개, 차 숟갈로 소금 반 술에다가 여느 무표백 밀가루를 넣는다. 존 로시는 오늘날 로시 파스타라는 파스타 맛집을 열어 무척 성공한 사람인데, 몇 해 전에 내게 세몰리나라는 여느 파스타 밀가루를 쓰지 말라고 충고해 주었다. 우리 집 것처럼 손잡이를 돌리는 가정용 작은 파스타 기계에 쓰기에는 조금 거칠기 때문이다. 그이는 사파이어 상표가 붙은 듀럼밀 가루를 권했다. 물론 듀럼밀을 손수 기를 수도 있을 것이다. 하지만 그건 내가 아직 해 볼 짬을 내지 못한 수억 가지 계획 가운데 하나일 뿐이어서, 여느 밀가루로 만족하고 있다.

어쨌든 집에서 뽑은 파스타 면은 집에서 구운 빵보다 훨씬 호사스런 느낌을 준다. 식료품 가게에서 사는 것보다 더 담백하고 맛나다. 로시파스타 빼고 시중에 팔리는 파스타는 대부분 압출성형으로 만들어진다. 촉촉한 반죽을 기계로 눌러 뽑는데, 이때 열을 가해 파스타를 반쯤익히기 때문에 반죽이 뻑뻑하고 윤기가 사라진다.

우리는 손수 기른 통밀로 닭을 먹인다. 일부는 갈아서 옥수수와 귀리와 섞어서 모든 가축에게 준다. 돼지한테 통밀을 주려면 먼저 며칠물에 불려야 한다. 돼지가 마른 밀을 잔뜩 먹었다가는 위장에서 불어가엾은 것을 죽일 수도 있다. 한편 물에 불리면 발효가 되는지라 돼지들이 살짝 술 취한 듯 기분 좋아진다. 우리 아버지는 곡식 가루도 물에불려 돼지를 먹였다. 돼지들이 먹으며 즐거워하는 소리를 들으면, 시카고 독신자 전용 술집에서 즐거운 시간을 보내는 이들이 내는 시끌벅적한 소리 같다.

장인어른이 즐겨 들려주신 이야기를 지금 내가 전할 수 있는 이유는, 읽힌 이들이 모두 저세상으로 갔기 때문이다. 그는 한때 당신이 꾸리는 켄터키 농장에서 밀조주를 담그려던 적이 있었다. 곤죽처럼 끈적끈적한 찌꺼기를 하수구로 흘려 보내 증거를 없애려 했다. 아니 그렇게 생각했다. 어느 날 저녁 젖 짜는 시간에, 풀밭에서 돌아온 젖소들이 매우 우스꽝스럽게 건들거리며 휘청였다. 처음에 장인은 젖소가 이상한 병이 걸렸거나 어쩌면 로코풀이나 서양등골나물 같은 독풀을 먹었을까 봐 걱정스러웠는데 소들은 더할 나위 없이 기분이 좋아 보였다. 술 취한 사람과 하는 행동이 똑같았다. 이런. 조사해 보니, 위스키 찌꺼기가 언덕 꼭대기의 하수구에서 흘러내려 언덕 밑 바위틈으로 새 나가고 있었다. 젖소들은 그 술집으로 몰려가서 바위 어미의 젖을 빨아 먹었던 것이다.

봄 귀리

미국 자립 농부에게 귀리는 밀보다 더 중요한 작물이다. 첫째, 질 좋은 마른풀거리가 되어 줄 뿐더러 꼴밭으로 잠시 쓸 수도 있다. 곡물로서 귀리는 밀보다 단백질 함량이 높고, 칼슘, 철, 티아민, 지방이 더 많이 들어 있다. 탄수화물 함량은 훨씬 적다. 그래서 탄수화물 함량이 높고 비교적 단백질이 적은 옥수수와 섞으면 더할 나위 없는 먹이가 된다. 앞서 인용한 모리슨의 책 《먹이와 먹이 주기》에는 1930년대 실험들이 실려 있는데, 거기에 내가 말하고자 하는 내용이 이미 다 나와 있다. 귀리는 옥수수보다 값이 싸지만 3분의 1만 주어도 옥수수와 비슷한 가치가 있다고 한다. 모리슨은 그 이유까지는 몰랐던 듯하고, 오늘날에도 그걸 캐물을 만큼 뭘 아는 사람은 없는 것 같다. 누구나 옥수수와 콩을 기를 뿐 딴생각은 아예 하지 않는다. 귀리는 말 먹이일 뿐이야. 그리고 우리는 가장 앞서 있고 앞을 내다보는 진취적 농기업인이니까 하루 종일 말 뒤꽁무니만 바라볼 생각이 없어, 다시는. 영원히.

그러니 먹이를 사서 주는 이라면, 옥수수와 귀리를 섞어 먹이는 것이 옥수수만 주거나 옥수수와 밀을 섞어 먹이는 것보다 싸다. 밀은 귀리보다 곱절 넘게 비싸다. 물론 옥수수와 콩 기업이 맞장구치기를 기대하는 건 어렵겠지만, 효과도 거의 같다. 귀리를 길러서 옥수수와 섞어 먹인다면, 귀리는 옥수수만큼의 값어치를 발휘한다고 볼 수 있지만, 시장가는 귀리가 부셸당 1달러쯤 낮다.

여기서 자립 농부가 알아야 할 내용이 하나 더 있다. 내가 농사지은 곡식을 곡물 창고에 팔 때 받는 값은 내가 곡물 창고에서 곡식을 살 때 치르는 값보다 싸다. 그들은 그걸 취급수수료라고 한다. 곡물 창고는 귀리 값으로 부셸당 1.40달러쯤을 쳐서 바로 줄 것이다. 이튿날 다시 가서 귀리를 사려고 하면 부셸당 1.80달러쯤을 달라고 할 텐데, 그것도 운이 좋다면 말이다. 이게 바로 망할 취급 수수료이다. 절대로, 삶은 공정하지 않다. 그러니 자립 농부는 가축을 몇 마리만 기르니까 곡식 농사를 지을 것 없이 사서 먹이는 게 훨씬 싸게 먹힌다고 충고하는 이가 있거든, 실거래가에 이 추가 비용을 반드시 넣어 직접 계산해 보기 바란다. 아니면 취급 수수료 폭탄을 던지지 않을 다른 농부에게 직접 곡물을 사는 게 좋다.

"귀리는 질척한 땅에 심고 밀은 마른 땅에 심으라."는 옛말은 새겨 두는 게 좋다. 귀리는 이른 봄, 지난해에 옥수수를 기른 밭에 심을 수 있는 만큼 많이 심는다. 한두 번 원판 쟁기로 땅을 갈면 씨를 뿌리기 전 필요한 밭갈기는 다 한 것이다. 땅이 웬만큼 마르기 전에 초조해하며 써레로 갈 필요가 없다. 물이 잘 빠지는 땅이란 이럴 때 특히 이롭다. 알곡을 거둘 귀리는 되도록 이른 시기에 심어야 하기 때문이다. 케인스M. G. Kains는 고전이 된 책 《5에이커와 자립Five Acres and Independence》에서, 귀리는 언 땅에서 싹이 난다고 했다. 그런데 사실 그가 말하려던 건, 귀리는 언 땅에 뿌릴 수 있고, 언 땅이 녹고 흙이 따뜻해지면 싹이 난다는 뜻이 아니었을까. 원판 쟁기로 갈 때는 옥수숫대가 남지 않도록 한다. 밭에 옥수숫대가 남아 있으면, 흙을 평탄하게 고를 써레를 원판 쟁기 뒤에 매달아 끌기가 어렵기 때문이다. 써레에 옥수숫대 찌꺼기가 낀다. 나는 귀리를 심을 때 밀과 마찬가지로 1에이커에 50킬로그램 남짓 심는다. 귀리와 함께 심는 붉은토끼풀 씨앗을 뿌린 뒤, 원판 쟁기로 밭을 오가며 흙을 살짝 갈아서 고르게 펴고 씨앗에 흙을 덮기도 한다. 파종의 마무리로, 다짐기로 밭을 다질 수도 있다.

나는 귀리를 밀의 곱절만큼 기르기 때문에, 9월에 귀리밭 절반만 밀로 돌려 짓는다. 그래서 그 밭에는 토끼풀을 심지 않는다. 밀을 심기 위해 흙을 원판 쟁기로 갈기 전까지, 토끼풀이 충분히 자랄 시간이 없기 때문이다.

다른 절반에서는 귀리와 토끼풀이 함께 자라면서, 조심스러운 휴전 상태가 이어진다. 어떤 면에서는 서로 돕고 있는 것이다. 콩붙이 식물은 흙에 질소를 넣어 주고, 귀리가 분비하는 천연 제초제는 토끼풀을 해치지 않는다. 그 분비물은 몇몇 풀의 자람새를 억누를 뿐이다. 하지만 숲에서 움튼 어린나무들처럼, 귀리와 콩붙이 식물 또한 햇빛을 차지하려고 서로 다툰다. 빽빽하게 자라는 귀리는 토끼풀과 무엇보다 자주개자리가 크는 걸 가로막는다. 그래서 내가 토끼풀을 심어 사이짓기하는 쪽은, 말린 꼴을 마련하려고 일찍 귀리를 베는 땅이다. 이는 아래에서 설명한다. 알곡을 거두고자 할 때는 귀리가 익을 때까지 기다린다. 이와 달리, 귀리를 일찍 베어 귀리 그늘이 사라지면, 토끼풀은 모처럼 생기를 되찾는다. 잡초가 밭에 발을 내딛었더라도, 마른풀거리 귀리를 벨 때 함께 잘려 나가 대부분은 씨를 맺지 못한다. 이즈음에 벤 잡초는 말린 꼴로 나무랄 데가 없다. 귀리 말린 꼴을 만드는 방식은 콩붙이 식물과 풀을 말리는 방식과 똑같다. (다음 꼭지 '마른풀거리' 참조)

한편 귀리밭 나머지 반에서는 귀리가 익어 간다. 크고 무르익은 수영이 귀리 위로 무수한 씨가 달린 고개를 내밀고 있는 모습을 건지지 못하는 나 같은 사람은, 원래 밭 절반을 순찰하듯 돌면서 수영 모가지를 싹 친다.

밀을 거두고 한 주 뒤면 귀리가 익는다. 귀리를 콤바인으로 거둔 뒤, 짚을 갈퀴로 긁어 여러 줄로 모아 둔다. 그리고 밀짚을 모을 때처럼, 트랙터 삽을 단 트랙터로 줄줄이 모여 있는 짚을 떠서, 어릿간에 넣거나 어릿간 옆에 낟가리로 쌓아 놓고 짐승 우리에 깃을 깔아 줄 때 쓴다.

귀리는 물론, 사람이 먹기에 좋은 먹을거리이다. 낟알은 쓿어야 하는데, 내가 아는 한 부엌에서 사용할 만한 크기의 귀리 도정기는 없다. 하지만 손으로 돌리는 일부 곡물 분쇄기의 강판을 두께 0.3센티미터짜리 탄성고무로 바꾸면, 쌀, 사료용 밀, 귀리, 보리의 겨를 벗기는 도정기로 바뀐다. 손잡이를 돌리면 연마 디스크가 낟알을 고무판에 문질러 겨가 벗겨진다. 그리고 체로 겨를 걸러 내야 한다. 코로나 사 Corona Company는 부엌에서 쓸 만한 분쇄기를 만든다. 여기에 문의하면 정보를 더 얻을 수 있고, 요새는 작은 분쇄기 제조사들이 많아 거기서도 정보를 얻을 수 있을 것이다.

곡식을 조금 도정하는 또 다른 방법은 동양에서 쌀을 조리하듯 살짝 익히는 것이다. 나는 해 본 적이 없지만 쌀이 된다면 다른 곡물도 할 수 있을 것이다. 곡물을 밤새 또는 부드러워질 때까지 물에 불린 뒤, 냄비에 물을 2.5센티미터 깊이로 채우고 젖은 알곡을 넣어 김이 오를 때까지 끓인다. 말려서 분쇄기로 갈고 체로 거른다. 겨가 더 빠르고 쉽게 벗겨진다. 이제 하얘진 알곡으로 음식을 하면 된다.

전문 분쇄기에는 귀리 도정기가 있다. 농사를 크게 짓는 농부들이 전문 식품 시장에 귀리를 내고자 할 때 좋다. 앞서 소개한 몬태나주의 기업형 유기 농부 켄 웨스트는 오트밀용 유기농 귀리를 길러서 다른 주의 제분소로 보내 빻는다. 그런 다음 알곡을 눌러 오트밀을 만든다.

귀리를 좋아하는 이들 가운데는 도정 문제로 골치를 썩지 않으려고 겨가 없거나 절로 벗겨지는 귀리를 기르기.도 한다. 하지만 내가 길러 본 품종은 몹시 더디 익는 데다 그마저 들쭉날쭉이었고 수확량이 보잘 것 없었다. 이런 귀리는 새들이 떼로 달려들어 먹는지라 반타작도 못 했다.

마른풀거리

말린 꼴을 마련하는 건 가축을 끼고 농사를 지으며 지속 가능한 농업을 이루고자 하는 농장에서 가장 중요한 일이다. 첫 번째 까닭은, 마른풀거리 작물을 직접 기르고, 그걸 짐승들이 먹은 뒤 똥거름으로 땅에 돌아와야만 돌려짓기가 완벽하게 경제성이 있기 때문이다. 둘째, 좋은 꼴을 사서 먹이려면 몹시 비싸서, 말린 꼴을 직접 마련하지 않는다면 양이나 소를 쳐서 얼마라도 남기기가 어려울 것이다.

비용을 아끼겠다며 질 나쁜 말린 꼴을 사는 건 오히려 돈을 뭉텅이로 갖다 버리는 일이다. 섬유질 말고는 영양이 거의 없기 때문이다. 차라리 톱밥이 더 낫지 싶다. 풀을 벤 뒤에 비를 맞히면 말린 꼴 품질이 떨어진다. 줄기가 푸르지 않고 누르스름한 갈색이다. 붙어 있는 이파리는 거의 없고, 있다 해도 갈색이다. 질 좋은 붉은토끼풀 말린 꼴은 좋은 자주개자리 말린 꼴처럼 푸른색이 아니라 흐린 녹갈색에 가깝다. 말린 꼴 좋은 것은 연하다. 줄기 껍질이 뻣뻣하지 않다. 마른풀거리가 비를 흠뻑 맞으면, 나는 구태여 어릿간에 넣지 않고 회전식 절단 예초기로 잘라서 밭에 덮개로 뿌린다.

너무 늦게 베거나 오래 마른 풀도 질이 엉망이다. 줄기가 뻣뻣하고 잎이 없이 앙상한 데다가 단백질도 거의 없다. 콩붙이 식물은 꽃이 피기 시작하면 곧장 베어야 양과 질이 모두 조화롭다. 하지만 이때 비가 퍼붓는 바람에 기다려야 한다면, 꽃이 만발하기 며칠 전이나 만발하고 나서 열흘쯤 뒤에 베어도 비를 흠뻑 맞은 풀보다는 영양 면에서 훨씬 뛰어나다. 꽃이 피기도 전에 너무 일찍 베어 낸 풀은 색이 짙푸르고 마르기까지 하루가 더 걸린다. 비를 맞을 위험이 하루 더 커지는 것이다. 마른풀거리 작물이 썩 무르익었다 싶을 때 베면, 빨리 마른다는 좋은 점이 있다.

토끼풀 말린 것이나 자주개자리 말린 것, 또는 여기에 큰조아재비나 다른 키 큰 풀 말린 것을 섞은 꼴은 겨울 농가의 대들보다. 콩붙이 식물을 잘 갈무리하면, 되새김동물에게 꼭 필요한 먹이가 될 수 있다. 돼지와 닭도 먹이의 3분의 1을 말린 꼴로 메꾸기도 한다. 곡식과 마른풀거리 둘 다 직접 기르지 않는다면, 지금 시가로는 마른풀거리를 기르고 곡식을 사는 게 더 싸다.

풀이든 곡식이든 콩붙이 식물이든 말리는 과정은 똑같다. 기본적으로 전정기형 예초기로 작물을 벤다. 나는 예전에 원판형 예초기로 꼴밭에서 마른풀거리를 베었는데, 원판형 예초기가 풀을 꽤 찢어발기기는 해도 결과는 만족스러웠다. 베어 낸 뒤 풀이 밭에서 마르게 놔두고, 갈퀴로 긁어 줄줄이 모아 놓는다. 그리고 눌러 묶어서 어릿간에 넣거나, 아니면 그대로 어릿간에 '던져' 놓거나 낟가리를 쌓아 놓는다. 적어도 사흘 내내 볕이 좋을 때 베는 게 비결이다. 텔레비전에 나오는 기상도를 독수리와 같은 눈으로 바라보며, 사나흘치 날씨를 챙긴다. 겪어 보니, 일기예보가 오늘 날씨를 제법 정확히 알려 주고, 내일 날씨도 꽤 맞추는 것 같다. 그뿐 아니라 일기예보를 자세히 살피는 만큼이나 몸소 하늘을 수시로 올려다본다.

귀리 말린 꼴은 토끼풀보다 말리는 데 적어도 하루가 더 걸린다는 게 단점이다. 우리는 7월 1일을 귀리의 날이라 일컫는데, 한 주 동안 볕이 쨍쨍한 날이 이어질 가능성이 6월보다 높아서 주로 7월에 베어 말린다.

벼붙이 식물인 귀리는 이삭이 패거나 패기 직전에 베어야 한다. 이삭이 무르익은 뒤에 베면, 단백질이 알곡으로 다 가서 줄기와 잎은 맛이나 영양가가 거의 없다. 그래서 낟알이 얼마 보이기 시작하지만 줄기는 아직 푸를 때 벤다. 푸른 부분의 영양소와 씨방의 영양소가 가장 잘 어우러진 말린 꼴을 만들고 싶어서이다.

마른풀거리는 벤 자리에 줄줄이 모아 둔 채 3분의 2쯤 마를 때까지, 아니면 이틀쯤 볕을 쬐도록 내버려 둔다. 그리고 풀을 한쪽으로 밀어 놓는 갈퀴 작업기를 트랙터에 달아서 마른풀거리를 줄지어 몰아 놓고 말린다. 어릿간 다락에 두어도 뜨느라 불이 나지 않을 만큼 물기가 날아갈 때까지 말린다. 귀리 같은 벼붙이 식물든 콩붙이 식물이든 이 트랙터 작업은 빈틈없는 기술이 필요하다. 토끼풀과 특히 자주개자리는 지나치게 마르면 갈퀴로 모을 때 이파리가 너무 많이 부서진다. 콩붙이 식물은 물기가 너무 많을 때 한쪽으로 몰아 놓으면, 엄청나게 더디 마른다. 그래서 날이 건조할 때는 밤에 내린 이슬이 아직 마른풀에 남아 있는 아침에 긁어모아서 덜 바스러지게 하려고 한다.

풀이 어릿간에 넣어도 될 만큼 충분히 말랐는지를 어떻게 아느냐는, 말로 설명할 수 없다. 오로지 경험치가 가르쳐 줄 것이다. 나는 쇠스랑으로 트럭에 퍼 올릴 때 마른풀거리가 바스락거리는 소리와 쇠스랑 가득 펐을 때의 무게로 느낄 수 있다. 쇠스랑이 마른풀거리 사이로 미끄러지듯 들어갔다 나올 때의 느낌으로 알 수 있다. 풀이 아직 다 마르지 않았다면 마치 젖은 넝마를 한가득 퍼 올리는 것 같다.

충분히 마르지 않은 풀을 어릿간 안에 잔뜩 쌓아 두었다가는 불이 날지도 모른다. 하지만 우리는 그때그때 적은 양만 만들기 때문에, 마른풀이 약간 축축해도 어릿간 다락에 60센티미터 깊이로 흩뜨려 놓는다. 그러면 어릿간이 너무 심하게 뜨거워지지는 않고 다 마른다. 때로는 마른풀에 곰팡이가 조금 피기도 하지만 짐승을 먹이기에는 괜찮아 보인다. 그렇게 말린 꼴을 다락에서 1층에 있는 짐승들에게 내려 줄 때, 공기에 퍼지는 곰팡이 먼지가 들숨날숨에 섞일까 봐 걱정스럽기도 하다. 하지만 우리 모두 여태껏 잘 살고 있다.

작은 농장을 꾸리는 이들에게는, 아직 알려지지 않았거나 되살아나지 않은 말린 꼴 만드는 방법이 훨씬 많다. 마른풀을 모아 눌러 덩어리로 만드는, 특히 큰 원통 모양으로 만들어 비닐로 칭칭 감싸는 요즘 관행은 자립 농부에게는 몹시 부담스럽고 말린 꼴 낭비도 심해서, 작은 농장에는 좋은 방법이 아닐 수 있다. 뉴먼 터너Newman Turner는 《기름진 꼴밭과 땅을 뒤덮는 작물Fertility Pastures and Cover Crops》에서 낟가리를 쌓는 더욱 꼼꼼한 방법을 설명한다. 무척 습한 지역에 사는 농부라면 마른풀거리를 벤 뒤 곧바로 작은 낟가리들을 만드는 것이다. 우리 할아버지는 이 낟가리들을 두들doodle, 낟가리 위쪽에 버섯 갓 모양으로 풀을 더 올려 빗물이 스미지 않고 땅으로 떨어지게 쌓은 것이라 했다. 이들 두들을 막대 하나로 떠받치는 옛 방식이 아니라 작은 삼각대로 받친다. 이렇게 쌓아 놓은 마른풀거리는 비를 맞아도 길게 줄지어 쌓아 말릴 때보다 훨씬 덜 상한다. 그리고 삼각대 덕분에 바람이 잘 통해서 곰팡이가 슬지 않고 마른다.

베어 낸 자리에 두거나 한쪽으로 줄지어 쌓아 둔 마른풀거리를 펴서, 터너가 한 대로 이런 작은 가리들로 쌓는다. 지난날 우리 선조들이 마른풀거리를 옮겨 밭에 큰 낟가리들로 쌓아 두었던 방법과 똑같다. 그리고 갈퀴 작업기라 하는 도구가 있다. 큰 목재 지게차인데, 터너는 트랙터에 연결해 썼다. 한 번에 엄청나게 많은 풀을 퍼 올리는 도구이다. 풀이 마른 뒤, 필요한 만큼 갈퀴 작업기로 작은 낟가리들을 짐승들에게 날라다 준다.

몇 해 전 터너의 책을 읽고, 우리 마른풀 더미 생김새가 그의 낟가리 모양대로였든 아니었든, 줄지어 쌓인 마른풀을 옮기던 그의 방식을 우리가 트랙터 삽으로 거의 비슷하게 해 왔다는 사실을 깨달았다. 목공의 귀재인 아들은 어느 날 우리 집 미국참나무로 갈퀴 작업기를 직접 설계해 만들었다. 보통 우리는 쇠스랑으로 픽업트럭에 힘들여 마른풀 낟가리를 싣고, 훨씬 더 힘들여 트럭에서 어릿간 2층으로 넣는다. 2층에서는 아내 캐럴이 쇠스랑으로 다락 깊숙이 낟가리를 밀어 넣는다. 요새는 이렇게 힘들여 하지 않고, 트랙터와 갈퀴 작업기를 쓴다. 큰 목재 갈퀴를 마른풀 낟가리 밑에 밀어 넣고, 트랙터를 몰아 갈퀴를 채운 다음 갈퀴를 조금 위로 올리고 어릿간으로 운전해 간다. 마른풀 낟가리가 쌓인 갈퀴를 다락문까지 올린 뒤, 2층 안에 서서 쇠스랑으로 마른풀 낟가리를 내리고 안쪽까지 밀어 넣는다. 세 번 일이 한 번으로 줄었다. 전보다 시간이 덜 들어 요새는 이 일을 혼자 한다.

지금 생각하니 몸을 전혀 쓰지 않고도 이 작업기로 마른풀을 밖에 쌓아 둘 수 있겠다. 이 방식이 자립 농장에서 두루 쓰기에 딱 맞다면, 큰돈을 아낄 수 있다는 뜻이다. 실내에 마른풀을 저장해야 할 필요가 줄어들기 때문이다. 내 생각에는 밖에 자연스레 쌓아 둔 풀이 덩이덩이 싸매어 둔 풀보다 더 잘 뜬다. 또 요새는 비닐 덮개로 낟가리를 덮을 수 있어 물이 스미지 않고 잘 흘러내린다. 마른풀 더미 가까이 목재 여물통을 놔 두면, 짐승들은 봄에 얼음이 녹는 때를 빼고는 여물통에서 스스로 배를 채울 것이다. 또한 시간을 대부분 밖에서 보내게 되는 만큼, 가축은 겨울에 나오는 똥거름 대부분을 알아서 밭에 뿌리는 셈이다. 둘레에 진흙이 쌓이지 않도록, 나는 마른풀 낟가리들을 밭에서 물이 가장 잘 빠지는 높은 곳에 둘 것이다. 거기는 어쨌거나 똥거름이 많이 뿌려질 필요가 있으니까. 이 방식을 곧장 실험해 보아야겠다.

많은 19세기 농장이 이런 방식으로 해 왔고, 때로는 마른풀 더미를 감싸는 구조물을 지었다. 그러면 기르는 짐승에게는 견디기 힘든 날씨에 피난처가 되어 주었다. 무척 작은 농장은 오늘날 비싼 농기계와 노동력 비용을 치르기가 어렵다. 어느 농장이 이를 감당할 수 있겠는가? 그렇다면 이 옛 방식은 다시금 알뜰하고 쓸모 있게 보인다. 어쩌면 이 방식들은 언제나 존재해 왔지만, 우리는 20세기 '진보된' 기술이라는 명목으로 스스로를 속여 왔다.

마른풀거리를 빨리 말리기 위해, 농부들은 대개 건초 분쇄기나 연화기軟化機라는 장비를 사용한다. 연화기는 트랙터가 끄는데 때로는 예초기 바로 뒤에 붙이기도 한다. 쌓여 있는 마른풀거리를 연화기 롤러 사이로 통과시키면, 롤러가 마른풀거리 줄기를 으깨거나 짓누른다. 구식 롤러 세탁물 탈수기가 물기를 짜내듯이 말이다. 줄기가 으깨지면 건조가 빨라진다. 연화기는 조그만 우리 농장에서는 갖추지 않고 지낼 수 있는 장비다. 하지만 훨씬 예전에 젖소 100마리를 키울 때는 맞춤하게 잘 썼다.

내가 돌려짓기 농법으로 농사짓는 밭은 다섯 군데이다. 옥수수밭, 귀리밭, 밀밭, 한 해 내내 마른풀거리를 거두는 1년 차 풀밭, 한 해 내내 마른풀거리를 거두거나 짐승들을 풀어놓는 꼴밭으로 쓰는 2년 차 풀밭인데, 옥수수밭을 빼고 모든 밭에서 말린 꼴을 마련할 수 있다. 밀밭에 씨를 뿌려 싹 튼 토끼풀은 밀을 거둔 뒤 9월에 말릴 수 있고, 귀리밭에서도 마찬가지이다. 1년 차와 2년 차 풀밭에서는 토끼풀은 각각 두 번씩 벨 수 있다. 자주개자리는 세벌 벤다. 또 6월에 풀이 우거졌을 때 풀밭에서 풀을 베어 말린 꼴을 마련할 수 있다. 늦가을까지 짐승을 풀어놓을 거라면 둘째 해에 토끼풀밭에서 마른풀거리를 두벌 베는 일은 건너뛸 수 있다. 첫해 두벌 풀베기는 마른풀보다는 토끼풀 씨앗을 거둘 요량일 수 있으니까.

남부의 소몰이나 양치기들은 귀리밭에서 말린 꼴을 마련하거나, 짐승들을 여기저기 돌려 가며 놓아기를 때, 특히 겨울 놓아기르기에 좋도록 하는 기술을 크게 발전시켜 왔다. 북부 사람들은 이제 막 배우고 있다. 집중 방목 기법이 퍼지기 전까지, 북부에서 겨울 놓아기르기는 그다지 할 만한 것이 아니라는 믿음이 깊었기 때문이다. 이제는 붉은 토끼풀과 김의털 같은 몇 가지 풀을 꼴밭 돌려 먹이기에 쓸 수 있다는 걸 안다. 물론 땅이 눈에 뒤덮이거나 질퍽하면 안 된다. 마른풀거리 작물과 풀이 시들어 갈색으로, 다시 말해 뿌리째 말라 죽어 버린 것 같더라도, 이들은 말린 꼴만큼 혹은 그보다 영양가가 풍부하다.

귀리는 가을과 겨울에 짐승을 놓아기르려 할 때나 말린 꼴을 마련하려고 간다. 이에 앞서 올된 단옥수수를 거두고, 가축한테 직접 그 옥수숫대를 먹이거나, 그걸 베어다가 준다. 호밀풀 또한 귀리처럼 쓰일 수 있지만, 어쨌거나 귀리를 기르고 있는 농부는 직접 기른 것을 임시 방목에 쓰게 되니 농장 살림에 이롭다.

콩과 몇 가지 잡곡

돌려짓기의 놀라운 조화에 기댄다면 다채로운 변주가 가능하다. 밀밭에서 싹 튼 토끼풀이 가뭄에 죽었다고 치자. 그러면 나는 밀을 거둔 뒤에 토끼풀 씨를 다시 뿌린다. 아니면 늦여름 방목을 위해 귀리를 간다. 또는 메밀을 뿌려 알곡을 거둔다. 한편 말린 꼴로 쓰거나 사람이 먹기 위해 메주콩이나 또 다른 콩을 심을 수도 있다.

콩은 채식주의자 농부의 주식이다. 북부에서는 거의 늘 7월이 되어야 심을 수 있고, 서리가 내리기 전까지 콩이 열린다. 이는 돌려짓기에서 메주콩이 지닌 가장 큰 장점이다. 두 해 전 6월, 가뭄이 들어 새로 싹이 튼 토끼풀이 싹 죽었다. 나는 밭에서 바싹 마른 풀을 갈아엎고 콩을 심었다. 제초제를 쓰고 싶지 않아서 옥수수처럼 줄지어 심었다. 그래야 풀을 맬 수 있기 때문이다. 텃밭 파종기 두 개를 이어 붙인 걸로 옥수수처럼 파종했다. 파종기 구멍을 꼬투리 크기에 맞추었더니 콩이 조금 많이 심겼다. 그래도 무럭무럭 자라서 내 허리춤보다 높이 자랐다.

콩은 공기의 질소를 끌어당겨 흙을 기름지게 하기 때문에, 모든 콩붙이 식물이 그렇듯 유기 농부에게 더할 나위 없는 작물이다. 메주콩은 벌을 칠 때 꿀을 얻기에도 가장 좋다.

흰강낭콩이나 비슷한 마른 콩 심는 법은 똑같다. 콩은 다른 곡식처럼 콤바인으로 거둘 수 있다.

내가 지난 가을 곡물 창고에 메주콩 26부셸을 싣고 간 이야기를 빼놓기 어렵다. 수확이 한창이라, 어마어마한 콩이 시장에 나오는 참이었다. 어느새 내 픽업트럭은 트럭과 덤프트럭이 길게 늘어선 줄에서 앞뒤의 트레일러 사이에 끼어 있었다. 모두 곡물 창고에 콩을 팔려고 기다리는 것이었다. 사람들은 나를 마치 동네 바보 보듯 했다. 아직도 이런 소농이 있다는 걸 신기해하며 우쭐한 것 같았다. 검사소 직원이 커다란 흡입관을 우리 픽업트럭 짐칸에 내려 콩 시료를 채취할 때, 다른 농부들은 기분 나쁘지 않게 나를 놀렸다. 흡입관이 콩 26부셸이랑 픽업트럭까지 빨아들이는 것 아니냐면서. 휴! 그 전에 직원이 흡입구 모터를 껐다. 수군수군. 하지만 나는 0.5에이커에서 거둔 콩에 부셸당 5.85달러를 받았고, 다른 이들도 똑같은 값을 쳐서 받았다. 총액 152.10달러는 다섯 시간의 노동과 휘발유 조금으로 벌어들인 돈, 다시 말해 내 노동에 대해 시간당 28달러쯤 보상이 돌아온 것이었다. 이는 대규모 기업농이 1에이커에서 거두는 수익보다 훨씬 많다. 나는 또 그 0.5에이커짜리 밭에서 콩을 심기 전에 마른풀거리를 마련했다. 또 이전 몇 해 동안 이어진 가뭄 탓에 망하지만 않았다면 여느 때처럼 토끼풀을 1.5톤쯤 베어 말려 150달러 값어치를 했을 것이다. 그리고 메주콩을 거둔 뒤, 밀을 심어 11월에 밀밭에서 짐승들을 놓아먹였다.

나는 꼴밭 돌려 먹이기라는 아코디언으로 어떤 아름다운 새 노래를 연주할까 끊임없이 궁리한다. 마른풀거리를 벤 뒤, 메주콩보다 훨씬 비싸게 팔리는 제이콥스캐틀Jacobs Cattle 같은 강낭콩 종류를 심으면 어떨까? 그리고 뒤이어 밀을 심어 놓아기르는 짐승들을 먹이고 알곡을 거둘까? 지금 수억 가지 계획이 잡혀 있다.

쌀은 동양에서는 으뜸가는 곡식이고, 거기서는 소농이 가장 대표적인 농장 형태라는 걸 기억할 필요가 있다. 내 생각에, 미국 시골 사회가 쇠퇴하는 모습을 가장 정확하게 기록한 책은 리처드 크리치필드

Richard Critchfield의 《나무여, 왜 기다리는가? Trees, Why Do You Wait?》이다. 크리치필드는 이 책에서 "수확량이 엄청나게 늘어났지만, 인도와 중국의 농장은 미국처럼 더 커지지 않았다. 실제로 두 나라에서는 일할 때 부리는 가축의 수가 늘었다."고 말한다. 세계 인구 대부분이 살고 있는 제3세계 나라들에서는 자립 농장이 먹을거리를 길러 낸다. 오랜 역사를 되짚어 볼 때 중국의 작은 농장들은 같은 넓이의 농지에서, 가장 거대하고 현대적인 미국의 기업농들보다 더 많은 사람을 먹여 살려 왔다. 굉장히 산업화된 제1세계 나라 일본조차, 농장의 평균 규모가 4에이커를 넘는 경우가 거의 없다. 일본의 경제 건강성과 성장이 미국보다 낮다는 건 사실이 아닌 걸까? 텃밭 농부이기도 한 미국의 인류학자 한 사람이 언젠가 내게 말했다. 뉴기니의 자립농들을 보면 식품의 다양성과 생산량 모두에서 놀랍게도 기업농의 세 곱에 이른다고.

보리는 몬태나 같은 지역에서 중요한 곡물이다. 옥수수가 잘되지 않아서 가축과 돼지가 보리를 먹고 자란다. 북서부에서 돈벌이 작물로 곡물을 기르면서 가축에는 관심이 없는 농부들은 귀리 대신 보리를 기른다. 보리로 에이커당 20달러 넘게 벌 수 있다고 믿기 때문이다. 게다가 맥주를 마시는 이들에게 맥주보리가 없다면 어쩌겠는가? 보리를 기르는 법은 밀과 똑같다. 멀리서 보면 밭에서 자라는 생김새로는 둘을 구별하기 어려울 때가 있다.

호밀은 가장 추운 곡물 재배 지역에서 심는다. 다른 어떤 곡식보다 낮은 온도에서 싹이 튼다. 호밀 빵과 질 좋은 스카치위스키를 만들려고 호밀을 기르는 이도 있다. 위스키라면 스코틀랜드 사람들한테 맡기면 어떨까. 쉽게 말해, 스코틀랜드는 호밀 농사에 알맞은 기후와 방법을 갖고 있으니 말이다. 손수 호밀 가루를 빻아 쓰고 싶다면 조금만 기르면 된다. 덮개 작물과 임시 방목을 원하는 거라면 귀리가 더 낫다. 특히, 어쨌거나 귀리를 기르고 있는 사람이라면 호밀 씨를 살 필요는 없다.

스펠트밀Spelt은 밀과 비스무리하지만 한 가지가 뚜렷이 다르다. 글루텐 함량이 매우 낮은 것이다. 면역 체계가 밀의 글루텐을 받아들이지 못해서 밀가루 빵을 못 먹는 이들에게 스펠트밀은 거의 하나 남은 선택지이다. 오하이오주 그랜드뷰의 스탠 에반스 베이커리는 동부 오하이오 스펠트밀 생산 지역의 중심부에서 가까워 스펠트밀로 구운 여러 가지 빵을 판다. 오랫동안 스펠트밀을 길러 온 농부들은 다른 곡물보다 가축을 먹이기에 좋다고 말한다. 이 주장은 논쟁의 여지가 있지만, 최근 연구는 스펠트밀이 다른 음식의 소화를 돕는 것으로 본다. 밀 농사와 똑같이 지으면 된다.

라이밀은 밀과 호밀을 요즘 들어 섞붙이기한 것으로, 모든 문제를 해결하는 기적의 작물로 알려져 왔다. 한데 클리블랜드 인디언스 Cleveland Indians를 월드 시리즈에 진출시키지는 못하나 보다. 오하이오주 클

리블랜드를 연고지로 하는 프로야구 팀. 클리블랜드 인디언스는 1948년 월드 시리즈 우승을 마

지막으로 계속 성적이 낮다. 남부 평원에서 양이나 소를 치는 이들은 가끔 밀

이 모자이크병에 걸려 죽는 걸 목격하며, 라이밀이 여느 밀만큼 가루

로도 좋고, 마른풀거리나 놓아기르며 먹일 꼴로도 밀보다 낫다고 목

소리를 높인다. 역시 밀과 똑같은 방식으로 기른다. 우리 지역 기후에

는 밀이 더 좋다. 한 이웃이 라이밀을 길렀다. 딱 한 번.

메밀은 일부 유기 농부가 돈벌이 작물로 기르는 '곡물' 가운데 하나

다. 시장은 대체로 공급 과잉이다. 메밀을 덮개 작물이자 잡초 목숨앗

이로 사용하라는 건 부풀려진 정보다. 메밀 케이크를 먹고 싶다면 텃

밭에서 조금만 기르자.

모든 곡식 씨앗의 으뜸 공급원은 땅연구소의 곡물 거래소Grain

Exchange이다. 곡물 거래소는 좋은 정보를 담은 소식지도 펴낸다. 곡식

을 거두고, 깨끗이 해서 가루로 빻는 법을 싣는다.

땅 연구소 이야기는 흥미롭다. 설립자 웨스 잭슨Wes Jackson은 내가

무척 좋아하는 농부들 가운데서도 가장 반골이다. 대학의 판에 박힌

농업 연구 방법에 지치고 화가 난 나머지 따스하고 안전한 자궁처럼

보장된 캘리포니아대학교의 식물유전학자 자리를 버리고 고향 캔자

스로 돌아갔다. 그리고 직접 학교를 세우고 연구 농장인 땅 연구소를

열었다. 혼자 힘으로, 오늘날 아마도 가장 이름 높고 확실히 가장 기운

차게 글을 쓰는 식물유전학자가 된 것이다. 잭슨을 절대 인터뷰하지

도 그가 쓴 것들을 소개하지도 않는 매체는 상업적인 농업 잡지뿐이다. 그의 천재성을 가장 먼저 알아차리고 지원했어야 하는 이들인데도 말이다.

웨스는 빛나는 이들만 모인 전문가 무리를 다 합친 것보다도 시야가 폭넓다. 대평원 지대의 매력적이고 건조한 재치가 스민 말투로 개구쟁이처럼 이야기한다. 기술 과잉 문제를 두고, 그는 심술궂게 씨익 웃으며 말한다. "오늘날 기술로 지옥이 실현 가능하지." 현대 교육에 대한 생각을 묻자, 이를 드러내며 짓궂은 웃음을 띠고는 말한다. "수많은 학생들에게 대학이란 곳은, 일자리 시장에서 멀어지게 하는, 그저 펜대만 굴리는 곳에 지나지 않지요. 일자리라는 건, 무수한 시간을 바쳐서 쓸모도 아름다움도 없는 조악한 결과물을 내놓을 뿐이고요. 우리에게 필요한 건 신분 상승용 전공이 아니라 귀향을 위한 전공입니다." 최근에 쓴 책 《이곳의 원주민이 되다Becoming Native to This Place》에서, 잭슨은 대초원 위에서 끝없이 이어지는 농업을 바탕으로, 자립 농장과 마을이 서로를 떠받치며 건강하게 지속해 가는 복합단지를 그려 본다. 마을은 태양에서 에너지를 얻고, 필요한 먹을거리와 섬유를 생산하며, 화석연료 기술에 기댄 외부 생산물에 거의 기대지 않는다. 우리 집 꼴밭 농업이 생물학적으로 정교한 대초원 버전으로 확장된 것이다. 그러기 위해서, 그와 연구진, 학생들은 이름도 특이한 일리노이번들플라워Illinois bundleflower, 맥시밀리언해바라기Maximilian sunflower, 사이드오츠그라마sideoats grama 같은 여러해살이 꼴밭 식물을 섞어 길러왔다. 오늘날 밭갈이, 중장비 농기계, 화학비료나 제초제 없이도, 해마다 알곡이나 먹을거리를 길러 낼 가능성이 있는 종류다. 연구 농장 옆 토종 식물 풀밭을 걸으며 웨스는 짜릿함을 느낀다. "이 토종 식물 풀밭 2.56제곱킬로미터에는 식물 200종이 삽니다." 그는 감탄한다. "거기에 담긴 모든 정보들이 우리가 발견하기만을 기다리죠. 거기에다 이들 식물과 더불어 사는 새와 짐승, 벌레, 균류, 그리고 무수하고 다양한 미생물을 더해야죠. 또 종 안에도 다양한 갈래가 있고요. 생물학적 정보라는 건 그 양이 엄청나고 우리는 그걸 아주 조금 알 뿐입니다."

곡식 거두기

농부가 느끼기에 옥수수와 다른 곡식의 차이는 이삭 크기가 다르다는 것이다. 옥수수는 이삭이 커서 작은 밭에서 손으로 따서 거둘 수 있다. 조그만 알곡은 조그만 텃밭에서나 손으로 따서 거둘 수 있다. 우리는 텃밭에서 기른 밀 1부셸쯤으로 빵을 만들곤 했다. 장난감 플라스틱 야구방망이로 바심하고 커다란 창문 환풍기 앞에서 까불었다. 1부셸로는 빵 예순 덩어리쯤 나온다.

양이 더 많다면 기계의 힘을 빌려 바심해야 하는데, 이 점이 자립 농부들에게는 문제다. 역사상 지금 단계에서 소농을 위해 맞춤한 가격의 곡물 콤바인을 만드는 데가 전혀 없다. 대학 연구소에서 쓰는 보겔

Vogel 사 수확기는 비싸다. 물론 연구소는 납세자들 돈으로 샀겠지만. 작은 농장이 지배적인 동아시아의 작은 수확기 또한 비싸긴 마찬가지 이다. 대형 콤바인은 훨씬 비싸다. 5미터에 가까운 헤더header, 이삭을 베는 부분가 달린 신형 콤바인은 요새 거의 20만 달러나 나간다. 정부가 돈벌이를 좇는 곡물 농사에 보조금을 엄청나게 주지 않는다면 농부들이 살 수 없는 금액이다. 어떻게 보면, 이 보조금을 받는 농부를 비판하는 건 부당하다. 그 돈은 대개 농부의 손을 거쳐서 이 비싼 장비를 만드는 사람들의 월급으로 돌아가니 말이다. 우리 집 것 같은 조그만 구형 콤바인은 지금도 싸게 구할 수 있지만 문제없이 돌아가는 걸 찾기란 쉽지 않다. (9장 참조)

곡식을 바심하는 데 애를 먹는 소농들에게 가장 반가운 소식은 옛날 방식에 바탕을 둔 곡식 탈피기벼훑이처럼 곡식을 훑는다.를 개발하거나 되살린 것이다. 이 새로운 기계는 빙빙 돌아가는 솔과 고정된 톱니를 써서 말 그대로 이삭에서 씨앗이나 낟알을 걷어 내고, 진공으로 빨아들여 깔때기 모양 통으로 보낸다. 곡식 탈피기는 모든 트랙터 삽에 편리하게 붙일 수 있다. 50마력 트랙터에도 충분히 연결된다. 값은 1만 달러가 조금 안 된다. 자립 농부에게는 여전히 고액이지만, 오늘날 대형 콤바인 새 제품 가운데 이렇게 싼 건 하나도 없다. 이 곡식 탈피기는 무엇보다 고운 풀씨를 거두는 용도지만, 제조사 말로는 알곡도 수확할 수 있다고 한다. 낟알에 겨가 남더라도, 가축에게 곡물을 먹이려는 자립 농부에게는 흠이 되지 않을 것이다. 제조사는 애그리뉴얼AG-Renewal, INC.이다. 이런 탈곡기를 원하는 자립 농장 시장이 생겨나면, 값도 싸지고, 곡물 수확에 알맞게 개선될 것이라고 나는 굳게 믿는다.

물론 곡식을 50에서 100부셸쯤 바심하고 까부는 일을 옛날처럼 힘들게 할 필요는 없다. 오늘날에도 아프리카를 비롯해 몇몇 제3세계 나라에서 탈곡기를 쓰기는 하지만, 탈곡기가 나오기 전에는, 깨끗한 어릿간 바닥이나 단단한 흙바닥, 포장도로 같은 곳에 베어 온 작물을 둥글게 펼쳐 놓고 그 위로 말을 걸렸다. 말발굽에 밟혀 알곡이 이삭에서 떨어진다. 그러면 짚은 따로 쌓아 어릿간 깃으로 깔아 주고, 알곡은 쓸어다 한데 모아 두었다. 바람 부는 날 어릿간 1층 앞뒷문을 활짝 열어 놓는다. 어릿간에 빨려 들어오는 강한 바람이 대신 겨를 까불러 주는 것이다. 일손이 넘칠 때는 도리깨로 바심하곤 했다. 능숙한 손놀림이 말발굽보다야 훨씬 일새가 늘차기 마련이다.

말발굽보다 더 쉽게 바심하는 방법이 있다고 하는데, 직접 해 본 것은 아니다. 어릿간이든 다른 곳이든 넓고 매끄럽고 깨끗한 바닥에 작물을 펴놓고, 말 대신 소형 예초 트랙터를 쓰는 것이다. 고무 타이어에 눌린 낟알은 상한 데 없이 떨려 나온다. 이를 한데 쓸어 모아 바람결에 이용해 까부르면 된다. 이 이상한 방법으로 바심한 낟알이 깨끗하지 않다고 여겨지면, 한 번에 조금씩 씻어서 쓴다. 필요한 만큼 씻은 뒤 갈아서 빵을 만들고자 한다면, 소쿠리에 담아 흐르는 물에 빨리 씻고,

깨끗한 깔개에 펴서 볕에 널어야 얼른 마른다.

　나는 한 식구 정도가 먹을 몇 부셸쯤이라면 모를까, 알곡을 손으로 털고 싶지는 않다. 하지만 그렇게 할 줄 안다면, 언젠가 콤바인이 없을 때 굶어 죽지 않을 수 있다. 분명히 콤바인은 임시 해결책이다. 사들일 여력이 닿는 콤바인을 찾을 수 없다면, 품값을 주고 이웃 농부를 불러 수확해야 할 것이다. 자립 농장이지만 좀 규모가 크다면, 그러니까 10 에서 40에이커쯤 곡식 농사를 짓는다면, 아직은 대개 콤바인을 사기 보다는 콤바인 가진 사람을 부리는 게 더 싸다. 뛰어난 기계 기술자이 거나 낡은 기계를 되살리는 일을 좋아하는 게 아니라면 말이다.

　또 다른 대안이 있다. 아미시 마을에는 구형 결속기와 탈곡기가 곳 곳에 많다. 실제로 고집스러운 자립 농부라면 둘 다 갖고 있을 것이다. 결속기는 작물을 베고 단으로 묶는다. 이것들을 서로 기대서 세워 놓 고 잘 말린 다음 한 단 한 단 탈곡기에 넣으면, 짚은 짚단으로 쌓이고, 알곡은 곡물 운반차나 트럭에 떨어진다.

　내가 1950년대에 바심 품앗이가 흔했던 미네소타의 '뒤처진' 지역에 서 산 건 큰 행운이었다. 우리는 탈곡기를 싣고 여러 농장을 돌며 타작 을 했다. 우리 '바심 두레' 다섯 농장의 곡식을 편 탈곡기는 1930년대에 새 제품이 2000달러였다. 그러니 제대로 돌리기 위해 손보는 비용을 다 넣어도 비용이 한 해에 100달러가 채 안 되는 셈이었다. 오늘날 쓰 이는 20만 달러짜리 콤바인과 비교해 보라. 그 다섯 농장 넓이를 다 합친 것보다 두세 배 넓은 땅에서 수확한다고 쳐도, 비용이 적어도 100배나 들고 더 빨리 닳는다. 아미시 농부들은 대부분 형편이 넉넉한데, 공룡처럼 큰 기업농들은 보조금에 기대야만 수익을 내는 이유를 여기서도 알 수 있다.

하지만 지금 내가 소중히 돌아보는 것은 바심 품앗이의 경제성이 아니라 그 즐거움이다. 우리 두레는 열다섯 사람쯤 됐는데 밭에서 함께 일하고, 농담을 던지고, 콜레스테롤이 잔뜩 든 음식을 하루에 다섯 끼, 정말로 다섯 끼나 아무 거리낌 없이 기분 좋게 먹었다. 여러 가족이, 서로 좋아하든 싫어하든, 같은 경제적 이해관계, 다시 말해 작물 수확으로 묶여 있었다. 그것은 참된 공동체였다. 텔레비전 화면의 흐릿한 빛을 바라보며 우리가 오늘날 공유하는 것과는 다른 것이다.

지난해 나는 콤바인의 또 다른 대안을, 앞에서 말한 쿠어너 농장에서 알게 되었다. 가장 중요한 수확물이 앤드루 와이어스의 회화 걸작들인 농장이다. 칼 쿠어너 주니어는 몇 해 전에 귀리를 거두기에 맞춤한 방법을 발견했다. 그 집은 말린 꼴을 많이 만들어서 건초 포장기가 있었다. 하지만 몇 에이커에 심은 귀리는 말과 젖소를 먹일 것이라 콤바인을 사야 할 까닭이 없었다.

그래서 칼은 생각했다. 젖소와 말만 이 귀리를 먹을 것이다. 젖소와 말은 귀리 겨를 벗겨 냈는지 아닌지 관심이 없다. 사실 젖소와 말은 베어 말린 귀리 먹는 걸 좋아하고, 귀리 짚은 알곡 사료에 섬유질을 보태 준다. 오래전에 내가 품을 판 적이 있는 미네소타 농부도 가장 심한 가뭄 때, 귀리 짚만 먹여서 젖소를 살렸다고 했다. 남아 있던 먹이가 그게 다였던 것이다. 칼은 전에 귀리를 베어 말린 꼴로 만들 때보다 귀리 알곡이 조금 더 익도록 기다리기로 했다. 뒤이어 귀리를 벤 그대로 건초를 만들듯이 줄지어 널어 말리고, 눌러서 뭉쳐 놓았다. 겨울에 여물통에다가 말린 귀리를 주면, 가축은 짚에 붙은 귀리 알곡을 씹어 먹을 수 있고, 짚도 함께 먹을 수 있다. 가축이 먹지 않는 것은 여물통 밖으로 던지기 때문에 밑깔이짚이 된다.

물론 이는 효과적인 방법이었다. 왜 아니겠는가? 포장기가 탈곡기보다 먼저 발명되었다면, 아마 오늘날 가축을 치는 농부들은 가축한테 먹일 귀리는 전부 뭉쳐 두었을 것이다.

아내와 내가 농장 없이 2에이커짜리 텃밭에만 농사를 지을 때, 이 비슷한 방법으로 밀을 거두었다. 큰 낫으로 밀을 베고, 줄기를 갈퀴로 모아 쌓았다가, 닭장 위 작은 다락으로 밀어 넣었다. 날마다 나는 줄기 한두 줌을 밑으로 떨어뜨렸다. 닭들은 이삭에서 낟알을 잘도 쪼아 먹었다. 짚은 자리짚이 되었다.

요새 나는 '쿠어너 기법'을 우리 집 귀리에 써먹는데, 눌러 묶는 게 다가 아니다. 귀리 일부를 말린다. 귀리 줄기는 토끼풀 줄기보다 천천히 마른다. 그래서 귀리를 벨 때 귀리가 살짝 익었더라도 신경 쓰지 않아도 되는 게, 빨리 마르기 때문이다. 그리고 겨울에 다른 말린 꼴처럼 귀리 말린 것을 밑으로 던져 준다. 그러면 양들이 속에 물기를 머금은 채로 마른 귀리 낟알을 찾아 먹는다. 이렇게 주면 여물통에 다 익은 알곡을 부어 먹일 때보다 훨씬 맛나게 귀리를 먹는 것 같다. 아마 우리 집은 콤바인이 전혀 필요 없을 것이다.

곡물을 이렇게 수확하는 방법은 딱 하나 단점이 있는데, 짚 속에서 낟알이 익으면 생쥐와 쥐가 어릿간에 들끓을 수 있다. 여태까지는 우리 고양이들이 잘 지키고 있어 이런 일이 생기지 않았다.

곡식 갈무리

곡식을 재어 두려면 하나하나 무척 세심하게 살펴야 한다. 뒤주간 granary이란 낱말은 이제 거의 쓰이지 않지만, 내가 어렸을 때는 오늘날 '자동차'만큼이나 흔한 말이었다. 뒤주간은 어릿간 앞마당 한가운데에 있는 작은 건물이었다. 안에 곡물 통 다섯 개가 있는데, 네 통은 3미터쯤 되는 정사각형이고, 뒤쪽은 3×6미터쯤 되는 곳간이었다. 모두 3미터 가까운 높이까지 채울 수 있었다. 하나뿐인 앞문에서 이어진 통로로 다섯 곳에 드나들 수 있고, 양쪽에 두 곳씩, 그리고 통로 끝에 더 큰 통이 있었다. 금속과 달리 나무는 '숨을 쉬고' 습기를 더 잘 빨아들인다. 곡식은 수분 함량이 13퍼센트보다 적어야 썩지 않는데, 이만큼까지 마르지 않았다면 금속 통보다는 나무통에서 곰팡이가 필 위험이 적다.

건물 바닥을 높여서, 문 앞까지 후진하는 트럭이나 곡물 운반차 바닥과 같은 높이가 되도록 한다. 그러면 곡식이나 분쇄 사료 자루를 화물칸 바닥에서 내리고 싣기가 훨씬 쉽다. 하지만 뒤주간 바닥을 높이는 다른 까닭이 또 있다. 개, 고양이, 닭, 어쩌면 사람까지, 필요하다면 건물 아래 공간으로 기어 들어갈 수 있기 때문이다. 이 덕분에 쥐와 생쥐가 거기에 눌러살 수 없었다. 건물을 받치는 기둥은 처음부터 양철을 둘러서 쥐가 기어올라 바닥에 구멍을 내는 일이 없도록 했다.

칸칸이 위 벽에는 덧창을 단 창문 구멍을 냈다. 그러면 곡물 운반차를 뒤주간 옆에 대고 곡식을 삽으로 퍼 창문으로 통에 담을 수 있다. 뒤주간 안 통로에 낸 곡물 통 '문'은 판자 여러 개를 가로질러 끼운다. 곡식을 거둘 때는 쌓아 둔 곡식이 늘었다가 짐승을 먹이면서 줄어들면, 거기에 맞춰 판자를 덧끼우거나 뺄 수 있다. 새 곡물을 채우기 전에 통을 깨끗이 청소하고 살충제를 뿌려 혹시 있을지도 모를 바구미를 싹 죽인다. 그때 쓴 말라티온은 요즘 쓰이는 훈증제보다 효과적이고 더 안전했다. 이는 지금도 마찬가지이다. 묵은 곡식을 1년 넘게 통에 두지 않는다는 게 변함없는 규칙이었다. 묵은 통에는 바구미가 훨씬 쉽게 자리 잡고, 그러면 훈증제로도 박멸하기가 몹시 어려워지기 때문이었다. 듣자 하니 오늘날 상업적인 곡물 저장 시설에서 소비자들에게 해가 안 된다고 떠들면서 굉장히 유독한 훈증제를 쓴다고 하는데, 나는 내가 기른 곡식을 주로 먹으니 고마울 따름이다. 우리가 먹는 양은 한 해에 1부셸쯤이라 냉장실에 두어서 바구미 걱정은 아예 안한다. 가축들을 먹일 곡물 통은 싹 청소하고 가정용 살충제를 뿌린다. 나 같은 변종 유기 농부가 되기 싫다면 유기농법에 쓸 수 있다고 인정받은 규조토를 쓰면 된다. 다만 수영장 필터 종류가 아니라 살충용을 골라야 한다. 규조토를 썼는데 효과가 없더라도 나를 탓하지는 말기를.

내가 젊고 어리석을 때 저지른 잘못 가운데 하나가 뒤주간을 없앤 것이다. 아주 멀쩡한 뒤주간이었는데, 젖소 100마리를 치는 대규모 기업형 낙농인이 되겠다는 새롭고 원대한 계획에 어울리지 않았을 뿐이다. 그 많은 곡물을 보관할 만큼 크지 않은 것이라 뒤주간을 헐었다. 그런데 지금 것은 그때 없앤 것보다 훨씬 작다. 그저 합판으로 만든 곡물 통 두 개가 옥수수 저장고 앞쪽에 들어가 있을 뿐이다. 잘 마른 귀리와 밀은 철제 통에 보관하기도 한다.

내가 전통적인 뒤주간을 자세히 설명하는 건, 그것이 현대 농업에서는 '뒤떨어진' 것이지만, 자립 농부한테는 꼭 알맞기 때문이다. 농장에서 키우는 가축 수에 따라 통의 크기와 수를 맞출 수 있다. 그리고 귀리, 밀, 호밀, 보리, 메밀, 종류를 가리지 않고 곡식을 저장할 수 있다. 나는 쌀을 재어 둔 적은 없지만 쌀도 보관할 수 있을 것이다. 곡식과 똑같은 방식으로 기르고 거둔 아주 크기가 작은 씨앗들도 뒤주간에 둘 수 있다. 메주콩, 흰강낭콩 같은 말린 콩, 수수, 해바라기, 아마란스를 비롯하여 거의 모든 씨가 가능하다. 옥수수만은 예외인데, 자립 농장이거나 옥수수를 어쨌든 보관해야 할 처지라면 옥수수자루째 거두어 바람이 잘 통하는 저장고에 두어야 한다.

짚에 관해서 많이 설명하지는 않았지만, 이 또한 농부에게 꼭 필요한 '작물'이다. 가축에게는 무언가를 깔아 주어야 한다. 모든 걸 재활용해야 하는 오늘날 파쇄 종이가 깔개로 좋다는 건 나도 알지만, 종이는 공짜가 아니다. 직접 길러서 나온 짚이 공짜에 가깝다. 깔개를 사서 쓰지 말고, 곡식 농사로 거둔 짚을 깃으로 쓰면 좋다. 그리고 똥거름이 덕지덕지 붙은 짚을 다시 밭에 갖다 넣으면 세상에서 가장 좋은 거름이 된다.

똥거름은 늦여름이나 가을에 주어야지 꽁꽁 언 땅에 주지 않도록 한다. 그래야 비가 내릴 때 양분이 흙에 스며든다. 또는 묵은 꼴밭에 똥거름을 뿌린 뒤 곧바로 갈아 흙과 섞는다. 좋은 살포기가 있다면 똥거름을 잘게 부수어 얇게 뿌릴 수 있다. 밀이나 귀리를 거둔 뒤 새로 싹튼 토끼풀밭에 똥거름을 주면, 콩붙이 식물에 양분을 보태 줄 뿐 아니라 수분을 머금은 덮개 노릇까지 한다. 새로 파종한 옥수수나 밀밭에도 똑같은 이유로 주면 좋다. 부드럽고 차진 흙이 딱딱한 껍질처럼 변하는 걸 막아 주어서 비가 억수같이 온 뒤에도 새싹이 올라온다.

그 일을 마무리하면, 한 해 곡식 농사를 한 바퀴 다 마친 것이다. 이제 11월의 남은 온화한 나날은 언덕에 앉아 밀밭이 푸르러지다가 흰

눈 아래 잠드는 모습을 지켜볼 뿐이다. 한 가지 바람이 있다면, 밀드레드 워커Mildred Walker가 1948년에 발표한 아름다운 소설 《겨울 밀Winter Wheat》 여주인공의 생각이 되울리는 것이다. 그이는 약혼자가 전쟁터에서 죽었다는 소식을 들은 뒤 세상을 버리고 싶은 절망감으로 가득 찼다. 하지만 농장과 고향 밀밭의 앞날을 내다보며 끝내 마음이 밝아졌다. "내가 어떻게 그런 생각을 했을까? 이제 더는 그런 느낌이 들지 않는다. 지금 나는 겨울 밀처럼 강인하게 내 삶을 살고 싶다. 가물고 비가 오고 눈이 내리고 해가 뜨는 대로."

진 록스던이 소중하게 여기는 책

농사를 짓는 작가가 마주하는 가장 어려운 문제 가운데 하나는, 농사가 그저 한 사람이 생계를 이어 가는 또 하나의 직업에 그치는 게 아니라, 전체 사회구조의 일부라는 걸 독자들에게 인식시키는 데 있다. 한 시대 시골에서 일어나는 일은 다음 시대 도시에 영향을 미치고, 그만큼의 시차조차 없을 때가 있다. 먹을거리는 삶의 공통분모이다. 먹을거리를 길러 내는 일은 문명의 경제적 바탕일 뿐 아니라 생물학적이고 문화적인 바탕의 일부이다. 사학자들은 시골과 도시 경제의 정확한 인과관계를 따지고 들지만, 사실인즉슨 도시 사회가 튼튼하고 활기차려면 반드시 튼튼하고 활기찬 시골 사회의 뒷받침이 있어야 한다. 로마제국, 대영제국, 소비에트 공산주의 제국의 전체적인 쇠퇴는, 그 시골 사회의 쇠퇴와 함께, 혹은 그에 뒤이어 일어났다. 똑같은 일이 미국에서 일어나고 있다는 게 내 생각이다. 다만 우리가 미처 깨닫지 못할 뿐이다. 이어서 소개하는 책들은 모두 이런 내 가설을 어떤 식으로든 비추어 준다.

《시골 순례Rural Rides》는 윌리엄 코베트William Cobbett의 책으로, 지금도 나온다. 윌리엄 코베트가 쓴 모든 책이 다 좋지만, 이 책은 정치적 탐욕이 시골 사람들의 고난을 무시하고 산업주의가 농목축업을 지배할 때 무슨 일이 생기는지 알려 주는 가장 좋은 책이라고 생각한다. 코베트는 내 모범이지만 물론 그가 훨씬 용감했다. 그는 영국에서 농장 노동자들이 무참히 짓밟히는 현실과, 시골이 중앙집중식 전체주의로 나아가며 천천히 침몰하고 있음을 신랄히 비판하는 일을 포기하느니 차라리 감옥에 갔다. 코베트는 19세기 초 활동가였는데, 세계 권력으로서 영국이 쇠퇴할 거라는 걸 정확히 내다보았고, 그 원인을 정확히, 그리고 끊임없이 짚었다. 그것은 바로 시골 지역을 가난하게 만들고, 농부와 장인들로 하여금 산업혁명의 기계 중심주의를 받아들이도록 강요한 것이었다. 내가 아는 바로, 코베트는 공교육의 실효성에 최초로 의문을 던진 이이기도 했다. 학교에서 가르치는 지식은 다른 곳에서 얼마든지 얻을 수 있기 때문이다. 그가 생각할 때 공립학교는, 권력자들이 아이들로 하여금 그 권력을 받아들이도록 설득하는 도구에 지나지 않았다. 코베트의 분노는 상식적인 데다가 뛰어난 작가여서 글이 재미있다. 하지만 자신이 휘말린 갈등의 한가운데에서 글을 쓰고 있는지라, 그를 이해하자면 독자는 18세기부터 20세기에 이르는 영국의 역사를 알아야만 한다. 계획을 세워 공부해 보길. 한 나라가 세계 권력에서 삼류 권력으로 찌그러지는 역사를 읽으면서, 독자들은 오싹하고 으스스하도록, 지금 미국에서 일어나는 일들과 비슷하다는 걸 알게 될 것이다.

웬델 베리의 모든 책을 권한다. 수필도 뛰어나지만, 그보다 《농사 : 길잡이 책》이 더 중요하고 더 설득력이 있다고 생각한다. 농업 개혁 안내서로서만큼 아름다운 시집이기도 하다. 내가 읽은 어떤 다른 작가들보다도 훨씬, 베리는 농업과 우리 사회를 문화적으로나 실제로나 갈라놓으려는 시도가 둘 모두에게 얼마나 큰 해를 끼치는지를 잘 보여 준다. 저널리스트가 어떤 글을 쓰려고 할 때 도덕적인 면을 회피하라고, 그것이 가능하기라도 한 것처럼 가르치는 시대에, 그가 쓴 글들은 무엇보다 훌륭한 도덕적 논문이다.

베리의 책들 가운데 아마 가장 널리 알려진 책은 《소농, 문명의 뿌리The Unsettling of America》한티재, 2016일 것이다. 내가 《농사 : 길잡이 책》 다음으로 좋아하는 책은 1969년에 나온 《다리가 긴 집The Long-Legged House》이다. 나는 '고향의 언덕A Native Hill'이라는 장을 읽고 고향으로 돌아와 농사를 짓게 되었다.

웨스 잭슨은 농부이자 식물유전학자다. 지금은 캔자스 시골에서 죽어 가는 마을을 되살리려고 애쓰고 있다. 오늘날 미국 농업에 관한 가장 독창적인 사상가라고 생각한다. 스스로 실험을 이어 가면서, 우리 문명을 이어 나가는 방법에 관해 나날이 예리하고 창조적인 분석을 내놓고 있는 것 같다. 잭슨은 말만 하는 사람이 아니다. 행동한다. 그의 최신작은 《이곳의 원주민이 되다》이다.

《에이큰필드Akenfield》는 1969년 팬시언Pantheon 출판사의 〈마을 총서 Village Series〉 가운데 하나로 출간되었다. 로널드 블라이스Ronald Blythe가 한 영국 마을의 초상을 묘사한 책이다. 코베트 이후 한 세기 뒤에 나온 깊은 사색이 담긴 후기 같다. 시골 마을과 큰 읍 또는 도시의 차이를 잘 이해하게 되는 책이다. 시골 사람들의 의식을 그저 재미나게 읽을 수도 있다. 영국 남부 에이큰필드에 사는 다양한 사람들의 이야기가 진짜 있는 그대로 담겨 있다. 하지만 블라이스는 여느 도시 사람의 편견을 버리지 못한다. 평생을 한 마을이나 농장에서 살기로 한 사람은 문화적으로 편협한 의식을 갖게 되고, 도시에 살면 그런 문제가 치료된다고 여기는 듯하다. 그와 이야기를 나눈 많은 이들은 이런 편견을 완강히 거부하지만, 블라이스는 끝내 그 말을 믿지 않은 것 같다.

지난 7년 가까운 시간 동안 돈벌이를 좇는 농업의 현 상태와 전통적인 시골 사회의 쇠퇴를 평범한 취재 형식으로 다룬 책이 많이 쏟아져 나왔다. 대체로 괜찮았는데, 리처드 크리치필드가 쓴 《나무여, 왜 기다리는가?》가 가장 인상적이었다. 노스다코타의 한 마을과 아이오와의 한 마을, 두 곳의 형편을 주로 들여다보지만, 그가 그리는 상황은 내가 사는 여기 오하이오 지역과 무척 비슷하다.

아무리 철저히 취재를 했더라도, 폭넓은 언론 보도 같은 르포르타주보다는 고독을 좇는 시골 사람들에 대한 개인의 시각과 사색이 실제 농사와 실제 시골의 삶을 더 많이 드러낸다고 생각한다. 더구나 그 개인이 시골에 살며 시골 사람들의 삶을 남다른 시각으로 드러낸다면. 그래서 존 배스킨John Baskin의《실용적인 비료를 찬양하며In Praise of Practical Fertilizer》와 그보다 앞서 나온 책《뉴벌링턴New Burlington》이 좋다. 데이비드 그레이슨David Grayson의 옛날 책도 참 좋은데, 무엇보다《행복한 모험Adventures in Contentment》을 꼽을 수 있겠다. 그레이슨의 본명은 레이 스태너드 베이커Ray Stannard Baker이다. 용기 있고 논쟁을 겁내지 않는 언론인이었으나, 그레이슨이란 필명으로 시골에 관한 책들을 썼다. 할란 허버드의《페인 할로우Payne Hollow》도 무척 좋아한다. 나는 운 좋게도 할란이 숨을 거두기 전에 오하이오강 옆 그의 집을 두 차례 찾았다. 반골 농부 가운데에서도 가장 알배기로, 할란과 그의 아내 애너는 전기, 전화, 자동차 없이도 무척 고상하게 살았다.

언론 보도식 저술에 뒤이어, 전통적인 시골의 쇠퇴를 그린 소설의 물결이 오리라고 생각한다. 사실 내가 한 편 쓰고 있다. 요즘 소설이 그리는 농촌의 모습은 내 취향이나 철학에 비추어 볼 때 지나치게 우울하다. 주제가 슬픔이다. 하지만 나는 농촌을 다루는 대부분의 소설가들이 자신이 써 내려간 그 농장을 떠난 사람들이라고 확신한다. 그들은 농사를 경멸했기 때문에 떠난 것이다. 그들이 묘사하는 슬픔은 위선적이다. 슬픔을 도구 삼아 농촌의 삶을 교묘하게 무시하며, 농촌이 망가지고 자신들이 거기서 도망친 것을 두루뭉술하게 합리화한다. 나는 투박하지만 사랑이 담긴 묘사에 재치와 유머가 곁들여진 글이 좋다. 폴 세인트 피에르Paul St. Pierre의 《스미스와 그 밖의 사건들Smith and Other Events》이 좋은 예다. 서부 캐나다 소 목장을 배경으로 시골의 삶을 있는 그대로 그렸다. 제인 스마일리Jane Smiley의 퓰리처상 수상작 《1000에이커A Thousand Acres》에 담긴 한심함과 실망감 따위는 하나도 없다. 루이스 브롬필드Louis Bromfield가 《즐거운 골짜기Pleasant Valley》에 실은 '나의 90에이커My Ninety Acres'라는 글은 내가 가장 좋아하는 단편소설이다. 한 노인이 농장을 사랑하는 마음이 생생하게 그려져서 나는 오랫동안 그것이 소설이 아니라 실제 기록이라고 생각했다. 허버트 크라우스Herbert Krause의 《탈곡기The Thresher》도 진짜처럼 잘 그려낸 소설이다. 농촌의 커다란 비극을 포착하면서도, 감상에 차 있거나 허깨비 같거나 허무주의적이지 않다. 크라우스는 농부를 사랑하고 존중했다고 믿어도 좋다. 밀드레드 워커의 《겨울 밀》과 랠프 무디Ralph Moody의 《고향의 밭Fields of Home》 또한 마찬가지이다.

오빌 쉘Orville Schell의 《현대의 고기Modern Meat》를 말하지 않을 수 없다. 나는 화학비료 사용을 걱정하는 유기농업 옹호자들의 이야기를 들곤 한다. 하지만 화학비료는 적당히 쓰면 해롭기보다는 이롭다. 살충제 일부는 몹시 독성이 강하지만, 적어도 일부는 휘발유처럼 '안전'하다. 그런데 유기주의자들은 축산업에서 약제와 호르몬, 항생제가 쓰일뿐더러, 오용되고 있다고는 좀처럼 말하지 않는다. 내 생각에 건강에 가장 위험한 요소들이 여기 있는데도 말이다. 《현대의 고기》를 읽기 바란다.

제임스 에이지James Agee가 쓴 《이제 이름난 이들을 찬양하자Let Us Now Praise Famous Men》는 1930년대 미국 남부의 가난한 소작인들을 다룬다. 종종 이 책을 꺼내 보며 영감을 얻는데, 교육을 다룬 장이 특히 그렇다. 이 짧은 수필은, 적어도 처음 몇 쪽은 농사나 시골 사회와는 딱히 관련이 없다. 하지만 오늘날 학교 교육의 그릇된 내면에 관해 내가 여태까지 읽은 것 가운데 가장 날카로운 비평이 담겨 있다. 요새 교사를 직업으로 가진 이가 그 장을 읽은 적이 있을지, 만약 읽었다면 에이지가 하는 말을 이해할지 궁금하다. 그는 만만히 읽히는 저자가 아니다.

1939년에 나온 매리언 니콜 로슨Marion Nicholl Rawson의 아름답고 독특한 책 《농장은 영원히Forever the Farm》 또한 내 보물이다. 로슨은 미국이 산업시대로 들어서기 전 농업의 삶, 문화, 도구, 건축을 그려 낸다. 그것들은 20세기 초반에도 궁벽한 곳들에 여전히 남아 있었다. 역사적으로 소중한 자료를 담고 있는 책이다. 하지만 내가 소중히 여기는 까닭은 무엇보다도 로슨이 책에 고스란히 기록해 놓은 시골 사람들의 화법과, 서사적이고 역사적인 정보가 담긴 그림과 글 곳곳에 심어 놓은 흥미진진한 아주 짧은 이야기들 때문이다. 아마 이제는 희귀본이 되었을 것이다. 여동생은 우리 도서관이 이 책을 폐기 도서에 넣을 때까지 기다렸다가 찾아내어 내 생일 선물로 주었다.

농사와 관련된 주제를 다룬 학술서에서 뚜렷하게 흥미로운 내용을 발견한 적은 별로 없다. 하지만 데이비드 오어David W. Orr의 《생태 소양 Ecological Literacy》교육과학사, 2013은 지속 가능한 농업, 지속 가능한 교육, 지속 가능한 사회 사이의 밀접한 관계를 이해하는 데 가장 도움이 되었다. 오어의 문체 또한 명쾌하고 활기차다.

노스번 경의 《땅을 바라보라》는 산업 경제와 구별되고 산업 경제와 맞서는 것으로서 전원 경제학을 다룬, 내가 읽은 최고의 저술이다. 1940년에 처음 나온 책인데 이 책에서도 길게 인용했다. 모든 대학교 경제학 수업에 필독서가 되어야 한다.

적은 자산으로 돈을 벌 길을 찾는, 경험이 풍부한 소농이라면, 앤드루 리의 《뒤뜰 텃밭 가꾸기》를 참고하면 좋다. 과일과 채소를 기를 때 필요한 정보를 모자람 없이 담고 있다.

그리고 마지막으로, 모든 이가 장 지오노Jean Giono의 《나무를 심은 사람The Man Who Planted Trees》두레, 2018을 읽으면 좋겠다. 돈벌이에 이용되느라 헐벗은 땅에 생태적 다양성이 되살아나면서, 야생동물과 다양한 식생이 되돌아오고 맑은 물이 흐른다. 그뿐 아니라, 건강한 사람들의 공동체가 회복되고, 실행 가능하고 지속 가능한 경제 또한 되살아난다. 그러한 여정을 보여 주는 그럴듯한 이야기이다. 반골 농부들을 위한 길잡이 《문명을 지키는 마지막 성벽 위에서The Contrary Farmer》의 바탕이 되는 철학을 이렇듯 정확하고도 아름답게 표현한 책을 나는 달리 알지 못한다.